# 犯罪者 上

太田 愛

角川文庫
20148

# 目次

## 主な登場人物　上巻

繁藤修司《しげとうしゅうじ》……日榮建設の若い作業員
相馬亮介《そうまりょうすけ》……深大署刑事課の刑事
鑓水七雄《やりみずななお》……元テレビマンのフリーライター
真崎省吾《まざきしょうご》……産業廃棄物収運業者
中迫武《なかさこたけし》……タイタスフーズ　営業課長
磯辺満忠《いそべみつただ》……与党重鎮
服部裕之《はつとりひろゆき》……磯辺の私設秘書
富山浩一郎《とみやまこういちろう》……タイタスグループ会長　磯辺の盟友
森村隆俊《もりむらたかとし》……タイタスフーズ　専務取締役
宮島元彦《みやじまもとひこ》……タイタスフーズ　取締役部長
滝川《たきがわ》……謎の男
杉田勝男《すぎたかつお》……自動車修理工場社長・元競輪選手
亜蓮《あれん》……修司を呼び出した少女
中迫碧子《なかさこみどりこ》……中迫武の妹
田ノ浦秀俊《たのうらひでとし》……高知クイーンズコートホテルの客室係
鳥山浩《とりやまひろし》……『ドキュメント21』のカメラマン
小田嶋《おだじま》……『ドキュメント21』のディレクター
松井慎一《まついしんいち》……『ニュースプライム』のディレクター
山科早季子《やましなさきこ》……メルトフェイス症候群全国連絡会代表
山科翼《やましなつばさ》……早季子の息子
平山《ひらやま》……深大署刑事課の古参刑事

# プロローグ

目の色は、明るい青だったような気がする。

頬に深い笑い皺《じわ》があって、死んだ時はほんの少し驚いたような表情をしていた。

その男を見たのは六つか七つくらいの時だ。親戚《しんせき》か何かの結婚式の晩で、騒ぎ足りない大勢の大人たちに連れられて誰かの家へ行った。当時、まだまともだった父親は、しな垂れかかる母親の細い腰を抱いて仲間たちと賑《にぎ》やかに呑《の》み騒ぎ、俺は奥の小部屋に座布団を敷いて寝かされた。

九月の蒸し暑い夜だった。見知らぬ家の灯《あか》りを消した小部屋で、俺は蚊取り線香の匂いのするタオルケットに包《くる》まってテレビの深夜映画を観た。アメリカ映画の吹き替えだったと思う。白く光るテレビ画面の中では、一人の頭のおかしな男が医者や警官たちに獣のように狩られていた。

そいつは本当に変な男だった。

アメリカの都市を逃げ回りながら、初めてカーラジオで聴いた音楽に歓喜の叫びをあげ、襲われた人を助けようとして憑《つ》かれたように襲撃者を殴り殺し、そうかと思うと何かを身も世もなく恐怖してペンチで自分の奥歯を引き抜いたりした。

話の筋はさっぱり解らなかった。だが、部屋中を明滅させる慌しい画面を見つめながら、俺にはひとつだけはっきりと解っていることがあった。それは、その絶望的な男が〝フロリダキーズ〟という名前の場所へ行きたがっていることだった。

〝フロリダキーズ〟

男が一度も行ったことのない、写真で見ただけの場所。明るい陽光に満ち、誰もが幸福そうなその場所に、男はとても行きたがっていた。

街中を逃げ回ったあげく、男はついに〝フロリダキーズ〟行きの飛行機が出る空港まで辿《たど》り着いた。だが、その広大な硝子《ガラス》張りのロビーで、男は背後から無数の銃弾を撃ち込まれてふっ飛んだ。〝フロリダキーズ〟を目指した男は、つるつるとした無機質な床に密林の獣のように温かそうな血だまりを広げて動かなくなった。

目の色はたぶん明るい青。頰に深い笑い皺があって、死んだ時はほんの少し驚いたような表情をしていた。

どうしてだか、俺は今でもあの男の顔をぼんやりと覚えている。

# I

## 第一章　駅前広場　――二〇〇五年　三月二十五日　金曜日

### 1

その年の桜は早く、誰の目にも東京の桜は四月までもつまいと思われた。深大寺《じんだいじ》駅南口にある駅前広場を縁取るソメイヨシノもすでに煙るような満開で、待ち合わせ場所の噴水の周りにはうっすらと白い花びらが散りかかっている。

繁藤修司《しげとうしゅうじ》は、噴水を囲む石椅子のひとつに座って亜蓮《あれん》を待っていた。パーカーの袖《そで》をちょっと引っ張って、ごついGショックの腕時計に目をやる。文字盤の液晶は一時五十五分。約束の二時まであと五分だった。

もうすぐ亜蓮に会える。

亜蓮をどこへ連れて行こう。

修司はあらかじめ行き先を決めず、会った時の気分で決めようと思っていた。レトロな遊園地系でもいいし、渋谷《しぶや》界隈《かいわい》で遊んだあとクラブへ行くのもいい。亜蓮に行きたい所があればそこでもいい。亜蓮とならどこへ行っても楽しめるような気がした。

修司はもう腕時計を見ないことにした。人を待つのが楽しいなんていつ以来のことだろう。修司は何となくやさしい気持ちで駅前広場を見渡した。

噴水の周りには、修司のほかに三人の人間がいた。修司の左手の石椅子には、髪をゆるいシニヨンに結った女が地味なグレーのスーツの膝《ひざ》にきちんと手を揃えて座っている。その向こうの石椅子には臙脂《えんじ》色の外出帽にパールのネックレスをした老婦人。ひとつ置いて、薄いジャンパーに使い込んだポーチを抱えた商店主風の男。いずれも人待ち顔で駅の改札口の方を眺めている。

広場はOLたちがテイクアウトのランチを広げる昼時の賑わいも去り、うららかな春の陽射しの下に午後のいっとき、ひっそりと静まっている。改札近くの天津《てんしん》甘栗の屋台から時折、微《かす》かな羽音のように古い洋楽のナンバーが聞こえていた。

亜蓮から突然メールが来たのは昨日の夕方のことだった。

修司は八王子《はちおうじ》の住宅建設現場で一日がかりで捨てコン打ちを終え、親方と同僚の下田《しもだ》と共に帰りのバンに向かっているところだった。車を持っていない修司と下田はいつも親方のバンに拾ってもらって現場へ出ている。夕暮れの残照を浴びた埃《ほこり》っぽい斜面を下って造成地入り口のバンに近づいた時、修司の作業着のポケットで常時マナーモードにしてある携帯が震えた。

タイトルに『会いたい』とあり、メッセージを開くと『明日午後二時　深大寺駅南口の駅前広場に来て　亜蓮』とあった。修司はその場で親指を走らせて『行く』とだけ返信すると、親方に明日休んでもいいかと尋ねた。それまで桜花賞の予想に興じていた親方と下田は途端に言葉を切って修司を振り返った。一瞬の沈黙の後、親方が真顔で尋ねた。

「誰か、死んだのか」

「いや、そういうんじゃなくて」

「なんだ、おどかすなよ」

親方は心から安堵《あんど》した様子で勢いよくバンのバックドアを開けてヘルメットを放り込んだ。

親方が驚くのも無理はなかった。修司は十七の秋に働き始めてからこの一年半、仕事を休んだことがない。のみならず、盆と暮れ以外は日曜も祝日も休まず現場に出て次の作業の手順を頭に叩《たた》き込んできた。人手不足の小さな建設会社では、さっさと仕事を覚えなければ現場で怪我をするか怪我をさせるかのどちらかだと解っていたせいもあったが、何より、休みなく体を動かしていた方が、今の修司には気持ちが楽だったからだ。

「解った。休みくれって女だろ、女」

バンの尻《しり》に腰掛けた下田が、あたかも眼前に極上の美女が降臨したかのように嬉《うれ》しそうな声をあげた。

「ああ。女」

修司は一か八か短く答えて親方を見た。明日はコンクリを乾かす空き日だという読みもあった。

「行ってよし」

うだうだ言わずに結論を述べる親方の性分が好きだったので、そのあと連れて行かれた居酒屋で追い出しの昆布茶の最後の一滴を飲み終わるまで、親方秘伝の女の喜ばせ方というのを素直に拝聴した。修司はとうに女を知っていたが、親方の〝ありえねー話〟に神妙に相槌《あいづち》を打つだけの礼儀はわきまえていた。日頃から先輩を自認する二十歳の下田はどんな女なんだとしつこく訊《き》いたが、これには最後まではぐらかして答えなかった。

実のところ、答えようにも修司は亜蓮のことをほとんど何も知らなかった。会ったのはたった一度、話したのもほんの二、三分だ。覚えているのは、次々と表情の変わる茶色っぽい大きな瞳《ひとみ》と、綺麗《きれい》にネイルアートを施した爪くらいだった。

亜蓮は魚のように滑らかに人込みを縫って近づいてくると、修司のメールアドレスを尋ねた。アドレスを教えて少し喋《しゃべ》ったが、店の音楽がうるさくて互いにほとんど聞きとれなかった。亜蓮は修司の耳元に大きな声で「じゃあね」と言うと、現れた時同様、瞬く間に暗いフロアの人込みに消えた。それきり、たいていの女の子のように空メールをよこして自分のアドレスを知らせてくることもなかった。

修司は何となく亜蓮のことが忘れられなかった。だからメールがあった時は正直嬉しかった。

『明日午後二時　深大寺駅南口の駅前広場に来て　亜蓮』

初めてのメールにしては軽い前フリもすっ飛ばしで、女の子お得意の絵文字もなし。用件だけの短い文面にちょっと面食らったが、それが亜蓮のいつもの流儀なのかもしれない。なんといっても、こっちはまだ亜蓮のことを何も知らないわけだし。

自転車の鋭いブレーキ音に、修司は我に返ってそちらを見た。

ジーンズにキャンバス地のトートバッグを抱えた女子大生が広場の入り口に自転車を止め、腕時計を見ながら駆けてくる。修司もつられて時計に目をやった。

二時八分。

いつの間にか約束の時間を過ぎていた。

女子大生は誰かを捜すように辺りを見回した。それから、ほっとした表情で商店主風の男の斜向かいの噴水の縁に腰を下ろすと、ミントグリーンの携帯を開いてさっそくメールを打ち始めた。

その直後だった。すべてが一転したのは。

どこかで砂袋を落としたような鈍い音がした。見ると、商店主風の男がひどく驚いた顔で石椅子から腰を浮かせたところだった。男は中腰のまま一、二歩噴水の方へ歩み寄ると、いきなり両膝《りょうひざ》をついた。それから上半身がゆっくりと傾き、額の禿《は》げ上がった形の良い頭がハンマーのように石造りの噴水の縁を叩いてぐしゃりと音をたてた。

女子大生が、なんだよ、という顔でようやく携帯から目を上げた。男は噴水の縁に頭を打ちつけたままゼンマイの切れた人形のように動かなくなった。その薄いジャンパーの背中に、見る見るどす黒い血の染みが広がっていった。

何が起こったのか解らなかった。

気がつくと、男が座っていた石椅子の後ろに異様なものが立っていた。

それは、黒いフルフェイスのヘルメットを被《かぶ》り、ハイカラーの黒いエナメルのロングコートに黒いエナメルの手袋、そして黒いエナメルのブーツを身に着けていた。

ダース・ベイダー……。

それが修司の頭に最初に浮かんだ言葉だった。うららかな春の昼下がり、満開の桜の咲き誇る駅前広場に、ダース・ベイダーが血に濡《ぬ》れた出刃包丁を握って立っていた。どう見ても非常識なその光景は、低予算のバラエティ番組のようでもあり、また誰かが笑えば瞬時に冗談に変わる悪ふざけのようにも思われた。だが、どこからもテレビスタッフは現れず、笑う者もいなかった。その場に居合わせた全員の戸惑う視線の先、包丁の切っ先から石畳に向けてゆっくりと鮮血が滴った。

女子大生の手からミントグリーンの携帯が零《こぼ》れ落ちた。ダース・ベイダーは石椅子を跨《また》いで左手で無造作に女子大生の肩を掴《つか》み、体を引き寄せるのと同時に右手の包丁を突き出した。女子大生は子供のように目を瞠《みは》ってダース・ベイダーの顔を見た。だが、艶《つや》やかな黒いメットバイザーは彼女自身の驚いた顔を映しただけだった。女子大生は白いシャツジャケットの胸に包丁を柄までめり込ませたまま、水飛沫《しぶき》をあげて背中から噴水に転落した。

黒い手袋がいつ新しい包丁を握ったのかさえ解らなかった。重いブーツの踵《かかと》がミントグリーンの携帯を踏み砕いたのと、新しい包丁が老婦人の首を真一文字に切り裂いたのがほとんど同時だった。老婦人のパールのネックレスが血飛沫を追うように辺りに飛び散った。

シニヨンの女が泳ぐように修司の方へ両腕を伸ばした。声もなく助けを求めて倒れ込んでくる女に反射的に手を差し出した瞬間、修司の目の前で女の体が異様な形に反り返った。黒い手袋が女のシニヨンの髪を摑んでいた。のけ反った女の細い喉《のど》から凄《すさ》まじい悲鳴が迸《ほとばし》る。女の背中の向こうに、包丁の刃が閃《ひらめ》くのが見えた。

修司の頭の中で何かが炸裂《さくれつ》し、気づいた時には闇雲にダース・ベイダーを引き摺《ず》り倒して組み合っていた。

そいつは、それまで修司が知っていた刃物を持ちたがる種類の人間とはまったく異なっていた。刃物を持つ人間はたいてい力も頭も弱い。だから刃物で自分を守ろうとする。ところがダース・ベイダーはまるで鋼で出来たバネのように強靭《きょうじん》だった。

修司は左顎《あご》をしたたかに殴られ、噴水の縁に肩から激突した。女はすでに背中に包丁を突き立てたまま地べたに転がっている。目の端に、黒い手袋がコートのポケットから新しい鞘《さや》のついた包丁を取り出すのが見えた。

殺《や》られる。

修司は必死に辺りに目を走らせた。商店主風の男が座っていた石椅子の脇にオロナミンCの空き瓶があるのが目に飛び込んだ。栄養ドリンク系の茶色い小瓶はテレビや映画でよく使われるビール瓶より数倍、威力がある。あれならメットのバイザーを叩き割れる。修司は、黒い手袋が新しい包丁の鞘を抜くより早く、小瓶に向かって突進した。

ダース・ベイダーの脇をすり抜けた時、一瞬、押し殺した男の声が聞こえ、左の脇腹がカッと熱くなった。切りつけられたと解ったが構ってはいられなかった。修司は頭から飛び込むように石椅子の脇に転がった小瓶を掴んだ。

振り向いた瞬間、右のこめかみを殴打され目の中に火花が散った。急に地面がスポンジ化したように足がもつれ、横倒しに噴水に突っ込んだ。

目を開いたまま、意識が遠のいていくのが解った。水の中なのに不思議と息は苦しくなかった。明るい水の中で、女子大生の髪が川底の藻のようにゆっくりと揺れていた。ダース・ベイダーに両方の足首を掴まれ、噴水の縁へと引き寄せられるのを感じた。修司は微《かす》かに瞼《まぶた》を動かして水の中から空を見上げた。

この世のものとは思えないような青く光る空があった。

〝フロリダキーズ〟だ。

消えていく意識の中で天啓のように修司は思った。

〝フロリダキーズ〟はこの世にない。だから、空港で撃ち殺されたあの男は、この世から消えるしかなかったんだ。

光る空を背に、噴水の縁に屈《かが》み込んだダース・ベイダーが出刃包丁を振り上げた。

修司の目の中で、白銀の刃がギラつく陽光を鋭く撥《は》ね返した。

2

その日、非番だった所轄の相馬亮介《そうまりょうすけ》が通り魔事件の一報を受けて現場に駆けつけた時には、事件発生から二十分が経過していた。

駅前にはすでに何台ものパトカーが停車し、立ち入り禁止のテープの周りは尋常でないサイレンの量に驚いて集まってきた野次馬たちで黒山の人だかりとなっていた。パチンコ屋から押し寄せた雪駄《せった》履きの男たち、駅前通りの店の売り子たち、買い物帰りの主婦や学生らしい若者たち、誰もが自分の生活圏で行われた信じがたい凶行に戦慄《せんりつ》し、事件に巻き込まれなかった幸運に感謝し、興奮している。

「あたし昼前にここ通ったのよ」と、悲鳴に近い声で話し合う主婦たち。携帯電話を握りしめ「スゲんだよ、血だよ、血！」と甲高い声で実況中継している若者、中には頭上に携帯を掲げて押し合いへし合い写真を撮っている者もいる。

相馬が野次馬を掻《か》き分けてテープをくぐると、噴水の周囲は文字どおり血の海だった。

石椅子の脇に一本の出刃包丁が転がっており、あちこちに被害者の所持品が散乱している。持ち主の血にぐっしょりと濡れた小さな外出帽やバインダーの入ったトートバッグが、ついさっきまで当たり前に日常を生きていた老婦人や女子学生の姿を思わせ、相馬はいつもながらこの手の犯罪者に吐き気がするほど怒りを覚えた。

「まったく世の中狂ってるねぇ」

ビニールのシューズカバーをつけた鑑識の角田《つのだ》が、軽快なフットワークで出刃包丁の写真を撮りながら話し掛けてきた。

「いきなり包丁持った奴が現れて、広場にいた人間を手当たり次第に刺したってんだから。ガイシャの五人は病院に搬送されたそうだけど、これじゃねぇ」

まず助かるまいということは相馬にも解った。使われた刃物はおそらく二本か三本、ホシは相当量の返り血を浴びているはずだ。

「ちょっと！　フラッシュ焚《た》かないで！」

角田が野次馬に怒声を飛ばした。野次馬の最前列で、若い男が鑑識係と自分自身を一緒に携帯のカメラに収めようと半身になって苦心している。相馬は、殴ってやろうかという目でそいつを威嚇すると、広場の入り口にいる刑事部長の吉松《よしまつ》のもとへ急いだ。

ホシは今も逃走中だ。事件発生直後に駅と主要道路に緊急配備が敷かれたが、いまだ目撃情報もない。相馬はすでに捜索に散っている同僚の刑事たちを追って一刻も早く動きたかった。

「ホシの人着《にんちゃく》は無線連絡のとおり。おまえの担当は広場を出てすぐの駅前通り東側、二区画だそうだ」

『だそうだ』に力を込めることで吉松は自分の命令ではないことを強調した。

苦虫を嚙み潰したような吉松の隣で機動捜査隊員が地図を広げている。凶悪事件の初動を仕切るのは所轄ではなく、本庁の機捜だ。巨漢の吉松は自分の部下を自由に動かせない憤懣《ふんまん》を押し殺し、早く行けというように顎をしゃくった。事件発生から二十分、もうそんなところをホシがウロウロしているわけがない。遅れてきた奴はこの辺でホシの遺留品でも探していろということだ。

相馬は黙って頷《うなず》くと指示された区画に向かった。

それなら遺留品を見つけ出すまでだ。

深大寺駅は新宿《しんじゅく》から私鉄の特急で十五分ほどの比較的古い町にあり、南口の駅前広場周辺には居酒屋やゲームセンターの入った一昔前の雑居ビルが立ち並んでいる。広場を抜けて駅から真っ直ぐに伸びる駅前通りは、昔ながらの小店舗とスーパー、ファーストフードチェーンなどが混在するメインストリートになっており、人目が多い。にもかかわらず目撃情報がないのは、ホシが駅周辺のどこかで返り血を浴びたエナメルのコートと手袋、メットを脱ぎ捨てたからではないかと相馬は考えていた。エナメルは大量の返り血を浴びても血液を浸透させない。コートの下の着衣はきれいなままだから人に怪しまれる怖れはない。ホシは何食わぬ顔で人々に紛れ込み、どんどん遠くへ逃げているのではないか。

相馬は目につきにくい店舗間の路地を次々とあたった。イヤホンから聞こえる同僚の声が一様に焦燥の色を帯びているのが解る。

通り魔事件はホシに現場から逃げ切られたら最後、未解決に終わることが少なくない。被害者と接点がないため、通常の殺しのように動機から被疑者を割り出すことができないからだ。たとえ現場にホシの指紋や毛髪などが山ほど残っていても、前科がない限り逮捕には結びつかない。現場の靴跡や繊維片から靴や衣服が特定できても、よほど特殊なものでなければ量販の海に呑《の》まれてホシに辿《たど》り着くことはない。さらにまずいことに、今回は誰ひとりフルフェイスのメットの下の顔を見ていないのだ。ホシの大まかな年齢も、人種さえも分からない。初動で取り逃がせば、このヤマは十中八九、お宮になる。

相馬は焦りに炙《あぶ》られるような思いで路地を駆け抜け、駅前通りを見回した。

その時、イヤホンに鋭い一声が響いた。

「ホシの身柄確保！　身柄確保！」

反射的にイヤホンを指で押さえた。

一体どこにいた。

「駅前西側、黒い雑居ビル六階、共同トイレ！」

相馬はぎょっとして通りの向こうを見上げた。まさに目と鼻の先に黒い雑居ビルが聳《そび》えている。ホシは犯行後ろくに逃走もせず、野次馬たちの声さえ届きそうなあのビルの共同トイレにいたというのだ。相馬はすぐさまガードレールを飛び越え、信じられない思いで黒い雑居ビルへと走った。

### 3

与党坂下《さかした》派幹部・磯辺満忠《いそべみつただ》を乗せた黒塗りのトヨタセンチュリーは、室町《むろまち》四丁目の交差点を過ぎて日本橋《にほんばし》付近に差し掛かっていた。後援会会長らとの昼食会の後、本郷《ほんごう》の理髪店でグルーミングをすませ、午後の会合に出席すべく永田町《ながたちょう》の党本部へ向かう。私設秘書・服部裕之《はっとりひろゆき》の管理する磯辺のスケジュールはいつものように滞りなく進行していた。

磯辺はゆったりとシートに体を預け、スーツの両膝《りょうひざ》に手を置いて彫像のように静かに目を閉じている。剃刀《かみそり》を当てたばかりの頬から仄《ほの》かにローションのベルガモットが香り、走行音のほとんどしない車内には磯辺の深く安らかな呼吸の音だけが聞こえている。

磯辺は一九六二年の衆院選で初当選して以来、厚生政務次官を経て厚生大臣として初入閣、以後、厚労族としての地位を築き上げる一方、派閥間の調整に手腕を発揮し、九〇年代以降は党の総務会長、国会対策委員長を歴任してきた。近年は若手の台頭で一時ほどの勢いはないが、党内人事のキャスティングボートを握る重鎮の一人としていまだ隠然たる力を保持している。

一方、隣に座った服部裕之は、三十代の若さで自他共に認める磯辺の懐刀だ。料亭、ゴルフ場、ホテルのスイート、磯辺の密会先には必ず服部の姿があった。

隙のないスリーピースのスーツに身を包んだ服部は、頭の中で週末のスケジュールをさらい直す。毎年、この時季の週末は後援会の花見が立て込む。ことに今年は夏の選挙を睨《にら》んですでに資金集めも始まっており、スケジュールは分刻みとなっていた。かつてないほどの国民的人気を誇る現総理は、公社の民営化を巡ってこの夏、解散総選挙に打って出る。さすがに表立って口に出す者はいないが、党本部に出入りする者の多くが肌で感じていることだった。だが服部は、磐石《ばんじゃく》な地盤を持つ磯辺の選挙に関してはなんら危惧《きぐ》していなかった。問題はむしろ磯辺の現在の状況にあった。そしてそれは、服部のスケジュール帳に、差し迫ったひとつのデッドラインを印していた。

あと十日。

十日のうちにあの火種を消し去らなければ、磯辺のすべてを焼き尽くす大火となる。政治家としてのキャリアは灰燼《かいじん》に帰し、磯辺満忠は完全に政治生命を絶たれる。無論、そんな出来事は起こらないし、起こってはならない。速やかに火種を消すべくすでに手は打ってある。しかし……。

「あのライオンは運がいい」

不意に磯辺の声がした。

「なんのことです」

見ると、いつの間にか目を覚ました磯辺が通りの向こうを眺めていた。視線の先にあるのは、日本屈指の老舗《しにせ》百貨店の正面玄関を飾るライオンの像だ。

「あの青銅製のライオンは戦時中、金属回収で海軍省に供出されたんだ。ところがどういうわけか運良く溶かされずにすんでな。戦後、どこかの神社に祀《まつ》られていたのを発見されてあそこに戻ってきた。たしか終戦の翌年で、この辺りをGHQが闊歩《かっぽ》していた頃だ」

ついこの間のことを話すような磯辺の口調に、服部はいつもの皮肉な笑みで応じた。

「あなたの言葉で言えば、僕の母はアプレゲールですよ」

「馬鹿に古い言い回しを知っているな」

磯辺の深い皺《しわ》の奥の目がわずかに笑った。

磯辺は決して『運』を当てにする人間ではない。仕事においても、プライベートにおいても。政治家としては稀《まれ》なその気質を服部は十分に承知している。

いつの間にか磯辺は再び目を閉じていた。

少し休んでおこうと服部もシートの背に頭をもたせて目を閉じた。瞼《まぶた》の裏の薄灰色の闇の中に、柔らかな釉薬《ゆうやく》のように濃淡の闇の縞《しま》が蠢《うごめ》いている。その不定形な縞を見つめるうち、頭の奥にわだかまっていたひとつの疑念がまたぞろ首をもたげた。

『佐々木邦夫《ささきくにお》』と名乗る男は、本当はまだ生きているのではないか。

## 4

相馬が共同トイレに駆けつけると、小便臭いタイルの上に人着どおりの異様な衣服をまとったホシが大の字に寝転がっていた。所轄の川田《かわだ》がホシに跨《また が》り、肋骨《ろっこつ》をへし折らんばかりの勢いで心臓マッサージを施している。壁際の空バケツの脇に注射器が転がっていた。

「シャブか……」

相馬の声に、ホシを見下ろしていた所轄の新村《にいむら》がうんざりとした顔をあげた。

「見りゃ判んだろうよ」

相馬はホシの傍らに屈《かが》みこんだ。エナメルのコートには駅前広場での殺戮《さつりく》の激しさを物語るように大量の返り血が飛び散っている。左袖《そで》を捲《まく》り上げると、案の定、肘《ひじ》の内側に複数の注射針の痕《あと》があり、そのうちのひとつに血が固まっていた。血の乾き方から見て最後にシャブを打ってからまだ三十分か一時間そこら。どう見てもそれ以上はたっていない。

「勝手に触るな、相馬」

川田があばた顔を歪《ゆが》め、獲物をとられまいとする獣のようにすごんだ。

相馬は相手にせずにホシの顔を覗《のぞ》きこんだ。二十代後半あたりのまだ若い男だった。呆《ほう》けたように口を開けて天井を凝視しているが、青白い皮膚はじっとりと冷たく汗ばみ、瞳孔《どうこう》はすでに散大しきっている。その黒い硝子《ガラス》玉のような目は、死の瞬間まで自分の脳が生み出す幻覚を見ていたのだろう。

男の左の鼻腔《びこう》に微量の白い粉が付着していた。相馬は立ち上がり、黒いフルフェイスのメットが投げ込まれている洗面台に近づいた。メットの中に押し込まれた黒い手袋の上にわずかに白い粉が散っており、ご丁寧に洗面台にはヘロインをスニッフィングするのに使った短く切ったストローが落ちていた。さらに、洗面台脇のゴミ箱からは真新しい包丁の空き箱が三つ突き出ている。

「おまえが考えてることくらい、こっちもとっくに解ってんだよ」

新村がぶらぶらと近づいてきた。

「こいつはここでシャブを突っ込んで、最高にぶっ飛んだ気分で出刃を握って駅前広場に乗り込んだ。で、広場にいた連中を手当たり次第にやった後、ここへ戻って一服したわけだ。今度はヘロインをな。おかげでこのザマだ。まさに飛びっぱのまんまあの世行き。ヤク中の死に方とすりゃ本望だろうがな」

シャブとヘロインというドラッグの性質を考えると、相馬もそういう筋しかないだろうと思った。シャブは精神を高揚させるいわゆるアッパー系のドラッグで、一発突っ込めば瞳孔は散大し、呼吸、心拍数、血圧は急上昇、まさに超人化した気分で狂気のハイウェイを突っ走る。逆にヘロインは弛緩《しかん》、抑制効果を持ついわゆるダウナー系のドラッグで、阿片《あへん》のように人を酩酊《めいてい》させ白昼夢を見せる。ホシはシャブをやって広場で大暴れし、そのあとヘロインをやって心臓に変調をきたした。こういうアッパー系とダウナー系のドラッグの組み合わせは心臓に極度の負担がかかるため、しばしば命を落とす破目になるのだ。

遺体を運び下ろす頃には雑居ビルの前にすでにマスコミが殺到していた。

相馬たち所轄の刑事が力ずくで人垣を押し戻す中、担架に載せられたホシは激しいカメラのフラッシュを浴びながら救急車に収容された。事件発生から三十八分。準現行犯逮捕だった。

「死ぬんなら、人殺す前に死んどけ」

吉松が走り去る救急車を眺めながら吐き捨てるように言った。

ホシは無辜《むこ》の人間を無差別に殺しておきながらヤクでラリったまま死に、もはや裁かれることもない。多くの刑事たちが腹の底に不発弾のような憤りを抱えてのろのろとパトカーに向かっていた。被疑者死亡のまま、署では夕方から捜査会議が開かれる。

広場のあちこちに早くもマイクを持ったテレビレポーターが立ち、増え続ける一方の野次馬が車道にまで溢《あふ》れている。パトカーでさえクラクションを何度も鳴らさなければ容易に車を出せないありさまで、平素はのどかな広場がまるで祭りのようだった。

いつもならこの時刻、広場は改札脇の甘栗屋のラジオが聞こえてくるほど静かで閑散としている。相馬は派出所勤務の頃、よくハトの餌を手にした老人が石椅子で眠りこけているのを見かけたものだった。話し相手が欲しくて来るのだが、平日の昼日中に広場の椅子にぼんやりと座っている人間はそう多くはなく、たいてい老人はハトに餌をやった後、日向《ひなた》ぼっこのまま居眠りをしていた。

相馬はふと奇妙な違和感を覚えた。

なぜこの広場だったのか。

ホシはあらかじめ新品の出刃包丁を三本も買い込み、言ってみれば人を殺す気満々だったのだ。それなら、どうしてもっと大勢の人間がいる場所を選ばなかったのか。ちょっと出刃を振るだけで人が薙《な》ぎ払われるような雑踏が東京にはいくらもある。それなのに、ホシはなぜこんな閑散とした広場にやってきたのか。

「相馬!」

胴間声に振り返ると、パトカーの窓から吉松が首を突き出している。相馬は頭を過《よ》ぎった疑問を打ち消してパトカーに近づいた。ヤク中の通り魔の行動など、いちいちまともに考えても筋が通るわけがない。

「相馬、おまえ富士見《ふじみ》医大病院へ廻《まわ》ってくれ」

富士見医大は被害者の搬送先だが、遺族に司法解剖の承諾を得るためにとっくに所轄の者が行っているはずだ。今さら自分に何をしろというのか。

吉松ははちきれそうな腹回りにシートベルトを装着しながら言った。

「ガイシャでひとり生き残ってるのがいる」

「本当ですか」

相馬は被害者もホシも、通り魔事件に関わった人間はすべて死亡したと思っていた。

吉松はすでにホシが逮捕されていることもあり、大して興味もなさそうに付け加えた。

「まぁ、一瞬のことで何も覚えちゃいないだろうが、そいつが喋《しゃべ》れる状態なら一応、話を聞いてきてくれ」

「しかし捜査会議の方は」

訊《き》き返した相馬に、車へ向かっていた刑事たちから声が飛んだ。

「おめぇがいなくたって困りゃしねぇよ」

「ついでに病院でてめぇの頭も診てもらっちゃどうだ？」

刑事たちは、生きてホシを挙げられなかった憤懣《ふんまん》を相馬に叩《たた》きつけるように、ことさらにゲラゲラと笑いながら通り過ぎた。

彼らは自分を決して組織の一員とは認めない。理由は解っている。

吉松は何も聞こえなかったふりで顎《あご》をしゃくった。

「まぁ、悪いが行ってくれ」

半端仕事には半端者を廻《まわ》すのが一番、差し障りがないというわけだ。

相馬はいつものように黙って頷《うなず》くと自分の車に乗り込んだ。

犯人逮捕を報じるレポーターの背後で中学生の一団が何がそんなに嬉《うれ》しいのかピースサインを掲げて飛び跳ねている。相馬は、この事件で一人でも生き残った人間がいたのが救いだと思いながら、クラクションと共にダークグレーマイカのハリアーを発進させた。

## 5

富士見医大病院の外来診療は午後二時半に終わり、山科早季子《やましなさきこ》は二歳になる息子の翼《つばさ》を膝《ひざ》に抱いて処方箋《しょほうせん》が出るのを待っていた。整然と並んだ長椅子には会計と処方箋を待つ外来患者がわずかに残っているだけだ。がらんとしたロビーに備え付けのテレビから通り魔事件を伝えるレポーターの声が響いているが、熱心に画面を眺めているのは近くの壁に凭《もた》れて立っている若い男くらいだった。濃紺のスーツを着たその若い男は先ほど制服の女性警官と話していたから多分、刑事なのだろう。

テレビに関心のない息子の翼は、オーバーのフードを目深に被《かぶ》ったままひたすら両指を動かして『おはなしゆびさん』に興じている。ウッウッという声しか出ないが、歌っているつもりの翼はご機嫌だ。早季子はフードの上からそっと翼の頭を撫《な》でて、病院の玄関先に目をやった。

大きな桜のある車回しに次々とテレビ局の車両が到着し、スタッフたちが撮影機材を降ろしている。半時間ほど前、サイレンを響かせて立て続けに病院に到着した救急車は、やはり通り魔事件の被害者たちを運んできたのだ。あの撮影機材は、病院へ駆けつけてくる被害者の家族を映すためのものだ。早季子は恐ろしい事件に巻き込まれた被害者とその家族のことを思い、やり切れない気持ちだった。ただそこにいたからという理由で人が殺されていいはずがない。

戸外は夕暮れに向けて風が出てきたらしく、スタッフのジャンパーが小さくはためいているのが見える。煙草に火をつける者、缶珈琲《コーヒー》を開ける者、それぞれに被写体が現れるのを待っている。屈強な男達が肩に担いだ撮影機材は、早季子に昨年の秋、生まれて初めてテレビカメラの前に立った日々のことを思い出させた。

早季子がそのドキュメンタリー番組の取材を受け入れたのは、考え抜いた末の決断だった。顔と実名を晒《さら》してテレビに出ればどんなことになるか、想像がつかないわけではなかった。それでもあえて取材を受け入れたのは、少しでも多くの人に事実を知ってもらいたいと思ったからだ。

銀杏《いちょう》並木が綺麗《きれい》に色づいていた十月の終わりだった。一週間に及ぶ収録はすべて早季子の家で行われた。番組のスタッフたちは初めのうちこそ腫《は》れ物に触るように早季子たちに接していたが、収録の合間に言葉を交わしたり、お茶を飲んだりするうち自然と普通に接してくれるようになった。そのことにずいぶんと気持ちが救われた。

収録の最終日、夕焼けに染まった子供部屋で男性スタッフたちがカメラの位置を変える間、スタッフの女の子のひとりが翼に『おはなしゆびさん』を教えてくれた。短い髪に赤いバンダナを巻いたその女の子は、翼の傍らに座って「このゆび、ママ。やさしいママ」と甥《おい》っ子にでもするように歌ってくれた。翼は女の子を真似て嬉しそうに一生懸命に指を動かした。早季子は、そんなことが起こるとは夢にも考えていなかった。思いがけない光景に胸がつまり、不覚にも涙が零《こぼ》れた。

十二月に番組が放映されてから、早季子たちの身には実に様々な出来事が起こった。それでも、取材を受けたあの時の決断を、早季子は今も後悔はしていなかった。

クラクションが鳴り、病院の玄関前がにわかに騒がしくなった。見ると、刑事らしい一人の男が車を降り、一斉に群がるマスコミの人間たちを払いのけるようにして足早にやってくる。テレビを観ていた若い刑事が軽く手をあげて玄関口へ走り出した。その突然の動きに翼が驚いて顔をあげた。フードが外れて露《あら》わになった翼の顔を見た途端、若い刑事は凍りついたように足を止めた。

翼には顔の右半分がない。

右頬、口蓋《こうがい》、口唇、舌と右顔面に集中した壊死《えし》組織を切除したため、顔の右半分がえぐり取られたように陥没しており、右目は眼球を含む眼窩《がんか》内容除去手術のため眼窩内が空洞になっている。口腔《こうくう》周辺は再建手術が施されているが、陥没した右鼻翼から右耳の下までの縫合痕《あと》はケロイド状に赤く盛り上がり、下顎《したあご》の真ん中にも縫合痕が断裂のように残っていた。

若い刑事は化け物でも見たように気味悪そうに眉《まゆ》を顰《ひそ》めた。ロビーの入り口から「坂《さか》井《い》！」と呼ぶ声がした。若い刑事は嫌悪の一瞥《いちべつ》をくれて素早く走り去って行った。

早季子は自分の気持ちを引き立てるように「よいしょ」と声を出してずり落ちそうな翼を膝に引き上げた。こんなことは初めてではない。いずれ翼は今のような好奇と嫌悪の目の中へ一人で踏み出して行かねばならない。つらいだろうが、自分から出て行くことで初めて友人や理解者を得て、生きる場所を切り拓《ひら》くことができるのだ。早季子はきょとんとしている翼に笑いかけると、フードを被せぬまま翼に頬を寄せて一緒に『おはなしゆびさん』を始めた。翼は、早季子が耳元で歌う声に合わせて楽しげに身体を揺すった。

そういえば、こんなふうに翼の心に寄り添って遊ぶのは久しぶりのような気がした。ひと月あまり前、早季子の元にある問い合わせの電話が殺到した。それ以来、早季子の頭はひとつの問いに占領されていたからだ。翼の看護をしている間も、遊んでやる間も、慌しく自分の食事をとる間も、その問いが頭を離れたことはない。

『佐々木邦夫』と名乗る男——あの男が言っていることは、真実なのだろうか？

## 6

「被害者の家族はもう来てるのか」

相馬は駆けてきた新人の坂井にすぐさま尋ねた。被害者は五人。そのうち四人は搬送後まもなく死亡が確認されていた。

「さきほど久保忠《くぼただし》の遺族が到着しました。遺族には永山《ながやま》巡査が付き添っています」

『家族』を『遺族』と得意げな調子で言い換える坂井に相馬は不安を覚えた。

「おまえ、ひょっとして駆けつけてきた家族に『ご遺族の方ですか』と訊いたんじゃないだろうな」

それが何か、という顔をしている坂井に相馬は思わずかっとなった。

「言われた身になってみろ！」

ロビーに怒声が響き、カウンターの中の薬剤師がこちらに咎《とが》める目を向けた。相馬は声は抑えたが怒りはとうてい抑えられなかった。

「いきなり自分の家族が事件に巻き込まれたと聞いて、どんな気持ちで病院へ駆けつけてくると思ってるんだ。死んだと言われても意味が解らない時に、馬鹿なことを言うな」

坂井はふてくされた顔でうつむいた。言われた内容よりも言葉遣い程度のことで怒鳴られたのが不満なのだと解り、子供のように不機嫌に押し黙った坂井と向き合っているのが馬鹿らしくなった。相馬は自分から話を続けた。

「それで生き残った被害者は」

「左脇腹を十二針縫う全治二週間です。治療は終わって外科の待合スペースで待たせてあります」

坂井は不承不承に答えると、ようやくポケットから手帳を出して読み上げた。

「繁藤修司、十八歳。烏山《からすやま》にある日榮《にちえい》建設に勤務。深大町四丁目二の八のタカミ荘二〇三号室に独居。両親は離婚。根津《ねづ》に住む父親はトラック運転手、母親は再婚して大阪在住」

「じゃあ、今は父親が来てるのか」

「いえ、まだ」

それだけ聞くと坂井にロビーにいるように命じて、相馬は外科の待合スペースに向かった。なぜ少年をひとりにしておいたと怒るだけ無駄だと思った。あんなむごい事件に遭ったのだ。身体の傷より精神的な衝撃の方が遥《はる》かに強い。相馬は廊下の青いラインを辿《たど》って外科へと急ぎながら、せめて看護師が気づいてそばについていてくれれば良いがと思った。

外科外来は西翼の一階にあった。診療室に面した待合スペースはすでに灯《あか》りも消え、寒々とした薄暗い廊下に無人の長椅子が並んでいるばかりだった。相馬はひやりとして辺りを見回した。

少年の姿はどこにもない。

相馬は西翼にある各階の待合スペースを片っ端から捜した。色とりどりのラインが引かれた人気《ひとけ》のない廊下に自分の靴音だけがせわしなく反響し、それがよけいに気持ちを急《せ》き立てた。

繁藤修司はナースセンターにも屋上にもいなかった。背中を冷たい汗が流れ落ちた。

相馬は念のためにもう一度、西翼一階に取って返した。

すると、さきほどは確かに無人だった外科外来の方からくぐもった人の話し声がする。行ってみると、一人の茶髪の少年が廊下の公衆電話を使っていた。

少年は病院で貸与された白い検査用の簡易服の上に、あくまで自分の物を身につけておくのだというように生乾きのジップアップパーカーを羽織っていた。グレーのコットン地に鮮やかなコバルトブルーのロゴのついたパーカーは、左脇腹の辺りが二〇センチほどすっぱりと切れて水に濡《ぬ》れた血の痕が薄く滲《にじ》んでいる。

「大袈裟《おおげさ》なんだよケーサツは。マジたいしたことねぇから」

繁藤修司はまるで年の離れた弟に話すようにやさしい口調で喋《しゃべ》っていた。殴られた左顎《あご》が暗紫色に腫れ上がり、喋ると息が漏れるのを何とかごまかしている。

「来なくていいって。それよか眠くなったら高速降りて仮眠しろよ。事故って死ぬよかクビのがマシだろ」

修司は片手で次々と硬貨を入れながら何かを聞いて笑った。

「んじゃもう金ないから。じゃあな」

受話器を置くと修司は傍らの長椅子に座り込み、そのまま自分の胴を抱くようにしてじっと身を折り曲げている。相馬にも覚えがあった。縫った後しばらくは痛む。相馬は修司が息をついて顔を上げるのを待って近づいていった。

実のところ、修司が事件にどれほどのダメージを受けているのか、相馬にはよく解らなかった。それでもこの十八の少年には、今、高速でトラックを転がしている父親の状況を考えるだけの自他を区切る堅固な意志がある。すぐに事情聴取をしても大丈夫だと感じた。相馬は警察手帳を見せ、単刀直入に用件を述べた。

修司はあからさまに値踏みをするような鋭い眼差《まなざ》しで相馬を見上げた。だが文句を言うでもなく、ゴム製の氷嚢《ひょうのう》を時々顎に当てながら駅前広場で起こった出来事について話し始めた。ホシが四人の人間をどのように刺殺したか、その順序も動きも、凶器の三本の出刃包丁を取り換えたタイミングも、修司はすべて記憶していた。

相馬は要点を手帳に書き付けながら、凄惨《せいさん》な体験を淡々と話す修司の冷静さに内心舌を巻いた。ところが、その冷静さの一方で修司は、凶器を持ったホシと素手で組み合うというおよそ正気では考えられない暴挙に出ていた。相馬は眼前の少年に興味を覚えた。

「それで、そのオロナミンCの瓶を取りに駆け出した時に、ここをやられたんだ」

修司は指で自分の左の脇腹を差した。はだけた簡易服の下に、傷口を覆った大きな白いガーゼが見えた。

「切られたのは分かったけど、それどころじゃなかった。俺はとにかくあいつのメットを叩《たた》き割るつもりで、空き瓶を摑《つか》んで振り返ったんだ」

「どんな風に」

修司はスリークォーターのピッチャーのように右腕をやや斜め後ろに振り上げて見せた。打ち下ろしていれば、バイザーは粉々になっただろう。

「けど振り返った途端、いきなり右のこめかみにすげぇ一発を喰らった」

「右?」

右のこめかみということは、ホシは左手で修司を殴打したということだ。

修司は相馬の不審を理解したらしく、そのとおりだと言うように頷《うなず》いた。

「あいつは左手も使えたんだ。俺はあいつが左も使えるなんて思ってなかったんで、思い切りまともに喰らっちまって……たぶん、その一発で脳震盪《のうしんとう》かなんかを起こしたんだと思う。そのまま噴水に突っ込んだんだ」

相馬は手帳に『ホシは両手利き』と書き込み、その下に二重線を引いた。同時に修司が相手の利き手を考えて動く程度に乱闘慣れしていることも頭に入れた。

「噴水に落ちてからの事は覚えてるか？」

「ああ、体は利かなかったが意識が丸ごと飛んでたってわけじゃない。何が起こってんのかくらいは解ってた。あいつは水に沈んでる俺の両足を摑んで噴水の縁の方へ引っ張り寄せた。それから右手で出刃を振り上げたんだけど、そのあと何かにびっくりしたみたいに駅の方を振り返った。そんで急に出刃を捨てて逃げ出したんだ。俺は意識が戻ってきて息が苦しくなって水から這《は》い出した。ゲボゲボいってたら、駅の方から拳銃《けんじゅう》を抜いたお巡りが走ってきて俺が生きてるのを確かめた。そいつから火薬の匂いがしたから撃ったんだなと思った。当たってないけどな。そん時あいつはもう広場を抜けて駅前通りの方へ向かってた。お巡りは無線になんか喋って救急車呼んで、あいつを追いかけて行った」

修司はこれで全部だというように相馬を見た。あの警官がいなければ自分は死んでいたとも、命を助けられたとも言わなかった。警官は屋台の天津甘栗屋からの一報で駅の北口の派出所から駆けつけたのだが、実際あと数秒でも到着が遅れていれば、修司は今頃、間違いなく司法解剖を待つ列に連なっていただろう。あの場所にいて助かったのはまさに僥倖《ぎょうこう》だった。

「事件の起こった時、どうして駅前広場にいたんだ？」

相馬はふと好奇心に駆られて尋ねた。

「そんなの関係ねぇだろ」

淡々とした口調に初めてわずかな苛立《いらだ》ちがみえた。

「いや、言いたくなければいいんだが……。ただ、平日の昼間だから」

「土方だって年中無休ってわけじゃないんだぜ」

そう言うと、修司は突き放すように短く答えた。

「友達と待ち合わせだよ」

「そうか」

相馬はそれ以上、尋ねなかった。

「行っていいか」

「一応、緊急の連絡先を教えておいてもらえないか」

「今はない。噴水につっ込んで携帯、ダメんなっちまったから。俺の、防水じゃないんでね」

嘘だと思ったら自分で確かめろというように、修司はカーゴパンツのポケットからメタルブルーの携帯を出して投げてよこした。開けてみると液晶が曇って完全に壊れていた。相馬は携帯を返すと、手帳を一枚破って自分の携帯の番号を書いて渡した。

「とりあえず明日ここに連絡をくれ。供述書にサインが必要だから」

修司は黙ってメモを受け取った。それから不意に問い質《ただ》すような目で相馬を見つめた。

「あいつがクスリやってたっていうのは、本当なのか」

どこでそんな話を聞いた。相馬は驚いたが、さすがに顔に出すほど迂闊《うかつ》ではない。

「捜査はこれからなので、詳しいことはまだ何も解ってないんだ」

『白昼の通り魔。死傷者五名。犯人は薬物乱用者か』。警察の捜査より売店のテレビの方が早いってか」

相馬は呆《あき》れた。

「わざわざ売店までテレビ見に行ったのか……」

売店は東翼の二階にあり、ここからはかなり遠い。縫った直後の傷が痛まぬようにそろそろと歩いて往復したとすると二十分はかかっただろう。

「ほかに用もあったしな」

修司は長椅子の下から手品のようにステンレス製のゴミ箱を取り出した。おそらくどこかの診察室から拝借したのだろうその空のゴミ箱には、売店で売っているロックアイスの袋がきっちりと納まっている。

「看護師にもらった氷、すぐ溶けちまったから」

修司は氷嚢の中の温《ぬる》くなった水をステンレスのゴミ箱に捨て、袋から新しい氷をつかみ出した。

相馬は、最初に修司が外科の待合スペースにいなかったのは、売店へ行っていたからだと気づいた。一番の目的はおそらく、金を両替して大量の十円玉を手に入れることだ。公衆電話から自分のことは心配ないと父親に電話するために。

修司がいきなり耳を疑うようなことを言った。

「あいつはクスリなんかやってなかった。間違いなく正気だった」

そっけないほどの口調だった。修司はそれきり警察がどう考えようと勝手だというようにせっせと氷を氷嚢につめている。

こいつは一体どこからそんな突拍子もない事を思いついたんだ。

尋ねようとした時、看護師が息を切らして駆けてきた。

「刑事さん、すぐに正面玄関の方にお願いします」

駆けつけた被害者の親族とマスコミの人間が玄関前でもめて騒ぎになっているという。

相馬は心の中で坂井を呪った。

だからロビーにいろと言っただろ。

急いで正面玄関に向かおうとした相馬は、いつの間にか修司がロックアイスの袋を手に通用口の方へ歩き出しているのに気が付いた。

「どこ行くんだ」

「決まってんだろ、帰るんだよ」

「おい、ちょっと待て」

相馬は咄嗟《とっさ》に修司の腕を摑んだ。

その途端、修司は燐《りん》が青く発火するような激しい嫌悪を迸《ほとばし》らせて相馬の腕を振り払った。

相馬は驚いて修司を見た。

「……俺は警官が嫌いなんだ」

相馬は、修司がずっと警官への激しい嫌悪を押し殺していたことに初めて気づいた。ひととおりの話をする間、修司が身体的な痛みと同時にこれほどの嫌悪を隠しおおしていた事に少なからずたじろいだ。こいつを子供だと考えるのは間違いだと思った。

「とにかく……ちょっと待っててくれ。すぐに戻るから」

相馬はそれだけ言うと、うろたえている看護師を促して正面玄関に向かった。

## 7

修司は、相馬と看護師が廊下の角を曲がるまでじっと見ていた。そして誰もいなくなるとようやく悔悟の溜《た》め息をついてその場に座り込んだ。

やっちまった……。

警官に向かって警官が嫌いだと喚《わめ》くことは、『俺に目をつけて下さい』とお願いするに等しい。そんなことは重々解っていた。だから全神経を集中して可能な限り協力的に接していたのだ。もう少しで何事もなく終わるはずだった。ところが、刑事に腕を摑《つか》まれた途端、埃《ほこり》っぽい材木置き場の匂いと鳴り響くサイレンの記憶が押し寄せ、瞬間、血が逆流するような怒りで前後を忘れた。

修司はもう二度と、警官という名のつく人間と関わりたくなかった。

死んだ通り魔のことなどほっとけばよかったんだ。それなのに自分から、あいつはクスリをやってたのか、などと尋ねて墓穴を掘り、その挙句、あと一歩のところで大失態をやらかした。俺は救いようのない馬鹿だ。

気がつくと、傷口からガーゼに血が染み出ていた。修司は痛みと情けなさの両方で顔をしかめた。刑事が戻ってくるまで待つ気は毛頭なかった。痛みの大波が去るのを待って修司はゆるゆると立ち上がった。そして出来るだけ上半身を曲げずに床のロックアイスの袋を取り上げると、そのまま廊下の突き当たりの通用口の方へ歩き出した。

その時、突如ものすごい勢いで通用口の扉が開いたかと思うと、一人の男が血相を変えて飛び込んできた。男は修司を見るなり転げるように駆け寄ってきた。

「あとの四人は、あとの四人は無事なのか」

「あとの四人……？」

修司は男の勢いに呑《の》まれて思わず鸚鵡《おうむ》返しに尋ねた。

男はいきなり修司の両肩を摑んだ。

「刺された四人だ！」

修司はまじまじとその男を見た。

四十代後半かそこらの、一目でオーダーメイドと判る仕立ての良いダークスーツにインテリ風のフレームレス眼鏡を掛けた男。間違っても知り合いにそんな奴はいない。

「誰だよあんた」

男は答える気がないのか余裕がないのか、常軌を逸したような切羽詰まった声で叫んだ。

「四人はどうなったんだ！」

そういう事は医者か警察に訊《き》いて貰《もら》いたいと思ったが、修司は仕方なく事実を告げた。

「死んだよ」

男は絶句した。それからまるで頭を殴られたようにうめき声を漏らしてその場に座り込んだ。静脈の立った大きな手の中できれいに整えた髪がくしゃくしゃになっていた。そのまま両手で自分の頭をかち割ってしまうんじゃないかと修司は本気で心配になった。看護師を呼んだ方がいいかと思い始めた頃、男の搾り出すような声が聞こえた。

「……逃げろ。できるだけ遠くへ逃げろ」

男は顔を上げ、修司の目を見た。青褪《あおざ》め、冷や汗の浮いた恐ろしい顔をしていた。いい年をした大人のそんな顔を見るのは初めてだった。

外来受付の方から人の話し声と足音が近づいてきた。男は弾《はじ》かれたようにそちらへ目をやると、すぐさま立ち上がった。

「いいか、よく聞くんだ」

男は必死の形相で修司の目を覗《のぞ》き込むと、一言一言、修司の頭に刻み込むように言った。

**「あと十日。十日、生き延びれば助かる。生き延びてくれ。君が最後の一人なんだ」**

そう言うと男は、近づく人の気配に追い立てられるように瞬く間に通用口から姿を消した。

病院を出ると、空にピンク色の雲が広がっていた。

派手な色つきの雲のせいか、空が妙にだだっ広く感じられた。初めての町で、修司には駅がどちらの方向にあるのか見当がつかなかった。最初に行き会った中学生に道を尋ね、住宅と商店が混在する通りを指差された方角へ歩き出した。風が出ていたので、濡《ぬ》れたパーカーは歩いているうちにほとんど乾いた。

失血したせいだろう、自分でも時々、足がふらつくのが解った。立ちどまって自販機に手を突いて休んだ。何か腹に入れなければと思ったが、どうにも物を食う気にならなかった。刑事に渡された携帯番号のメモを丸めて自販機のゴミ箱に捨てると、パン屋で珈琲《コーヒー》牛乳を買った。それから駅前までなんとかのろのろと歩き、バスのロータリーのベンチに座って飲んだ。

身体が重く、息をするのも億劫《おっくう》だった。いつの間にか、目の前のデパートのエントランスが眩《まぶ》しい光を放っていた。ビルの看板や商店街の街灯にも灯《あか》りがともり、気がつくと見知らぬ街の駅前は夜の始まりの賑《にぎ》わいに包まれていた。

やがて、一ブロック先の角を曲がって黄色い循環バスが姿を現した。行き先表示に『深大寺駅行』とあるのが見える。

深大寺駅……。血なまぐさい事件が起こった場所。

今日、あの桜の咲く駅前広場の石椅子に座った時は、昼だった。

修司はなぜか駅前広場は今も昼のままで、シニヨンの女も、パールのネックレスをした老婦人も、女子大生も、商店主風の男も、自分自身も、まだ噴水の周りのベンチに座っているような気がした。死んだ四人の顔はそこだけぼけた写真のように思い出せなかった。

目の先の横断歩道を、若い母親とおけいこ袋を提げた女の子が楽しそうに話しながら歩いていく。修司は見知らぬ母娘《おやこ》を見送りながら、あのフレームレスの眼鏡をかけた男はちゃんと自分の家に帰れただろうか、とぼんやりと思った。

心を病んだ気の毒な男……。頭を抱えて蹲《うずくま》った左手の薬指に、銀色の指輪をしていた。きっと家には妻子がいるはずだ。たぶんあの男はテレビで凄惨《せいさん》な通り魔事件の報道を見てショックを受けたんだろう。そのせいで、あいつの壊れた頭の中いっぱいに入道雲みたいに妄想が膨らんだんだ。

親父もあんなふうだった。

事故を起こしたすぐ後は、親父も時々おかしなことを喋《しゃべ》り出すことがあった。頭の中で色んな思いつきが結びついて、他人には解らない現実が出来上がっちまう。話を合わせてやりたかったけど、親父の現実はいつもラグビーボールみたいにどっちに転がるか見当がつかなくて、俺はたいてい右往左往するばっかりだった。

あのフレームレスの男に教えてやればよかった。通り魔はもう捕まって、俺はちゃんと生き延びているから心配しなくていいって。そうすれば、あいつは安心して家に帰れたかもしれない。

身体がひどくだるい。目を瞑《つぶ》ればたちまち眠ってしまいそうだった。

黄色い循環バスがロータリーの緩やかなカーブを曲がって近づいてくる。

あれに乗って、俺はアパートに帰る。

そして、自分の布団に倒れこんで何も考えずに眠る。

朝まで目を覚まさずに、死んだように眠る。

その時、混濁した意識の底の方から、ふっと小さな泡が浮かんでくるようにひとつの疑問がわいて出た。

あの気の毒な男は、なんで俺の顔を知ってたんだ……？

ニュースでは五人死傷というだけで、顔写真はおろか被害者の名前さえまだ報じられていなかった。なのに、あの男は俺の顔を見るなり真っ直ぐに駆け寄ってきた。

あの男は、なんで初めから俺が通り魔事件の被害者だと知ってたんだ……。

黄色い循環バスが停車し、電子音と共に扉が開く。わずかな乗客が降りてあっと言う間にいなくなった。深大寺駅に戻るバスの扉が、誘うように口をあいたまま修司が乗るのを待っている。

考えなければ……。

何かが、遠くか細い声のように危険を知らせていた。だが、眠気と疲労が圧倒的な力で思考を押し流していく。

修司は、暖かく居心地の良い車内へと続くステップをぼんやりと見上げた。

8

相馬は署の玄関階段を駆け上ると、捜査会議の行われている会議室へ急いだ。右目の辺りがずきずきと痛む。指で触れると案の定、瞼《まぶた》が熱を持って腫《は》れあがりかけていた。

事の起こりは、病院に駆けつけた被害者の親族が建物に入ろうとするのに、カメラマンが立ち塞《ふさ》がって写真を撮ったことだった。激昂《げきこう》した親族はカメラを奪って投げ捨て、商売道具を壊された若いカメラマンは頭に血が上った。相馬が正面玄関に行った時にはすでに親族とカメラマンはほとんど摑み合いになっており、親族の振り回した拳《こぶし》が二人を何とか引き離そうとした相馬の顔面にカウンターパンチとなって決まった。

肉親を失った親族に腹は立たなかった。代わりに、相馬は足元にあった大きな銀色のカメラケースを力まかせに蹴《け》飛ばした。カメラケースは凄《すさ》まじい音をたてて桜の樹の根元まで吹っ飛んだ。始末書でも構うものかと思った。そんなことより悔やまれたのは、繁藤修司をひとりにしたことだった。相馬が戻った時には、修司の姿はどこにもなかった。

もう一度会って話を聞かなければ。そう思いながら相馬は会議室の扉を開けた。すでに捜査会議は終わり、刑事たちの班分けが始まっていた。

今後の捜査では、犯行の動機に繋《つな》がるホシの心情および素行、犯行時の詳細な状況、凶器と薬物の入手経路等をホシの証言なしに解明しなければならない。その上で書類送検することになるのだが、被疑者が死亡しているため、不起訴という結果が待っている。面倒である上に消化試合の感は否めず、班分けの点呼に応《こた》えてバラバラと捜査に出て行く刑事たちにもホシの逮捕をかけてしのぎを削り合ういつもの緊張感はなかった。

相馬は凶器の入手経路の班に振り分けられたのち、黒板に書かれた文字に目を走らせ、これまで判明している事実を頭に入れた。ホシは二年前に覚醒剤《かくせいざい》不法所持であげられており、早々と身元が割れていた。

佐田護《さたまもる》、二十八歳。神奈川県川崎《かわさき》市生まれ。元パチンコ店店員。

住所・豊島《としま》区雑司《ぞうし》が谷《や》十四の八　三池アパート二〇二号。

佐田は午後三時五十分に搬送先の病院で死亡が確認されており、死因は薬物乱用による心不全となっていた。

相馬が必要事項をメモして会議室を出ようとした時、またしても胴間声に呼び止められた。上座にある幹部席の長机から吉松が手招きしている。相馬は諦《あきら》めて幹部席へ出頭した。

「それ、どうしたんだ」と、吉松は相馬の腫れた右瞼を指差した。

「病院でガイシャの家族とカメラマンが揉《も》み合いになったのを、止めた際のものです」

カメラケースを蹴飛ばしたことは言わずに置いた。

「そうか。ああ、生き残ったガイシャの供述、取れたか？」

「今夜中に調書にしておきます」

そう答えると、相馬は念のため吉松に確認した。

「佐田の血中から薬物反応は……」

吉松は卓上の資料に目を落とした。

「メタンフェタミンとジアセチルモルヒネが出てる。それがどうかしたのか？」

相馬は、修司からホシは正気だったと聞いた時から引っ掛かっていたことを口にした。

「佐田は広場から逃走する際、出刃包丁を捨てているんです」

「そりゃあ、制服警官に発砲されてビビったんだろ」

「普通ならそうです。しかし佐田はシャブの力で四人を刺殺してまさに全能感の絶頂にあったはずです。その佐田が、たった一発の銃声にビビって凶器を捨てて逃げたというのがちょっと妙な気がして。シャブでハイになっている場合、むしろ凶器を振り回して警官に向かってくるか、逃走するにしても凶器を手に通行人を見境なく襲うか」

「……まあなぁ」と、吉松は宙を見上げて考え込んだ。それから、思いついたように相馬に尋ねた。

「おまえはなんでだと思う」

「解りません。ただ、出刃を捨てたことで、佐田は結果的に現場では命拾いしています。警官は、凶器を持たずに逃走するホシを背後から射殺することはできません」

吉松の眉間《みけん》にわずかに縦皺《じわ》が走った。相馬は構わず続けた。

「佐田が出刃を握って逃走していれば、佐田はたぶんあの場で……」

「相馬」

遮ったのは、傍らで聞いていた警部の上枝《うええだ》だった。上枝は卓上のファイルをまとめて立ち上がった。

「おまえは被害者の方を担当してくれ。凶器の方には木田《きだ》を廻《まわ》す」

「ちょっと待って下さい」

通り魔事件ではホシと被害者には何の接点もない。やる事といえば焼香に行き、住所氏名、家族構成などを確認し、なぜ運悪くその場に居合わせたのかを尋ねるくらいで文字どおり書面作りのための仕事だ。この事件で被害者を担当するということは、実質的には捜査から外れることを意味する。

相馬はわけが解らなかった。なぜ突然、捜査から外されるのか。吉松も意外な顔をしており、捜査に向かいかけていた刑事たちも数人、足を止めて振り返った。

上枝は相馬の視線を無表情に受け流すと、相馬などその場に存在しないかのようにファイルを手に会議室を後にした。話をさらわれた吉松は気まずい顔で肩をすくめた。

「まぁ、ということだ」

巨体を揺らして出て行く吉松が、腹の中であいつもそうとう憎まれたもんだと思っているのが相馬には手に取るように解った。上枝が相馬を憎んでいるのは周知のことだ。だが、こんな小役人の嫌がらせのようなやり方は上枝のスタイルではない。上枝が相馬を叩《たた》くのは、相馬が苦しむのを見て楽しむためだ。すでにホシの挙がった消化試合のような捜査から外したところで、上枝には何のうまみもない。

同僚の刑事たちが遠巻きにしているのが解った。面白がっている者、高みの見物を決め込んでいる者、様々だったが、あえて相馬に声をかける者はなかった。

背を向けて戸口に向かって歩き出した相馬に、後ろから野太い声が飛んだ。

「いない方が捜査がはかどる。そういう奴もいるんだよなぁ」

相馬はこの五年そうしてきたように、同僚の揶揄《やゆ》を無視して会議室を出た。

9

午後十一時を過ぎると、節電のため刑事部屋の東半分の蛍光灯が消される。相馬は修司の供述を文書に起こすため、ひとり薄暗い刑事部屋に残ってパソコンに向かっていた。だが、キーボードの上に置いた手は一向に動かない。

上枝はなぜ、ホシの挙がっている消化試合から俺を外したのか。佐田は準現行犯逮捕だ。ヤクの前科があり、犯行後、血中から薬物反応も出ている。ヤク中の佐田護による通り魔殺人という筋は動かない。それなのに、なぜ上枝は……。

そう考えながら修司の供述を見直すうち、殺人現場での佐田の行動にどことなくしっくりこないものがあるような気がしてきた。出刃を捨てて逃走したことだけではない。何かもっと大きな、辻褄《つじつま》の合わない、おかしなものがある。だが、それがなんなのか。何度、供述のメモを読み返してもはっきりと摑《つか》めない。

もどかしさにため息をつき、行き詰まった頭をぐるりと廻した。慣れないデスクワークに固まった首筋がばきばきと音をたてた。修司の供述書はまだ最初の数行しか書けていない。相馬はとりあえず珈琲《コーヒー》でも飲もうと立ち上がった。

刑事部屋の前の廊下に、不味《まず》いことで有名な骨董《こっとう》品のような珈琲の自販機がある。コンビニまで行くのが面倒で相馬は自販機に硬貨を入れた。紙コップに珈琲の落ちるしょぼしょぼした音がヤク中の尿検査を思い出させ、飲む前から気が滅入《めい》った。

そのしみったれた音を露払いとするように、階下からゆっくりと階段を上がってくる靴音が聞こえた。この時刻に署に舞い戻ってくる人間はひとりしかいない。

案の定、平山庄治《ひらやましょうじ》がカップ酒の入ったコンビニ袋を提げて現れた。

平山は仮眠室に勝手に寝泊まりするのを黙認されている署内で唯一の男だ。ヒラ刑事のまま定年まであと一年。本来なら中堅、若手の刑事たちからそれなりに一目置かれる老刑事であってしかるべきなのだが、現実には誰からも距離を置かれる鼻つまみ者だった。不法滞在者と見れば脅しあげて稼ぎを巻き上げ、手帳をちらつかせてタダで抱ける女は総ざらいにし、営業許可の曖昧《あいまい》な店を狙っては払いを踏み倒す。万年ヒラでこき使われる腹いせに、刑事の旨《うま》みは骨までしゃぶり尽くすと決めて生きてきたような男だ。平山が飛ばされないのは幹部の弱みを握っているからだという噂もある。相馬は、署内では平山と同じく四面楚歌《しめんそか》だったが、「弾《はじ》かれ者同士うまくやろうや」と目配せする平山とうまくやるつもりは毛頭なかった。

平山はコンビニ袋を揺らしつつ、好々爺《こうこうや》じみた笑みを浮かべてぶらぶらと近づいてきた。

自販機が珈琲の出来あがりを知らせるピーという電子音を鳴らし、相馬は取り出し口に手を伸ばした。

「なぁ、やめとけよ相馬」

そう言うなり平山はだしぬけに革靴の底で自販機の取り出し口を蹴《け》り抜いた。暗い廊下に爆発音のような凄《すさ》まじい音が反響した。プラスティックの取り出し扉が粉々に砕け、茶色い珈琲がへこんだ自販機の腹を伝って床に血溜《だ》まりのようなしみを広げていた。

平山が階上に上がったのを知っている一階の当直の者は誰も様子を見に来る気はないようだった。相馬は何の用だという顔で黙って平山の出方を見た。

平山はスラックスの裾《すそ》の汚れを気にしながら死んだ自販機から足を引き抜いた。

「この件はさっさと片づけろって上からお達しがあったんだよ。まぁ準現で被疑者死亡なんだから、ほっといてもすぐ片がつくんだが」

平山が『やめとけ』と言ったのはこの事件のことなのだ。相馬は『上からのお達し』という言葉にピンときた。

「このヤマ、何か裏でもあるのか。あんた、何か知ってるのか」

平山は何も聞こえなかったように片足を上げて珈琲色に染まった自分の革靴を眺めている。

「この靴はもうだめだなぁ。駅前の靴屋にいいのが出てるんだよなぁ。一度試しに履いてみたら、サイズもぴったりでな」

相馬は黙って財布を取り出すと一万円札を渡した。

「そいつはズック靴じゃなくて、本革のちゃんとした靴なんだ」

相馬の財布から二枚目の一万円札が消えた。平山は札を無造作にコンビニ袋に押し込むと、カップ酒を取り出してまるで水でも飲むように喉《のど》を鳴らして一息に飲み干した。それから大きくひとつ酒臭い息をつくと、「いいこと教えてやるよ」と、満面に笑みを浮かべた。

「俺は、本当にヤバイことは耳に入れないようにしてるんだ」

相馬は思わずカッとなって平山の胸ぐらを掴んだ。しかし小柄な平山は傾《かし》いだ体勢のまま相変わらず笑みを浮かべて相馬を見つめている。

「警察官を敵に廻してもどうって事ないが、警察を敵に廻すってのは馬鹿のする事だからな」

本当にヤバイことを耳に入れるということは、警察という組織を敵に廻すということだ。そう平山は言っているのだ。

「どんな裏だろうが、うちの署長や上枝レベルじゃ、本当のとこは何も知らされちゃいねぇよ」

平山は肩を振って相馬の腕をふり解《ほど》いた。

上枝や署長さえ何も知らない。一体どこからの、どういう力なのか。

こちらの戸惑いを嗅《か》ぎ付けたように、平山が上機嫌で言った。

「このヤマに深入りしたら、おまえ、これまでみたいに上枝に飼い殺しにされるくらいじゃすまなくなるぜ」

『飼い殺し』という言葉が、相馬の胸に薄い血を滲《にじ》ませた。

平山はカップ酒の空き瓶を可燃物のゴミ箱に投げ込んだ。

「おまえもつまんねぇ事をしたよなぁ。言われたとおりに素直に書いときゃすんだもんを。馬鹿な意地を張ったおかげで同僚からはつま弾き、上司からは飼い殺しだ」

相馬の脳裏に、デスクに置かれた白い用紙が蘇《よみがえ》った。

『とりあえず、名前と住所だけ書いといてくれ』

上枝は当たり前の仕事のように言って相馬にペンを渡した。

そうだ。あの時から俺は『飼い殺し』だ。

寝食を忘れてようやく掴んだ事件の端緒はすべて上枝に取り上げられて他の刑事に投

げられる。ホシを追いつめれば、突然ほかのヤマに回される。俺は一生、事件の外野を這《は》いずり回るだけで、刑事として浮かび上がることはない。

黙って相馬を眺めていた平山の顔に初めて陰惨な喜色が広がった。

「俺はな、相馬。おまえが上枝にいたぶられるのを見てるのが、楽しくてしょうがないんだよ。いつ俺みたいになるかなぁってな。だから、おまえにはヤバいヤマを踏んでほしくないんだ」

そう言うと平山はコンビニ袋を揺らしながら仮眠室へと歩き出した。壊れた自販機はプラスティックの裂け目からだらだらと褐色の液体を流し続けていた。

相馬は自販機の前に立ったまま、平山の背を見送った。

第五管区海上保安本部・高知県高知《こうち》市。

三月二十五日午前九時頃、潜水訓練中のダイバーが高知港の岸壁近くの海底に沈んでいる転落車両を発見。車は相模《さがみ》ナンバーのシルバーのインプレッサ。車両所有者は神奈川県大和《やまと》市在住、元廃棄物収運業・真崎省吾《まざきしょうご》さん、四十二歳。車内は無人で、周辺海域からは所有者と思《おぼ》しき人物の遺体は発見されておらず、高知県警は事故と事件の両面から捜査中。三月二十六日付　高知日報

# 第二章　あと十日――二〇〇五年　三月二十六日　土曜日

## 10

あの男はさっきから何をしてるんだろう……。

深大寺駅南口の売店に勤める谷崎治子《たにざきはるこ》は、改札脇にいる男に目をやったまま上の空で客に釣銭を手渡した。

昨日、治子の働く売店から目と鼻の先にある駅前広場で、通り魔事件が起こった。駅の券売機の並びにある売店からは直接広場を見通せないため、治子は事件を目撃してはいなかったが、それでも六十年近い人生で初めて刑事から質問を受け、事件の関係者になったような緊張と興奮を味わった。一夜明けた今朝も辺りにはまだ禍々《まがまが》しい殺戮《さつりく》の余韻が残っているようで、治子は早朝からなんとなく不安な気持ちで駅前の風景を眺め回していた。そのせいで、改札脇に立っているその奇妙な男の存在に気づいたのだ。

年のころは四十代後半。品の良いダークスーツを着てフレームレスの眼鏡を掛けている。腕に大きな百合《ゆり》の花束を抱えているから、通り魔事件の犠牲者に花を供えに来たのに違いない。ところが、男は広場に設けられた献花台の方へ行く様子もなく、もうかれこれ十五分近く、改札脇の掲示板をじっと見つめているのだ。

治子の記憶では、掲示板のその位置には一枚の大判のポスターが貼られているはずだった。しかしそれは、治子に言わせれば、およそ足を止めて見る価値のない代物——いわゆる政府広報のポスターだった。

そんなものを、あの男はどうして弔いの花を抱えたままいつまでも眺めているのだろう。治子は、天井の隅に蜘蛛《くも》がじっとしているのを見つけた時のように気になって落ち着かず、その男から目が離せなかった。

ひょっとして自分の知らないうちに何か別のポスターに貼り替えられたのだろうか……。格安の旅行案内のポスターか何かに。

清涼飲料水の補充分が届き、治子は硝子《ガラス》ケースの所定の位置にいつものように手際よくペットボトルを並べた。その一分ほどの間に、男はいなくなっていた。

治子は、弔花の男がいったい何を見ていたのかどうにも気に掛かった。そこで、客が途切れたのを幸いに思い切ってブース脇の扉を開き、つっかけ履きのまま小走りに掲示板を見に行った。

……変わってないじゃない。

治子は顔をしかめて政府広報のポスターを眺めた。

時の首相が満面の笑みで高々と赤ん坊を抱き上げており、その下に『スマイルキッズキャンペーン』という文字が躍っている。下降の一途を辿《たど》る出生率に業を煮やした政府が鳴り物入りでぶち上げた様々な少子化対策を喧伝《けんでん》するポスターだ。

二年前に初めて登場して以来、折に触れて出産意欲を高めようとするかのように新バージョンのポスターがお目見えするのだが、今、貼られているもので第三バージョンになる。どれも首相が赤ん坊を抱き上げている写真で背景だけが変わっている。一つめの背景は夢のように美しい緑の草原、二つめはきらめく紺碧《こんぺき》の海、そして現在の三つめは、なぜか雲海である。アイディアが底をついた感が否めないが、ポスター自体は公共機関のあちこちに貼られている別に珍しくもないものだ。

治子は久しぶりにポスターをまじまじと見て、馬鹿らしさに嘆息した。治子には嫁に出した娘がいるが、このポスターを見て孫を産んでくれる気になるとはとても思えなかった。こんなものを作る金があったら、このポスターにわざと読みにくいように小さい字でゴテゴテと書いてある立派なことを実現するために使ってほしい。

辺りには先ほどの男が抱えていた大輪の百合の甘い匂いがほのかに残っていた。治子は売店のブースへと引き返しながら、それにしても、と首をかしげた。

あの男はどうして『スマイルキッズキャンペーン』のポスターなんかに見入っていたのだろう。

## 11

相馬は朝八時半からの全体捜査会議に出た後、死亡した四人の被害者の家を廻《まわ》って必要事項を確認し、立ち食い蕎麦《そば》で遅い昼食をすませ、再び署に戻って被害者のリストを作成していた。同僚たちはみな捜査に出払い、刑事部屋に残っているのは相馬ひとりだった。

しばらく前、病院の玄関で相馬にカメラボックスを蹴《け》飛ばされたカメラマンの上司という男から苦情の電話があったが、ひとりなのを良いことに相馬も相馬の上司のふりをして「若い者は血の気が多くてお互い苦労しますな」などと適当なことを言って切った。このうえ吉松あたりにがたがた言われたのでは堪《たま》らない。

相馬はドリップバッグの珈琲《コーヒー》を手に入力したばかりの被害者のリストを見直した。

被害者氏名　久保忠
年齢　五十五歳
住所　調布《ちょうふ》市深大町三丁目四の八
職業　久保印刷店店主
家族構成　妻・尚江《なおえ》　五十一歳
　長男・忠行《ただゆき》　二十四歳　大学院生で神戸《こうべ》に在住

被害者氏名　竹下美里《たけしたみさと》
年齢　二十歳

住所　調布市深大町二丁目七の十六ドミール三〇五号室
職業　西都《せいと》大学教育学部二年生　学生課の紹介で学習塾・修栄《しゅうえい》ゼミナール時間講師
家族構成　父・良弘《よしひろ》　四十九歳　金沢《かなざわ》市在住　公務員
　母・敏子《としこ》　四十四歳　同　主婦
　妹・晴香《はるか》　十七歳　同　高校生
　祖母・松代《まつよ》　七十八歳　同　無職

被害者氏名　今井清子《いまいきよこ》
年齢　七十六歳
住所　調布市深大町三丁目一の二十三
職業　主婦
家族構成　夫・貞夫《さだお》　七十八歳　無職
　長男・秀夫《ひでお》　四十九歳　北京《ペキン》在住　会社員
　長女・理恵子《りえこ》　四十六歳　京都府下京区《しもぎょうく》在住　主婦

被害者氏名　間宮裕子《まみやゆうこ》
年齢　三十四歳
住所　調布市深大町六丁目六の四

職業　主婦
家族構成　夫・正孝《まさたか》　三十六歳　間宮設計事務所代表取締役
　　　　　長女・なつめ　七歳　深大北小学校一年
　　　　　次女・しおり　四歳　ふたば幼稚園
印刷店店主、女子大生、年金暮らしの老婦人、主婦。昨夜、平山が言っていたような遠大な裏のある事件の犠牲者にしては、どうも平凡すぎるような気がした。
それに較べて相馬がはるかに異様に感じたのは、朝の全体捜査会議で報告された通り魔・佐田護に関する捜査結果だった。
まず佐田の財布に残されていたレシートから、佐田が犯行時に身につけていた奇怪な衣装の購入先が割れた。佐田は犯行前日の三月二十四日午後五時頃、渋谷の古着屋『キングスクロス渋谷店』において黒いエナメルのロングコート、黒いエナメルの手袋とジップアップブーツを購入、その約三十分後に同じく渋谷にある『セコハンダック』で中古の黒いフルフェイスのヘルメットを購入している。いずれの店の防犯カメラにも青いジャージを着た佐田がレジで金を払う姿が映っていた。
さらに佐田が発見された雑居ビル・竹川《たけかわ》ビル六階の男性用共同トイレのゴミ箱に残されていた包装紙から凶器の入手経路も判明した。佐田は犯行当日の三月二十五日午後零時二十分頃、新宿の刃物店『本橋《もとはし》刃物』において出刃包丁三本を購入。この際、応対をした店員が佐田の顔を記憶していた。黒いエナメルのロングコートに手袋、ブーツを着用し、メットを抱えた佐田は店員に強い印象を残していた。

その後の佐田の犯行までの足取りは、黒いエナメル尽くしという特徴的な服装のおかげでかなりの部分が摑《つか》めていた。包丁を購入後、新宿から電車に乗り深大寺駅で下車、午後一時二分に駅の北口改札を出る佐田の姿が防犯カメラに捉《とら》えられている。佐田は右手に包丁の入った本橋刃物のビニール袋と黒いメットをぶら下げている。

その後、半時間あまり、佐田は駅の北口にあるデパートをぶらついている。この間、正面玄関案内嬢、宝飾品売場店員、子供服売場店員、女性肌着売場店員、玩具《がんぐ》売場店員、警備員、計十四名が佐田を目撃し、且つその顔を鮮明に記憶している。

佐田は午後一時三十分過ぎにデパートを出て駅の南口に移動。竹川ビル六階にある男性用共同トイレに行き、持参したシャブを打ち、午後二時十分頃、駅前広場に現れ、凶行に及んだと思われる。

竹川ビルの六階には『さかえ屋』という居酒屋のチェーン店と『トリノ』というカラオケバーが入っているが、午後二時前後にこの階にいたのは居酒屋の仕込みのおばちゃんたちのみで、今のところ佐田を目撃した者はいない。

また、鑑識からの報告で、犯行後、佐田が共同トイレに戻った際には非常階段を使ったことが明らかになった。非常階段六階の扉の外ノブに、扉を開けた際に付着したと思われる血痕《けっこん》が残されていた。この非常階段は、隣接するビルに挟まれた路地に面しており、通りからは死角になっている。

犯行前後の行動が明らかになる一方、佐田が以前に覚醒剤《かくせいざい》不法所持で挙げられた際の資料と身辺調査から、その人物像が浮かび上がった。佐田は川崎市内の高校を卒業後、都内の家電量販店に就職したが、店の金に手をつけたことが露見して二年でくびになっている。この時はくすねた十万円あまりの金を全額返済し、警察沙汰《ざた》にはなっていない。その後、おでん屋、カラオケボックス、パチンコ店等、アルバイトを転々としているが、いずれの勤め先でも店の金に手をつけて解雇されている。金額自体が大したものではなく、佐田も泣いて詫《わ》びを入れたので業務上横領で訴えられることはなかったが、手癖の悪さは知人の間では有名だった。三年前にパチンコ店の金庫の金を少しずつ抜いていたのがばれて解雇されて以降、佐田は職につかず、池袋《いけぶくろ》でぶらぶらしているうちにヤクの売人の使い走りのようなことを始めたらしい。二年前、覚醒剤不法所持で挙げられた際は佐田の尿から薬物反応は出ず、佐田自身が薬物を常用するようになったのは比較的最近のことと思われる。事件前の佐田の暮らしぶりの詳細、および薬物の入手経路に関しては現在捜査中ということだった。

どう考えても異様だと思いながら、相馬は珈琲を口に運んだ。ホシに前科があって身元がすぐに割れるという幸運があったにせよ、凶器の入手経路から犯行当日の足取り、ホシの犯行時の着衣の入手経路までが半日の間に明らかになるなどということは通常の捜査ではおよそ考えられないことだった。しかも、凶器は共同トイレに残されていた包装紙から、コートやメットは佐田の財布の中のレシートからと、まるで見つけてくれと言わんばかりに残された証拠から苦もなく入手先が割れ、いずれも店員や店内カメラによって佐田が購入した事実が確認されている。その上、犯行直前の佐田は実に十四人ものデパートの店員らによって顔を記憶されているのだ。

薬物の入手経路に関してはマル暴の縄張りなので最終的には特定できないかもしれないが、それをのぞけば、あとは佐田の身辺調査を進めてそれらしい動機を構築するだけだ。佐田の人生は自暴自棄にむかって突き進んでいるようなものだから、ついにクスリにはまって凶行に及ぶという筋書きはいくらでも作れる。多少違っていようが死人に口無し。この事件は早々にケリがつく。

自分がどう考えようと事件の流れは変わらない。そう解っていても、相馬はまだ修司の供述書を仕上げられないでいた。昨夜から感じている違和感――犯行時の佐田の動きそのものに対する違和感がどこから来るのか、摑めそうで摑めないのだ。

気がつくと、いつの間にかディスプレイをスクリーンセイバーの複葉機が横切っていた。相馬は昨夜からのもどかしい思いを振り払うようにマウスを動かして複葉機を消滅させた。その時、ガランとした室内にファックスの受信音が響いた。

送られてきたのは死亡した四人の解剖所見だった。

相馬は所見を一読して目を瞠《みは》った。

これが初めて人を殺した男の犯行なのか。

久保忠は右背部刺創に基づく右肺動脈刺創による失血、竹下美里は上胸左側刺創に基づく左鎖骨下動静脈切断及び左肺刺創による失血、今井清子は頸部《けいぶ》刺切創に基づく右頸動脈切断による失血、間宮裕子は背部刺創に基づく胸部大動脈切断及び下大静脈切断による失血。四人とも刺されたのは一度きり。しかもその一突きがまさに致命傷となっている。まるでどこをやれば人が死ぬか、あらかじめ知っていたかのような鮮やかな手際だ。

さらに、被害者四人の刺切創位置を示した図を見ていくと、修司のわき腹の傷も含めて、佐田がいずれの場合も右手に握った包丁で被害者を襲っていることが確認できた。

ちょっと待て。

修司のわき腹の傷。

相馬は初めて自分が重大な見落としをしていたことに気づいた。

佐田が左手で修司を殴打した時、右手には出刃を握っていたのだ。殴打できる距離なら当然、出刃で心臓を一突きにできたはずだ。それなのに、佐田はなぜ右手の出刃を使わずに、左手で修司を殴打したのか。佐田に殴打される直前、修司は……。

相馬はデスクに駆け戻って修司の供述をメモした手帳を開いた。

『空き瓶で犯人のメットを叩《たた》き割ろうとした瞬間、右のこめかみを殴打され……』

メットか……！

佐田が咄嗟《とっさ》に左手で修司を殴打したのは、空き瓶でメットのバイザーを割られるのを恐れたからだ。右手の出刃で修司を刺そうとすれば、佐田の左側はノーガードになる。佐田が修司を刺すのと同時に、修司の右手の空き瓶がバイザーを叩き割っていたはずだ。バイザーを割られると顔を見られる。被害者だけでなく、逃走する際の通行人にも顔を見られてしまう。

だが、なぜヤク中の通り魔がそんなことを気にする。

そう思った時、それまで考えてもみなかったひとつの疑念が浮かんだ。

誰も信じない、突飛な考えだと解っていた。しかし……。

メットを被《かぶ》っていたのは、ヤク中の佐田ではなく、別の人間だったのではないのか。

『あいつはクスリなんかやってなかった。間違いなく正気だった』

ホシのことをそう言い切った修司の顔が浮かんだ。

修司のアパートに向かうべくパソコンを消そうとした時、修司の最後に言った言葉を思い出し、相馬はマウスを握った手を止めた。

『俺は警官が嫌いなんだ』

相馬は少年事件課のデータベースにアクセスし『繁藤修司』と入力し、検索をかけた。

三秒とたたぬまに、一件のヒットがあった。

## 12

繁藤修司のアパートは、木造モルタル二階建ての恐ろしく古い建物だった。一階と二階にそれぞれ六室ずつ並んだ部屋は半数は雨戸が閉ざされ、空室になっている。共有の外通路は誰も掃除する気がないらしく、ビールの空き缶や郵便受けから溢《あふ》れたデリヘルのチラシが散乱し、雨どいは留めが外れて傾《かし》いでいるという廃墟《はいきょ》寸前の見事な荒廃ぶりだった。

定職を持ち、まともに働いているのだから、もう少しましなアパートに住めるだろうに。それとも、何かの目的で貯金でもしているのだろうか。相馬は訝《いぶか》しい思いで錆《さび》に覆われた外階段を上った。

二〇三号室の薄い木の扉を叩いてしばらく待つ。反応がない。何度か声を掛けながら扉を叩いたが、いっこうに返事はなかった。ひょっとして怪我のせいで具合が悪くなり、動けなくなっているのではないか。相馬はすぐさま大家から鍵《かぎ》を借りてきて扉を開けた。

靴を脱ぎ、声を掛けながら部屋に入る。右手にタイル張りの小さな風呂《ふろ》場とトイレ、左手に流しとコンロ台、その向こうに六畳一間の部屋。しかし、そこに修司の姿はなかった。安物のグリーンのカーペットを敷いた無人の部屋に木枠の窓の桟が十字の影を落としている。

腹を縫ったのだからてっきりアパートで寝ているものだと思ったのだが。

相馬は修司の勤務先の日榮建設に連絡をとってみた。電話番のじいさんは、警察と聞くと驚いた様子で「何かあったんですか」と尋ねた。この一年半、遅刻も欠勤もした事のなかった修司が昨夕突然、怪我をしたので一週間ほど休むと連絡してきたのだという。

昨日のニュースで軽傷の修司の名前が出なかったせいで、勤務先では修司が通り魔事件に巻き込まれたことをまだ知らなかった。相馬は、当の修司が事件のことを話していないのを知り、ちょっと事故に遭って怪我をしたとだけ答えた。勤務先では誰も修司の行方を知らなかった。

相馬は改めて修司の部屋を見回した。壁際のラックには土木関係の数冊の本と洋楽のCD。小型冷蔵庫の上にはインスタント珈琲《コーヒー》や調味料が並んでいる。一人暮らしにしてはそこそこ片付いた部屋だった。押入れを開けると、きちんと畳まれた布団がしまわれていた。

あの怪我で出歩いているとは思えないが。

相馬は微《かす》かに嫌な予感を覚えた。

繁藤修司は一体どこへ消えたのか……。

## 13

高知クイーンズコートホテルは、高知市内中心部の繁華街に程近い観光には好条件の立地を備えていた。だが建物はやや古く、ホテルのランクとしてはかつてのシティホテルからじりじりと下降しつつあった。アメニティの質を落とし、廊下の自販機を増やし、様々な宿泊プランを組んで料金を値引きした結果、客層はお遍路さんの団体、ビジネスマン、家族連れと雑多に入り混じるようになっている。

チェックインの波が一息ついた夕刻過ぎ、スタッフルームでは日勤を終えた若い従業員たちが制服から私服に着替え、缶珈琲を片手にテレビに見入っていた。昨日、東京で起こった通り魔殺人は、犯人のダース・ベイダーのような異様な服装と出刃包丁という血なまぐさい古典的な凶器で、ホラー映画めいた都市伝説を作りつつあった。実は犯人は死んでおらず、またどこかに出る、という噂だ。盛り上がる従業員たちをよそに、続けて夜勤に入る田ノ浦秀俊《たうらひでとし》は、カップヌードルをすする箸《はし》を止め、高知日報の小さな三面記事に目を落としていた。

昨日の朝、高知港の岸壁近くの海底に車が沈んでいるのが発見されたという記事だ。車は相模ナンバーのシルバーのインプレッサ。車内に人はおらず、近くの海で遺体も発見されていない。運転していたと思われる車の持ち主は、神奈川県大和市在住、元廃棄物収運業・真崎省吾、四十二歳。現在のところ行方不明だという。

もしかして、海底で発見されたインプレッサは、あの男が乗っていた車なんじゃないか……。

田ノ浦は、新聞記事どおりの車に乗っていた男と言葉を交わした記憶があった。

しばらく前のことだ。いつものように午後一番にホテルの地下駐車場の掃除をしていると、一台の車が入ってきた。まだチェックインの時間でもないのにと怪訝《けげん》に思って目をやったその車が、相模ナンバーのシルバーのインプレッサだった。車を持っていないくせに車好きの田ノ浦は、いつか自分の車を持つならあんなのもいいなぁと手を止めて眺めた。

運転していた男は車を降りると真っ直ぐに田ノ浦に近づいてきた。そして「仕事中にすまないが」と、ことわった上で、従業員の一人を呼んでほしいと頼んだ。それも、できれば人に知られないようにそっと呼び出してほしいという。

妙なことを頼むものだと思ったが、田ノ浦はその男が前日にホテルに宿泊していたことを覚えていたし、男の話し方が礼儀正しかったので、いいですよ、と引き受けてやった。

あの時の男が、この新聞記事のインプレッサの持ち主——行方不明の真崎省吾なんじゃないか。記事に四十二歳とあるが、ちょうどそれくらいの年齢に見えた。

確かめるには、あの時に呼んでやった従業員に訊《き》くのが一番なのだが、そいつはなぜか突然、姿を消して今はどこでどうしているのかも解らない。

何かほかに確かめる手立てはないだろうか……。

そう考えた時、田ノ浦は実に単純な方法があるのを思いついた。もしあの男が行方不明の真崎省吾なら、宿泊した日の名簿に真崎省吾の名前があるはずだ。

田ノ浦は伸びきった麵《めん》をかき込んで汁を飲み干すと、空のカップをゴミ箱に投げ込んでフロントへ急いだ。

フロント係の三戸部《みとべ》は品の良い初老の男で、相手が客であろうと従業員であろうと大抵の頼みは気持ちよくきいてくれる。田ノ浦が事情を話すと、三戸部はさっそく宿泊者名簿を開きながら「その人が泊まったのはいつだい？」と尋ねた。

「たぶん先週……いや、その前の週やったかな」

「先週か先々週かも覚えてないのかい？」

三戸部は呆《あき》れ顔で訊いた。

「ちょ、ちょっと待って。今、思い出すき」

田ノ浦は頭の中の週間カレンダーを探った。だが、あの男の顔も声もはっきり覚えているのに、それがいつだったかということになると途端に記憶があやふやになる。毎日くたくたになるまで働いて後は寝るだけという暮らしを続けていると、曜日や日付の感覚が鈍麻するのだ。日々の暮らしに特筆すべきことは何もなく、日付を手繰り寄せる目印となるイベントもない。この町の唯一のイベントと言えば祭りだが、それはまだ何ヶ月も先のこと。都会と違ってここでは通り魔殺人のような派手な事件も起こらない。

いや……。

田ノ浦はどぉんと腹に響く爆発音を思い出した。

そうだ、先週どでかい事故があった。

港の倉庫街にある倉庫のひとつで、大きな爆発火災があったのだ。

夜の九時過ぎだった。ちょうど非番で自宅にいた田ノ浦は、近くで特大の花火が上がったような地響きに驚いてベランダに飛び出した。すると倉庫街の方向の空がまるでミサイルでも落ちたかのように真っ赤に染まっていた。大慌てで自転車を漕《こ》いで見に行ったのだが、近づくにつれて夜空に物凄《ものすご》い火柱があがっているのが見えてきてなんだか現実とは思えないような気分だった。テレビでは倉庫に保管されていた薬品が原因らしいとか言っていたが、本当のところははっきりしたことは解っていないらしい。

あの爆発火災が非番の日だったから先週、三月十八日の金曜日だ。インプレッサの男に駐車場で会ったのはその前日だった。

「先週、港で爆発火災のあった前の日やったと思う」

「そしたら三月十七日やな」

三戸部は手早くページを開くと「真崎省吾……真崎省吾」と呟《つぶや》きながら名簿の上に人差し指を走らせていく。

「職業は元廃棄物収運業なんやけど」

「宿帳にそんな書き方せんよ。たいていが自営業か会社員や」

「そうやな」

田ノ浦は真崎の名前が見つかったら警察に知らせるべきだろうかと自問した。ホテルに警官が来て、自分が知らせたことがマネージャーの徳田《とくだ》に知れたら余計なことをするなと後でこっぴどく怒られるに決まっている。徳田は、利益に結びつかないことに時間を割くのは天に反する大罪と考えているからだ。警察に知らせるなら匿名で電話した方がいいかも知れない。

「いやぁ、ないな、そんな名前は」

三戸部が宿泊者名簿から顔を上げた。

「ほんまに？」

田ノ浦は驚いてカウンターから身を乗り出すと宿泊者名簿を手に取った。結局、三戸部と一緒にもう一度その週の宿泊客を総点検したが、どこにも真崎省吾の名前はなかった。田ノ浦は首をかしげた。

じゃあ、俺が会ったあのインプレッサの男は行方不明の真崎省吾じゃなかったのか……。

「おい、なにやってんだ」

マネージャーの徳田の声に田ノ浦は慌ててフロントから離れた。

「六〇三号室がシャワーの出が悪いって言ってきてるの、聞いてないのか」

「あ、今、行きます」

「まったく、派遣は使えないな」

徳田は聞こえよがしに呟いた。従業員のほとんどが派遣だろうが、と田ノ浦は思ったが口には出さなかった。先週、派遣が突然、二人も辞めたので徳田は苛《いら》ついているのだ。

田ノ浦は足早にエレベーターに向かった。海底に沈んでいたインプレッサはあの男の車ではなかったのだろう。相模ナンバーのシルバーのインプレッサが高知市内に一台しかないわけじゃなし。六階に着いた時にはすでに出の悪いシャワーをどうするかで頭を悩ませていた。

田ノ浦は、元廃棄物収運業者・真崎省吾が、ある偽名を名乗ってホテルに泊まっていたとは考えなかった。

## 14

テレビ画面に映し出された通り魔・佐田護の写真は、履歴書か何かのものらしく、四角いフレームの中に正面を向いた顔がきっちりと納まっていた。めったに日に当たらないような青白い肌、薄い唇、やや飛び出した黒目がちな目は反発と怯《おび》えが入り混じっているようで年齢の割に幼い印象を与える。

朝からニュースやワイドショーでうんざりするほど佐田の顔を眺めたが、何度見ても、こいつに殺されかけたという実感が持てなかった。おまけに、どの番組でも死亡した佐田の血中からは薬物反応が出たと報じている。修司は、テレビの報道と自分の体験が嚙《か》み合わない気がしてならなかった。

報道のとおりなら、事件の時、俺が聞いたあの通り魔の声は何だったのか……。

「やっぱマズイわ、これ。食えねー」

三宅《みやけ》が情けない顔で青海苔《のり》にまみれた割り箸《ばし》を投げ出した。

修司はテレビに見切りをつけてスイッチを切り、三宅がつつきまわした出来合いのヤキソバを覗《のぞ》き込んだ。麵もキャベツも冷えた油でごってりと固まっている。

「だから古いの買うなっつったろーよ」

「激安だったんだもん」

「食いもんはパチスロ行く前に買えよ」

「んなことしたら闘志が失《う》せるじゃん。どっかに米、なかったかなぁ」

三宅は金をすっても懲りる様子もなく、台所の流しの下をごそごそと探し始めた。忘れるほど昔の米は古いヤキソバよりもやばいんじゃないかと修司は思ったが言わずにおいた。

昨夜から、修司は高校の頃の知り合いの三宅の部屋に転がり込んでいた。アパートに帰らなかったのは、あの気の毒なフレームレスの男の言葉を信じたからではなかった。ただ、男がなぜ自分の顔を知っていたのか気にかかり、貧血のふらふら頭で考えているうちに深大寺駅行きのバスが修司を置いて発車してしまったのだ。修司はバスを諦《あきら》め、なんとかタクシーを拾って一番近い三宅のマンションにやってきた。車を降りた時はまだ、マンション一階のコンビニで手土産の缶ビールを買うくらいの頭は残っていたが、三宅の八畳のワンルームに上がってからは記憶がダイジェスト版になっている。三宅がパチスロの新機種のこととスパナのことを何か喋《しゃべ》っていたような気がするが、よく覚えていない。埃《ほこり》っぽいグレーのカーペットの上で目を覚ました時にはすでに朝になっていた。

習慣の力はすごいもので、目が覚めたのは現場に出るために毎朝起床する時刻、午前五時十分きっかりだった。十時間近く眠ったおかげで痛みはかなりおさまっており、立ち上がってもふらつくことはなかった。修司はそのまま浴室へ行き、傷口を濡《ぬ》らさぬように注意してシャワーを浴びた。

熱い湯が身体を流れ落ちると、湯気の中に微《かす》かに青っぽい藻の匂いが立った。それが駅前広場の噴水の水の匂いだと気づき、修司はガーゼの上からそっと腹の傷を押さえた。その時、それまですっかり忘れていたことを思い出したのだ。

脇腹を切りつけられた直後、通り魔は押し殺した声で確かにこう言った。

「待て」

その言葉は恐ろしいほど単純な意志から発っせられたものだった。他の誰でもない、修司という人間を殺そうという意志。あいつはクスリなどやっていない。そう感じたのは、争った時の感覚にも増して、自分に向けられたあの言葉が原因だったのだと初めて気がついた。

シャワールームいっぱいに立ち込める真っ白い湯気の中で、修司はぞっとするような疑念に胸を摑《つか》まれた。あいつは本当に通り魔だったのか。本当にたまたまそこにいた人間を狙っただけだったのか。

身体を流すのももどかしくシャワールームを飛び出すと、部屋に散乱した劇画本やスナック菓子の空き袋を搔《か》き分けてテレビのリモコンを探し出し、ニュース番組をつけた。

それからというもの、昼前にもぞもぞと起き出した三宅がパチスロに出かけ、大敗を喫したあげく激安のヤキソバを買って戻ってくるまで、修司はずっとチャンネルをザッピングして事件の続報を漁《あさ》り続けていた。

メディアは前日に起きた『白昼の深大寺駅前広場 通り魔殺人事件』をこぞってセンセーショナルに取り上げていた。佐田の顔写真のバックには禍々《まがまが》しいBGMが流れ、駅の監視カメラに捉《とら》えられた全身黒いエナメルづくしの奇怪な佐田の姿がカットバックされる。コメンテーターが若い世代に蔓延《まんえん》するドラッグの脅威を語る中、佐田の小学校時代の卒業文集が映し出され、自称・幼なじみの証言まで登場していた。

しかし、番組によって様々な色づけはなされていたが、結局のところ、どの番組もヤク中の佐田が自暴自棄になり、クスリを打って無差別殺人を行ったあげく死亡したという判で押したような同じ内容ばかりだった。修司はどうにも辻褄《つじつま》が合わない気がした。

「だーめだ。やっぱないわ、米」

三宅が流し台の脇でまたしても情けない声をあげた。

顔を上げると、水溜《た》まりのような薄暗いテレビ画面に修司自身の姿が映り込んでいた。こちらを見つめ返している顔は、眉間《みけん》に縦皺《じわ》を刻んで考えつめている。

俺はリモコン片手に丸半日、こんな深刻な顔をしてテレビを睨《にら》んでたのか……。

修司は自分自身に苦笑した。いつの間にかあの気の毒な男の妄想に引き込まれていたのだと思った。

『逃げろ。生き延びろ』

そんな劇的なことをしなくても、あの通り魔は搬送先の病院で死亡し、俺は現に生き延びている。辻褄が合おうと合うまいと何も変わりはしない。

そう思うと修司はにわかに激しい空腹を感じた。考えてみれば昨日の昼以降、腹に入れたのは珈琲《コーヒー》牛乳一本だけだ。何か美味《うま》いものを腹いっぱい食べたくなった。修司は立ち上がると、未練がましく台所を探る三宅に勢いよく声をかけた。

「米よか、どっか飯食いに出ようぜ」

その一言を待っていたように三宅が歓声をあげ、妙な踊りを踊りながら玄関へ向かった。

三宅は修司より二ヶ月ほど早く高校を中退して配管工員の職に就いたが、働いたり辞めたりを繰り返している。玄関で靴を履く時、修司は靴箱の上に三宅の配管工具が放り出されているのに気づいた。昔からツールフェチの三宅は、相変わらず通販でクロムメッキの両口スパナやドイツ製のドライバーなどをせっせと買い込んでいるらしい。だが、それらの上に電話料金やガス代などの請求書の束が積み重なっているところを見ると、三宅がこのところパチスロのみで食っているのは明らかだった。飯は、奢《おご》ることになるだろうと思った。

## 15

相馬がようやく目的の路地を見つけた時には時刻は午後五時半を廻《まわ》っていた。いつもならまだ明るい夕焼けが残っている時刻なのに、空を覆う墨色の雲のせいで辺りはもうすっかり暗くなっていた。今夜はひと雨来るな、と思いながら相馬は修司の生まれ育った路地に入った。

　ごてごてと立ち並んだ間口の狭い長屋風の家々にはいずれも灯《あか》りが点《とも》り、夕飯の支度時とあって煮炊きする温かい醬油《しょうゆ》の匂いが漂っていた。雨ざらしの傾いた木の棚にちょっと玄人はだしの盆栽や緑の逞《たくま》しい鉢植えが並べられ、乗り捨てられた三輪車が路地の真ん中を占領している。壁の薄い家からは、甲高い子供の声とテレビの音が遠慮なく漏れてくる。相馬は東京にもまだこんな場所があるのかと思った。

　少年事件課のデータベースで見た修司の事件が頭を過《よ》ぎった。修司は幼馴染《おさななじみ》の瀬尾克《せおかつ》則《のり》、川津《かわづ》洋平《ようへい》と共に一昨年《おととし》の夏までこの路地で暮らしていた。とても仲が良かったという三人が、どうしてあんな惨《むご》たらしい傷害事件を起こしたのか……。

　相馬は赤ん坊の泣き声を聞きながら三輪車を跨《また》ぎ、目指す表札を見つけた。

　繁藤敬三《けいぞう》。

　相馬は、修司が父親の家に泊まったのかもしれないと考えて根津神社にほど近い敬三の家を訪ねたのだが、夕方の活気に満ちた路地の家々の中で、そこだけまるで歯が抜けたように灯りが点っていなかった。サッシ戸を叩《たた》いてみたが何の反応もない。敬三が今日は非番なのを確かめていたので、相馬は諦めずに叩き続けた。しばらくして向かいの家の戸が開き、ボウルを手にしたばあさんが出てきた。

「留守だよ、あんた」

ばあさんが魚の骨と少量の飯の入ったボウルを路地に置くと、どこからか大きなトラ猫がのっそりと近寄ってきた。

「敬さんなら駅裏あたりのスナックじゃないかね」

ばあさんの声が聞こえたらしく、茶の間でテレビを見ていた亭主が大きな声で怒鳴った。

『麻美《あさみ》』だ『麻美』。ちっこい紫の看板、探してみな」

相馬は真っ暗な敬三の家を振り返った。修司は父親の家にも戻っていない。それなら、敬三に会って修司の行きそうな場所を尋ねてみようと考えた。相馬は夫婦に礼を言ったが、亭主がまた『麻美』に行ったか否かで口論の口火を切った夫婦は、もはや相馬のことなど眼中になかった。

駅の裏路地に面した『麻美』の扉を開けると狭い店内にまだ客の姿はなく、若い娘がひとりボックス席に足を投げ出してペディキュアを塗っていた。娘は顔も上げずに「ママなら今、出てるよ。あたし留守番だから」と、接客の義務がないことを強調した。来意を告げると、娘はピスタチオグリーンのペディキュアを塗る手を止め、好奇心を隠そうともせずに相馬をじろじろと眺め回した。

「その人なら上にいるけど」

娘は顎《あご》をしゃくってカウンター脇の内階段を指した。

階段に向かう相馬に、娘は訳知り顔で付け加えた。

「訊《き》いても無駄じゃないかなぁ。あの人、ちょっと変わってるから」

娘によると、敬三は十年前、トラックで福岡から東京へ戻る途中、対向車線から飛び出してきた飲酒運転の車を避《よ》けようとして、道端で幼稚園バスを待っていた四歳の子供を轢《ひ》いて死なせたのだという。警察でも敬三の過失は問われなかった。だが、その頃から敬三は少しおかしくなったらしい。ハンドルを握っている間は以前と変わらぬ仕事振りなのに、トラックを降りると始終ぼんやりと考えごとをしているという。

「そのふわ〜んとしたとこが、ママは気に入ってんだろうけどさ」

敬三は女の寝室らしい二階の六畳間にいた。緋《ひ》色の肌襦袢《はだじゅばん》を羽織ってひとりで晩酌をしている敬三は、四十を越えても崩れのない綺麗《きれい》な顔立ちをした男だった。それだけに、焦点を失ったような優しい目がかえって無残な印象を与え、男盛りの敬三を幼い子供のようにも疲れた老人のようにも見せていた。

相馬は身分を告げ、修司の行き先に心当たりはないか尋ねた。敬三は穏やかに目を上げて相馬を見ると、黙って首を振った。心当たりがないのか、あっても喋《しゃべ》るつもりがないのか、敬三はそれで用が足りたというように再びゆっくりと盃《さかずき》を口に運んだ。

「よく遊んでいた友達とか、先輩とか、誰でもいいんです。誰か親しい友達の名前を御存知ないですか」

言葉を換えて幾度尋ねても、それきり何の反応も示さない。

敬三が口を開くのを辛抱強く待つうち、相馬は敬三がこちらを無視しているのでさえないことに気づいた。敬三は、まるで自分の耳にだけ聞こえるラジオに耳を澄ましているかのようだった。敬三の意識はもうここにない。いや、敬三の隣にもう自分はいないのだ。この男からは何も聞き出せない。

相馬は、みずからが他人に与えた死によって心を毀《こぼ》たれた男を痛ましい気持ちで眺めた。小鉢に盛られた筍《たけのこ》の木の芽和えや、たらの芽とふきのとうの天麩羅《てんぷら》を見れば、敬三が女に大事にされているのが解った。相馬は少し救われたような思いで立ち上がった。階段を下りかけて、ふと修司が面差しを受けついだ敬三の顔をもう一度、見ておきたくなった。振り返ると敬三がこちらを見ていた。まともに敬三の視線にぶつかって相馬ははっとなった。

「修司、あいつ、ジャムパンが好きだったんだ……」

敬三は象牙《ぞうげ》色の歯をのぞかせて無防備に笑った。

九年前に母親が家を出たのち、修司と敬三は二人でどのように暮らしてきたのだろうと思った。病院の公衆電話で敬三と話をしていた修司は屈託なく笑っていた。肝心の怪我のことは話さずにだが。

店に下りると、ボックス席の娘がマスカラを塗る手を止めて『無駄だったでしょう？』という顔で相馬を見た。相馬は何も答えずに靴を履いた。立ち去ろうとした時、扉が開いて藍《あい》の紬《つむぎ》を着た女が軽い下駄《げた》の音をたてて入ってきた。『麻美』のママは意外に若く、三十代半ばのおとなしい感じの女だった。

「その人、刑事」と、ボックス席の娘が手鏡を見ながら言った。「おじさんの息子の行きそうなとこ知らないかって」

相馬が挨拶《あいさつ》をして警察手帳を見せると、女は申し訳なさそうに微笑んだ。

「私、息子さんのことはよく知らないんです。敬さんがうちに来はじめた頃には、もう家を出て働いてたんで……。今朝、お電話を下さった刑事さんにもそうお話ししたんですけど」

刑事が電話してきた……？

「うちの署の人間でしたか？」

「ええ、そう仰《おつしや》ってましたけど。やっぱり息子さんの行きそうな所を知らないかって──」

スナック街の小路を地下鉄の駅へと向かいながら、相馬は『麻美』のママの言葉を反《はん》芻《すう》した。今回の事件では被害者は捜査の対象にはなっていない。署内で修司を捜す人間がいるとしたら、被害者担当に回された自分以外にはないはずだ。しかし、かといって『麻美』のママが嘘をつくいわれもない。相馬は不可解な気持ちを抱いて地下鉄に乗り込んだ。

## 16

修司はほぼ一日半ぶりにまともな食事を取って『苺《いちご》フェア』の幟《のぼり》の翻るファミレスを

あとにした。修司の奢りでがっつりと飯を食った三宅は元気百倍といった様子で、性懲りもなくパチスロに「リベンジに行く」という。修司は三宅とつつじヶ丘の駅前で別れ、薬局に入ってガーゼと消毒薬を二本買った。しばらくは働けないから、自分でこまめに消毒して病院代を浮かすしかない。ついでにユンケルを買って病院で貰《もら》った抗生物質を流し込んだ。駅前からバスに乗り、深大寺四丁目のバス停で降りた時には八時半近くになっていた。

街灯もまばらな住宅街は生垣が濃い闇を連ね、すでに深夜の静けさだった。いくらも歩かぬうちにパラパラと小雨が降り始めた。桜が咲いたとはいえ春先の雨は冷たい。修司はスウェットのフードを被《かぶ》って本降りになる前にと暗い道を急いだ。

アパートの錆《さ》びた階段を上り、薄い木の扉の鍵《かぎ》を開ける。部屋に入って内鍵を掛け、戸口の灯りをつけた。奥の六畳の窓のカーテンが、昨日の昼に出かけた時のまま開いているのが見えた。部屋を出たのが何ヶ月も前のことのように思えた。

ふと、亜蓮はどうしただろうかと思った。あの後、駅前広場に来て事件に驚いて帰ったのだろうか。一度会ったきりの亜蓮と修司を繋《つな》ぐものは、携帯のメールアドレスだけだった。だが、携帯がダメになったおかげでお互いにもう連絡の取りようもない。

木枠の窓が風に叩かれてガタガタと鳴った。雨脚が激しくなっていた。修司は電灯の紐《ひも》を引っ張って六畳の灯りをつけると、カーテンを閉めようと窓に近づいた。

瞬間、修司は全身に水を浴びたようにぞっとして立ち竦《すく》んだ。

窓硝子《ガラス》に異様なものが映っていた。

部屋の隅に、真っ黒に顔を塗りつぶされた何かが立っていた。

それが、黒い目出し帽を被った男だと気付いた時には、硬いロープのようなものが背後から首に食い込んでいた。

修司は死に物狂いで暴れた。足が窓を蹴《け》破り、折れた木枠と硝子片が飛び散った。どっと雨が吹き込み、意識を失いかけた修司の頰を打った。先に男を見たことで右手の指二本だけ、かろうじてロープの下に挟まっていたが、ロープは楽しむようにゆっくりと、しかし万力のように恐ろしい力で締まり、指ごと喉《のど》の骨を砕こうとしていた。修司は左手でカーゴパンツのサイドポケットからスパナを抜いて闇雲に背後にある男の頭の辺りを打った。三宅の工具から万一のために頂いてきたクロムメッキの両口スパナは電灯を叩《たた》き割り、男の耳を掠《かす》めて首の付け根に当たった。短いうめき声と共にロープが緩み、修司はその場に崩れ落ちた。

逃げなければ。だが、酸欠で神経が馬鹿になったように身体がいうことをきかない。

「こいつ……」

闇の中から聞こえた声に、修司は幽霊の声を聞いたように慄然《りつぜん》となった。

あの通り魔の声だ。

靴底が硝子片を踏む音がして革手袋の感触が修司の髪を摑《つか》んだ。

## 17

『麻美』からの帰路、電車の吊革《つりかわ》にぶら下がった相馬は、署に戻る前にもう一度修司のアパートを訪ねてみようと考えていた。昨晩どこに泊まったにせよ、着の身着のままだろうから今夜辺りは自分のアパートへ戻るかもしれない。

深大寺駅で電車を降りると、ポケットの携帯が鳴った。うんざりすることにデカ長の吉松からで、さっさと署に戻って被害者のリストを出せという催促の電話だった。佐田の捜査がハイスピードで進む中、書類も出来るだけ早く揃えておこうというわけだ。仕方なくすぐに戻る旨を伝えて電話を切った。

駅を出ると予報どおりポツポツと小雨が降り出したところだった。署まで歩いて二十分。着く前にザッと来るなと思ったが、構わずに歩き出した。駅前広場はすでに青いシートが取り払われ、本降りになる前にと帰宅を急ぐ人々が足早に通り過ぎている。

歩調を速めて広場を横切ろうとした時、甘い百合《ゆり》の匂いが相馬の足を引き止めた。噴水の脇の献花台に犠牲者を悼む弔花が供えられていた。相馬は手を合わせて行こうと献花台に近づいた。大輪の百合の花束がひときわ深い匂いを漂わせ、純白の花の中央で深紅の花心が雨に震えている。

死者を悼む花を見つめるうち、なぜだか敬三の言葉を思い出した。

『修司、あいつ、ジャムパンが好きだったんだ……』

それが死んだ人間のことを語る言葉に思われ、相馬はにわかに激しい不安に襲われた。『麻美』に掛かってきたという電話。あれは署の人間が掛けたものではない。一体だれが、何のために、刑事を騙《かた》って修司の行方を聞き出そうとしたのか。自分以外の誰かが、修司を追っている。通り魔事件のたったひとりの生き残りを。

相馬の肩を雨粒が音をたてて叩き始めた。

昼間から胸に滞っていた嫌な予感が、強まる雨脚に煽《あお》られるように相馬の背を押した。考えるより先に相馬の足は方向を変えて修司のアパートへと駆け出していた。

雨は瞬く間に風をはらんで本降りとなり、人気《ひとけ》のない夜の住宅街は激しい雨音に塗りこめられたようだった。相馬は叩きつける雨に白く煙る通りをひたすら走った。肌を洗うように雨が流れ落ちる。生垣の角を斜めに折れると小さな月極《つきぎ》め駐車場の向こうに目指すタカミ荘が見えた。二階の右から三番目にある修司の部屋に灯《あか》りはなかった。

修司は戻っていない。

安堵《あんど》とも落胆ともつかぬ息をついて窓を見上げた時、おかしな光景を目にした。

修司の部屋のカーテンがふわりと風に揺れた。窓が十字の木枠ごと叩き割られ、カーテンが戸外の風雨に翻っているのだ。室内の闇の中で何かが動いた。相馬はアパートに突進すると外階段を上るや薄い木の扉を蹴破った。

「警察だ！」

叫んだ瞬間、闇の中から何かが飛び出してきた。風呂《ふろ》場と流しの間の狭い板間で相馬は黒い塊と激しく組み合った。風呂場の磨《す》り硝子の入った引き戸が凄《すさ》まじい音を立てて倒れ、アパート全体に地響きが走った。

相馬は警官としては決して大柄な方ではなかったが、署内でも素手で組み合って相馬に勝てる者はそう多くない。ところが闇から弾丸のように飛び出してきた黒い目出し帽の男は身体にバネが入っているかのように強靭《きょうじん》で、しかも動きが速く捕らえられない。両手利きだ。

そう気づいた瞬間、左耳の下と肝臓にそれぞれめり込むような一撃を食らった。視界が真っ赤になるような激烈な痛みに息が止まり、相馬はその場に倒れ込んだ。

激しい雨音の中、目出し帽が階段を駆け下りていく足音が聞こえた。

やっとの思いで流しの縁を摑んで何とか立ち上がると、奥の六畳の方から微《かす》かな物音がした。闇に慣れた目に、修司が身を起こそうとしているのが見えた。相馬は痛みに身体を折り曲げたまま壁づたいに六畳へ向かった。

「大丈夫か」

声をかけながら手探りで電灯の紐を引いたが無駄だった。仕方なく手近の冷蔵庫の扉を大きく開けた。眩《まぶ》しいオレンジ色の光が部屋の一隅を照らした。とにかく怪我をしていないか確かめようと、相馬は起き上がろうとする修司の肩口を摑んで冷蔵庫の方へ引き寄せた。修司の首にぐるりと残された生々しいロープの痕《あと》が目に飛び込んだ。

こいつを、殺すつもりだった。

相馬は驚いて修司の顔を見た。修司はひどく掠れた声で応《こた》えた。

「あいつ、昨日の通り魔だ」

両手利きの通り魔……。

「信じなくていい。俺だって信じらんねぇくらいだから」

相馬は反射的に携帯を摑んだ。とにかく目出し帽の男を緊急配備しなければ。

途端に修司が飛びつくように携帯を奪い取って窓外に投げ捨てた。激しい雨音の奥から携帯が駐車場のアスファルトで安っぽい玩具《おもちゃ》のような音をたてて砕けるのが聞こえた。

「何のつもりだ！」

相馬は思わず声を荒らげた。だが、修司は一刻も惜しいというようによろよろと立ち上がって押入れに向かう。

「あんただってあの目出し帽が素人じゃないって分かったはずだ。今さら何とか配備したって捕まらない」

修司は押入れから折り畳んだ古いナイキのスポーツバッグと小型のバックパックを引きずり出した。

「連絡すれば警官がドカドカやってきて、俺は足止めくらって調書とられておしまい。あいつがプロだってことは、警察がいなくなればまた殺しに来るってことだろ」

「警察で君を保護する」

「警察が守ってなんかくれるか！」

修司は明らかにかっとなった様子で相馬を振り返った。だが、すぐに自分に嫌気がさしたように視線を逸《そ》らすと、スポーツバッグに身の回りの物をまとめ始めた。

「……第一、俺がなに言っても警察は信用しないよ。あんたもう調べてんだろ、俺のこと」

「ああ」

相馬は少年事件課のデータベースで修司を調べたことを隠さなかった。赤紫の索痕の首輪を嵌《は》めた修司は、かえってさばさばとした様子で衣類の上に両口スパナと消毒薬をつめ込んだ。

「警察が動くのは、俺が殺されてからだ。今なら、あいつはあんたが仲間を呼ぶと思って逃げてる。その間に俺は逃げる」

確かに、修司が通り魔は生きていてもう一度殺されかかったと喚《わめ》いても、署の人間は誰ひとり信じないだろう。だからといって、はいそうですか、と行かせるわけにはいかない。相馬は、荷物を手に扉へ向かう修司の襟首を摑んだ。

叩きつける雨の中、相馬は修司を引きずるようにして大通りの車道に飛び出すと、急ブレーキを踏んで停車したタクシーに無理やり修司を押し込み、自分も素早く乗り込んだ。

「とりあえず甲州《こうしゅう》街道を真っ直ぐ行ってくれ」

運転手は格闘の痕も露《あら》わな相馬に出かかった文句を呑《の》み込み、流れの速い上り車線に車を滑り込ませた。相馬は本能的に窓外の通りに警戒の目を走らせた。そこに、異物がいた。

外灯のない門柱の陰に半身を隠すようにしてじっと立っている人影があった。瞬く間に視界から消え去り、男か女かも判別できなかった。しかし、確かにこちらを見ていたのを感じた。

目出し帽の男だったのだろうか……。

しばらくの間、つけてくる車はないか後方に目を光らせていたが、ヘッドライトの洪水の中にそれらしい車は見当たらなかった。

雨脚は緩む気配もなく、雨に滲《にじ》んだバーガーショップのネオンやレンタルビデオ屋の灯りが後方へと飛び去っていく。

相馬は行き先も定まらぬままタクシーを走らせていた。

あの目出し帽の男は、修司の言うとおり間違いなくプロだ。組み合った時のあの異様な感覚——次々と力が反転していくような両手利きの恐ろしい捉《とら》え難さ、医者になぶられるような名状し難い焦燥と無力感。あいつは、血と骨と肉でできた人間の身体を隅々まで熟知している殺しのプロだ。

四人の被害者の解剖所見がまざまざと思い出された。あの鮮やかな犯行は、ヤク中の佐田にではなく、目出し帽の男にこそしっくりと馴染《なじ》む。昨日の午後、フルフェイスのメットで顔を隠し、駅前広場で四人を刺殺し修司を負傷させたのは、あの男に違いない。

しかし、目出し帽はなぜ二度も修司を狙ったのか。

なぜ修司に執着するのか。

平山の言っていた『裏がある』という言葉が、にわかに生々しい現実味を帯びて立ち上がってきた。相馬は咄嗟《とっさ》に身を乗り出して運転手に命じた。

「その角を左折してくれ」

運転手は慌ててハンドルを切って脇道へ入った。

主要幹線道路には自動車ナンバー自動読取装置・通称Nシステムが設置されている。そこを通過する車両は前面を撮影され、ナンバーが判読され、通過日付・時間と共にデータが保存される仕組みになっている。Nシステムは盗難などの手配車両の監視、被疑者の追跡、不審車両の洗い出し等のために設置されたものだが、その気になれば何にでも流用できる。この事件に裏があるということは警察も信用は出来ないということだ。乗車時に見たあの人影のことも考えれば、念のためにタクシーも何度か乗り換えた方がいいだろう。

相馬はからくも生き延びた修司に目をやった。ダウンコートのファスナーを顎《あご》下まで引き上げて索痕を隠し、雨粒が斜めに走る窓の向こうを黙って見つめている。

相馬は今、自分が関わっている事件の裏に何があるのか、見当もつかなかった。ただ現時点で唯一、確かな事は、目出し帽の男が修司を消そうとしていることだ。つまり、修司には、どこか身を隠すことができる場所が必要なのだ。

修司が相馬の視線に気づき、みるみる反抗の色を蘇《よみがえ》らせた。

「お巡り仲間のとこなら死んでもごめんだぞ」

「そんな仲間はいない」

修司は珍種の生き物でも見るように相馬を一瞥《いちべつ》したが、何も言わなかった。

夜の車道を車はあてもなく走り続ける。

相馬の胸に何人かの友人の顔が浮かんで消えた。目出し帽の男に自分は顔を見られている。修司の姿が消えれば、遅かれ早かれ、目出し帽は自分の関与を疑うだろう。よく行き来している友人では見つけられる怖れがある。

相馬は考えていた。ずっと長く会っていない友人。そして相馬自身、途方もないと思っているこんな事態を引き受けてくれる男……。

18

扉を開けて出てきた女は、漆黒の艶《つや》やかな髪をショートカットにし、毛先から覗《のぞ》く形の良い耳たぶに大きなオニキスのピアスをしていた。女はプラムローズの唇の片端を上げてあだっぽく微笑むと、「おやすみなさい」と言った。相馬は予期せぬ事態に口を開けたまま言葉が出なかった。

「おやすみ」

修司がさらりと男の顔で応えた。

部屋を出て行く女とすれ違う時、ムートンのショートコートの胸元からムスクの匂いに混じってほのかに石鹸《せっけん》の匂いがした。相馬は表札に五年前と同じように〈四〇二　鑓《やり》水七雄《みずななお》〉とあるのを確認し、ということは三十分前に電話をした時にも鑓水の部屋には女がいたのだと思い至り、初めて週末の夜を台無しにしたことに気づき、詫《わ》びなければとエレベーターホールへ向かう女の背中に慌てて声を掛けた。

「お邪魔してすみませんでした」

言ってしまってから身も蓋《ふた》もない台詞《せりふ》だと気づいた。修司が深い溜《た》め息をついた。

部屋の奥から、くわえ煙草の鑓水が現れ、女に「明日《あした》電話する」と大らかな声を投げた。女は背を向けたまま軽く手を振って見せた。鑓水は素肌にポール・スミスの派手な柄シャツを引っ掛け、煙草の煙に満足そうに目を細めて女の後ろ姿を見送っている。

女を眺めていた修司が眉《まゆ》を上げて鑓水を見た。

「趣味いいじゃん」

「でしょ？」と、鑓水は無精髭《ひげ》の伸びた端整な顔に人懐こい笑みを浮かべた。

「すまなかったな」

そう言いながらも相馬が見ているのは鑓水ではなく、女の方だ。三人の男は思い思いに扉口に立ち、女がピンヒールを履いた見事な脚でエレベーターに消えるのを見送った。

修司は鑓水がキッチンカウンター越しに投げてよこした缶ビールを片手で受けると、

唖然《あぜん》と室内を見回した。

リビングは夥《おびただ》しい量の雑誌やスポーツ新聞の類《たぐい》に占拠され、書架に収まりきらない文庫本が賽《さい》の河原のように床に積み上げられている。広くて掃除が行き届いている事を別にすれば、修司の知る限りこの部屋に最も似ているのはチリ紙交換の荷台だった。かろうじてひとところだけ書架のない壁にはプラズマテレビが掛けられ、消音されたニュース専門チャンネルの映像が流れている。

修司はとりあえずスポーツバッグを置き、ニュース画面を見ながらプルトップを開けようとした。途端につむじ風のように相馬が現れて缶ビールを奪い去り、自ら冷蔵庫を開けて元に戻した。

「まだ未成年なんだ」

相馬は、鐺水と修司の双方に向けて宣言した。

鐺水が呆《あき》れ顔で相馬を眺めた。

「あのなぁ、あと半月もすりゃサークルの新歓コンパで酔っ払った未就労の未成年が駅でゲロ吐きまくる春よ。いいじゃないの、働いて税金払ってる未成年が気晴らししても」

「言っとくが、鐺水、俺はいちおう法の番人だからな」

「やだねぇ」と鐺水は笑いながら引き出しを開け、「そういう無粋な人はこれでも塗りな」と、擦り傷だらけの相馬に腐れたような古いマーキュロクロムを投げた。

相馬が鑓水に事情を話す間、修司はキッチンカウンターのスツールに腰掛け、手近の雑誌を捲《めく》りながらおとなしくミネラルウォーターを飲んだ。

きちんと話を聞けばよほどの馬鹿でない限り、あの鑓水という男も俺を匿《かくま》うのがどんなに物騒なことか解る。巻き添えを食えば目出し帽に殺される可能性大だ。引き受けるわけがない。万にひとつ、鑓水がよほどの馬鹿である場合、そういう人物に匿ってもらうこと自体、危険極まりない。

いずれにせよ修司はアパートを出た時から、誰かに匿ってもらう気はなかった。このマンションを引き揚げる頃合で相馬をまく。小一時間のうちには一人になってどこかのカプセルホテルに落ち着けるはずだ。

修司は、相馬が渋谷駅西口の電話ボックスで鑓水に電話した際、番号を空で押したのを見ていた。古い友達なのだと思った。携帯を持つ以前からの、何度も電話を掛けた相手だ。修司にもそういう友達が二人いた。克則と洋平。二人の家の電話番号は今も覚えている。だが二人とも、もうあの家には住んでいない。

修司はカウンターに頰杖《ほおづえ》をついて相馬と鑓水を眺めた。鑓水は通り魔殺人に始まる凄《せい》惨《さん》な話を気楽な相槌《あいづち》を打ちつつ聞いている。屈託なさそうに見えて腹の底を見せない鑓水の顔を眺めながら、この男なら相手の気持ちを傷つけずに上等なやり方で頼みを断る事が出来るだろうと思った。修司は少しほっとした気持ちで雑誌のページを捲った。

「おまえ、アオケイ読めるの？」

いきなり鑓水の陽気な声が飛んできた。修司が見ていたのは競輪、競艇、オートと、いわゆる公営ギャンブルを扱う専門紙だ。

「昔、親父が競輪、好きだったんでね。子供ん時は九九より先に競輪選手の名前、覚えた」

「へぇ。競輪場、行ってたの？」

「ああ。京王閣《けいおうかく》とか立川《たちかわ》競輪とか。勝ったら晩飯は寿司《すし》の特上。負けたらコンビニ」

「いい親父じゃないの」

「まあね。ギャンブルはレジャーだから」

「頼めるか」

相馬が鑓水に尋ねた。

「そんじゃ修司、寝るのこのソファな」

まるで終電を逃した友達を泊める気軽さだった。修司は耳を疑った。

「あんた、ほんとに話解ってんのか？」

「俺のギャンブルは大穴狙いなの」

鑓水は二本目の缶ビールを取りに来がてら、涼しい顔で付け加えた。

「スクープってやつ」

そういう事かい、と修司は相馬に棘《とげ》のある目を向けた。

相馬の神経は生来、棘というものをあまり感知しない。相馬は鑓水を改めて紹介した。

「鑓水は昔、テレビ局にいてな。今は」言いかけてはたと気づいた。「おまえ今、何やってんだ？」

「ゆすりたかり」

相馬は目を剝《む》いた。

「寸前の売文屋さん」

鑓水は面白そうに笑って新しい煙草に火をつけた。

修司は迷ったが、もしかしたら鑓水は役に立つかもしれないと思った。こいつの仕事は、顔の広さと情報網が命綱だ。修司は一体誰が、何の目的で自分を殺したがっているのかを突き止めたかった。それが解ればこちらから何か仕掛けることも出来る。逃げるだけでは殺されるのを待っているのと同じだ。

修司は心を決め、ナイキのスポーツバッグを摑《つか》んでリビングのテーブルに向かった。そして怪訝《けげん》そうに見守る二人の前でスポーツバッグから茶封筒を取り出して鑓水に渡した。

「危険手当」

百万入っていた。修司がこの一年半、使う気になれず放っておいた金だ。

「あんたは警官じゃない。なんかあっても金、出ないだろ」

相馬が金の額にたちまち血相を変えた。

「どうしたんだ、こんな大金。どういう金なんだ」

「前に〝振り込め〟モドキやった金」

淡白に事実を伝える修司に相馬は絶句した。

「へぇ。おまえ一人でやったの？」

鑓水が驚く風もなく尋ねる。

「いや、三人」

「しかし、おまえらが挙げられたのは」

「詐欺じゃなくて傷害ってか？」

修司が口の端に毒のある笑みを浮べて相馬を見た。

「あれ？　こいつ傷害の前があるの？」と、鑓水があけすけに尋ねる。

相馬は、その件に関しては一度修司に問い質《ただ》してから鑓水に話そうと思っていたので、話の成り行きで答えるはめになったのが不本意だった。

「こいつは鑑別所。一人は特別少年院だ」

「特少って、かなり重いじゃないの」

相馬は改めて修司に向き直ると、署で修司のデータを見た時から気になっていたことを尋ねた。

「おまえら三人は幼なじみだったんだよな。それがなんであんな事になった。ひょっとしてこの金が原因なのか」

修司の目が瞬く間に別人のような陰惨な色を帯びた。

「あんたら警官ってのはいつだってそうだ。自分らが下衆《げす》だから、息をしてる人間はみんな下衆だと思ってる」

吐き捨てるような修司の言いように相馬はかっとなった。

「なんでそう警官に突っ掛かるんだ。おまえは昨日、駅前広場でその警官に命を救われてるんだぞ！」

「恩着せがましい言い方も警官らしいじゃない」

「なんだと！」

摑み合いになりかかる二人の間に「はいはい」と、鑵水が火のついた煙草を指揮棒のように派手に振り回しながら割って入った。

「ここは俺んちだからね。俺を無視して勝手に二人で盛り上がらないように」

相馬も修司も、鼻先を掠《かす》める五百度をゆうに超える橙色《だいだいいろ》の丸い火に言語にならない叫びを上げて後ろへ飛び退《すさ》った。

「危ないだろ！　なに考えてんだ、鑵水！」

「はい、今、教えてあげましょう。忘れてるかもしれないけど、こいつを匿ってもいいよ、って言ったのは俺なんだよね」

そう言うと、鑵水は修司に向き直ってにっこり微笑みかけた。

「基本的に恩着せがましいのね、オトナは。そんで、俺としては、共同生活を始めるにあたって、出来れば同居人の経歴、知っときたいかなって」

無言で見返す修司の目を、鑓水はひょいと小首を傾げて覗《のぞ》き込んだ。

「もちろん、嫌なら無理にとは言わないけど」

からかっているのか、それとも本気で気遣っているのか、修司には鑓水の真意が見えなかった。ただ、鑓水にそう言われたことで、いつの間にか自分が昔のことを深い疵《きず》のように隠そうとしていることに気づいた。修司はそういう自分自身に腹が立った。過去の疵から立ち直れずに心を閉ざしている人間。まるで顔いっぱいに太字で『俺にかまうな。でも助けて』と書いてあるような、その手の面倒くさい人間が、修司は青光りするシメサバよりも嫌いだった。

「別に。聞きたきゃ話すけど」

修司はそう言うと、事件の顚末《てんまつ》をつとめて淡々と話し始めた。


修司と瀬尾克則、川津洋平は文字どおり物心ついた頃からの幼なじみだった。短気でキレやすいが意外に面倒見の良い克則と、頑固だが人の良い洋平、修司の三人は学校に上がる前からつるんで長屋の路地を駆け回っていた。悪さをするのも遊ぶのも叱られるのも一緒だった。修司たち三人は一昨年の夏の盛り、ほんの遊びから一本の電話を掛けた。

始まりは洋平が駅前の高畠《たかはた》医院の奴らはムカつくと言い出したことだった。

洋平の家は小さな食堂を営んでいたが、高畠医院の一家は出前の勘定を細かい金がなくせに払わない。少し前、空の丼《どんぶり》を取りに行った時に半年分の勘定を頼んだら、院長夫人は出前が遅いだの味が濃いだのさんざん文句を並べた挙句、札を投げ捨てて寄こしたらしい。洋平は仕方なく勝手口の土間に落ちた札を拾って帰ったが、その時は本当に腹が立ったと悔しそうに言った。

話を聞いて、克則がそいつらにちょっと泡を吹かせてやろうぜ、と言い出した。

修司が即興でシナリオを考え、臨場感を出すため駅のホームの公衆電話から克則がチンピラ然とした口調で電話を掛けた。

『あんたんちの息子が電車で痴漢したの捕まえたんだけどな』

まさかそんなありていな騙《だま》し文句を真に受けるとは思わなかった。ところが、電話に出た院長夫人は、息子が痴漢をしたところをタチの悪いヤクザに捕まったと思い込んだ。実際、克則の堂に入ったチンピラ口調は演技というよりはるかに日常に近い。慌てた院長夫人は自分から金で何とかならないかと言い出した。

修司と洋平は思わずマジかよ、と顔を見合わせた。克則が受話器を握ったまま、噴き出しそうな顔で『どうする？』と修司を見た。正直、金額など思いつかなかったし、そもそも三人とも自分の口座番号なんぞ覚えていない。冗談半分の思いつきで『今、家にある金を全部集めて、十五分以内に神社のアイスクリンの屋台に置け』と克則に耳打ちした。アイスクリンの屋台では、齢《よわい》八十を過ぎた死んだような爺《じい》さんがたいがい死んだように昼寝をしている。洋平が爺さんの寝顔を顔真似して笑い崩れるのを、克則が蹴《け》飛ばした。克則は必死に笑いを堪《こら》え、修司の言葉を派手なヤクザ風にアレンジして喋《しゃべ》った。

自分を金持ちで上流だと思っている奴らの中には、屋台の人間をみんなヤクザだと思っている連中がいる。院長夫人はその手の人種のひとりだったらしく、たちまち震え上がって家鴨《あひる》が首を絞められたような声をあげた。三人とも限界だった。克則が電話を切るや、三人は駅のホームでひとしきり涙が出るまで笑い転げた。洋平がスッキリしたというので三人はそれきり高畠医院のことは忘れてビリヤード場へ行った。

二時間ほど球を撞《つ》き、夕方前に神社を通りかかると、蟬時雨《しぐれ》の降り注ぐアイスクリンの屋台の脇に茶封筒が置かれていた。直接、地面に置かれた茶封筒の上に目印のように石が置かれていた。まさかと思って封筒を開けると金が入っていた。三百万あった。高校に入って二度めの夏休みだった。

「その金はそん時に山分けした百万だ」

修司は鑢水の手の茶封筒を顎《あご》で差した。

「克則はこういう金はパーッと使っちまうに限るって、自分の分の百万を一晩でどんちゃん飲み食いして使っちまった。それで、お巡りがピンときたんだ。あの三人、なんかやったなって。俺らよく先輩とかと喧嘩《けんか》やってもともと目つけられてたから。それに、あのお巡りはあんたみたくなりたくてうずうずしてたしな」

修司は相馬に皮肉な目を向けた。

「交番勤務のお巡りが私服の刑事になるには、とにかく自転車ドロでも何でも捕まえて検挙数を稼がなきゃならないんだってな」

「俺みたいに……？」

「それは、そうだが……」

相馬は自分の交番勤務時代を思い出して言葉を濁した。

確かに警察学校を卒業して警察官になったからといって、誰もが刑事になれるわけではない。刑事を目指す者は捜査専科講習を受けねばならず、それを受けるには署長の推薦が必要であり、各署内でせいぜい一人か二人の推薦枠を巡って大勢の制服警官たちがしのぎを削っているのだ。実際、制服警官の中には、目をつけた相手を交番に引っ張り込むためには手段を選ばない者もいる。わざと自分の体を寄せて相手のつま先が浮いたところに自分のつま先を突っ込み、足を踏ませて公務執行妨害。進行方向に立ち塞《ふさ》がり、ぶつかったから公務執行妨害。何でもありだった。相馬自身、挙動不審の男を強引に職質にかけ、そいつの車から大麻を見つけたことがある。所轄の刑事に手柄と褒められ、得意だった。相馬は、その頃の自分に対する嫌悪と悔恨に苦い思いで目を伏せた。

「……その刑事になりたがってたお巡りは、おまえらに何をしたんだ」

「あいつは何とか俺らを挙げようと思って、一番弱い洋平をチャリの無灯火で交番に引っ張って、おまえらなんかやっただろうって一晩中、恫喝《どうかつ》したわけ」

「教科書どおりじゃない」と、鑓水が言った。「そんで洋平、吐いちゃったの？」

「いくら弱くても仲間をチクったりするかよ。洋平は朝まで完黙した。で、そのお巡りは作戦を変えたんだ。『今回はおまえの根性に免じて、正直に白状すれば三人とも何もなかったことにしてやる。おまえが言えばみんなのためになるぞ』ってな。洋平は信じやすいから、それならって全部喋っちまった。お巡りは大喜びですぐさま例の医者の家に電話したんだけど、逆に変な言いがかりはやめて下さいって怒鳴られた。向こうとしては金払ったことを認めたくなかったわけ。未来の院長が痴漢したって話を一発で親が信じたのがバレちまうからな」

「女の患者は減るね」と、鑓水が断言した。

「洋平は解放されたその足で俺んち来て、あのお巡り汚ねぇよなって怒ってた。そん時、俺が洋平に口止めしたんだ。『このことは克則には言うな』って」

それまで平気で喋っていた修司の語尾が掠れた。

鑓水が気にする風もなく尋ねた。

「なんでまた二人の内緒にしちゃったの？」

「克則は、仲間がそんな目に遭ったって聞いたらそのお巡りを本気でボコりに行きかねない。鉄パイプでね」

克則は普段はいい奴だが、キレると手がつけられなかった。修司はお巡りがどうなろうが構わなかったが、お巡りをボコったりすれば克則は間違いなく少年院送りになる。そんなことになるのだけは避けたかった。

しかし、考えてみればあの時にあの汚いお巡りを半殺しにしておくべきだったのだ。そうすればまだこんな酷《ひど》いことにはならなかった。一晩中洋平を締め上げた挙句、くたびれもうけに終わったお巡りは、修司たちの運の良さと自分の運の無さにたぶん胸が悪くなるほど腹が立ったのだろう。執念深く考えて、とうとう恐ろしく単純で効果的なやり方を思いついた。お巡りは克則の所へ行ってこう言ったのだ。

「洋平が〝振り込め〟のことをチクったぞ。おまえ、洋平に売られたぞ」

いつもは威勢の良い克則が一言も口を利けないのを、お巡りはにやにや眺め回したあと「明日《あした》、令状取って行くから家でじっとしてろ」と言い置いて帰った。そのことは、後になって克則の妹から聞いた。あのお巡りは、克則がどうなるか、はっきりと解っていたのだ。そして克則はお巡りの思ったとおりになった。幼い頃から洋平のことをずっと庇《かば》ってやってきた克則は、お巡りの話にぶちキレてネジが飛んでしまった。

あの蒸し暑い夕方、修司は何も知らずに西陽の射し込むコインランドリーで漫画本を膝《ひざ》に洗濯物が乾くのを待っていた。息せき切って知らせに来たのは同じ長屋に住む小学生の幹夫《みきお》だった。幹夫は怯《おび》えて半泣きになっていた。克則が材木置き場で洋平をボコッてる。そう聞いて、修司は常のように幹夫をかまう余裕もなく突きのけるようにして駆け出した。

いくら打ち水をしても埃《ほこり》っぽい生まれた町の通りを、修司はひたすら走りに走った。耳は綿を詰めたように自分の鼓動と呼吸のほか何ひとつ聞こえず、そのくせ足元は妙にふわふわとして心もとなかった。走りながら、その昔、荷物をまとめて駅へ向かった母親を追いかけた時もこんな風だったとぼんやり思い出した。そしてふと俺はまた間に合わないのではないかと胸を裂かれるような思いに襲われた。あの時は、駅から路地に戻れば遊ぼうと待ち構えている克則と洋平がいた。母親が消えたのをいいことに台所の酒を持ち出したり、置いていった着物を呑《の》み屋の年増に売りつけたり。新しい遊びの中で修司は早々に母親のいない暮らしに慣れた。

だが、今度は違う。間に合わなければもう二度と取り返しのつかないものを失う。

修司が材木置き場に着いた時には、洋平はすでに顔中、割れたスイカのように血だらけだった。それでも克則は殴り続ける自分を止められず、修司は克則を止めるのに無我夢中で取っ組み合っているうちに、もう自分の体についているのが自分の血なのか、克則の血なのか、それともそばに転がっている洋平の血なのか判らなくなった。

気がつくと傍らでけたたましいサイレンが鳴っており、洋平がずだ袋のように担架に載せられて救急車に消えようとしていた。

そばにいてやらなければと思った。

縺《もつ》れる足で救急車に近づこうとした修司は、横合いからいきなり大きな拳《こぶし》に殴られ、うめき声を上げて地面に転がった。血と泥にまみれた修司の頭を革靴の先で小突いたのは、あのお巡りだった。すぐ近くで、連れのお巡りに押さえられた克則の喚《わめ》き声が聞こえた。修司はあの時、腫《は》れた瞼《まぶた》の隙間から見上げたお巡りの顔を一生忘れない。お巡りは、いかにも満足そうに微笑むと、「派手にやってくれたなぁ」と言ったのだ。

その後、修司と克則は鑑別所に送られ、克則はそこでも暴れて特別少年院に送られた。修司は保護観察。洋平は一生、目が見えなくなった。

鑓水が深々と吐き出した紫煙が、卓の脚を撫《な》でて浅瀬の渦のようにゆったりとほどけた。相馬は言葉を失っていた。

「そんでも、食って眠って一年半もすれば結構しぶとくなるもんでね。克則は特少で仕切ってるらしいし、洋平は盲学校の寄宿舎で職業訓練中、俺は真面目な建設作業員ってわけ」

修司は話を締めくくると、ダウンコートを脱いで卓上の缶ビールに手を伸ばした。

相馬がいきなりカーペットに両手を突いた。

相馬は両手を突いて頭《こうべ》を垂れていた。修司は意味が解らなかった。

「すまない」

「すまない」

相馬はもう一度、言った。

警察官のひとりとして謝っているのだと気づいて、修司は突如、体が震えるほど腹が立った。なぜ、相馬が謝罪するのか。あのお巡り本人が微塵《みじん》も悔いていないことを、どうして相馬に謝罪などできるのか。こいつは一体、何様のつもりなのか。

だが、恥と憤りに身を強張《こわば》らせて頭を垂れている相馬を見つめるうち、修司の激しい怒りは徐々に色褪《あ》せるように力を失っていった。それは相馬の愚直なまでの誠実に打たれたからではなかった。むしろ修司自身が自分の在りように気づいた結果だった。修司は、相馬の謝罪をなじり、拒絶するような潔癖は自分にはないと思った。そんな幼い潔癖など、とうの昔、ランドセルより早くに捨ててきたのだ。

「……あんた、警察で相当浮いてるだろ」

それ以上だ、と相馬は思った。俺は浮き上がった上にはずれている。

「決まりだな」と、鑓水が茶封筒をくるりと丸めて自分のリーバイスのポケットに突っ込んだ。相馬は思わず頷《うなず》きかけて、とどまった。

「なにが、『決まり』なんだ」

「だからこの金は俺がちゃんと受け取るって結論」

予想外の結論に、相馬はもはや自分の耳ではなく鑓水の人格を疑った。

「おまえ、今の話を聞いた上で、その金をもらう気か⁉」

「おまえこそ今までなに聞いてたの？」と、鑓水は哀れむように言った。「こいつがこの金使う気にならないの、おまえも充分納得いっただろ？　この金は決定的にケチがついてる。こいつが持っててもこれはもはや金であって金ではない。いわば倒産した会社の株券と同じなわけよ」

鑓水のまやかしくさい話術に巻き込まれまいと相馬が口を開こうとした時、修司が新たな角度から参戦した。

「俺は只《ただ》で人の世話になるのはごめんだからな」

「お……」

「目出し帽が来たらあんたの友達はただじゃすまない。あっさり殺されるならいいが、半端に怪我とかしてみろ。金なきゃどうにもなんねぇだろ」

「おまえは人の心配してる場合じゃないだろ！」

「だったら、あんたがこいつの心配しろよ！」

「そうだ、これは保険なんだよ！　やっぱり俺が頂くのが正しい」

「おまえ、どれだけ金に困ってるんだ⁉」

「不測の事態に対する備えだって」

三人がてんでに自己の主張を展開し始めたその時、玄関のチャイムが鳴った。

三人とも一斉に口を噤《つぐ》んだ。

修司が素早く壁の時計に目をやる。

午前一時半。

相馬が古風に小指を立てて鑓水に『女か？』と尋ねる。鑓水は即座に首を振り、女が来るときは必ず電話してから来るとパントマイムで答えた。

しんと静まり返ったリビングに再びチャイムが響いた。

のどかな音色とは裏腹に、相馬はみぞおちの辺りにぞくりと冷たいものを感じた。

あの物陰にいた人影が、目出し帽の男だったとしたら。俺が、つけてくる車を見落としていたら……。

修司が突然はっとして顔を上げた。

「鍵《かぎ》……!」

相馬と鑓水が同時に息を呑んだ。女を見送った後、誰も玄関に鍵を掛けた覚えがなかった。玄関の鍵は開いている。

三度、チャイムが鳴った。

修司がスポーツバッグから両口スパナを取り出した。鑓水が部屋の隅の金属バットを摑《つか》んで相馬に投げ、自分はサイドボードのフォアローゼズの瓶を握った。

三人は武器を手に息を殺して玄関に向かった。

三分後、三人はデラックスBセット二人前とブルゴーニュ産の白ワイン・ムルソーのボトルを手にリビングに戻ってきた。すんでのところでケータリングの配達員を惨殺しかけた三人は、ぐったりとソファに腰を下ろした。

「今夜あいつ泊まってくって言ってたんで、夜食、頼んどいたんだった」

酒瓶を投げ出す鑓水の隣で、相馬はまだ虚《うつ》ろな目で荒い息をついている。修司がケータリングボックスをどさりとテーブルに置いた。

「あのバイト、絶対トラウマになってるぞ」

気がつくと紙蓋《ぶた》の隙間から香ばしいチキンの匂いが立ち昇っていた。鑓水は女が来る前に軽くドトールで食べただけだったし、修司は夕方にファミレスで食べたきり、相馬にいたっては昼の立ち食い蕎麦《そば》からこっち何も食べていない。相馬はとりあえず金は当面使わない条件で鑓水に預からせ、ケータリングのバッグを開けた。

真夜中の夜食は、女に金を惜しまない鑓水のお陰で豪勢だった。若鶏《わかどり》の香草焼き、生ハムときのこの包みピザ、サーモンのマリネ、温野菜サラダにクリームブリュレというゴージャスなデラックスBセットに、キッチンにあったバゲットやブリーチーズ、冷凍ラザニアまで総動員し、テーブルに載らないものは椅子に並べた。鶏肉を頬張りバゲットをちぎり、チーズにかぶりつく。刑事と土方と元テレビ屋。数ある職業の中でも飯を食う速さはズバ抜けている。そして彼らは食う時はまず、喋《しゃべ》らない。

鑓水が言葉の内容にそぐわない満腹感に満ちた幸福な声で喋り出したのは、三人に食後の珈琲《コーヒー》が行き渡ってからだった。

「それにしても、ダース・ベイダーの中身が犯行時だけ入れ替わってたとはねぇ」

淹《い》れたてのトラジャの薫りがリビングに広がり、テーブルに残っているのは粉末状のパン屑《くず》だけになっていた。

「物証はない」と、相馬が生真面目な顔で言った。「今のところまだ勘どまりだ」

修司は、相馬と鑓水が自分と同じように、あの目出し帽が昨日の通り魔だと考えているのを知って驚いた。だが、鑓水の次の一言にはさらにたまげた。

「状況証拠ならあるよ」

そう言うと鑓水は、瞠目《どうもく》している修司の顔を指差した。

「こいつが生きてるっていう事実」

「意味が解らない」

修司は即座に反駁《はんばく》した。

「おまえ、通り魔にぶん殴られて脳震盪《のうしんとう》起こして噴水に突っ込んだんだよね？」

修司は頷いた。事実だ。

「おまえは噴水の水の中に無抵抗に伸びてる。通り魔は右手に出刃を握ってる。俺が通り魔なら二秒でおまえを殺してる」

修司は初めてそのことに気づいて茫然《ぼうぜん》となった。

「……奴はあの時、噴水に一歩踏み込みさえすれば、俺を一瞬で殺すことができたんだ」

「そう。ところが、奴はおまえの両足を掴んでわざわざ噴水の縁に引っ張り寄せたんだろ？　そうするには右手の出刃をいったん置かなきゃならない。さて、凶器を置いてまでなぜそんな事をする必要があったのでしょう」

鑓水の慇懃《いんぎん》な問いに、修司は水に沈んだ身体を引っ張られた感触を生々しく思い出した。あの時は少しも不思議に思わなかった。だが、目出し帽はああするしかなかったのだ。

「噴水に入って俺を刺せば、奴の着てる服はずぶ濡《ぬ》れになっちまう……」

「そのとおり。そうなれば犯行後、佐田を身代わりにするのに返り血を浴びたコートとブーツを着せるだけじゃすまなくなる。目出し帽は水に濡れたズボンやセーター、ソックスに至るまですべて脱いで、佐田のものと交換しなきゃならない。でないと、警察が発見する佐田の死体はコートとブーツだけが噴水の水に濡れていて、下の着衣はまったく濡れてないっていう怪しさ満点の死体になっちゃうからね。犯行後、一刻も早く入れ替わって逃走したい目出し帽にとって、この大掛かりな着せ替えは致命的な時間のロスだ」

「それで奴は修司を噴水の外へ引っ張り出そうとしたのか……」

黙って聞いていた相馬が呟《つぶや》いた。

修司はテレビで見た年齢の割に幼い佐田の顔を思い出した。

「佐田は、どこまで自分の役割を知ってたんだろうな」

「いくらヤク中でも通り魔の身代わりと知ってれば引き受けなかっただろうね。目出し帽がなんて言って佐田を騙《だま》したかは解んないけど。ただ、目出し帽の犯行後、佐田がまともな意識状態なら、おとなしく血まみれのコートを着たりはしなかったはずだよね」

相馬がアッと天を仰いだ。

「ヘロインが先か……!」

「だろうね。目出し帽は犯行の前、例の共同トイレで佐田と落ち合ってコートとブーツ、手袋、メットを身につけて入れ替わった時、佐田にヘロインを与えておいた。で、自分が駅前広場で凶行を演じてる間、佐田に深遠な宇宙を漂わせておいた。戻ってきた目出し帽は、土星あたりを漂っている佐田に返り血を浴びたコートを着せ、ブーツを履かせた」

相馬の脳裏に共同トイレの光景が鮮明に蘇《よみがえ》った。

「なるほど。それから血痕《けっこん》のついたメットと手袋を洗面台に放り込み、その上にヘロインの粉を零《こぼ》して犯行後にヘロインをやったと見せかけた。その後、自分のコートと靴を身につけた目出し帽は、最後に佐田の腕に多量のシャブを打ち込み、注射器を残して現場から立ち去った。発砲した巡査が目出し帽を見失ってから、佐田が共同トイレで発見されるまで三十分あまり。時間的には充分可能だ」

「出刃の包装紙やコート類のレシートがこれ見よがしに残されてたのは、目出し帽が、そこを当たればすぐに佐田の存在が浮かぶように仕組んでたからだろうね。犯行当日の佐田が異常に大勢の人間に顔を覚えられてるのも、目出し帽が佐田にあの衣装でデパートを徘徊《はいかい》するよう指示してたからじゃないかと思う。何もかも、犯行時にフルフェイスのメットの下に隠されてた顔、本当は誰も見てない顔を、佐田の顔だと信じ込ませるためにね」

二人の人間が現実に入れ替わっていた。そう考えた時、相馬は閃《ひらめ》いた。

「あの衣装を調べれば、奴の皮膚片や毛髪、汗かなにか残っているはずだ！　少なくとも佐田のＤＮＡとは異なる何かが出るはずだ」

「まぁ、出るだろうね。何人分も」

相馬は即座に鏜水の言葉の意味を理解して頭を抱えた。

「そういうことか……」

「そういうこと。コートの類《たぐい》は古着屋『キングスクロス渋谷店』、メットは『セコハンダック』で買ったどれも中古品だからね。人から人の手に渡って店頭でも何人もの客が試着してる。レシートを残してたことを考えれば、むしろそれらすべてを目出し帽が指定して佐田に買いに行かせた可能性が高い」

相馬は失望のため息をついた。

「中古品で、エナメル素材で返り血を浸透させない防護服の役目を果たし、しかも奇抜で人目を引く……」

「一石三鳥ってとこだね」

鏜水はにこやかに微笑みながらマールボロの箱から煙草を一本取り出した。

「そういえばさ、修司、おまえ昨夜はどこ泊まったの？」

「友達の部屋。なんでだ？」

「目出し帽、昨夜もおまえのアパート行ったんじゃないかと思ってね」

その言葉に相馬はハッとなって鏜水を見た。

鏜水は平然とジッポーの蓋を開けた。

「こいつ、そうとう運が強いみたいよ」

不意に修司が思いつめた口調で呟いた。

「……いや、昨夜のは運じゃない」

鐺水が火をつけようとした手を止めた。

「俺、病院でおかしな男に会ったんだ……」

あのフレームレスの男に会わなければ、間違いなくまっすぐアパートに戻っていた。そして待ち構えていた目出し帽の男に殺されていた。瞬時に首にロープを巻かれ、何が起こったのかも解らないうちに。あの薄暗い病院の廊下で自分の運命は分かたれたのだと修司は思った。

修司は相馬と鐺水にフレームレスの男のことを話した。修司を見るなり『ほかの四人は無事なのか』と尋ねたこと。男が四人の死を知ってひどく衝撃を受け、修司に『逃げろ』と言ったこと。そして、『あと十日生き延びれば助かる。生き延びてくれ。君が最後の一人なんだ』と言ったことも。

「初めは何かで神経が壊れちまった気の毒な男だと思った。けどあのフレームレスは、最初から俺の顔も、俺が通り魔事件に遭ったことも知ってたんだ。俺の顔はニュースにも出てなかったのに。フレームレスは、あの時にはもう目出し帽が俺を殺しに行くって解ってたんだ。だから」

「ちょっと待ってくれ」と、相馬は遮った。「どういう事だ。おまえだけは生き延びろとか、最後の一人だとか。殺されたのはみんな地元に住むごく普通の市民なんだぞ。四人とも、あの時たまたま駅前広場にいたせいで犠牲になったんじゃないか」

修司は事件が起こる直前の駅前広場の情景を思い出した。満開の桜の下、噴水を囲む石椅子に静かに腰掛け、誰もが人待ち顔で駅の改札方向を見つめていた。

「あの四人は……ほんとにたまたまあそこにいたのか？」

「え……？」

「印刷屋の主《あるじ》、スーツを着た主婦、女子大生、よそ行きの帽子を被《かぶ》った婆さん、みんな真昼間、退屈しのぎに駅前広場に座ってたわけじゃないだろう。たぶん俺と同じに誰かを待ってたんだ。あの日、被害者の待ち合わせの相手は、誰か一人でも来たのか？」

相馬は虚を衝《つ》かれた。そんなことは考えてもみなかった。

「俺が広場に着いたのが一時五十分過ぎ。その時、印刷屋と主婦、それに婆さんはもう石椅子に座ってた。で、最後の女子大生が走ってきたのが二時八分。その間の十五分あまり、俺も含めて五人の待ち合わせの相手は誰ひとり現れなかった」

「ところが、五人が揃った途端」と、鑓水がジッポーを鳴らして煙草に火をつけた。

「フルフェイスのメットで顔を隠した殺しのプロが現れた」

「おい、まさか」

「犯人は、最初から修司を含む五人を殺すつもりだったんだ」

鑓水はこともなげに続ける。

「フレームレスはこいつを見るなり『ほかの四人は』って訊《き》いたんだよ。それからこいつのことを『最後の一人』って。四たす一で五人。それにだ、プロが通り魔殺人なんてやるか？」

相馬は返す言葉がなかった。プロは報酬を貰《もら》って仕事をする。目出し帽が最初から五人を狙っていたと考えれば、今夜、修司が襲われた理由は明白だ。駅前広場で仕損じた仕事を終わらせに来たのだ。しかし、この事件が通り魔殺人ではなく、初めから特定の五人を殺すためのものだったとすると……。

「それじゃ、やる側には動機があった。つまり、五人全員に何か殺される理由があったってことだぞ」

「気づいてくれて嬉《うれ》しい。って事で、訊きたいんだけどさ」と、鑵水が修司に目を向けた。

「殺される心当たりはない」

修司は訊かれる先から断言した。

「そんじゃ、もひとつ訊くけど」

「俺には双子の兄弟とか、顔がそっくりさんの知り合いとかもいない」

「人違いでもないってか」

だからお手上げなんだ、という風に修司は溜《た》め息をついて鑵水のマールボロの箱に手を伸ばした。途端に相馬が蠅《はえ》を叩《たた》くように素早くぴしゃりと修司の手を打った。側頭部に目があるかのような俊敏な動きに修司は内心驚嘆した。

「こいつに心当たりがないとなると」と、相馬は修司の手が届かぬようマールボロを鑵水の手元に投げた。「殺された四人は死人に口なしだ。現状、殺しの理由を知ってるのは、殺したい側だけってことか」

「プラス、フレームレスだ」と、鑓水が注意を喚起するように人差し指を立てた。

「いったい何者なんだ、そのフレームレス……」

相馬は雲を摑《つか》むような思いで考え込んだ。

「俺の知り合いじゃないって事だけは確かだ。俺の顔見知りでスーツ着てんのはヤー公か刑事くらいだからな。フレームレスはどう見ても堅気だった」

修司の言葉はよく聞くと刑事は堅気ではないと言っている気がしたが、相馬はあえて無視した。鑓水がポットの残りの珈琲《コーヒー》を相馬と修司のカップに注《つ》いだ。

「今言えるのは、フレームレスはこいつが殺される理由を知ってるってこと。なおかつフレームレスはこいつに死んでもらいたくないと思ってること。そして」

鑓水は銀色のポットを置いて相馬を見た。

「殺したい側はやけに急いでるってことだ」

相馬は、ああ、と思い出した。『あと十日生き延びれば助かる』というやつだ。十日生き延びれば助かるということは、逆に殺したい側にとってみれば、どうしても十日以内に修司を見つけ出して始末しなければならないということだ。プロの目出し帽は血眼になって修司を捜すはずだ。

「あと十日か……」

「もう十二時を廻《まわ》ってる」と、修司が言った。「事件から二日たってるから、正確にはあと八日だ」

鑓水が壁のカレンダーに目をやった。

「四月四日だな」

四月四日。

一体なぜ四月四日までに修司を殺さなければならないのか。四月四日を過ぎればなぜ修司は助かるのか。四月四日という日付に一体どんな意味があるのか……。

三人が黙ると不意に夜半の雨音が室内を満たした。

分厚い毛布のように世界を覆い尽くした雨音の中で、相馬も鑓水も修司も、目出し帽の男は四月四日までに修司を見つけるだろうと思った。それより早く、この事件の全容を摑まなければならない。それより他に修司が生き延びる術《すべ》はない。

修司が窓に掛かったデルフトブルーのカーテンを眺めたまま言った。

「俺ってなんか巻き込まれてるっぽくない？」

鑓水が目だけで笑って新しい煙草に火をつけた。

「っていうか、ど真ん中って感じ」

鑓水は玄関で相馬と別れ際、警察の方はどうするつもりだと尋ねた。相馬は証拠を固めるまで誰にも一切、話すつもりはないと言った。鑓水は黙って頷《うなず》いた。相馬はもう一度、修司を匿《かくま》ってくれた礼を言うと「鍵《かぎ》、忘れるな」と言って扉の向こうに消えた。

その夜、修司は浅い眠りの入り口で、駅前広場の四人が殺される夢を見た。

夢の中の広場はなぜか昼ではなく真夜中の二時で、黒々とした空にびっしりと満開の花をつけた桜が巨大な枝を広げていた。噴水の周りに、ジャンパーを着た印刷屋の主も、ミントグリーンの携帯を持った女子大生も、よそ行きの帽子を被った老婦人も、シニヨンの女もきちんと座っていた。それから石畳に濃い影が三拍子のダンスをするように踊って四人は切り裂かれた。

目が覚めると部屋はまだ暗く、闇の中いっぱいに血の臭いがした。

夢のせいだと言い聞かせても、身体は周回遅れのランナーのように夢の時間を走り続ける。修司はトイレに蹲《うずくま》って食べたものをすべて吐いた。胃を絞るたびに世界が揺れ、喉元《のどもと》を冷たい汗が流れた。

肩で息をつきながら朦朧《もうろう》とした意識の中でふと、あいつもそうだったんだと思った。

あいつも、なぜ自分が殺されるのか解らなかった。

フロリダキーズへ行きたかった男。

明るい陽光に満ち、誰もが自由で幸福な場所。そんなこの世に存在しない場所に憧《あこが》れたせいで、あの男は死んだ。自分がなぜ殺されるのか解らないまま。

修司は透明な青い水の溜まった便器に突っ伏して、映画の中の空港で無益に射殺された男のために涙を流した。それから、駅前広場で一瞬のうちに切り裂かれたあの四人のために涙を流した。そうして冷たいＰタイルに座り込んだまま、修司は涙に痺《しび》れた頭であらぬ事を思った。もしかしたらあの午後、噴水の周りに集まった自分たち五人は、自分たちも気づかぬうちにフロリダキーズを目指していたのかもしれない、と。

その夜、修司の頭をよぎったその奇妙な考えは本質的に正しかった。

# 第三章　老王の死　――二〇〇五年　三月二十七日　日曜日

## 19

磯辺満忠は書画と俳諧《はいかい》、陶芸を嗜《たしな》む風流人として知られ、毎年、都下の寺を借り切って行われる坂下派の内々の花見会では、磯辺の趣向で野点《のだて》の席が設けられるのが慣例となっている。

今年も見事に晴れ上がった空の下、春爛漫《らんまん》の桜の中にいくつもの緋《ひ》色の野点傘が立てられ、華やかな枝垂桜の振袖《ふりそで》に錦《にしき》の帯を結んだ名家の子女や、鴇《とき》色や翡翠《ひすい》色の明るい春の色留袖に二重太鼓を結んだ奥方たちが見事な所作でお点前《てまえ》を行っている。この女たちの花衣の衣装競《くら》べも花見会の名物のひとつである。

一方、代議士たちは花見幕に赤坂《あかさか》の千寿《せんじゅ》で拵《こしら》えさせた提げ重を広げて宴席とし、蒔絵《まきえ》の盃《さかずき》を酌み交わして花の盛りを愛《め》でているが、一皮剝《む》けば己が寝首をかかれぬよう懐に匕首《あいくち》を忍ばせた盗《ぬす》っ人《と》のような目で互いの顔色を窺《うかが》っているところは花の下であろうと常と変わりはない。上座に座した磯辺はかつては自分もそうであったと思い、今はさしずめ盗っ人の親玉もどきかと満足か不満足か判らぬ気持ちで花を見上げる。

磯辺は追従を聞くのにも飽き、ふらりと宴席を立った。

花衣の女たちが磯辺を認め、端から風になびく花のように順々に会釈していく。磯辺は寺の高台に向かう道すがら一渡り女たちを眺めていった。

「今年は戸倉《とくら》先生の姪御《めいご》さんが一番ですよ」

声に振り返ると、私設秘書の服部が桜の幹にもたれていつもの冷笑を浮かべている。京都の置屋を生家に持つ服部は、年に似合わず女と茶碗《ちゃわん》に目が利いた。磯辺が仕込んだと言えばそれまでだが、服部には生来、目を楽しませる作り物を好む性向がある。

服部は緋毛氈《ひもうせん》の一角を目で指した。見ると年の頃は二十三、四、黒引き振袖を纏《まと》った人形のような娘が座っていた。

「あれは戸倉の姪ではなく、妾《めかけ》の娘だ」

「ええ。嵐山《あらしやま》の妾宅《しょうたく》から今年、東京に出てきて代官山《だいかんやま》のマンションで一人暮らしをしてるそうです。京ことばでおっとり喋《しゃべ》るが、どうしてあれは玄人ですね」

「もう口説いたのか」

磯辺は呆《あき》れたが服部は悪びれる様子もない。

「戸倉先生、夏の選挙で旗色が悪くなったらあなたにくれてやる顔見世のつもりでしょう。改革派に寝返っておきながら、こっちと二股《ふたまた》掛けようって腹です。必死なんでしょうけど、父親同様、彼女もどうしても欲しいってほどの玉じゃない」

そう言うと服部は女たちを眺めるのにきりをつけ、先に立って高台への石段を上っていった。磯辺はなりふり構わぬ戸倉のやり方に辟易しながらも、あんな小物に足元を見られたものだと自嘲《じちょう》せざるをえなかった。

　夏に解散総選挙が行われるだろうということは、議員ばかりでなく、メディアの人間も薄々感づいている。この流れは変わるまい。宴席にもかかわらず、名うての酒豪たちさえ盃を控え、妙な言質を取られまいと紋切り型の追従に終始しているのはそのせいだ。

　政界全体に世代交代が進む中、磯辺が束ねる坂下派内では、二世、三世議員を中心とした若手中堅グループが夏の選挙を睨《にら》んで早くも派閥からの離脱の動きを見せ始めていた。磯辺はこれまで党内の伊原《いはら》派と結んで中堅議員の造反を抑えてきたが、徐々に新旧の勢力は拮抗《きっこう》しつつあった。そんな折も折、磯辺自身の足元にちょっとした火種が転がり込んだ。万一、この火種によって磯辺が失脚すれば旧勢力が瓦解《がかい》するのは目に見えている。そうなれば坂下派だけでなく、党内の勢力地図が一気に塗り替えられることになる。おかげで誰もが勝ち馬に乗り損ねまいと戦々恐々としているのだ。

　磯辺は高台の東屋《あずまや》に腰を下ろし、桜材のステッキを傍らに置いた。わずかに汗ばんだ襟元を春風が心地よく撫《な》でていった。

「四月四日の件は大丈夫か」

「まだ時間はあります。それにあの滝川《たきがわ》という男、『逗子《ずし》』の方の紹介だけあって、なかなかよく働きます」

　誰もがただ『逗子』の方と地名で呼ぶその人物は、ある種の人間が不都合な状況に陥った際、その不都合を解消するために適切な人間を差し向けてくれる。無論、磯辺は『逗子』と直接顔を合わせたことはなく、これからも合わせる予定はない。しかし、長年昵懇《じっこん》にしている京都の茶室の主《あるじ》から、「『逗子』のお方は鳥撃ちがお好きやそうです」と聞いた時には、どうやら自分は鳥撃ちを好む男とよくよく縁があるらしいと皮肉めいた感慨を覚えた。

磯辺は人生の大半を、鳥撃ちを好む一人の男と並走してきたと言っても過言ではなかったからだ。

「富山《とみやま》はどんな調子だ」

磯辺は前方の春霞《はるがすみ》の空に目をやったまま尋ねた。

「もってあと数日でしょう」

服部はそう言うと、ごく当たり前のことのように付け加えた。

「この件が片付いたら、タイタスを切ります」

「富山も、じき死ぬ。潮時《こだま》だろう」

磯辺の脳裏に、空に谺するライフルの銃声と共に、死んだ鳥を意気揚々と掲げた富山浩一郎《こういちろう》の姿が浮かんだ。

「鳥とみれば撃ち落としたがった。あの男も、もう終わりだ」

昭和の怪物と呼ばれたタイタスグループ会長・富山浩一郎は、二週間前の朝、自宅の庭を散歩中に脳梗塞《のうこうそく》で倒れたまま意識が戻らない。益井《ますい》記念病院の特別室に陣取り、体に何本ものチューブを繋《つな》げて生かしてはいるが、もうそう長くもたないことは誰の目にも明らかだった。

　戦後、GHQと繋がりのあった富山浩一郎は潤沢な資金を元に昭和二十二年に『富山糧食工業』を設立、復興期にいち早く缶詰やカレー、ソースなどの洋風食品の製造販売に乗り出した。昭和三十年、富山は大豆相場の下落で負債を抱えた中堅商社・多々《たた》良物産を合併、それを機に社名を『株式会社タイタス』と改称し、多々良物産の商権を引き継いでとうもろこしや脱脂粉乳、コーヒー豆、カカオ豆といった食料品の輸入を行う一方、当時飛躍的に消費の伸びつつあった石鹼《せっけん》の原材料である牛脂等の工業原料の輸入にも着手した。そして高度経済成長期、タイタスの創業母体である食品部門が日本の食卓の急速な洋風化の波に乗って目覚ましい成長を遂げる中、富山は積極的にM&Aを繰り返してタイタスの事業部門を拡大、その後は政界との強いパイプを武器にバブル期の株を売り抜け九〇年代半ばには食品、化学、物流、アグリビジネス、不動産、IT関連産業にいたる巨大なタイタスグループを作り上げた。

　タイタスグループ会長となった富山は一九九七年、独禁法が改正され半世紀ぶりに持ち株会社の設立が解禁されると、早速それまで事業部として運営してきた各部門を独立会社にして経営の権限と責任を強化し、タイタス本社は持ち株会社となってグループ全体の戦略立案、資本の調達・運用、リスクエクスポージャーなどマクロコントロールを行うこととした。そして二週間前に倒れるまで、富山は八十を越えてなおグループの実権を握る会長として君臨していた。

磯辺は、富山浩一郎と同じ福井の出身で旧制一高の後輩でもあった。政界に進出した磯辺と一代でタイタスグループを築き上げた富山との半世紀を超える交友は常に利害を巡って結びつき、事実、互いに莫大《ばくだい》な利益を生み出してきた。

だが最後の最後になって、まるで先に死ぬ羽目になった富山のふざけた置き土産でもあるかのように、タイタスから磯辺の元に面倒な火種が飛び込んだ。磯辺は揉《も》み消せると踏んではいたが、時期が時期だけにやっかいでもあった。

磯辺は立ち上がり、東屋の先端から満開の桜の群落を見下ろした。

この十年あまり、世代交代の波に呑《の》まれて多くの代議士が消えていった。磯辺は自分のように戦中戦後を知る者は政界にもうほとんど残っていないのだと改めて思った。

眼下に広がる桜の群落に一時、黒煙のくすぶる焦土と化した真昼の街の風景が重なって消えた。髪の毛を逆立てる燃える大気も、焼け焦げた死体の臭いもつい今しがたの事のように生々しく覚えている。

だが、寸分違《たが》わぬ花色であたりを埋め尽くす桜を見ていると、あの真昼を記憶して今ここに立っている自分の存在自体がまるで一瞬の夢のように感じられ、磯辺は不意に幼い子供のような寄る辺ない不安を感じる。

「ソメイヨシノばかりだな……」

磯辺は我知らず呟《つぶや》いていた。

「ソメイヨシノはまとめて植えられる樹ですからね。一本一本なんて誰も見やしない。そのかわり同じ花を一斉に咲かせて一斉に散る。日本人好みなんでしょう」

服部はまるで外国人のように冷淡に答え、ポケットから銀のシガレットケースを出して磯辺に勧めた。磯辺は孫ほど年の違う服部とライターの火を分け合いながら、雇い主の顔色に感化されない服部を好ましく思った。

「今日の花見は何ヶ所だ」

「ここを入れて六ヶ所です」

「おまえはどうする」

「僕は富山の見舞いに廻《まわ》ります。一度は顔を出しておいた方がいいでしょう」

磯辺はわずかに頷《うなず》くと、紫煙に目を細めつつ再び圧倒的な嵩《かさ》と量感でひとつのものとなって咲き誇るソメイヨシノの群落に目を向けた。それきり一本の煙草が灰になるまで黙って桜を見ていた。

やがて服部が瑪瑙《めのう》のカフスを見せて腕時計に目をやった。

「移動の時間です」

磯辺はスタンドの灰皿に煙草を捨ててゆっくりと石段へ向かった。磯辺は若い頃からこの東屋で桜を見下ろすたびに、あと何度この花を見られるだろうかと思ったものだった。だが今年は、なぜか不思議とそれを思わなかった。

# 20

「四月四日にさ、何かデカイこと起こるなんて噂、聞こえてない？」

「なんや、四月四日て」

「通り魔事件から十日後。なんか起こりそうでない？」

鑓水はテレビ局の喫茶室のソファに鳥山《とりやま》の巨体を押し込んで素早く隣に腰を下ろした。こうすれば鳥山は前のテーブルを跨《また》がない限り逃げられない。鑓水は満面に笑みを浮かべてウェイトレスにブレンドを二つ注文した。

「そういう話はスピリチュアルな先生に訊《き》いて。うちの番組、超常系はアウトオブ眼中なの知ってるやろ」

元同僚のカメラマン・鳥山浩《ひろし》は尻《しり》ポケットから潰《つぶ》れたハイライトを取り出して火をつけると、鼻から滝のように勢いよく煙を吹き出した。

「まっ、上から見たらうちの番組自体、アウトオブ眼中やったけどな！」

鳥山は、ははんと鼻で笑ってウェイトレスに大きな声で注文を追加した。

「高カロリーなカツ丼定食ひとつ！　脂身たっぷりね」

「……なんか、ヤケクソな感じするけど」

「『ドキュメント21』、六月で終わるんですわ」

「へぇ、そうなの」

鑓水は目を丸くした。鳥山はちょっとうらめしそうに鑓水を見た。

「もうちょっと残念がってくれてもええのと違う？」

鑓水はテレビ局に勤めていた頃、制作デスクとして一年間ほど『ドキュメント21』に関わったことがあった。『ドキュメント21』は21世紀の現実を切り取りつつ、二十一時台への進出を目指すという野望を抱いた深夜一時からのドキュメンタリー番組だった。

テレビ屋が二十五時と呼ぶ深夜一時は他局ではトーク番組やアニメが主流で、ドキュメンタリーは早くてもその後の二十六時以降の放映がほとんどだ。そんな中、異例の二十五時開始の『ドキュメント21』は、制作会社に委託するのではない局制作のドキュメンタリーということもあって、開始当初は制作方針に関して幹部クラスから様々な意見が寄せられた。総合すると、硬派な姿勢を保ちつつ、刺激の強い題材を、視聴者に解り易く、深く掘り下げろ、というようなことだった。この支離滅裂な要求を満たすべく、『ドキュメント21』は実によく健闘した。

ひとつの題材を深く掘り下げようと数週にわたって放映すると、視聴者はすぐに飽きた。硬派であるべく安直な答えを避ければ、〝消化不良だ〟というお叱りのメールを頂《ちょう》戴《だい》した。不良なのは、世の中がビクターの犬みたいに白黒で出来てると思っているてめえの頭の方じゃねぇか、などと不遜《ふそん》なことは決して言わず、スタッフは日々、絵になる刺激的な題材を求めて東奔西走した。

そして今年こそ終わる終わると言われながら五年あまり、近年はブログなどでもぱらぱらと取り上げられるようになり、案外このまま密《ひそ》かなカルト番組として生き延びるのではないかとほのかな期待が芽生えようとした矢先の突然の番組終了。しかも春秋の番組改編時ならともかく、六月という半端な時期にだ。鑓水は残念がる以前に、何かやばいネタを扱ったなとピンときた。

鳥山は運ばれてきたあまりに注文どおりの脂身たっぷりのカツ丼定食を見ると、急に気持ちが萎《な》えたらしく深い溜《た》め息をついた。そして自分の溜め息に誘われたように腹の底から言葉がついて出た。

「作品としてはええ出来やってんけどなぁ。絵的にちょっと刺激が強かったかもしれへんけど」

「ネタ、何やったの。流血系？　それともセックス系？」

映像的に問題になるのは大抵その辺りだ。鳥山は盆を脇にどけてまたハイライトに火をつけた。

「いや、『メルトフェイス症候群』いう奇病。知らん？」

鑓水はそういえば昨年、いくつかの雑誌でその病名を見た覚えがあった。確か一昨年の暮れあたりに乳幼児の間に突如として広まった奇病で、全国で相当数の患児を出したはずだ。

メルトフェイス症候群は原因不明の高熱を発し、眼球を含む顔面の組織が次々と壊死《えし》するという恐ろしい奇病で、壊死組織を切除するため顔面に深甚な損傷が残る。生まれたばかりの乳児を打ち砕くこの奇病は、不思議なことに、一昨年の暮れから年明けにかけてのわずか一ヶ月の間に集中して発症し、その後はぱたりと途絶えている。

メルトフェイス症候群の原因菌に関しては、昨年の六月に国立感染症センターが同定に成功し、その新種の芽胞形成菌はバチルスf50と命名された。患児が月齢九ヶ月前後の乳児に集中していることから、発症は乳児期の免疫低下との関連も示唆されている。

しかし、なぜ一ヶ月の間に集中的にメルトフェイス症候群の患児が出たのかは依然謎のままだ。また、患児たちが、いつ、どこで、どのようにしてバチルスf50に感染したのか、その感染経路についても一切が不明のままだった。

「その、メルトフェイス症候群ってさ、最初にテレビで扱ったの、『ニュースプライム』じゃなかったっけ?」と、鐺水は頭の中のアーカイブズを素早く検索した。「確か、去年のお盆の頃、特集コーナーかなんかで」

「相変わらず、無駄に正確な記憶力やなぁ」と、鳥山はあっけにとられたように鐺水を眺めた。

『ニュースプライム』は二十二時台の局の花形ニュース番組だ。その『ニュースプライム』で昨年八月、一度だけメルトフェイス症候群を特集したのだ。内容は最初の患児の発症から病原菌の同定に至るまでの経緯を緻密《ちみつ》な再現ドラマで構成した後、患児の感染経路についていくつかの推論を試みるというものだった。

まずは患児が多く出た地域一帯の水質と土壌の検査が行われた。次いで、患児が発病当時に摂取していた食物の検査。これは患児がすべて乳幼児であるため摂取する食物は保護者が完全に管理しており、追跡調査は比較的容易だった。さらに患児の母親が妊娠中に服用した薬の検証も専門機関の協力を得て行われた。

「まぁ、結果はどれも空振りやったけど、アメリカのディスカバリーチャンネル風の実録ミステリータッチの構成がちょっとした好評を博したわけよ。せやけど感染経路を究明する線では、新事実でも出ん限りこれ以上の進展はない。かというてせっかく好評を博したネタを一回きりで捨てるのは惜しい」

「って、上の判断で『ドキュメント21』にこのネタをやらないかって話がきたわけね」

「簡単に言うても、詳しいに言うても、そのとおり」

「そんで？」

「知ってのとおり、われらが『ドキュメント21』には予算も人員もない。そこでこっちは『プライム』が絵にせんかった部分、発病した患児とその家族の生活にスポットを当てて、後遺症に苦しむ現在を切り取る、という方向で臨んだわけや」

鳥山たちはある患児の家に通い、朝六時の投薬に始まる母子の日常を一週間かけてカメラに収めたという。

「よく取材を受け入れて貰《もら》えたね」

鑓水は、患児の親が取材を受け入れた事実に少なからず驚いた。

「それには俺らもびっくりしたよ。ほんまのとこ、とうてい親はOKせんやろと思てた。

なんせあの病気の子らは、見た目がちょっとびっくりするくらいあれやから。けど、その患児の母親は、メルトフェイス症候群て病気の実態を大勢の人に知ってもらいたい言うてな。実名でええ、顔にもモザイクはいらんて。……そうとう腹くくったんやと思うわ」

鑓水にも母親の覚悟のほどが偲《しの》ばれた。

病気の存在を多くの人に知らせ、社会に正しく認知してもらうことは、子供を心無い中傷や差別から守るための第一歩だ。だが、そのためとはいえ自分たちの暮らしを不特定多数の人間の前にさらけ出すのにはかなりの決心が必要だったろう。いわゆるカメラは撮り逃げ。顔と実名を晒《さら》してカメラの前に立った人間はその後、好奇に満ちた世間の目の中に放り出されるのだ。

実のところ、そういう事実を念頭に置いて被写体と向き合うテレビ屋はとても少ない。そして鑓水の知る限り、鳥山はその希少なテレビ屋の一人だった。

「子供の身体のしんどさと世話する親の大変さは、俺の予想なんか遥《はる》かに超えとったよ。正直、どっちカメラ向けてええんか何遍か判らんようなったくらいや。けど、子供は調子のええ時は笑《わろ》うたり泣いたり、うちの甥《おい》っ子となんも違わん。最初は尻込《しりご》みしとったスタッフも、あの〝バンダナ娘〟が子供に話しかけたりするんで、段々と普通に接するようになってな」

「ああ、野村《のむら》ね」

鑵水は懐かしく思い出した。『ドキュメント21』には赤いバンダナを巻いた野村加奈《かな》というスタッフがいた。がっちりとした体型の無愛想な娘だったが、少ないスタッフの中でビデオエンジニアから潜入取材、必要とあらばレポーターまでこなす有能な人材だった。

「野村は撮影が終わる頃には子供と遊んでやっとったわ。『おはなしゆびさん』とか言う歌、歌《うと》うてな」

その時の光景を思い出したように鳥山はつぶらな目を細めた。

「鳥ちゃん、自信作だったんだ」

鳥山は珍しく素直に頷《うなず》いた。

「せやけどオンエアの後、局に抗議が殺到してな」

「どして？」

「病気の幼児を見世物にするな、て」

根元まで吸ったハイライトを鳥山は力を込めて揉《も》み消した。

「親の了解を取って撮影したもんやと番組のホームページに載せたら、今度は金もろて病気の子を見世物にする親いうて、親の方がネットで叩《たた》かれだして。子供の写真が化け物サイトに転載されたりしてな。なんや結局、家も引っ越さんならんようになって」

「そりゃひどいね……」

おそらくオンエア後に運悪く一家の住まいが露見し、面白半分の嫌がらせを受けたのだろう。しかし、実名と顔を晒して取材に応じた親であれば、その種のことが起こり得ることはあらかじめ覚悟していたはずだ。それでも引っ越さなければならなくなったのは、その一家に何かよほどのことが起こったからではないか。

鳥山も同じように感じているらしく、灰皿に目を落として黙り込んだ。

鑓水は、鳥山の珈琲《コーヒー》にたっぷりと砂糖とミルクを入れてかき混ぜてやった。鳥山は珈琲を珈琲牛乳化して飲むのを好む。

「で、その抗議が原因で？」

鳥山はぬるい珈琲牛乳を一気飲みしてカップを置いた。

「まぁ、匿名の糞溜《くそだ》めは別にしても、しばらくして新聞の投書欄にも載ったりしたんで、上も『ドキュメント』ごときでややこし問題になるんも面倒くさいてことで」

鳥山はハサミでチョキンと切る振りをした。

「なるほどね」

番組は終了するのではなく、やはり事実上の打ち切りというわけだ。

「そりゃ番組的にはそろそろネタも尽きてきて潮時やったんかもしれん。けど、この終わり方は気に入らん。そもそも〝病気の幼児を見世物にするな〟いうのはどういうこっちゃ」

「見目よろしくない病気の子が人目に晒されてじろじろ見られるのは可哀想だ。そんな子は、一生人目につかない所でこっそり生きて、こっそり死ねと。そういう事だろうよ」

「本人らが善意やと思うとるぶんよけいタチが悪いわ」

「それにしても、小田嶋《おだじま》ディレクターがよく納得したなぁ」

小田嶋は『ドキュメント21』の立ち上げに際して報道部の部長が引っ張ってきた元々フリーのディレクターだ。その野心満々のあざとい流儀に反発する者も少なくなかったが、小田嶋のそういうやり方が『ドキュメント21』の数字をかろうじて支えてきたのも事実だ。ようやく軌道に乗ろうかという矢先、こんな形の打ち切りに小田嶋が納得するわけがない。

「そっらもう猛烈に抗議したね。さすがに弁は立つし押しは強いし、あん時ばかりは俺らも燃えた。いざとなったらスタッフ全員、小田嶋さんと一緒にスタッフルームに籠《ろう》城《じょう》しようという勢いで一丸となって盛り上がっとったわけよ」

「で、その団結はいつの時点で過去形になったわけ？」

「小田嶋さんに四月からの『ニュースプライム』への異動の話が出た時点」

「〝裏切り、御免〟？」

「さよう。見事に出世という馬に乗って深夜枠という国境《くにざかい》を越えて行かはりましたわ」

身の振り方も小田嶋らしいと鐺水は思った。しかし、『プライム』には松井《まつい》という入社以来ニュース畑一筋の敏腕ディレクターがいる。小田嶋の異動は、残されたスタッフが思うほど華々しい昇進ではない。鐺水にはおおよその見当がついた。

深夜で際どいネタを扱い慣れた小田嶋を、エリートの松井にぶつけて二人に数字を競わせる。小田嶋は生き残りをかけて必死になるだろうし、松井はプライドにかけて負けられない。それでこのところじりじりと下降気味の『プライム』の数字が上がれば儲《もう》けものだし、何か不都合が起こっても契約社員の小田嶋なら切るのも簡単だ。

上の人間の考えそうなことだ。小田嶋もそれくらいは承知の上で異動の話に乗ったのだろうが、『プライム』のスタッフは十年来の松井の子飼いだ。分のある勝負ではない。何かイリュージョン並みの離れ業でもやらない限り、小田嶋に次の契約はない。あと半年で小田嶋は職を失う。

「ま、どっちにせぇ俺ら『ドキュメント』のスタッフは御用済み。花見日和のええ日曜に撮影もなし。今や編集と残務整理の日々ですわ」

そう言うと鳥山はヤケクソが再燃したのか、今さら割り箸《ばし》を割るという暴挙に出た。

「鳥ちゃん、そのカツ丼、食べるの？」

「ほどよく冷めたみたいやしね。俺、猫舌なんよ」

食事による緩慢な自殺。そんな言葉が頭をよぎった。鑑水は軽口を叩きかけて不意に日が翳《かげ》るように胸の内が昏《くら》くなった。巨体を屈《かが》め、脂肪の塊のような冷たいカツ丼を黙々とかき込む鳥山を見るうち、案外、鳥山は冗談ではなくそういう死に方を望んでいるのかもしれないと思った。

鳥山にはカメラを廻《まわ》す以外なにもない。そして鳥山はレンズのこちら側にいながら、常に心はレンズの向こう側の被写体に寄り添う。そういう鳥山の象のようなつぶらな目に、今のメディアの世界はどんな風に映っているのか。この世界自体、一体どんな風に映っているのか。

鐺水は伝票を取って立ち上がった。

「そんじゃ、四月四日のこと、なんか噂聞いたら知らせてよ。ひょっとしたらこのネタ、化けるから」

鳥山は飯を口一杯に頰張ったまま、解ったという代わりに箸を持った手を軽く挙げてみせた。

鐺水は局を出ると桜並木を地下鉄の駅の方へ一ブロックほど歩き、自販機で缶珈琲を買ってガードレールに腰掛けた。普段なら追い払いにくる警邏《けいら》のお巡りも、並木の桜が満開であれば、一時の観桜と解して何も言わない。鐺水はお巡りに営業用の笑顔を返してプルトップを開けた。

鳥山は腕の立つ根っからのカメラマンだ。つまり、上から見れば効率も使い勝手も悪い男で、鐺水が局にいた頃からしばしば冷や飯を食わされていた。だが反面、そんな鳥山だからこそ、損得抜きに心を許す人間も少なくない。皮肉なことに、仕事で浮かばれない鳥山は、鐺水の知る限り局内で最も多くの人脈を持つ男だった。

鳥山はすぐにも持ち前の人脈を駆使して四月四日の件を調べ始める。鐺水には確信があった。今の鳥山が何より欲しているのは、カメラを回せる機会だ。それには自分でネタを摑《つか》むしかない。鑓水は無糖ブラックの珈琲を飲み干して桜並木を見上げた。

四月四日に何が起こるのか。

それが駅前広場での殺人と一体どう関係があるのか。

残すところあと八日。

目出し帽が相馬の言うように殺しに精通したプロであれば、金では雇えない。力だ。この事件には何らかの形でデカい力が絡んでいる。鑓水は昨夜、相馬から話を聞いた時からそう考えていた。

## 21

修司は午前十時過ぎに目を覚ますと腹が減っていたので米を炊いた。鑓水のキッチンはスパイス、缶詰、乾物などがきちんと分けられ、使い勝手よく片付いていた。修司は米が炊ける間にシャワーを浴びて傷の消毒を終え、冷凍の鮭を解凍して網に載せ、さらに卵焼きを焼いてワカメと麩《ふ》の味噌汁《みそしる》を作った。小学校の時からの男所帯で料理は手馴《てな》れたものだった。

飯をよそってさあ食おうという段になって、とうに出かけたと思っていた鑓水が寝室から現れ、飯とおかずの半分を食べてどこかへ出かけて行った。修司は、鑓水が米の炊ける匂いを感知し、飯が出来上がる頃合まで寝室で息を潜めていたのだと知って心から呆《あき》れた。癖になるといけないので皿はわざと洗わずにおくことにした。

修司は目が覚めた時から、今日やる事を決めていた。

亜蓮を見つけ出す。

修司は亜蓮からのメールであの日、駅前広場へ行ったのだ。『会いたい』というあの突然のメールで。だが、亜蓮は殺された四人の待ち合わせ相手と同じく、駅前広場に来なかった。少なくとも二時八分までは姿を現さなかった。そして亜蓮の代わりに、目出し帽の男がやってきた。フルフェイスのメットを被《かぶ》り、通り魔に見せかけて五人の人間を殺すために。

亜蓮はあの日、駅前広場で起こることを、あらかじめ知っていたのだろうか……。亜蓮と目出し帽の男が繋《つな》がっているのかどうかは解らない。だが、今のところ亜蓮のほかに糸口になりそうなことは何も思いつかなかった。

修司は、亜蓮に出会った時のことを出来る限り克明に思い出した。

事件の四日前、三月二十一日の月曜日、修司は渋谷のクラブへ行った。円山町《まるやま》にあるその『アトラ』というクラブは、修司が高校に通っていた頃にたまに遊びに行っていた店で、職場の先輩の下田に教えてやって以来、一人では行きにくいという意表をついて恥ずかしがり屋の下田に引っ張られて月に一、二度、顔を出していた。ハウス系の音楽を流すノリのいい店で、あの晩は春休みが始まったばかりのせいもあってダンスフロアは客でいっぱいだった。

キャップからジャケット、ボトムまでお気に入りのアディクトでかためた下田はいつものごとく気合が入り過ぎに見えたが、すぐに好みの女の子めがけて出撃していった。修司はサルベージのスウェットフーディを適当に着崩してスタンディングのテーブルでジントニックを飲んでいた。

亜蓮は人込みの中を魚のように滑らかに近づいてきた。そして、大きな茶色い目でまっすぐに修司を見ると、いきなり「アドレス教えて」と言った。前置きも自己紹介もすっ飛ばし。言いたい事だけ言って澄まして修司を見つめている。変わった子だな、と思ったがちょっと挑戦的な表情が猫のようで可愛かった。

修司はポケットから自分の携帯を出して「そっちの、出して」と言った。アドレスを教える時、修司たちはお互いの携帯を近づけて赤外線でデータを送る。それが一番手っ取り早いし、大抵はそうする。ところが、亜蓮はきっぱりと首を横に振った。修司はわけが解らなかった。アドレスを教えてくれと言ったのは亜蓮の方だ。こっちがアドレスを送ろうとしているのに、亜蓮は自分の携帯を出して受けようとしない。

修司が『どうして？』と目で尋ねると、亜蓮は修司の携帯のディスプレイを指し、「ここに」と言った。ディスプレイにアドレスを表示して見せてほしいというのだ。

女の子の中には、ごく稀《まれ》に奇妙なルールを信奉している子たちがいる。たとえば、待ち合わせには必ず男の子の方が先に来ているべきだとか、自分のアドレスや電話番号は一度デートしてからでないと教えない、とかいうやつだ。でも、そのタイプの子は亜蓮のように一人で正面からやってきて開口一番、アドレスを尋ねたりはしないものだが……

…。

とりあえず、修司はそういう時いつもするように、紳士的な態度で『どうぞ』とアドレスを表示して見せた。ディスプレイに目を落とした亜蓮は案の定、目に見えて狼狽《ろうばい》した。修司のアドレスは限界まで長い意味不明のアルファベットと数字を組み合わせて、三分間睨《にら》んでもまずは記憶できないように作ってある。

修司はニッと笑って亜蓮の顔を覗《のぞ》き込んだ。亜蓮は悔しそうに唇を噛《か》んでいたが、やがてぱっと勝気な顔で修司を見返した。何をするのかと見ていると、亜蓮はレトロなビーズのポーチから一本のアイペンシルを取り出すと、修司のドリンクのコースターを裏返してそこにさらさらとアドレスをメモし始めた。

右上がりの癖字。アイペンシルはナーズのディープロイヤルブルー。コースターを押さえた指にはネイルアートを施してあり、四月の空のような淡いブルー地にペイルピンクで桜の花を描いて花芯《かしん》にパールを散らしてある。修司はとても綺麗《きれい》だと思った。

亜蓮は修司の長いアドレスをメモし終わると、『どうよ』というように得意げに微笑んだ。初めて見せたその笑顔が抜群に可愛かった。

「名前、なんていうの？」

修司の方から尋ねた。

「亜蓮」

ネイルが綺麗だと言うと、亜蓮はひどく嬉《うれ》しそうにこのデザインは自分のオリジナルなのだと言って両手を広げた。すると、さっきはアイペンシルを握っていて見えなかった左手の中指と薬指の爪の裏側が黒く染まっていた。なんとなく亜蓮らしくないなと思って見ていると、亜蓮も気づいて残念そうに嘆息した。

「爪もケラチンで出来てるんだよね。染まると取れない」

何のことだか解らなかったのでスルーした。それから少し喋《しゃべ》ったが曲が変わってうるさくなり、お互いに叫び合わなければほとんど聞きとれなくなった。亜蓮は苦笑すると、修司の耳元に「じゃあね」と言って現れた時と同じように瞬く間に人込みに消えた。

修司はあの晩、亜蓮が見せた表情も着ていた服もバッグもすべて思い出すことができた。しかし、亜蓮について知っていることは、ネイルアートが上手なことと、アイペンシルはナーズを使っていること、あとはカクテルはモーツァルトミントが好きだと言ったことくらいだった。

見つけ出すのは絶望的だと思った。修司は他に仕様がないので鑓水の大辞泉でしおおと『ケラチン』というのを引いてみた。すると『硫黄《いおう》を含んだたんぱく質。毛髪・つめ・角・羽毛などの主成分』とあった。人間には角と羽毛はついてない。ということは、亜蓮が「爪も」と言ったのは「爪も毛髪と同じでケラチンで出来ている」という意味だろう。「だから、染まると取れない」。

ひょっとしてあの黒い色は、髪を染めるカラーリング染料だったのではないか。

修司は慌てて鑓水のパソコンを立ち上げた。パソコンは日榮建設で親方のものをいじり慣れている。すぐさま『ケラチン　毛髪　爪　染料』と打ち込んで検索をかけた。カラーリングや美容室のページがずらずらと出てきた。

ひょっとして亜蓮は美容師なのではないか。渋谷には美容室が多い。アトラに来る美容師の女の子なら何人か知っているから、その子たちに訊《き》けば亜蓮のことが判るかもしれない。すぐさま電話しようとして、修司は再び絶望に沈んだ。携帯がダメになったということは、すべての電話番号が消滅したということだった。

噴水に突っ込んだ自分を呪い、次に携帯を買う時は絶対に防水のやつにするぞと心に誓った。すっかり打ちひしがれてパソコンに突っ伏しかけた時、ふと名刺のことを思い出した。美容師の女の子たちはよく名刺を配っていた。指名が増えないと給料が上がらないからだ。

修司は自分の財布に飛びついて中ポケットを探った。水に濡《ぬ》れてよれよれになった何枚かの名刺が出てきた。紙は濡れてもデータがふっ飛ぶということがないのが奇跡のように素晴らしいことに感じられた。波打つ名刺には、女の子の名前と美容室の名前、そして予約の電話番号がしっかりと記載されている。しばらく考えてから、一番生真面目そうだった阪本玲奈《さかもとれいな》という女の子の名刺を選んで、店に電話をかけた。

まずは受付の女性にカットとカラーリングの予約を申し込んだ。勿論《もちろん》、阪本玲奈を指名したうえでだ。それから、少しカラーの色を相談したいからと玲奈を電話口に呼んでくれるように丁寧に頼んだ。すぐに玲奈が出て「お電話代わりました」と、これ以上ない営業用の声で応《こた》えた。

「俺、修司。亜蓮の携帯の番号、教えて」

修司は間髪を容《い》れずに囁《ささや》いた。玲奈が亜蓮と友達かどうか、わざと確かめなかった。もし玲奈が亜蓮をまったく知らなければ、『それ誰？』的なことを営業言葉で訊き返してくるはずだ。

玲奈は一瞬、沈黙した後、営業用の声で続けた。

「御予約は先程の日時でよろしいでしょうか」

しめた、と思った。玲奈は亜蓮を知ってる。知っていて、状況を見極めようとしている。

「大丈夫。ちゃんと予約したから絶対行く」

そう答えて、修司は携帯を水に落として友達全員の電話番号がパアになったこと、だからこうして携帯ではなく店に電話をかけていることを最速で説明した。玲奈はいかにもカラーリングの色の話をしているように「少し明るめの方がよろしいんじゃないでしょうか」などと適当に合いの手を入れながら経緯に耳を傾けた。

「で、亜蓮の電話番号も消えちゃってさ。急ぎの用なんだ。頼む、教えて」

修司は取って置きの懇願の声で言った。

「それはちょっと、いかがなものでしょうか」

玲奈は政治家のような返答をした。女の子の友情は意外に厚い。亜蓮に確かめてからでないと教えないつもりだ。だが、その一言で玲奈が亜蓮の電話番号を知っていると解った。修司は一か八か勝負に出た。

「俺、亜蓮とつきあってるんだ」

「えーッ!?」という非営業用の驚きの声がした。それから慌てて「いつ頃からそのような状態におなりでしょうか」と、まるですごい抜け毛が始まったかのような質問をした。

「最近。アトラで会って」

「ああ、まだ始まったばかりでございますね」

「で、今日会う約束してるんだけど、どうしても仕事で二時間くらい遅れそう」

「そういう状態でしたら仕方ございませんね。少々、お待ちくださいませ」

ややあって、玲奈は凄《すさ》まじい速さで十一桁《けた》の数字の並びを囁いた。修司は素早くメモを取って数字を復唱した。

「おっしゃるとおりでございます」と、玲奈の営業用の声が答えた。

「ありがと。こんど奢《おご》る」

「では、ご来店お待ちしております」

酒の一杯や二杯より、必ず店に来いよ、ということだ。

修司はメモ用紙の十一桁の数字の並びに目を落とした。

壁掛け時計の秒針の音が急に大きく聞こえた。

亜蓮の大きな茶色い瞳《ひとみ》と、駅前広場に血に濡れた包丁を握って立っていたダース・ベイダーの姿が交錯した。胸も指も震えた。

落ち着け。

修司は鑓水の電話機が非通知設定になっているのを確かめると、亜蓮の携帯の番号を押した。呼び出し音が鳴った。十二回。

「はい、亜蓮です。今電話に出られないのでメッセージをどうぞ」

間違いなく、亜蓮の声だった。修司は亜蓮を呼び出すメッセージを入れた。

## 22

午後二時。渋谷駅ハチ公広場は天気の良い日曜の午後とあって、いつにも増して待ち合わせの人々でごった返していた。携帯で喋っている者、本を読んでいる者、日向《ひなた》ぼっこするホームレス、ギターをかき鳴らす若者。ここで待ち合わせをしても、お互いに携帯で位置を確認しなければ相手を見つけるのはちょっと難しい。修司は亜蓮が目出し帽の男に知らせることを考えて、待ち合わせにあえてそういう人込みを選んだ。約束の時刻は、事件の日と同じ午後二時。

修司はパイル地のフードを目深に下ろし、網入りの硝子《ガラス》窓越しにハチ公広場を見下ろしていた。渋谷駅三階の銀座線改札からマークシティ・イーストモールへ向かう連絡通路からは、ハチ公広場のほぼ全体が見下ろせる。中でも、修司が立っている中央付近の窓からなら、亜蓮がスクランブル交差点のどの方向から広場へやってきても一目で判る。

修司はフードをわずかに上げ、ゆるやかな坂に林立する渋谷のビル群に目をやった。

この巨大な街のどこかで亜蓮は美容師として働いているに違いない。以前、玲奈から春休みの週末は入学や入社を控えて客がたてこみ、どの店も忙しいのだと聞いたことがある。日曜のこの時間なら亜蓮は間違いなく店に出ているはずだ。もし亜蓮が目出し帽の男と無関係の普通の女の子なら、仕事中のこんな急な呼び出しに応じられるわけがない。しかし、もし目出し帽と繫《つな》がっていれば、必ず現れる。修司は、亜蓮が現れないことを祈った。

二時八分。修司は十分まで待って亜蓮が来なければ帰るつもりでいた。長くここにいるのは危険だと解っていた。亜蓮が目出し帽に連絡していれば、目出し帽は多分もうこの人込みの中にいて修司を探している。恐ろしいのは、目出し帽は修司の顔を知っているのに、修司は目出し帽の顔を知らないことだった。今こちらに向かって歩いてくる緑色のつなぎの清掃員が目出し帽の男であっても、修司にはまったく解らないのだ。一分がひどく長く感じられた。

二時十分。修司が踵《きびす》を返して立ち去ろうとした時、目の端を白っぽいものが横切った。振り返って広場を見下ろすと、スクランブル交差点を一人の少女が真っ白いハーフコートをはためかせて走ってくる。

亜蓮だった。

修司は苦い思いで目を閉じた。そして再び目を開けた時、修司はあらかじめ考えていた計画を実行すべく、迷いなく動き出した。

二時十一分。亜蓮はハチ公の鼻先に立って忙しく辺りを見回した。すぐにフリンジのついたショルダーバッグのポケットで携帯が鳴った。着信は非通知。修司が亜蓮の携帯に残した呼び出しのメッセージも非通知着信だった。きっとこの電話も修司に違いないと亜蓮は急いで通話ボタンを押した。思ったとおり、修司の明るい声がした。

「亜蓮さ、ラムレーズンとストロベリー、どっちがいい？」

いきなりの質問に何のことかと戸惑う亜蓮にお構いなしに修司は続ける。

「天気いいから、どっかの桜んとこで一緒にマカロン食べようと思ったんだけどさ、店、来たら種類多くてどれ買っていいか分かんねーって感じ」

マカロンは一口大のカラフルなメレンゲのお菓子で、中に色んな味のクリームを挟んである。亜蓮は修司がどこにいるのかすぐに分かった。

「今、『デカダンスドュショコラ』にいるんでしょ」

「なんで分かんの？」と、修司のびっくりした声がする。

「常識」と、亜蓮は少し得意気な口調で答えた。

駅の近くで何種類ものマカロンを売っている店といえば、イーストモール三階にあるチョコレート店『デカダンスドュショコラ』に決まっている。

「じゃ亜蓮、こっち来て選んでくれる？」

「すぐに行く」と、亜蓮は弾んだ声で応じて携帯を切った。

修司は公衆電話の受話器を置いて連絡通路二階にあるフォーンブースを飛び出した。公衆電話も最初に184をつけてかければ着信は『公衆電話』ではなく『非通知』と表示される。修司の計画どおり、亜蓮は修司が『デカダンスドュショコラ』から携帯で電話してきたと信じて、イーストモール三階にある店へ向かっている。修司は、亜蓮なら十中八九あの店を知っていると思っていた。アトラで会った時に亜蓮が好きだと言ったモーツァルトミントはチョコレートリキュールのカクテルだ。渋谷に来るチョコレート好きの女の子なら、あのチョコレート専門店のことをまず知らないわけがない。

修司は連絡通路二階の硝子の壁に駆け寄って外に目を凝らした。スクランブル交差点の信号は青。ということは今、亜蓮が渡ろうとしている連絡通路の真下の横断歩道も青だ。

亜蓮が横断歩道を渡り切るのに二十秒、そこからイーストモールのエスカレーターまで十秒、そしてあの宙に浮いたような長いエスカレーターでこの二階に達するまでが三十秒。合計一分。きわどい、と修司は思った。だが、目出し帽の男はきっと亜蓮の近くにいる。

やってみるしかない。

イーストモールへ上がるエスカレーター前は大勢の人で混雑していた。亜蓮は列に並んでエスカレーターに乗った。いつもは歩いて上れる右側も日曜の午後は人がぎっしりで動けない。ようやく二階に着き、小走りに三階へのエスカレーターに向かおうとした時だった。円柱の陰から突然、修司が飛び出してきたかと思うと、亜蓮の手首を摑《つか》むや全速力で通路を駆け出した。

亜蓮が声をあげる間もなかった。

修司は亜蓮の手首を摑んだまま矢のように三〇メートルほど先に見える井《い》の頭《かしら》線の改札口めがけて走った。通行人が驚いて左右に避《よ》けた。十四時十三分発、渋谷発吉祥寺《きちじょうじ》行き下り列車の発車アナウンスが流れ、ベルが鳴った。修司は速力を緩めもせずに買っておいた切符を自動改札に入れて亜蓮を先に通し、自分はフラップドアを飛び越えた。

誰かが何か叫ぶのが聞こえた。

ベルが鳴り終わった一瞬の静寂の中、列車脇に立った若い駅員が発車の合図に手を挙げる。その腕の動きが、ホームを走る修司の目にスローモーションのように馬鹿にゆっくりと見えた。セピア色の制服の腕が、体操選手のように綺麗《きれい》な弧を描いてゆっくりと上がっていく。やがて腕は真上を指して静止した。

修司は咄嗟《とっさ》に腕に力を込め、走りながら亜蓮の身体を引き寄せた。

次の瞬間、音をたてて閉まる最後尾の扉の隙間に修司が亜蓮の身体を庇《かば》うように抱いて滑りこむと同時に列車が発車した。硬い顔をした若い駅員が車窓を流れ去った。

遠ざかるホームを見て修司は初めて安堵《あんど》の息をついた。

修司はただ、目出し帽の男が追ってこられない場所で亜蓮と二人で話をしたかった。なぜあんなメールを打ったのか、あの日、駅前広場で何が起こるか亜蓮は知っていたのか、亜蓮の目を見て直接、訊《き》きたかった。

「びっくりさせてごめん。大丈夫？」

修司は呼吸を整え、できるだけやさしく話しかけた。

亜蓮は肩で息をつきながら言葉もなく修司を見た。大きな瞳には驚きと困惑と怒り、そして微《かす》かな恐怖がないまぜになっている。修司は、自分がこの瞳を見るのはやっと二度目なのだと思った。さらうように連れてきて、今、自分の腕の中にいる少女のことを、自分はまだ何も知らないのだと思うとひどく不思議な気がした。

## 23

相馬は朝一番に富士見医大病院に廻《まわ》り、修司が会ったというフレームレスの男の目撃者を探した。看護師や医者はもちろん通用口を使う清掃員や栄養士、はては売店の職員まで当たったが、事件当日は続々と到着する救急車両と報道陣でごったがえしており、誰ひとりフレームレス眼鏡を掛けた男のことなど覚えていなかった。

そこで頭を切り替えてすぐに池袋の街に向かった。駅前広場で四人の人間を刺殺したのは目出し帽の男だと確信していたが、あの犯行は佐田の協力なしには成り立たない。

かつては堅気だった佐田が殺しのプロである目出し帽に出会ったのは、売人の使い走りを始めた池袋の街に違いないと考えたのだ。

佐田の身辺を洗えば、あのボクサーのような体型をした両手利きの男、目出し帽の男が必ず浮かんでくる。直接売人に当たる手もあるが、それでは佐田が所持していたヤクの出所を洗っている所轄の同僚に鉢合わせする可能性がある。その段階で上枝に報告が上がれば、自分は間違いなく他の事件に飛ばされる。それだけは避けたかった。では、どこから当たるか。

相馬は、女気のない佐田が勤め先で毎回のように売上金に手をつけていたのは、ギャンブルに入れ込んでいたからではないかと読んでいた。くすねた額から考えてバカラは無理だ。競馬、競輪、競艇のたぐいと踏んで警察手帳は見せずに池袋のノミ屋を片っ端から廻った。

桜花賞前のトライアル戦が始まっており、雀荘《ジャンそう》や飲食店の奥に開設された私設ノミ屋はまさに繁忙期だった。いくつか廻るうち佐田が常連だったノミ屋をつきとめた。

その不衛生な喫茶店の親爺《おやじ》は、相馬が少し脅し上げただけで死んだ佐田に義理立てするより我が身の保身が大事とばかりベラベラと喋《しゃべ》り出した。親爺は両手利きの男については何も知らなかったが、佐田に関して相馬が予想だにしない情報を持っていた。

佐田はシャブを横流ししていたのがバレて、組の者から必死で逃げ回っていたというのだ。

売人の使い走りをしていた佐田は、客に届ける合成麻薬を少しずつくすねて自分で売り捌《さば》いていた。ノミ屋の親爺は去年あたりから佐田の掛け金が急に大きくなったので薄々感づいていたらしく、巻き添えを食うのを恐れてやんわりと出入りを断ったのだという。いかにも小心そうな口ぶりだったが、親爺の上目遣いの小狡《こずる》い目を見れば、佐田の金でさんざん儲《もう》けたあげく佐田を追い出し、火の粉を被《かぶ》らぬように組に密告したというのが本当のところだろうと察しがついた。親爺は抜け抜けと気の毒そうに言った。

「佐田があんな通り魔事件なんかを起こしたのも、追いつめられて自暴自棄になったからですよ。どのみち逃げ切れるわけはないし、見つかればどうなるか、佐田も解ってたでしょうしね」

見つかれば、殺される。

それも見せしめのために、誰もが怖気《おじけ》をふるうような酷《むご》い殺し方でだ。

小さな居酒屋の並ぶ人気《ひとけ》のない昼間の裏路地を歩きながら、相馬はいよいよ時間がないぞと考えていた。所轄の同僚がこのネタを摑めば、一発で佐田の動機成立だ。ノミ屋の親爺の言葉どおり、組の人間に追いつめられて自暴自棄になった佐田が、どうせ殺されるのなら道連れに出来るだけ大勢の人間を殺してやろうと事件を起こした。ヤク中が通り魔殺人を仕出かす動機としては完璧《かんぺき》だ。あの親爺は喜んで証言するだろう。

「困るなぁ、勝手にシマを荒らしてもらっちゃぁ」

しゃがれた声に相馬ははっとなって振り返った。組の人間らしい巨漢の男がいつの間にか影のように背後に立っていた。さっきのノミ屋の親爺が知らせたのだと思った。男は薄ら笑いを浮かべて相馬を一瞥《いちべつ》した。

「あんた、どこのもんだ」

手帳を見せるわけにはいかなかった。勝手な捜査をしていることが知れたらそれこそ終わりだ。相馬は路地の出口に素早く目をやった。傍らの男に勝るとも劣らない大柄な男が出口を塞《ふさ》ぐように立っていた。

相馬は初めて人気のない路地で退路を断たれていることに気づいた。

しまった、と思った瞬間、目の端に傍らの男の太い腕が動くのが見えた。息をつめ、本能的に拳《こぶし》を握った相馬の眼前に、こげ茶色の警察手帳が突きつけられた。

警視庁組織犯罪対策部。本庁のマル暴だった。


「まさか、ただ黙っててくれってんじゃねぇだろうな」

どこから見てもヤクザにしか見えないマル暴の山代《やましろ》が珈琲《コーヒー》にクリームを入れる。

観葉植物の多い古風な喫茶店では、ウェイトレスも心得ているらしく注文の品を置いていったきりこちらには目を向けない。相馬は考えを巡らせながらゆっくりと珈琲を口に運んだ。

俺のことを所轄にチクっても本庁のマル暴には何の得もない。こいつらは俺の首根っこを押さえたうえで、何かおいしい情報でもないかと探ってくるはずだ。

「おまえ佐田の何を調べてんだ」

山代は恐ろしく太い指でニコレットの粒を銀のシートからひねり出している。山代の何気ない口ぶりに相馬はかえって佐田への興味が潜んでいるのを嗅《か》ぎつけた。

本庁のマル暴が売人のパシリだった佐田のことをなぜ気にかけるのか。そもそもなぜ本庁のマル暴がこんなところにいるのか……。まずそうにニコレットを嚙《か》む山代を眺めながら、もしかしたら、と相馬は思った。ひとつカマをかけてみることにした。

「佐田は、あんたたちに泣きついたんだろ」

山代の分厚い顔は何の反応も示さなかった。相変わらずまずそうにニコレットを嚙んでいる。

「立場が解ってないようだな、相馬。質問してんのはこっちなんだよ」

「佐田は切羽つまっていた」と、相馬は構わず切り込んだ。「シャバにいれば組の人間に捕まって裂かれるのは目に見えてたからな。佐田はシャブの販売ルートでもなんでも、知ってる事はみんな話すから助けてくれ、留置所に入れて守ってくれってあんたらに泣きついた。ところがあんたらは、たかが売人のパシリが持ってる情報なんぞに興味はなかった。そんな奴を助けて組と余計ないざこざを起こしたくないんで放っておいた。そうしたところ、佐田はやけになってとんでもない通り魔事件を起こしちまった。違うか」

相馬は言うだけ言って相手の出方を見た。

山代は相馬に目を据えたままゆっくりと口の中のニコレットを紙に取り出して丸めた。

「いい加減にしろよ、離れの半端デカが」

「母屋《おもや》のマル暴は、通り魔事件に責任を感じてるわけか」

山代の細い目の周りに怒気が広がるのが解った。

年嵩《としかさ》の方の牧田《まきた》が気を静めろというように山代に煙草を差し出した。牧田は山代が苛々《いらいら》と一本引き抜いて火をつけるのを見届けると、初めて口を開いた。

「佐田は消えたんだよ」

「消えた……？」

「ああ。佐田は電話で泣きついてきた。神田《かんだ》のカプセルホテルにいるから迎えに来てくれってな。野郎、一人じゃ怖くて動けなかったんだ。電話じゃ所持金も尽きて身動き取れずに怯《おび》えきってたよ。ところが迎えに行ってみると佐田はチェックアウトした後だった。それきり佐田は忽然《こつぜん》と姿を消しちまった」

「それ、いつのことだ」

「通り魔事件の起こる六日前だ」

所持金が尽きたと言っていたはずの佐田のカプセルホテル代はどこから出たのか。その後、事件までの六日間、佐田はどこでどうしていたのか。凶器の出刃包丁や黒いエナメルづくしの衣服を買う金はどうしたのか。相馬は辻褄《つじつま》の合う答えはひとつしかないと思った。

「誰かが、佐田に金と居場所を与えて匿《かくま》った」

「もちろん佐田は本当は金を持っていたのかもしれんし、電話をかけた後で単に気が変わっただけかもしれんが……。その辺がちょいと気になったもんでな」

「言っとくが、こっちは野郎が通り魔事件起こしたからって責任なんぞ感じちゃいねぇぞ」と、煙つきのニコチンを摂取してやや気の静まった山代が言った。「そんなこといちいち気に病んでちゃ、デカなんぞやってられるか」

「効くのか、それ」と、相馬は顎《あご》でニコレットを指した。

山代は急にげんなりした様子で箱ごと投げてよこした。

「欲しけりゃやるよ」

「あんたら、ボクサー体型の両手利きの男、知らないか。背格好は佐田と変わらない」

ストローでグワバジュースを飲んでいた牧田が目を上げた。

「そいつが佐田を匿ったのか」

「たぶん。あんた、知ってるのか」

牧田は頭の中でデータを繰るようにしばし考え込んだ。

「いや。組関係にボクサー体型は少なかねぇが、両手利きってのは聞かねぇな」

「おまえ、その情報どこから仕入れたんだ」

「あんた、佐田が追われてるって誰から聞いた」

情報源は刑事同士の間でも明かさないのが常だ。相馬は珈琲代を置いて立ち上がった。

喫茶店を出るとまっすぐ駅に向かった。マル暴の話を聞くうち、相馬はもしかしたら目出し帽と佐田には事件以前の接点はなかったのかもしれないと思った。目出し帽は組関係か何かで佐田の状況を聞きつけ、ダミーにするためだけに佐田に近づいた。ちょっとした仕事を引き受けてくれれば、組と話をつけてやると言って。所持金もなくマル暴に泣きつくほど追い詰められていた佐田は、一も二もなく引き受けただろう。通り魔殺人のダミーになって殺される仕事とも知らずに。

相馬は、佐田が何度も歩いただろうビックカメラ前の交差点を渡って駅に入った。

## 24

修司はたった今、亜蓮から聞いたばかりの話をどう判断していいのか解らなかった。下北沢《しもきたざわ》の入り組んだ路地にあるカラオケボックスの一室で、修司は四七〇ミリリットルのなっちゃんを手に唖然《あぜん》と亜蓮を見つめていた。フリータイム三時間九百八十円プラスワンドリンク。勿論《もちろん》、歌いに来たわけではない。ここなら人に話を聞かれる心配がないと思ったからだ。

三十分ほど前、亜蓮はアップルグリーンのビニールソファに腰を下ろすや、クーのオレンジを一気に半分まで飲んでから、修司の目を見てきっぱりと言った。

「あたしは、メールを打ってない」

亜蓮はメールを打ちたくても自分には打てなかったのだという。亜蓮の話はこうだ。

修司に出会ったあの晩、亜蓮は美容師仲間の奈菜実《ななみ》という女の子と二人でアトラに来ていた。亜蓮と奈菜実は美容師学校時代からの仲良しで、新潟出身の奈菜実は杉並《すぎなみ》の寮に住んでいる。二人ともこれから春休み明けまでは仕事が忙しくて当分遊べないだろうから、あの日は終電まで踊るつもりで奈菜実も亜蓮の家に泊まって行くことになっていた。

ところが、あの夜たまたま奈菜実の元彼がアトラに来ていた。奈菜実は去年のクリスマスにその元彼に二股《ふたまた》かけられているのを知ってさんざん辛《つら》い思いをして別れたというのに、会うとまた懐かしくて喋《しゃべ》ってしまう。亜蓮は止めたのだが、人の好い奈菜実は「ちょっと話すだけだよ」と、元彼について店を出て行ってしまった。

戻ってこないのは解っていた。あとで泣くのはまた奈菜実なのに。亜蓮は悲しいのと切ないのと腹が立つのとで、カウンターへ行ってモーツァルトミントの思い切り甘いのを頼んだ。そして、その時になって初めて財布がなくなっているのに気づいた。慌ててバッグをひっくり返すとなんと、携帯もパスケースもやられていた。いつすられたのか見当もつかなかった。奈菜実のことで頭がいっぱいですっかり抜かっていたのだ。このままではドリンクの代金も払えず、電車賃もなく、家にも帰れない。亜蓮がすっかり途方に暮れていた時、カウンターの端から男の声がした。

「バイトをしないか」

それまでそこに人が座っているなんてまったく気がつかなかった。それほど男は声を発する瞬間まで一切の気配を感じさせなかった。

年は三十代後半から四十代前半。小柄なボクサーのように無駄のない体に、地味だが趣味のよいグレーのトレンチコートを着ていた。男は革手袋を嵌《は》めた右手の中で握力強化用の二つの赤いゴムボールを規則的に転がしながら、厚ぼったい目でじっと亜蓮を見つめている。

亜蓮は男にじろじろ見られるのは子供の頃から慣れていたし、渋谷界隈《かいわい》で育っただけあってそれなりに身の守り方は心得ている。たっぷり十秒、亜蓮は黙って男を眺めた。こういう親爺《おやじ》が〝バイト〟と言う場合、期待している労働のタイプはひとつだ。亜蓮は曲が終わるのを待ってよく通る声で答えた。

「悪いけど、あたしは〝売り〟はやらない」

カウンターの中のバーテンダーがチラリと目を上げて男を見た。バーテンダーがそれとなくフロアマネージャーに目配せする。次に一声あげれば、入り口にいる警備員が来る。当然ながら店内での勝手な商取引は禁じられている。

ところが男は眉《まゆ》ひとつ動かさず、相変わらず厚ぼったい目で亜蓮を見つめながら赤いゴムボールを転がしている。

「あんたに頼みたいのは、ちょっとしたおつかいだ」

「おつかい？」

「あの青い服のメールアドレスを訊《き》いてきてほしい」

そう言うと男は目で亜蓮の背後、フロアの奥の方を指した。

亜蓮は思わず指された方を振り返った。

青いスウェットフーディを着た一人の少年がスタンディングのテーブルにもたれてジントニックを飲んでいた。

それが、亜蓮が修司を見た最初だった。

珍しいな、と亜蓮は思った。

こういう店では、大音響の中でみんな片時も休まず誰かと踊るか喋るか笑うかしている。そうやってひとつの巨大な生き物の鼓動のように同じリズムを刻むうちに、自分の内側がどんどん薄くなって真空になって、やがて自分と自分の外の境界も消えてなくなる。ドラッグなしのトリップ。ここはそのための場所だ。なのに青いスウェットフーディの少年はその中に独りでいる。独りでいて不安そうでもなければ攻撃的でもなく、かといって自分を閉じているわけでもない。

亜蓮は興味を引かれた。

「あいつのアドレスと交換だ」

見ると、カウンターに置いた男の左手の下にいつの間にか一万円札があった。

「もしかして、ホモの人？」

「いや、スカウトだ」

亜蓮はもう一度少年に目をやった。確かにカッコイイ系ではある。どうしようか迷った。一万円あれば、とりあえず無銭飲食にならずにこれまで飲んだドリンクの代金を支払い、電車で家に帰ることができる。しかし、このバイトはあの少年を何かトラブルに巻き込むことにならないだろうか。

「嫌なら他の子に頼む」と男がカウンターの一万円札を引っ込めようとするのを、亜蓮は正月のカルタのように凄《すご》い速さで押さえた。男が『やるのか？』という顔で亜蓮を見た。

「あのコが、そういう仕事に興味ないって言ったら？」

「諦《あきら》める」

「無理強いは」

「しない」

亜蓮は心を決めると同時に男の手の下から素早く札を抜き取った。

「前金。あたしがメアドを訊いて、教えなかったコなんていない」

くるりとスツールを回して降りる亜蓮の背中に男が、「五分以内だ」と声を掛けた。亜蓮が抗議の顔で振り向くのと男が腕時計のストップウォッチを押すのが同時だった。言うだけ無駄だと思った。亜蓮はフロアを横切り、修司のもとに達すると開口一番、メアドを教えてくれと切り出すはめになった。後は知ってのとおり。

その後、修司の長いアドレスをメモしたコースターは男の手に渡り、亜蓮は修司にメールしたくてもアドレスが分からなかったのだという。

「その、二十四日にあたしの名前で届いたってメール、どんな内容だったの?」

亜蓮は心配顔で尋ねた。唖然としていた修司は慌てて笑顔を作った。

「明日《あした》会いたいって。俺、亜蓮に誘われたと思って超マジ嬉《うれ》しかったんだけどね」

修司は亜蓮の話をすべて信じたかった。あのメールは亜蓮の打ったものではなく、亜蓮はこの事件には何の関係もない。そう思いたかった。

「亜蓮さ、そのカウンターの男とはそれきり会ってないの?」

「うん。仕事忙しくてあれからアトラに行ってないしね」

仕事は今日だって忙しいはずだ。亜蓮が目出し帽の男と本当に無関係なら、どうしてこんな一方的な呼び出しに応じるのか。修司は渋谷駅の通路の窓から亜蓮が走ってくるのを見た時の苦い気持ちを思い出した。

「仕事先には何て言って出てきたの?」

「急用ができたって」

「亜蓮の働いてる美容院って渋谷のどの辺?」

「店は渋谷じゃなくて用賀《ようが》なんだ。だから渋谷ほどは忙しくないよ」

用賀は渋谷から東急田園都市線《とうきゅうでんえんとし》でほんの十分ほどだ。修司からの呼び出しメッセージを聞いてからでも充分、待ち合わせの時間に間に合う。しかし、亜蓮が待ち合わせのハチ公前に来たのは駅の方からではなかった。亜蓮は渋谷の街の方からスクランブル交差点を渡って駆けてきたのだ。

「ね、桜餅《さくらもち》食べない？」

亜蓮が突然、フリンジのついたショルダーバッグから和菓子の包みを取り出した。

「おいしいんだよ、ここの桜餅。お花見しながら食べようかなって思ってたんだけど」

紙包みを広げかけた亜蓮が、修司の目の色に気づいて手を止めた。

「どうかしたの？」

不思議そうに見上げたその瞳《ひとみ》が嘘をついているのだと思うと、やりきれなかった。自分が煙草でも買いに立てば、亜蓮はすぐさま携帯を取って目出し帽の男にこの場所を連絡するのだろうか。修司は祈るような気持ちで亜蓮に尋ねた。

「ほかの事は何も訊かない。だからひとつだけでいい、本当の事を教えて。亜蓮はあの日、駅前で何が起こるか知ってたの？」

亜蓮はしばらくの間、黙って修司を見つめていた。

「……何の話か解んないけど、あたしが何か嘘ついてるって思ってるの？」

修司はこんなことを言わなければならない自分がいやだった。

「亜蓮は駅の方からじゃなくて渋谷の街の方から走ってきた。俺、見てたんだ。それに、この時期にただ急用ができたなんて理由で店を抜けたりしたら、冗談でなくクビになるはずだよ」

亜蓮はいきなりバッグからアナスイの花柄の財布を取り出すと、レシートをテーブルに叩《たた》き付けた。レシートには〝たねや渋谷東急本店〟とあり、購買日時は今日の日付の十三時五十八分となっている。驚いて亜蓮を見ると、大きな瞳にすでに怒りの火が煌《きらめ》いている。

「渋谷の街の方から来たのはね、『たねや』にこの桜餅を買いに行ってたから。信じらんないならこれから一緒に『たねや』行ってもいい。お店の人、絶対覚えてるから。それから、あたしはクビにならない。あたしんちが美容院だからよ。あたしをクビにしたら母さん一人で店が回るわけがない。だからって、あたしがちょくちょく店を抜けると思ったら大間違いだからね！　あたしはカットの指名も多いし、店抜けたのは今日と、お祖父《じい》ちゃんが道に迷って交番に迎えに行った時だけなんだから！　言っとくけど、急に呼び出したのはそっちなんだからね！」

場所をカラオケルームにしたのは正解だった、と修司は思った。もしカフェなら、今、間違いなく店中の客が自分たち二人を注視していることだろう。亜蓮は『何か言いたい事はあるか』という顔で修司を睨《にら》んでいる。修司は念のためにという気持ちで極めて遠慮がちに尋ねた。

「その、用賀にある亜蓮の美容院は、なんて言う店？」

亜蓮は無言のまま新調したらしい携帯電話を取り出すと、短縮番号を押して修司の目の前に印籠《いんろう》のように突きつけた。ディスプレイに『家』という文字と電話番号が現れ、ややあって受話口からやたら明るいおばさんの声が響いた。

「お電話ありがとうございます。すみれ美容室でございます」

町内会的なネーミングが素敵だと思った。

亜蓮は携帯を修司に突きつけたまま大声で送話口に言った。

「亜蓮だけど。あたしは美容師でお母さんの娘だよね」

明るいおばさんの声は恐ろしいおばさんの声になった。そして亜蓮が途中で携帯を切るまでおばさんの怒りは収まることがなかった。要約すると『このくそ忙しい時に何が急用だ。悪ふざけをしている暇があったらすぐに帰ってこいバカ娘』というようなことだった。修司は、亜蓮の気の強さは母親譲りなのだと知った。

見ると、亜蓮は桜餅の包みに目を落として、別人のようにしょげ返っている。修司は胸を衝《つ》かれた。

事件の前日、亜蓮の名を騙《かた》った偽メールが来た時、修司は即座に『行く』と返信した。親方に休みを貰《もら》えなくても会いに行くつもりだった。どうしても会いたかったから。亜蓮もあの時の自分と同じ気持ちだったのだ。突然の呼び出しのメッセージを聞くや仕事を抜け、大急ぎで着替えて、桜餅を買って待ち合わせの場所に全速力で駆けてきたのだ。

修司はやに下がる余裕もなく愛《いと》おしさとすまない気持ちで一杯になった。

「ごめん。亜蓮、マジごめん」

修司は手を合わせた。許してくれるまで謝ろうと思った。ところが亜蓮は急に居ずまいを正すと、「あたしこそ、ごめん」と言うなり頭を下げた。「あたしが変な奴にメアド渡したせいで何かややこしい事になってる。そうなんでしょ？」

亜蓮の勘の良さに修司は内心大きくたじろいだ。

「違うよ、そんなんじゃないって」

修司は笑ってごまかしつつ急いでBGM代わりにカラオケにオールディーズのナンバーを入れた。レトロなイントロに亜蓮が「あ、これ知ってる」と声をあげた。新しい曲には誰でも好みがあるが、古い曲は単にお互いに知っているというだけで実は結構盛り上がる。特にオールディーズあたりは無意識のうちにコマーシャルで刷り込まれているので重宝なのだ。

修司はすかさず曲のタイトルを教えて空気を変えると「ね、これ食べようよ」と、たねやの紙包みをばさばさと開いた。一口食べて、亜蓮がわざわざ坂を駆け上って買いに行ったわけが解った。餡《あん》の甘さと桜葉の香りと塩味が絶妙だった。

「スッゲ、うまぁ」

この際どんなものを食べてもそう言うつもりだったが、その桜餅はまさに激うまだった。

「でしょう？」と、亜蓮が勢い込んで言った。「毎年これ食べないと春が来たって感じしないんだよね。いくつでも食べられるんだな、これが」

修司と亜蓮は桜餅を食べながらあれこれ喋《しゃべ》った。亜蓮は働き始めてまだ一年ほどだが、子供のカットにかけては店長の母親より指名が多いのだという。

「特に女の子はね、幼稚園の年長さんくらいになるともうどういう風にすると自分が可愛く見えるか分かってんのね。で、カットになると『お姉ちゃんの方がいい』っていうわけ。あたしはシャギーとか入れてふんわり作ってあげるからね」

亜蓮は美容師の仕事が本当に好きなようだった。修司の現場の話にも興味津々で「いつか自分で自分の家が建てられるかもしれないじゃん」と遠大なヴィジョンに興奮している。

二人でいると時間がすっ飛んでいくようで、修司はちょっと切ないほど楽しかった。しかし、『今は青春してる場合ではない』と自分自身に言い聞かせた。目出し帽の男によって己の青春自体が問答無用で打ち切られようとしているのだ。しかも恐ろしいのは、悪くすれば亜蓮も巻き込まれるということだ。

修司はオールディーズメドレーが終了すると主音源を切り、出来るだけ明るい雰囲気で切り出した。

「あのさ亜蓮、頼みたいことが三つあんだけど」

「言ってみ」と、亜蓮は太っ腹に微笑んだ。

「一つは、今日俺と会ったことを絶対誰にも言わないこと。誰かに俺のこと訊《き》かれたら、そんな奴とは口をきいたこともないし、顔見知りでもないって言うこと。二つめは、念のために、しばらくの間はできるだけ家の中にいること。どうしても外に出る時は必ず誰かと一緒にいること」

亜蓮はもう微笑んではいなかった。何か尋常でないことが起こっていると解っているのだ。それでも亜蓮は精一杯、平静を装うように尋ねた。

「三つめは？」

「なんでって訊かないこと」

亜蓮はぎゅっと唇を結ぶと、一拍置いて黙って頷《うなず》いた。

修司は心底ほっとした。もし訳を尋ねられたら、いくらでっち上げ大魔王の自分でもすべてに辻褄《つじつま》の合う話を捏造《ねつぞう》するのは不可能だと思っていた。亜蓮には自分とも事件とも関係のない安全な場所にいてほしかった。

不意に亜蓮が白い指を伸ばし、パイル地の服の上から修司の左の脇腹の傷にそっと掌《てのひら》を触れた。亜蓮はまるで自分自身の傷に触れたかのように、痛ましい目をして修司を見つめていた。

「電車に駆け込んだ時、解った。怪我してるんだって。ごめんね。これもあたしがメアドをあいつに渡したことと関係あるんだよね」

「百万回訊いてもおんなじ。関係ない」

「その言い方、小学生っぽい」

笑おうとした亜蓮の瞳《ひとみ》から涙が零《こぼ》れた。修司は考えるより早く亜蓮を抱きしめていた。

亜蓮に出会わせてくれた事だけは、人でなしの目出し帽に感謝していいと思った。

夕暮れの桜並木を亜蓮を乗せたタクシーが走り去っていく。亜蓮は黒い点になって消えるまで、バックシートから修司を見ていた。

修司は車が見えなくなってからもしばらく、冷え冷えとした夕暮れの街道に立っていた。

もし、これが最後だとしたら。

修司は祈った。自分がこの世から消えても、どうか亜蓮の人生が事件の外側で永久に平穏であるように。

## 25

戦後一代でタイタスグループを築き上げた総帥・富山浩一郎は紛れもなく死の床にあった。ブラインドの下りた暗い病室は夥《おびただ》しい大輪の花かごで埋められ、重く甘い花の匂いの真ん中で、巨大な磁場のように死の匂いを発散させている。高精度の医療機器に繫《つな》がれたその身体は呼吸をし、心臓も動いているが、服部の目にはすでに人ではなく、物と見えた。

服部裕之は益井記念病院十五階の特別室、富山浩一郎の病室で、窓際の椅子に座って何の感慨もなく眼前の光景を眺めていた。

枕元に付き添った老妻の文絵《ふみえ》を筆頭に、広いベッドの周りをあたかも王を看取《みと》る老兵士のようにタイタスグループ本社の老いた役員たちがぐるりと取り囲んでいる。彼らはいずれも創業期にタイタス全体を牽引《けんいん》した食品部門・タイタスフーズ出身の役員たちだ。タイタスフーズはすでにグループ主力の座を他部門に明け渡して久しく、現在では後発の化学、物流、アグリビジネス、不動産、IT関連のグループ各社に収益面で大きく水をあけられている。だが、それにもかかわらずタイタス本社の役員会にいまだフーズの出身者が多く名を連ねているのは、ひとえに創業母体であるフーズに対する富山の強い愛着のおかげにほかならなかった。

富山はフーズの出身者を重用し、彼らはイエスマンの忠誠をもってそれに応《こた》えた。そうして富山は倒れる前日まで、グループの総帥としてグループ各社の経営に対して厳然たる発言権を持ち、役員会は事実上、富山の打ち出す方針の追認機関となっていた。それが、各部門が独立する以前から半世紀近く続いてきた富山のやり方だった。

しかし、富山なきあと事態が一変することは火を見るより明らかだった。富山と妻・文絵の間には子がない。富山の後継を巡って現在、グループ各社がそれぞれに会長候補を擁立し、水面下で熾烈《しれつ》な多数派工作を行っているのだ。

服部は、誰が富山の後継の座についたところで、グループの内紛は収まるわけがないと早々に見切っていた。富山の死後、求心力を失ったタイタスグループはいずれ分裂し、淘汰《とうた》される。

腕時計に目をやると、椅子に座ってから十五分が経っていた。磯辺の名代で座っている時間としては充分だった。服部は静かに立ち上がり、『老いた妃《きさき》』然とした文絵に送られて病室を辞した。

病室にいたわずかの間に、廊下にはめ込まれた巨大な窓の向こうはすみれ色から濡《ぬ》れたような濃い群青に変わっていた。服部はエレベーターで一階に下りると、後援会の夜桜の宴に出席する磯辺に合流すべくロビーを駐車場へと急いだ。マリーニの革靴の心地よい靴音が響く。と、澄んだ靴音にぶつかるように面会者用出入り口の方から老人の怒気を孕《はら》んだ声が聞こえてきた。

どうやら声の主はタイタスグループの老役員らしく、上司の指示で通夜の段取りを知らせにきたフーズの社員に「縁起でもないことを」と腹を立てているらしい。富山レベルの人物の葬儀ともなると死んでからでは到底、準備が間に合うわけもないのだが、富山を王と仰ぐ忠臣たちはそのような不埒《ふらち》な現実からは遊離しているようだ。

服部は傍らを通り過ぎる際、老役員に叱責《しっせき》されているダークスーツの男が誰なのか気づいた。タイタスフーズ第一営業部課長・中迫武《なかさこたけし》だ。

中迫が服部に気づいて一瞬、身を硬くするのが判った。

中迫武——この一連の出来事に当初から関わっていた数少ない人間のひとり。

『佐々木邦夫』と名乗る人物があれほど手の込んだ企てを仕掛けるには、タイタスフーズの内部に協力者の存在が不可欠だったはずだ。そして、中迫は立場的に現場レベルでのプロジェクトの進行状況に誰よりも精通していた。『佐々木邦夫』に情報を流したのは中迫に違いない。服部は当初からそう考えていた。

服部にとってもフーズにとっても、中迫はまさに黒い羊だった。タイタスフーズという組織の中で今のところは従順に動いているが、あの男は信用がならない。いずれ何らかの手を打たなければならないだろうと心にとめて、服部は駐車場に停めた黒のジャガーに乗り込んだ。

## 26

杉田《すぎた》勝男《かつお》はラーメン屋のカウンターに腰掛けてこんがりと焼けた餃子《ギョーザ》をつつきながらビールを飲んでいた。白いつなぎには洗っても取れないオイル染みがあちこちに付いている。杉田は郷里の長野県松本《まつもと》に戻って父親の古ぼけた自動車修理工場を継いで以来、この十年あまりどこに行くにも大抵つなぎですませていた。オイルの匂うつなぎを着ていると、どんな人間もひと目で杉田が自動車修理工員だと判るし、杉田自身、自分が自動車修理工員だということを自然に感じられるような気がしたからだ。

杉田は松本に戻る前は、競輪界屈指の花形選手だった。現役時代は東京都に所属し、日本選手権競輪を制したこともある。鍛え上げた体ひとつで億単位の年収を稼ぎ、幾度もスポーツ新聞の一面を飾った。しかし、今年四十三歳になる杉田がかつて競輪王だったことを覚えている人間は、郷里にはほとんどいない。ラーメン屋のカウンターで餃子を頬張っている杉田は、どこから見ても自動車修理工場の親爺《おやじ》といった風情だった。

杉田は工場を継いでから一度も松本を離れたことがない。選手時代に全国を転戦し、今さら訪れたい場所もなかったし、酒好きの杉田にとって旨《うま》い地酒の多い信州《しんしゅう》はいい土地だった。

そんな杉田のもとを、昨年の暮れ一人の友人が訪れた。十年ぶりに東京からふらりとやってきたのは、真崎省吾だった。高校時代を共に過ごした真崎は卒業後、ずっと東京の方で働いている。杉田が全盛の頃には、立川競輪や京王閣までレースを観に来てくれたこともあった。杉田は久しぶりに真崎に会えて心底懐かしく、嬉《うれ》しかった。

真崎は杉田に仕事を頼み、杉田はそれを引き受けた。杉田は、真崎が何を計画しているにせよ、そいつが成功すれば良いと思っていた。自分に出来ることなら、なんでも手伝ってやるつもりだ。

ゆっくりと餃子の最後の一切れを食い終わった杉田は、瓶ビールの残りをコップに注《つ》ぎ足した。カウンターの隅のテレビでは全国の桜の開花状況を伝えている。日本地図の松本の位置にはまだ蕾《つぼみ》のマークがついていた。杉田の目は、無意識に松本から高知へと動く。高知には満開の桜マークがついている。

先々週、真崎が高知のホテルから電話を掛けてきた。おかしな事に、真崎は高知では偽名を使っているようだった。なんで偽名なんぞ使うのか解らないが、あいつのことだからそれも考え抜いた計画の一環なんだろう。

真崎は四月四日までにまた会いに来ると言っていた。その頃には松本の桜も咲いているだろうから、旨い酒で花見をしようということになっている。

「おまちどおさま」と、杉田の前に湯気のたつチャーシュー麵《めん》が置かれた。

杉田はいつものようにたっぷりと胡椒《こしよう》を振って食べ始めた。

そうだ、と杉田はついでのように思い出した。

真崎が高知から送ってきたあの奇妙な宅配便。あんなもの一体どうしろというのか。

まあ、そのことも、花見の時に訊《き》けばいいだろう……。

## 27

修司は、夜になれば相馬がマンションに様子を見に来るだろうと予想していた。外へ出たことが知れたら、刑事のくせに相棒もいないあの石頭は激怒するに違いないことも解っていた。そこで、一刻も早くマンションに戻るべく、空腹を訴える胃袋を宥《なだ》めすかし、追いすがる駅の立ち食い蕎麦《そば》の魅惑的なだしの香りも振り払い、二段とばしでホームの階段を駆け上って最速で直帰したのだ。その結果、修司は今、痛恨の思いで鑓水の部屋のリビングに正座していた。

「どれだけ捜したと思ってるんだ！」

立ち食い蕎麦を食ってくるべきだった。

相馬の怒りはとどまるところを知らず、飯はしばらく先になりそうだった。

相馬は夕刻前、外からこの部屋に電話を入れたらしく、留守電に「法の番人だ。受話器を取れ」というメッセージが大量に残されていた。一向に応答がないので見に来ると部屋はもぬけの殻。修司が連れ去られて消されたのではないかと相当に心配したようだった。

修司は相馬の怒りが収まるまでひとしきり殊勝に頭《こうべ》を垂れて説教を聴いた。

人間は被説教者が反論をしたり周囲が止めようとしたりしない限り、一人でそう長くは怒り続けられない生き物だ。次第に語彙《ごい》が尽き、「そうだろ？」とか「なんでそんな事したんだ？」など、相手に同意を求めたり質問をするなどしてコミュニケーションを図ろうとし始める。この段階に至れば、説教者が酔っ払っていない限り終わりは近い。酔っ払いはこの過程を力尽きるまで何度も最初からひとりで繰り返すことができる。

修司は説教を聴きつつ時折、気分転換に目の端で鑓水の動向を窺《うかが》った。

鑓水はテレビのニュースチャンネルをかけて消音にすると、ホー・スキャルム・ピーのスカイブルーとピンクベージュの派手なストライプのエプロンをつけて鼻歌交じりにシンクに残された朝飯の茶碗《ちゃわん》を洗い始めた。

そういえば鑓水が家にいる時はいつも消音したニュース映像が流れている。きっと習慣なのだろう。鑓水は一人だけ異空間にいるように陽気に洗い物を終えると、リビングのテーブルを拭《ふ》いて大盛りのほか弁とペットボトルの茶を並べてエプロンを外した。

ついに相馬が質問を発してコミュニケーションを図ろうとし始めた。

「まったく、一体どこへ行ってたんだ？」

「亜蓮に会ってきた」

「誰だ、亜蓮って」

「事件の日、駅前広場で待ち合わせてた女子」

怒りが再燃した。

修司は再び頭を垂れて嵐が通り過ぎるのを待つ体勢に入ったが、鑓水はさっさと自分の弁当の輪ゴムを外して蓋《ふた》を開けた。

「そんで、なんか分かったの？」

鑓水の質問と同時に、修司の鼻の下にふわりとしょうが焼き弁当の匂いが漂った。

「俺を呼び出したメールは、亜蓮が打ったんじゃなかった」

修司は可能な限り自然な動きで自分の弁当に手を伸ばしつつ答えた。

「どういうことだ」

相馬もいつの間にかさりげなく割り箸《ばし》を割っている。修司は相馬も空《す》きっ腹を抱えていたことに初めて気づいた。

修司は飯と豚肉を頬張りながら亜蓮から聞いたアトラでの出来事を話した。三人とも、アトラのカウンターにいた小柄なボクサー体型の男は目出し帽に違いないと意見が一致した。修司は喋《しゃべ》りつつ食うといういつにない困難な作業を強いられたが、それでも育ち盛りの勢いで鑓水より早く食い切ると、明確に結論を述べた。

「亜蓮はたまたま俺のアドレスを訊くのに使われただけで、事件とは無関係だ」

鐘水が箸を宙に浮かせたまま信じられないという顔で修司を見た。

「それ、どう考えてもたまたまじゃないでしょ」

「どう考えりゃ、たまたまじゃなくなんだよ」

修司は思わず喧嘩《けんか》腰で食って掛かった。

「しっかりしなさいよ。呼び出しのメールは『亜蓮』って名前で来たんだよ」

「だからそれは目出し帽が、亜蓮の名前を使って」

「今の話のとおりなら、亜蓮は目出し帽の男に自分の名前を教えてない。教える道理もないしね。ってことは、目出し帽にはおまえのメアドは分かっても、亜蓮って名前は分からない」

修司は咄嗟《とっさ》に返す言葉がなかった。

「それじゃ、亜蓮って子はやっぱり目出し帽と」

相馬が言いかけるのに鐘水があっさりと答えた。

「グルならこいつは今頃、成仏してる。最近のガキは携帯の液晶なんて見なくても、ポケットの中で指の感覚だけでメール打てるんだよ。亜蓮がその気になれば、いくらでも目出し帽にメールで知らせる隙ぐらいあっただろ。こいつはすっかり舞い上がってたしね」

「うるさい」と、修司はガンを飛ばした。

相馬は修司が亜蓮と会ったという渋谷のクラブの情景を思い浮かべた。

ああいう場所では酒と音楽のせいで客はハイになって大声で喋りあうものだ。

「なぁ、目出し帽はその奈菜実とかいう亜蓮の友達が名前を呼ぶのを聞いたんじゃないか？　友達同士なら話の間で何度も名前を呼ぶだろ」

「いや」と、即座に首を振ったのは修司だった。「メールの名前は漢字だったんだ。聞いただけじゃ字まで分かんねぇだろ」

確かに『亜蓮』という字はちょっと思いつかない。

亜蓮が目出し帽の男に名前を教えていないとすれば、目出し帽は一体どうやって亜蓮の名前を知ったのか。

修司がはっと顔を上げた。

「個人データだ！　目出し帽は、亜蓮が携帯に入れてた個人データを見たんだ」

そうか、と相馬は膝《ひざ》をうった。

携帯電話には自分の名前や電話番号、アドレスなどの個人データを入力してある。それを見れば姓名は一発で分かる。ということは……

「亜蓮の財布や携帯を抜き取ったのは、目出し帽本人か。亜蓮がバイトを引き受けないと家に帰れないようにするために」

「ま、何もなきゃそんなバイト、断る可能性の方が高いだろうからね」

鑓水は当たり前のように言うと、ようやく箸を置いた。

「目出し帽はたまたま亜蓮を使ったわけじゃない。奴はアトラで二つの条件に合う女の子を探してたんだ。ひとつは何かに気を取られててスリやすいこと。もうひとつは、後でその子からメールが来たら、こいつみたいにスレた青少年でもすっ飛んで会いに行くくらい物凄《ものすご》くキレイなこと」

「亜蓮だ……」

ここでノロケるか。相馬はどついてやろうかと思ったが、若さに免じて許してやった。食い終えた弁当を片付けようとして、相馬は鑓水が肉も飯も半分ほど残しているのに気づいた。

「おまえ、どっか具合悪いのか？」

「いや。夕方、オムライス食ったのね」

「だったら弁当、大盛りじゃなくて普通盛りにしろよ」と、修司が早速、肉と飯を相馬と二人で分けにかかる。数秒のうちに柴漬《しばづ》けも含めて鑓水の弁当はきれいになくなった。

相馬は弁当代を置くと上着を摑《つか》んで立ち上がった。

「で、その亜蓮って子はどこに住んでるんだ？」

相馬はすぐにも亜蓮に会って話を聞くつもりだった。どんな小さなことでも目出し帽の男に関する情報がほしい。

ところが修司はきっぱりと答えた。

「亜蓮の居場所は言えない」

相馬は開いた口が塞《ふさ》がらなかった。

「おまえな、亜蓮は目出し帽の顔を見てるんだぞ。いいか、その子は駅前で四人を刺し殺した男の素顔を見てる、たった一人の人間なんだぞ」

「だからこそ、警察が近づいたのが知れたら、亜蓮は消される」

相馬は数秒間むかつくのを堪《こら》えて事態を検証した。

スリとられた亜蓮の携帯には自宅の電話番号や亜蓮のスケジュール、友人の写真から連絡先まで山盛りの個人情報が保存されていただろう。目出し帽の男は亜蓮の生活を把握している。しかも、自分は目出し帽に顔を見られている。下手に近づけば確かに亜蓮に危険が及ぶ確率は高い。

相馬はため息をつき、ちらりと横目で修司の顔を見た。修司は火あぶりにしても言わないからなという目でこちらを睨《にら》んでいる。相馬は諦《あきら》めてやれやれと座り直した。

味の濃いしょうが焼きのせいでペットボトルの茶をごくごくと喉《のど》を鳴らして飲んでいた鑽水が、砂漠で水を飲んだ後のようにしみじみと息をついて言った。

「ほかの四人はどうだったんだろうなぁ」

「どうって？」と、修司が尋ねた。

「殺された四人はどうやって呼び出されたのかな、と」

それは相馬も考えていなかった。

「俺の考えじゃね」と、鑽水が食後の煙草に火をつける。「四人を細かく洗っていけば、どこかに共通点が見えてくるはずなんだ。修司も気づいてない五人の共通点がさ」

「共通点……っつってもなぁ。俺は土方で、ほかは印刷屋の店主と女子大生、主婦とばあさんだろ」

修司は実感が湧かないようだった。

「目出し帽は初めから五人を狙っていて、フレームレスは、おまえを最後の一人って言ってんだよ。ってことは、あの日、駅前広場にいた五人は、何かでひとつに括《くく》れるグループだったってことでしょ。その辺りが見えてくれば、殺しの動機も解ってくるんじゃないかなと思うわけよ」

「なるほど……」と、修司が呟《つぶや》いた。

「よし、ガイシャの身辺を当たってみる。そっちは俺の領分だ」

そう言うと、相馬は気を取り直して玄関に向かった。靴を履きながら、念のためリビングの修司に声を掛けた。

「明日《あした》からはじっとしてろよ。目出し帽に見つかったら今度こそおしまいだぞ」

「ああ、見つかんねぇように当たる」

相馬は靴べらを投げ捨ててまっすぐにリビングへ取って返した。

「はいはいはいはい」

鑓水が二人の間に素早く割って入ると、ポケットから何やら取り出して二人の鼻先で掌《てのひら》を開いた。メタルボディの真新しい携帯だ。

相馬は意味が解らず鑓水の顔を見た。

鐙水はこれですべて解決とばかりに微笑んだ。

「GPS機能つき携帯。どこにいてもすぐ居場所が分かる。特ダネの首に鈴つけとくのよ」

「おまえまで……」

「これ、防水か？」

「もちろん」

絶望している相馬をよそに、修司は「ま、いいけど」と軽く携帯を受け取ると「んじゃ俺、風呂《ふろ》な」とすたすたと浴室に消えた。

「鐙水」

「まあまあ」

『まあまあ』とか『はいはい』とかいういい加減な態度があいつを増長させるんだ！」

浴室の扉が開き、シャワーの水音と共に修司が首を突き出した。

「鐙水、戸に挟んどいた水道検針票、捨てんなよ」

「なんで？」

「あれを戸に挟んどくと、帰ってきた時、誰か中に入ったかどうか解るんだ。紙切れとか挟んでるとすぐバレるけど、水道検針票は意外にバレない」

相馬は呆《あき》れ、かつ感心した。こいつには犯罪者の資質があるんじゃないか。

「おまえ、そんなことどこで覚えたんだ？」

「常識だろ」

どこのだよ、と尋ねる前に修司は再び扉を閉めた。

# 28

コトンと慎ましやかな音を立てて、自販機のポケットに煙草が落ちた。児童公園の斜《はす》向かいにあるその自販機は鑢水のお気に入りらしかった。

「あいつは監禁でもしない限り動き回るよ」

鑢水は煙草を取り出すと、セーターの上に羽織ったジルボーの花柄シャツの裾《すそ》を揺らしてぶらぶらと公園の枝垂桜の方へ歩き出した。

「だろうな」

相馬は学生の頃のように何となく肩を並べた。

「解ってんじゃない」

相馬は解っていても放って置けない自分の性分が忌々しかった。

鑢水が煙草に火をつけ、有毒な煙を実に美味《うま》そうに深々と吸いこんだ。

「死ぬからな」

相馬は間髪を容《い》れずに言ってやった。そう言っても足りずに腹の中で『むせろ』と念じた。だが鑢水はかえって嬉《うれ》しそうに春の宵闇に紫煙を噴き上げた。

薄紅色の枝垂桜は街灯の光を浴びて満開の花の下に静かな影を広げている。

「あいつ、毎月、洋平に金を振り込んでる」

相馬は洋平というのが一年半前に全盲になった修司の幼馴染《おさななじみ》だと思い出した。

「修司が洋平に金を送ってるのか……？」

「ああ」

鑓水は午後、洋平の家を訪ねたのだという。

「洋平の家は母子家庭で、母親の喜美子《きみこ》さんが『おふくろ食堂』っていう小さな食堂をやってる。りんごのほっぺをした大らかな人でね、俺が修司の職場の先輩だって名乗ると、大喜びして自慢のオムライスを店のおごりにしてくれた」

喜美子は「修ちゃんと克っちゃんはおしめを外す前から知ってるからね」と言うと、急に気持ちが込み上げたように涙ぐんだという。しかし、鑓水が声を掛ける間もなく力強く洟《はな》をかみ、金なんか送らなくていいからたまには遊びに来いと修司に伝えてほしいと言って笑ったらしい。洋平も会いたがってるからと。

相馬は初めて修司のアパートを訪ねた際、まともに働いていればもっとましな部屋に住めるだろうにと感じたのを思い出した。あのボロアパートは洋平に金を送るためだったのだ。だがその一方で修司は、かつての事件の元凶となった百万の金を捨てずに持っていた。そして鑓水が引き受けた危険の対価として丸ごとその百万を投げ出した。あっさり死ねばいいが、半端に怪我をしたら金がないとどうにもならないと言って。

相馬には、自分の働いて得た金を洋平に送りたいという修司の気持ちが解る気がした。

だが同時に、修司は最悪の場合、金で回避できる苦しみがある事も知っているのだと思った。

鑓水は喜美子に、「修司はちょっと事情があって大阪にいる母親の知人の方へ身を寄せている」ということしやかなデマを吹き込んできていた。食堂には町内の人間が頻繁に出入りするからデマはすぐに広がる。鑓水は目出し帽が修司を見つけるのを少しでも遅らせて時間を稼ぐつもりなのだ。

「すまない。助かる」

相馬は率直に礼を言った。警官の相馬には、元テレビ屋の鑓水のように目出し帽に向けてデマを流すことなど思いつきもしなかった。

学生の頃からいつもそうだったと相馬は思った。鑓水は自分とは全く異なる物の見方をする。それが相馬には面白く刺激的だったが、相馬に鑓水の行動を予測できたことは一度もなかった。

「『相馬はいつもああなのか？』」

鑓水が枝垂桜を見上げたまま唐突に言った。

「今日、朝飯の時に修司にそう訊《き》かれた。融通が利かないとかクソ真面目とかいうおまえの性格のことかと思ったら、あいつ『私服はふつう二人一組だろ』っていうわけ」

「なんて答えたんだ？」

「『あいつは我が国ではワガママと呼ばれる性格だから』って言っといた」

「なんだよ、それ」

『協調性に欠ける』ってやつ」

協調性に欠ける。それが鑓水と自分の唯一の共通点かもしれない。相馬は初めて気づいて微《かす》かに苦笑した。

相馬は、自分が組織から外れてしまっていることに鑓水はとっくに気づいているのだと思った。たぶん昨日の今頃、五年ぶりに『今から行っていいか』と電話した時から。

あの時、相馬は修司を連れて同僚の警官を訪ねることなど考えもしなかった。奉職して以来、ほとんどすべてといっていい時間を警察組織の中で過ごしてきたにもかかわらず。

警察という組織は自分のように踏み絵を踏むことを拒んだ人間を決して組織の一員とは認めない。そういう組織に対する齟齬《そご》と不信を相馬はこれまでがむしゃらに捜査に没頭することでやり過ごしてきた。今はその捜査の本筋からも外され、結果、皮肉にも事件の核心である被害者の担当となったのだが。

相馬はひっそりと佇《たたず》む一本の枝垂桜を見上げながら、五年ぶりに会っても一度も近況を尋ねようとしない鑓水をありがたいと思った。相馬も、鑓水になぜテレビ局を辞めたのかと尋ねるつもりもなかった。

相馬は鑓水と並んでしばらく黙って桜を見上げていた。

やがて、鑓水が煙草を吸い終えてポケット灰皿にしまうと「行くか」と言った。

相馬は二度、軽く頷《うなず》いて歩き始めた。

明日は被害者の遺族と友人を当たる。被害者の暮らしを良く知る者たちの話をつき合わせれば、これまで見えなかった五人の共通点が見えてくるはずだ。殺しの動機が割れれば、目出し帽を雇ったのが誰なのか、自《おの》ずと解る。

## 29

三月二十八日、月曜日。午前四時十七分。

暗闇の中でサイドテーブルの携帯に灯《あか》りが点《とも》り、着信音が鳴り始めた。

ベッドランプをつけて携帯に手を伸ばす。出る前から何の知らせか解っていた。妻の頼子《よりこ》が傍らで素早く身を起こしてナイトガウンを羽織る。もう少し寝ておいでと頼子の肩に手を置いて携帯に応《こた》えた。

「はい、中迫です」

未明の電話は予想どおり、タイタスグループ会長・富山浩一郎の死を知らせるものだった。中迫はフレームレスの眼鏡を掛けると、ベッドを出てシャワールームに向かった。あの通り魔事件が起こって以来、中迫はほとんど眠っていない。

身支度を調えて階下に下りると、ダイニングキッチンで頼子がサイフォンから淹《い》れ立ての珈琲《コーヒー》を中迫のカップに注いでいるところだった。側には食べやすいように小さく切ったリンゴにフォークが添えてある。

「少しだけでも。ね？」

「ありがとう」

中迫はリンゴを二切れ食べ、珈琲を飲んだ。

頼子はこのところ中迫の様子が普通でないことに気づいている。気づいていてあえて何も問わず、出来る限り身の回りのことで中迫を気遣っている。中迫にはそれが解っていた。

頼子は中迫が自分から話をするまで決して問い詰めることをしない。結婚前から変わらぬその信頼がこれまでの中迫を支え、中迫もまた頼子の信頼に応えてきた。

しかし、中迫は今度ばかりは口が裂けても一切、話すことはできないと思っていた。自分に万一の事があった時、何も知らないでいることが頼子にとっての一番の安全なのだ。頼子は、まだ幼い敦美《あつみ》のために生きなければならない。

「行ってくるよ」

中迫はカップを置いて頼子に微笑んで見せた。

車を出し、二子《ふたこ》玉川《たまがわ》の自宅から目《め》黒《ぐろ》にある富山邸に向かう。夜明け前の上り車線は車もまばらで、ヘッドライトが暗いアスファルトを静かに滑っていく。

タイタスグループ会長・富山浩一郎が死んだ……。

同じ死でも富山の死は、白昼の駅前広場で惨殺されたあの四人の被害者に較べてなんと安らかな死であったことか。四人はなぜ自分が殺されるのか、その理由さえ知らされずに突然、人生を断ち切られたのだ。恐怖と驚愕《きようがく》に目を見開いたまま、自分自身の血溜《だ》まりに横たわって死んでいった。中迫は殺された四人のことを思うと、体中の神経がねじ切れるようだった。

スマイルキッズキャンペーンの大号令の下に、タイタスフーズが行った『マミーパレットプロジェクト』。それが、こんな恐ろしい結果を生もうとは……。

すべての始まりは昨年の八月。最初に事態に気づいたのは中迫自身だった。

# II

# 第四章　発端　――二〇〇四年・夏

## 30

その夏は連日三十五度を超える酷暑で、盆を迎えても一向に初秋の気配は感じられなかった。戸外に出ると目を刺すような猛々《たけだけ》しい光で辺りが直視できず、数歩と行かぬまに玉の汗が流れ落ちた。夾竹桃《きょうちくとう》や百日紅《さるすべり》も熱に炙《あぶ》られて色あせ、人も樹も息を潜めるようにして夏が過ぎるのを待っていた。

中迫は盆の休暇をいつものように福島の岩瀬《いわせ》にある生家で過ごしていた。緑豊かな郷里は小児喘息《ぜんそく》を患う六歳のひとり娘・敦美の体に良いだろうと、中迫は毎夏、頼子と敦美を伴って岩瀬を訪れているのだが、その夏はあまりの猛暑に、陽盛りの水遊びも森の休暇の大半を屋内で過ごした。散策も諦《あきら》めねばならなかった。同じ列車で帰省した中迫の妹の碧子《みどりこ》も、その年ばかりは休暇の大半を屋内で過ごした。

碧子と頼子は大学の栄養学部のクラスメートで、学生時代から実の姉妹のように仲が良かった。中迫が五歳年下の頼子に出会ったのも、碧子を介してのことだった。結婚後、中迫は碧子にも誰か良い相手をと考えていたが、当の碧子は兄の気遣いなどどこ吹く風といった調子で着々と修士課程を修了し、現在は食品分析機関のエキスパートとして働きつつ気ままな独身生活を謳歌《おうか》している。まったく異なる道を歩んだ碧子と頼子だったが、二人は顔を合わせるたびに今でも女学生のように話し込んだり笑い転げたりして中迫を面喰《めんくら》わせる。今年も岩瀬に来る前に二人で色々と打ち合わせていたらしく、酷暑の夏を家の中で楽しむべく様々な物を持ち込んでいた。

頼子の祖父の欧州土産だという古風なゼリーの型は、夏の休暇の間中、毎日のように活躍した。頼子と碧子は朝食の後片付けが終わると台所のどっしりとした大きなテーブルに花や家や時計の形をしたアルミのゼリー型を並べ、敦美と一緒に色々な果物の味のするゼリーを作った。頼子が果物をサイコロに切りながら唱歌を口ずさむと碧子と敦美がそれに和し、敦美のなぞなぞに碧子と頼子が答え、古い台所からは賑《にぎ》やかな声が途切れることがなかった。

中迫は女たちの明るい笑い声を聞きながら父と碁盤を囲んで過ごした。母が他界して以来、故郷を離れる気はないと頑として独居を続けている父は、久々に家の中に響く孫娘と娘たちの柔らかな声にいかにも幸福そうに耳を傾けていた。

稲光のする午後には、頼子が雷鳴を忘れるためにボストンバッグから敦美の新しいサンドレス用の服地を引っ張り出した。きなりのダブルガーゼに薄いオレンジとモスグリーンの小花模様の服地を見て敦美は歓声をあげ、碧子は飾り棚から和紙の小箱を取り出した。そこには碧子が娘時代に集めた様々な貝ボタンがしまわれており、服地にぴったりのやさしいオパール色のボタンに敦美は目を輝かせた。

採寸し、デザインを考え、新聞紙で型紙を取る。頼子と碧子はチャコや待ち針、仕付け糸を操りながら敦美にパズルのように身頃や袖《そで》の合わせ方を教え、女たちが裁縫に熱中しているうちに雷雲はいつの間にか町の上を通り過ぎていく。

陽が翳《かげ》ると三人は縁側から庭に下りて庭木に水を遣《や》り、夕食の準備が出来ている時は、句会に出かけた父の帰りを待ちながら、金盥《かなだらい》に張った石鹸《せっけん》水に円い輪を浸してシャボン玉を作ってみたりした。夕暮れの弱い光の中でお揃いの形に髪を結い、楽しげに輪を振って透明なシャボン玉を作り出す女たちは、母と娘と叔母というより三人の姉妹のようだった。

家の中の真夏の時間は実に穏やかにゆったりと流れていった。岩瀬の家に三日もいると、中迫は都会での慌しい日々がすべて現実ではない夢の中の出来事のように感じられた。

その日は暑くなる前にと日の出前に起きだして墓参りに行ったので、夕食を終えた頃にはさすがに誰もが瞼《まぶた》がくっつきそうに眠たかった。皆、食休みもそこそこに、浴室を使った順に寝室へと引き揚げていった。

中迫が敦美を寝かしつけて居間に戻ると、頼子がひとり籐《とう》の椅子に腰掛け、着替えの夜着を膝《ひざ》に載せたまま珍しく熱心にテレビに見入っていた。

「まだ入ってなかったの？」

中迫が声を掛けると、思いがけず頼子が深刻な表情で中迫を振り返った。

「子供の病気。原因不明なんですって……」

頼子が観ていたのはニュースプライムという毎晩十時に放映しているニュース番組だった。その夜は特集のコーナーでメルトフェイス症候群という子供の奇病を扱っていた。

頼子は、小児喘息の敦美の健康をずっと気遣ってきた母親として、子供の病気と聞くと他人事《ひとごと》とは思えないようだった。中迫は冷蔵庫を開け、硝子《ガラス》コップに二人分の麦茶を注ぐと頼子の隣に腰を下ろした。

メルトフェイス症候群は前年の十二月中旬から翌年の一月中旬までの約一ヶ月間に集中的に発生した未知の奇病で、罹患《りかん》者はすべて月齢七ヶ月から九ヶ月の乳幼児だという。その激烈な症状からメルトフェイス症候群と呼ばれ、患児は全国九都市で百二十四名。

キャスターの解説に続いて、メルトフェイス症候群発生当時の再現ドラマが放映された。

前年の十二月十七日夜、埼玉県さいたま市で最初の患児がかかりつけの小児科医のもとに担ぎ込まれた。月齢七ヶ月の女児だった。それを皮切りに東京、大阪など九都市で突如、次々と患児が出始めた。

どの患児も初期の症状は原因不明の発熱、熱性痙攣《けいれん》、血圧低下。さらに腹痛、下痢などの消化器症状がみられ、臨床所見はインフルエンザに酷似していた。細菌による感染症の疑いもあったが、離乳期の幼児に生魚等の摂取による経口感染は考えられず、家族への問診でも患児が特に普段と異なる食物を摂取した履歴はなかった。そのほか身体に起炎菌の感染経路を疑わせる外傷もなかったため、多くの医師は疾患を、当時流行のピークにあったインフルエンザと鑑別した。

ところが、インフルエンザ検査および血液検査の結果は予想に反するものだった。まずインフルエンザ検査の結果は陰性。さらに血液検査でも、血中のCRP（C反応性タンパク）の上昇と白血球の増多が認められた。ウィルス性疾患のインフルエンザであれば、白血球数は正常値かまたは低値を示す。ところが、検査値はまったくその逆、白血球の増多を示し、明らかに細菌による感染症を疑わせるものだった。

患児には外見上、特徴的な症状も見られず、責任臓器も不明。起炎菌は細菌なのか、それともインフルエンザなのか、どちらとも絞り込めないまま、一刻を争う臨床の現場で医師は選択を迫られる。この段階で医師の対処は二つに分かれた。ひとつは臨床症状を重視してインフルエンザと診断、解熱剤としてアセトアミノフェンを投与し、点滴などの対症療法を行う方法。もうひとつは、白血球数の増多を重視して細菌感染症と判断、抗生物質を処方して対処する方法だった。しかしながら、いずれの処置もまったく効果が見られず、高熱に苦しむ患児は大学病院等の第三次医療機関へと搬送された。

　この頃になって患児の眼部に病変が現れた。眼部病変は、後にメルトフェイス症候群に特異的な症状と判明するのだが、初期の病態は光過敏症、落涙、結膜充血であるため、この時点では感染性の結膜炎などの合併症と考えられた。だが、間を置かず顔面に浮腫《ふしゅ》性の腫脹が出現した。特に眼瞼《がんけん》、口唇、口腔《こうくう》内、舌などに集中して現れた後、腫脹は発赤し、紅斑《こうはん》となって広がった。さらに病変部および周辺の健常部に水疱《すいほう》が出現し始めた。腫脹の原因はこれまで投与した薬剤による薬疹《やくしん》が疑われたが、高熱と紅斑という症状から溶血性連鎖球菌による猩紅熱《しょうこうねつ》の可能性も考えられた。だが猩紅熱の場合、紅斑は全身症状であり、顔部は口囲蒼白《そうはく》といって口の周りに病変が出ることはない。

　前例のない病状の進行に、急遽《きゅうきょ》、CT、MRIなどの画像診断を行った医師は、その結果に慄然《りつぜん》とした。病変部の深部において、軟部組織の壊死《えし》が進行していたのだ。瞬く間に顔面の紅斑が暗い紫斑、黒色へと激変し、壊死が顔部表面にまで顕在化した。激烈な病態から、溶血性連鎖球菌感染症の中で最も深刻な疾患である壊死性筋膜炎が推定された。所見にかかわらず、一刻も早く壊死組織を切除しなければ、多臓器不全や敗血症を引き起こし患児は確実に死に至る。医師はペニシリン系の抗生物質を投与し、直ちに壊死組織の切除を開始した。

病変部は口腔、舌、顔面などに集中していた。口腔内の壊死組織を切除するためには下顎部《かがく》を一旦《いったん》、切除しなければならない。加えて患児は高熱ですでに体力を消耗しており、切除手術は困難を極めた。

一方、起炎菌の同定を急いでいた医療スタッフにも動揺が広がっていた。病変部の局所滲出《しんしゅつ》液および血液の塗抹標本（スメア）のグラム染色を繰り返しても、連鎖球菌はまったく検出されなかったのだ。

前後して患児の眼部病変が進行した。眼瞼、結膜に突如として小水疱が現れ、瞬く間に角膜炎から角膜潰瘍《かいよう》へと悪化、まったく予想外の症状に医師たちの間に衝撃が走った。眼部病変の進行は急激で、抗生剤による処置も奏功せず、角膜に穿孔《せんこう》が生じ、ついに眼球が損壊。医師は患児の眼球を摘出せざるをえなかった。

起炎菌の同定のため、深部組織から検体を取り血液培養検査を行っていたが、やはり溶血性連鎖球菌は発見されなかった。

この時、医療スタッフの頭を初めてひとつの仮説がよぎった。医学の進んだ今日でも、発見されている細菌は、環境中の全細菌の一パーセントに満たないといわれている。この前例のない病態を示す疾患の起炎菌は、未知の細菌なのではないか……。

術後の予断を許さない状況の中、意外なことに患児の容態は急速に沈静化に向かった。恐れていた患児からの二次感染、院内感染も見られず、患児の身体にのみ猛威を振るったメルトフェイス症候群は、あたかも凄《すさ》まじい台風の如く深い傷痕を残して過ぎ去った。

残されたのは、顔面、口唇、舌の切除などの処置を施された百二十四名の乳児たちだった。大半の患児が片方の眼球を失っていた。彼らは予後も摂食・発語などに深甚な障害を残し、今後は長期にわたって繰り返し顔面の再建手術を受けねばならない。さらに、患児は心臓に栄養を与える冠状動脈に巨大瘤《りゅう》ができる冠状動脈障害という重い後遺症を背負った。原因は起炎菌の侵入に対して増多した白血球から出た酵素が血管壁の組織を破壊し、脆《もろ》くなった組織が拡大して瘤《こぶ》となったためと考えられた。冠状動脈瘤は、常に心筋梗塞発症の恐れを抱える。患児は生涯にわたって突然死の恐怖に直面して生きねばならなくなった。

十二月十七日に始まったメルトフェイス症候群の群発は翌年一月十二日、倉敷《くらしき》市で発症した生後八ヶ月の男児を最後に突然、終息した。

年末年始で情報がとりまとめられるのが遅れ、二月になってようやく情報が総合され、同一の疾患だと考えられ始めた時には、すでに新しい患児は出なくなっていた。二月二十三日、上越《じょうえつ》日日新聞の社会面で取り上げられメルトフェイス症候群と呼ばれたことから、その呼称が広がった。

そして六月、国立感染症センターにおいてメルトフェイス症候群の起炎菌が同定された。芽胞形成細菌のひとつであるバチルス属の新種として発見されたその細菌は、バチルスf50と命名された。

芽胞形成細菌は、乾燥や栄養の枯渇など環境条件が劣悪になると分裂をやめ、芽胞を形成していわゆる休眠状態に入ることで長期にわたって生存する。芽胞状態となった細菌は、熱、乾燥、化学療法剤および消毒薬に対する強い抵抗性を持ち、特に熱に対する抵抗性はあらゆる生物中で最も強い。二十五億年前の塩の結晶の中からバチルス属の芽胞が発芽し、培養に成功した事例もあるほどだ。

バチルス属は空中、水中、土壌中に広く分布し、有用種の細菌も多い。古くから身近な納豆菌もバチルス属である枯草菌の一種であるし、また、土壌の病気を防ぎ、根を健康に伸ばす目的で農作物の堆肥に用いられる種もある。その一方で、バチルス属の中には強い病原性を持つ細菌もある。米国のバイオテロ事件で知られるようになった炭疽菌、食中毒の病原体として知られるセレウス菌、蜜蜂の幼虫を腐敗させるアメリカ腐蛆病菌もバチルス属の細菌である。

メルトフェイス症候群の起炎菌であるバチルスf50は、通性嫌気性細菌で酸素の有無にかかわらず生存が可能であり、さらに、これまで発見されたどの芽胞形成細菌よりも熱耐性が高かった。体内での潜伏期間は数日から数週間の長期にわたり、この点では天然痘（最大十二日程度）やエボラ出血熱（最大二十一日程度）に匹敵した。

その一方で、感染しても発症率は五パーセント前後と低く、その点では日本脳炎やポリオに近い。菌自体の感染力が弱いため二次感染の可能性も低く、現時点では患児から他者への感染は見られていない。患児が月齢七ヶ月〜九ヶ月の乳児に集中していることから、乳児期の免疫低下との関連も示唆されている。

バチルスf50の特質については日を追うごとに明らかになっていったが、患児がいつ、どこで、どのようにしてバチルスf50に感染したのか、その感染経路については依然として不明のままだった。

そこでニュースプライムでは、メルトフェイス症候群発生のデータを総合し、いくつかの感染経路の考察を試みていた。

患児はすべて月齢七ヶ月から九ヶ月の乳幼児。発症時期は十二月の中旬から翌一月中旬にかけて。発症者の分布は、東京都全域で二十六名、横浜《よこはま》市二十四名、さいたま市九名、川崎市十一名、大阪市二十一名、神戸市十一名、上越市六名、倉敷市九名、松山《まつやま》市七名、全九都市で発症者百二十四名である。

まず患児の生活圏内の土壌が検査された。次いで発症地域の水質の調査、大気汚染の状態、患児が日ごろから摂取していた食物、母親たちが妊娠中に服用した薬剤。それぞれを専門分野とする学者が現れ、データを元に解説を加えていく。

だが、ミステリータッチの音楽も硬質なナレーターの声も、すでに中迫の耳には入っていなかった。

中迫は困惑していた。患児を出した九つの都市の名前を聞いた時から。

東京、横浜、さいたま、川崎、大阪、神戸、上越、倉敷、松山。

九つの都市すべてに、中迫は思い当たる節があった。

それだけではない。発症時期が前年暮れに集中していること、そして患児がみな一歳未満の乳幼児であること、いずれの事実も中迫の頭の中で、タイタスフーズで自らの関わったひとつのプロジェクトと結びついていた。

『マミーパレットプロジェクト』

まさか、という思いが頭をよぎり、すぐに単なる偶然だと自分の思いつきを笑った。感染経路は無数に考えられる。たまたまいくつかの事実が重なっただけでひとつの結論に飛びつくのは馬鹿げている。頭ではそう解っていた。しかし、一度きざした不安は中迫の胸に鉤爪《かぎづめ》のように食い込んで離れなかった。

中迫は深夜になっても眠ることが出来なかった。モザイク入りで映ったメルトフェイス症候群の患児の写真が頭を離れなかった。幼い我が子の病。それ以上に子を持つ親を苦しめるものはない。中迫はそれを身をもって経験していた。

中迫は四十を過ぎて初めて子供を授かった。結婚後十年余り子供に恵まれず、中迫も頼子も諦《あきら》めかけていただけに、敦美が生まれた時の喜びはひとしおだった。我が子とはこれほどいとおしいものかと、小さな手を結んで眠る娘をいつまで眺めても飽きることがなかった。だが、その一粒種の敦美は小児喘息《ぜんそく》で六歳になった今も定期的に通院している。ここ一年ほどは大きな発作もなく、吸入ステロイド薬を中心とした長期管理薬で喘息をコントロールしているが、少し激しく体を動かしたりすると咳《せき》が出やすく、まだ目が離せない。

発作は突然に来る。そして、その鉄槌《てっつい》のような一撃が小さな命を打ち砕くこともあるのだ。今も敦美が発熱すると頼子はほとんど眠らずに看病し、中迫は家を離れるのが恐ろしくなる。一度大きな発作を経験すると容易にその恐怖は消えない。

あのメルトフェイス症候群の患児の親はどれほどの恐怖と絶望を味わったことだろう。そしてこの先も重い後遺症を抱える患児の親として生涯、苦しみを背負い続ける。

中迫は眠ることを諦めて寝室を出ると、静まり返った生家の応接間でサイドボードを開けてウィスキーをグラスに注いだ。灯《あか》りをつける気にはならなかった。中迫は普段は好んで酒を呑《の》む方ではないが、呑めば体質的に強い。神経を弛緩《しかん》させたいと思ってもアルコールはなかなか効いてくれない。闇に慣れた目に庭の石榴《ざくろ》の木が黒々と茂って見えた。窓を開けると、夏の夜の濃い樹液の匂いが体を包んだ。

あの百二十四人の患児たち。

メルトフェイス症候群の患児たちは、タイタスフーズが行ったマミーパレットプロジェクトと関係があるのだろうか……。

中迫は恐ろしい危惧《きぐ》を抱えながらプロジェクトの経緯を思い起こした。

## 31

マミーパレットプロジェクトがタイタスフーズ社内で異例の形で浮上したのは前年、二〇〇三年の三月のことだった。

その年、特殊合計出生率は過去最低を更新する一・二九。日本は先進国の中でも急激に少子化の一途を辿《たど》っていた。業を煮やした政府は一月、国全体に出生率アップの機運を盛り上げるべく大々的に『スマイルキッズキャンペーン』を発表した。

『スマイルキッズキャンペーン』は〝子供にやさしい社会づくり〟というキャッチフレーズのもと、児童手当の充実や保育園における低年齢児受け入れの拡大、地域子育て支援センターの整備、小児救急医療支援事業の推進など様々な施策を掲げていた。それら緊急課題といわれて久しい幾多の施策はいずれも相応の予算を必要とするとあって、賑《にぎ》やかな掛け声とは裏腹にいつものように、今現在、出産可能年齢にある女性たちの大半が、状況が改善される以前に還暦を迎えるのではなかろうかと思わせるものがあった。

だが、スマイルキッズキャンペーンの数ある施策の中でただひとつ、発表と同時に一挙に実施に移された施策があった。それが『スマイルキッズマーク』の交付だった。

スマイルキッズマークは、乳幼児・児童を対象としたあらゆる商品の中から国が優良商品と認定したものに交付される。勿論《もちろん》、認定を受けるには管轄省庁に申請し、審査を受けなければならない。そして審査に通れば、晴れて『スマイルキッズ認定商品』として宣伝、販売することが許されるのだ。

それまでいくら政府が旗を振っても育児休業取得率のアップや長時間労働の是正など根本的な少子化対策にはきわめて消極的だった経済界が、このスマイルキッズマークの交付に対してはしめし合わせたように大きく動いた。

スマイルキッズマークは子供を対象にしたすべての商品——それこそ哺乳《ほにゅう》瓶から自転

車、衣服、玩具《がんぐ》、食品、教育など、あらゆる子供向け商品の統一ブランドになる。政府認定の安心の子供向け統一ブランドの誕生。これは特定保健用食品を上回る新しい市場になると見込んだわけだ。

特定保健用食品、通称・トクホは、コレステロール値を下げるなど特定の保健効果とその安全性について国の審査にパスし、厚生労働省からトクホマークの表示を許可された食品だが、市場規模は、二〇〇一年度の段階ですでに四千百二十一億円と推定されていた。各業界はトクホに続く新たな市場にいち早く参入しようと一斉に動き出した。スマイルキッズ商品はハード、ソフトを問わないため、メーカー以外の業界からも将来を見込んだサービス商品の申請が相次いだ。

日本はすでに二〇〇〇年の段階でOECD加盟国中、先進国では米国について二番目に相対的貧困層の割合が高くなっている。将来的に日本の所得格差は広がる一方であり、当然の結果として治安が悪くなる。そこで、通学路や習い事の行き帰りなど終日子供を見守る個人向けボディガードサービス『ガーディアンサポート』や会員制のベビーシッタークラブなどの商品が続々と誕生した。〝安全は高くつく〟という考えはメーカーの製品全般にも共通し、スマイルキッズマーク商品は総じて高額になった。

だが、いったんマークの交付が始まってしまうと、マークのないものは逆にどこか安全性に問題があるのではないかという不安と、子供には良いものをという親心との双方で、スマイルキッズ商品は好調に売れ行きを伸ばし、予想を遥《はる》かに上回る速さで巨大市場を形成していった。

タイタスグループでも会長・富山浩一郎みずからがスマイルキッズマーク取得の号令を発し、グループ各社は競って製品の開発と申請に乗り出した。タイタスケミカルは従来展開していたベビーソープ、ローション、パウダーのラインでマークの認証を受け、タイタスエステートはテーマパークやレジャー施設内に、授乳スポットや幼児向けの食事コーナーのあるベビーセンターを新設してスマイルキッズマークの認定施設となることを目指した。

一方、タイタスフーズはこれまで子供向けの商品展開をしてこなかったため、手持ちの駒がなかった。フーズの主力はグルメ志向のシチューやカレー、レトルト、レンジ調理食品、レストランチェーンの業務用食品、トクホ市場向け飲料、タイタスケミカルと提携した高齢者用の介護食などであり、乳幼児や児童とはまったく無縁だった。企画開発の各ユニットが急遽《きゅうきょ》スマイルキッズ向けの商品プランを作成したが、幼児向けの菓子や飲料など、どの商品にも長年その分野で商品展開し圧倒的な知名度を持つメーカーの存在があり、新規参入はかなり厳しいものがあった。

いくつものプランが上がっては消え、社内に行きづまった空気が流れ始めた頃、ふとしたことから長らく凍結フォルダに投げ込まれていた『マミーパレット』の企画が浮上した。

『マミーパレット』は四年前、女性ばかりの開発ユニットが考えていたベビーフードシリーズだった。その当時、第二営業部でレストランチェーンとの業務提携に奔走していた中迫はそんな企画があったことすら知らなかった。だが、初めて目を通したマミーパレットの企画書は、メンバー四人がすべて三十代という若い女性たちの熱意と、彼女たちが直接足を運んで聞き取りをした乳幼児を持つ同世代の母親たちの切実な声に満ちていた。

企画書の初めには『子育てに孤軍奮闘する若い母親たちに安心と心のゆとりを』とあった。三十代の子育て世代の男性の四人に一人が週六十時間を超えて就業しており、多くの母親たちが事実上ほとんど一人で子育てに奮闘している。かつてのような親密な地域共同体もなく、乳幼児の命綱である小児科も次々と地域から姿を消し、若い母親たちは子の発育上の不安を相談できる相手もないまま育児書やインターネットの情報を頼りにひりひりとした孤独な育児と向き合っている。そんな母親たちが出産後、最初に不安を感じるのが離乳食だという。

中迫は敦美が小児喘息で注意が必要だったため、我が子の成長の過程は普通の父親よりもつぶさに見てきたつもりだったが、敦美がどのように母乳から普通の食事へ移行したのかはほとんど記憶になかった。頼子に栄養士の経験があるので任せていたといえば聞こえはいいが、実のところ中迫は、赤ん坊は歯が生え揃ってくれば自然と大人と同じものを食べるようになるだろうから、たいした心配はいらないものと思っていた。しかし、そんな中迫の素朴な考えは企画書を読んで吹き飛んだ。

乳児は、胎児期に蓄えられていた栄養素を生後五、六ヶ月で使い尽くすため、鉄、銅、タンパク質、ビタミンC、ビタミンDなどが不足し始め、母乳だけでは栄養を補えなくなる。そこでこの時期から離乳を始めるのだが、必要な栄養素を適切に与えられない場合、様々な障害が出る恐れがあり、栄養面では十分な配慮が必要なのだ。エネルギー源となる糖質、脂質やタンパク質、ビタミン、無機質を組み合わせて栄養のバランスを取り、さらに不足しがちな鉄とその吸収を助けるタンパク質やビタミンC、丈夫な骨と歯をつくるカルシウムの摂取を心がけねばならない。

加えて大切なのは、それらの栄養素を含む離乳食を、子供の発育度合いに応じて咀嚼《そしゃく》嚥下《えんげ》能力を段階的に獲得させながら与えていくということだ。

生後五、六ヶ月頃の離乳前期には口唇を閉じて食物を口の中に取り入れ、飲み込む能力。七、八ヶ月の離乳中期には舌の上の食物を上顎《うわあご》に押し付けて潰《つぶ》す能力。九、十ヶ月の離乳後期には顎の左右運動で食物を左右の歯茎の位置に運び、さらに顎の上下運動で押し潰す能力を養う。そして十三ヶ月から遅くとも十八ヶ月までの離乳完了期には、形のある食物を嚙《か》み潰し、大部分の栄養素をミルク以外の物から摂取できるようにしなければならない。そのため調理方法も子供の離乳の進行に合わせて適宜、変えていく必要がある。

具体的に与える食物は、離乳開始時には米、パン、じゃがいもなどのでんぷん質を中心として、野菜、豆腐、白身魚、固ゆで卵の黄身のみ、無糖ヨーグルト、チーズ等で、離乳の進行に伴ってゆで卵は黄身のみから全卵へ、魚は白身魚から赤身、青皮魚へ進めていく。

離乳中期からは脂肪の少ない鶏肉《とり》、豆類、様々な野菜、海藻を与えてもよいが、脂肪の多い肉は少し遅らせ、離乳後期からは鉄分の多い赤身の魚や肉、レバーを多く与えるようにする。離乳初期中期には、そば、さば、いか、たこ、えび、かに、貝類等は避け、はちみつ、黒砂糖も乳児ボツリヌス症予防のため一歳までは用いない。

企画書別添の資料には離乳時期ごとに適する食品と適さない食品が表にしてズラリと列挙してあった。これらの離乳食を作る食材として適しているのは有機野菜、国産小麦粉、無添加調味料、無添加パン、国産の豆などで、食品添加物や遺伝子組み換え食品、農薬には注意を払う必要があった。

また、乳幼児の口にする離乳食は衛生面でも特別の配慮が必要であり、家庭での調理に際しては調理器具を熱湯で消毒することを忘れてはならない。そしてここが肝心なところなのだが、調理後はできるだけ早く与えるようにしなければならない。離乳食は大人の食物にくらべ水分が多いうえに調理に手間と時間が掛かるため細菌が繁殖しやすいからだ。冷蔵庫での保存もその日のうちが限度で、望ましいのは毎回食べ切りの量を作って与えてやることだという。

中迫はそこまで読んで思わずため息をついた。休暇をやるから毎日ひとりでこれをやれと言われたら、たいていの男は出社する方を選ぶのではないだろうか。しかも育児は家事の一部に過ぎず、母親たちは掃除洗濯などの家事全般をこなし、大人向けの食事も作らなければならない。

「そんなこと、昔の母親は皆やってきたことですよ」と、言いたげな亡き母の涼しい顔が頭をよぎった。確かにそのとおりだ。しかし昔は町内に子供がゴロゴロおり、母親達の育児の場は今のような密室ではなかったし、これほど育児に関する情報が氾濫《はんらん》してもいなかった。それに中迫が岩瀬で過ごした子供時代には、近所のどの家でも父親はたいてい家で夕食を食べ、日々、母親が父親と言葉を交わす程度の時間的な余裕はあった。けれども父となった中迫は、平日はほとんど家に寝に帰るだけで敦美の寝顔を見るのが精一杯だ。中迫だけではない。仕事を持つ多くの男たちが、望もうと望むまいとそのような生活をしている。

今の母親たちの子育ては恐ろしく孤独で責任が重い。中迫はこの大変な作業を働きながら行っている母親たちもいるのだと思うと、もはや超人的な感を持った。そして以下に続く保育士のアドバイスは実にもっともだと感じた。

〝安全で食べやすく、栄養たっぷりの離乳食を作ろうと頑張り過ぎてヘトヘトになっている多くのお母さんたちがいます。子供にとっては食事の際のお母さんの笑顔も大切な栄養のひとつ。心にゆとりを持てるように、衛生的で栄養バランスの取れたベビーフードを併用するのも有効な手段です〟

そこで企画書『マミーパレット』は、〝あなたのお家《うち》の栄養士〟というキャッチフレーズで母親が栄養素を自由に組み合わせて購入できるベビーフードを提案していた。タンパク質や鉄分を主体にしたベビーフードの瓶の蓋《ふた》はどれも赤、でんぷん質を主体にしたものは青、ビタミンやミネラルを主体にしたものは緑とし、一日の食事で赤、青、緑の三色のベビーフードを食べさせれば栄養バランスが取れるようになっていた。これなら、一日の食事をベビーフードでバランスよく食べさせることもできるし、手作りの離乳食を中心にして不足していると思う栄養素だけを買い足して補うこともできる。使い方は自由だ。

企画書では最初の商品展開として、離乳中期の『モグモグシリーズ』を赤、青、緑、それぞれ四種類ずつ、離乳後期の『カミカミシリーズ』を赤、青、緑、それぞれ六種類ずつ、合計三十種類を考えていた。離乳中期と後期では米や芋の潰し具合をかえて食材を共有することができるため、三十種類といっても食材の数を揃えるのはさほど困難なことではなかった。

何より、当時すでにタイタスケミカルと提携して嚥下困難者用の介護食の製造を行っていたフーズには、その気になればベビーフードを作るだけのノウハウも製造ラインもあったのだ。

にもかかわらず、マミーパレットの企画は四年間、凍結フォルダで眠ることになった。

理由は当時、ベビーフードというものに対して世間一般が持っていたイメージだった。

離乳食は手作りが本来の形であり、ベビーフードはどうしても愛情の薄い手抜きという後ろ暗いイメージがあったのだ。母親たちがおおっぴらにベビーフードを使えるのは、旅行や遠出をした先で手作りできない場合に限られていた。それでも、レジャー施設などで我が子にベビーフードを食べさせる若い母親たちに対して批判的な論調の記事が新聞に掲載されたりもした。細菌の繁殖しやすい手作りの離乳食を持ち歩いて食べさせる方がよほど危険なのだが、当時は『手作りの愛情』の前にそんな常識も黙殺されていた。

しかし逆にその後ろ暗いイメージのおかげで、ベビーフードには特定の大手メーカーのイメージというものがついていなかった。いくつも上げたスマイルキッズ商品用の企画の中から会長の富山がマミーパレットを選んだ理由はその一点だった。

富山の決定以降、フーズでは急ピッチでマミーパレットプロジェクトが進められた。

中迫は最初にマミーパレットの企画を練り上げた女性ユニットを招集しようとした。だが、ユニットチーフだった大喜多《おおきた》ひかりは四年前に企画が凍結された後、一身上の都合で退社しており、残る三人もこの四年の間にそれぞれ出産を機に退社していた。

プロジェクトは企画開発、マーケティング、営業戦略それぞれの精鋭からなる新たなユニットに引き継がれた。離乳期の乳幼児にとって重要な栄養素を解りやすく色分けして母親に選択させるというマミーパレットのコンセプトはそのままに、家庭で作る以上の食材の安全性と高品質を前面に押し出していく路線となった。

米は種子の段階から化学合成農薬や化学肥料を一切使用せず、有機肥料によって育てた米。鶏肉も抗生物質、合成抗菌剤を添加しない飼料で育てた無薬飼料飼育の鶏の肉。

牛肉は飼料用穀物を輸入に頼らず自給粗飼料などを用い、充分に放牧して育てたもの。そして野菜は勿論《もちろん》すべて有機栽培だ。それらの食材を短期間に何とか確保する目処《めど》が立ったのは、近年、フーズがヘルシー志向のレストランチェーンに食い込む過程で独自に契約農家を開拓してきた土台があったからだが、やはり乳幼児が一日に摂取する離乳食の量が非常に少ないということも大きかった。

コマーシャル戦略としてマミーパレットの推薦人に聖華《せいか》栄養大学の押田譲《おしだゆずる》教授を筆頭に西脇《にしわき》学園大学保育学部の日比野美恵子《ひびのみえこ》教授ら幾多の著書を持つ権威を集めてリーフレットの作成を開始した。乳幼児期は知性の中枢である大脳新皮質が急速に発育、発達する時期であり、この時期に身近な人間から有効な刺激が与えられるか否かが脳の発達の度合いを大きく左右する。そこで離乳食は安全で質の高いベビーフードを用い、これまで離乳食作りに費やしていた時間を子供とのコミュニケーションに充てるべきである。方向性はそういうものだった。単価が高くなる分、教育熱心な富裕層の親がターゲットになると考えてのことだった。

スマイルキッズマークを取得できれば、ベビーフードに対するイメージは一挙に反転し、手作りを超えたものになる。子供が離乳食を必要とする期間はせいぜい半年。半年と判っていれば、経済的に多少苦しくとも教育熱心な親は無理をする。その半年をすべてマミーパレットで押さえる。マミーパレットプロジェクトの戦略は明快だった。

製品の開発は急ピッチで進められ、その年の八月、タイタスフーズから厚生労働省にスマイルキッズマークの申請が出された。製品はトクホとほぼ同等の基準で審査されるため、通常であれば認証が下りるまで半年はかかる。だが、フーズの場合は何も言わなくとも四ヶ月で下りる。事実、これまでのトクホの申請はおおむね四ヶ月ですべて承認されてきた。富山の盟友である与党重鎮・磯辺満忠は厚労族であり、その程度の便宜は富山が長年行ってきた迂回《うかい》献金の額に比べればちょっとしたサービスくらいのものだった。フーズでは年内にマークを取得し、年明けから本格的に製造ラインを稼働、春先の発売に間に合わせるスケジュールで動いていた。

ところが八月末になって、マミーパレットとほとんど同じコンセプトのベビーフードがすでに申請されていることが判った。

申請したのは白石《しらいし》ファームという北海道に拠点を置くベビーフード専門のメーカーで、商品名は『マミーセレクト』。主要な栄養素別にパッケージを色分けし、母親たちが選べるという点まで同じだった。フーズ社内は商品コンセプトを盗用されたのではないかと色めき立った。ところが、白石ファームから申請が出されたのは二月。フーズではまだマミーパレットの企画書が誰の目にも留まることなく凍結フォルダで眠っていた時期だった。

しかし、どう考えても偶然にしてはあまりにコンセプトが似すぎている。誰もがわけが解らなかった。そしてその時になって初めて、白石ファームに四年前にフーズを退社した大喜多ひかりがいるという情報が入った。かつて大喜多と共にマミーパレットの企画に携わっていた女性ユニットメンバーの一人・佐野《さの》まどかが、社内結婚して退社した後も大喜多ひかりと年賀状のやりとりをしていたのだ。情報は営業三課にいる佐野の夫からもたらされた。

四年前、ユニットチーフとしてゼロからマミーパレットの企画を立ち上げた大喜多は、日の目を見なかったマミーパレットを実現すべく白石ファームに移ったのだ。フーズでは大喜多に対する反感が高まった。あからさまに裏切り者呼ばわりするものもいた。

しかしそれは四年前、初の女性ばかりの企画ユニットに向けられた冷やかしと、徹底した無関心の裏返しでもあった。

当時、第二営業部の係長として契約農家とレストランチェーンの間をはしご出張で飛び回っていた中迫は大喜多ひかりの顔を知らない。だが、中迫は大喜多の四年間が手に取るように解る気がした。大喜多は単身北海道に渡り、この四年ひたすら地道にマミーセレクトの準備を進めていたのだ。だからこそ、スマイルキッズキャンペーンの発表後わずか一ヶ月で申請を出すことができたのだ。

大喜多のマミーセレクトにはかつて彼女がマミーパレットの企画書の冒頭に置いた理念が生きていた。『子育てに孤軍奮闘する若い母親たちに安心と心のゆとりを』。

価格は若い母親たちが無理なく手に取れるように宣伝費を抑えてぎりぎり安価に設定されていた。販路も乳幼児を抱えて外出しにくい母親たちのためにインターネット通販に重点が置かれている。どちらが若い母親たちに喜ばれるかを考えれば答えは明らかだった。

だが、フーズも後に引くわけには行かなかった。すでに製造ラインの準備が始まり、秋にはテレビ用のCFの製作もひかえている。何より、マミーパレットは会長の富山がゴーサインを出した企画なのだ。

白石ファームは資本の面ではフーズの敵ではなく、テレビコマーシャルを打つ力もないため、一般にはあまり知られていない。だが、小さいながら長年ベビーフードだけを作り続けてきたいわば老舗《しにせ》だ。子育て世代の母親たちには一定の知名度がある。同じコンセプトの商品をフーズより先に、安価に発売されてはダメージが大きい。フーズの高品質を前面に打ち出した高価格設定は、大手ゆえの割高感としてマイナスに作用する。

白石ファームに先に認証が下りてはまずい。誰もがそう思った。

動いたのは会長の富山だった。

十月、申請から二ヶ月でマミーパレットに異例の早さで認証が下りた。一方、白石ファームのマミーセレクトは二月に申請を出したにもかかわらず、認証は十二月まで引き延ばされた。誰もおおっぴらに口には出さなかったが、富山が磯辺に働きかけたことは明白だった。

富山は認証取得と同時にマミーパレットのサンプルを配布し、モニター調査を実施するように命じた。規模は一万食。対象は全国の保育園だ。保育園にも様々あるが、育児のプロフェッショナルである保育士に対する母親たちの信頼は総じて厚い。その現場の保育士たちにマミーパレットを使ってもらい、感想を集め、二月にオンエア予定のテレビコマーシャルで全国に流すことで母親たちの信頼を一気に獲得しようというのだ。

サンプルの配布に向けて社内は戦場のような様相を呈した。二月のコマーシャルに間に合わせるには、最悪でも十一月末には全国の保育園にサンプルの配布を開始しなければならず、そのためには十一月中旬までには一万食のサンプルを製造しなければならない。それまで三月に首都圏で発売、四月に全国発売というスケジュールで動いていた製造現場は悲鳴をあげた。その年はただでさえ台風と長雨による日照不足で契約農家の収穫も例年の六割弱にダウンしていた。現場は連日食材の確保に奔走した。

さらに困難を極めたのはサンプルの配布場所となる保育園を確保することだった。それまで乳幼児向けの商品展開をしていなかったフーズには保育園との繋《つな》がりなど皆無だった。仮にだめもとで飛び込みの営業をするにしても、離乳食を必要とする保育園を探すだけでも大変なのだ。離乳食を使うのは生後六ヶ月から十三ヶ月、遅くても十八ヶ月程度の乳幼児のみであり、すべての保育園で該当月齢の乳幼児を預かっているわけではないからだ。零《ゼロ》歳児保育は手間がかかるため、行っていない保育園も少なくない。

第一営業部課長の中迫は、グループ会社のタイタスケミカルに日参し、頭を下げて助力を求めた。タイタスケミカルは紙おむつを製造しているから、これまでも保育園やベビーホテルでサンプルを使ってもらっているはずだ。紙おむつを使う保育園には間違いなく離乳食を取る月齢の乳幼児がいる。中迫はケミカルがすでに営業で開拓している保育園に、紙おむつのサンプルと一緒にマミーパレットのサンプルを配らせて貰《もら》おうと考えたのだ。

ケミカルに日参するたびに中迫は自分よりも一回り若いマーケティングチーフにフーズの営業方針を嘲弄《ちょうろう》され辛辣《しんらつ》な批判を浴びせられた。だが、自社の営業マンが足で稼いだものにタダ乗りさせてくれというのだからそれも当然のことだと腹を括《くく》り、中迫はひたすら頭を下げ続けた。そして最後にはこのモニター調査の実施が富山の発案ということで協力を取り付けることができた。

ケミカルの協力で確保した保育園は東京都、横浜市、さいたま市、川崎市、大阪市、神戸市の六都市。一万食のうち、ケミカルが地盤を持つ首都圏エリアでは島嶼《とうしょ》部を除く東京都全域で四五〇〇食、横浜市で一五〇〇食、さいたま市で七〇〇食、川崎市で七〇〇食、計七四〇〇食の配布先が決まった。一方、業界最大手の紙おむつメーカーが君臨する関西エリアではさすがに数が落ち、大阪市で四〇〇食、神戸市で二〇〇食の計六〇〇食。すべてあわせて八〇〇〇食、富山の言う一万食にはまだ二〇〇〇食の配布先が見つかっていなかった。

刻々とサンプル配布の時期が近づき、社内はまさに火を噴く状態だった。

その時になって中迫は敦美が幼稚園の遠足でテーマパークへ行った事を思い出した。

タイタスエステートは地方都市にテーマパークや遊園地をもっている。藁《わら》にもすがる思いでエステートの営業課に問い合わせると、春と秋に保育園の遠足が多く訪れていることが判った。記念写真を撮り、来場記念のマスコットやキャンディを配るなどのサービスを続け、開園以来、毎年同じ保育園が遠足に訪れて営業課はそれなりの付き合いを保っていた。中迫はすぐにエステートの営業課を訪ねた。頼み込んだ末、なんとかサンプルを配る目処《めど》がついたのは上越、倉敷、松山の三市で合計五〇〇食だった。

一方、サンプル製造のための食材の確保は最後まで難航し、結局、苦肉の策としてサンプルの配布を二度に分けて行うことにした。第一陣として十一月最終週に六〇〇〇食。第二陣として翌週の十二月の頭に二五〇〇食となった。

第一陣の六〇〇〇食は首都圏を中心に配布され、内訳は、島嶼部をのぞく東京都全域に四〇〇〇食、横浜に一〇〇〇食、さいたまに五〇〇食、川崎に五〇〇食だった。翌週の第二陣は首都圏の残りと関西圏、そして地方都市に配布され、内訳は、東京に五〇〇食、横浜に五〇〇食、さいたまに二〇〇食、川崎に二〇〇食、大阪に四〇〇食、神戸に二〇〇食、上越に一五〇食、倉敷に二〇〇食、松山に一五〇食だった。

最終的に、製造された一万食のサンプルのうち八五〇〇食を配ることができた。確かに不足ではあったが、短期間の成果に富山もあえて文句はつけなかった。

十二月の第二週から三週にかけて順次アンケートの回収が行われた。回収率は意外なほど高く、しかも感想はおおむね好評だった。保育園では離乳食を含め園児の昼食は園内の調理室で作っている所が多かったのだが、夕食を作っている園は皆無に等しかった。親から迎えが遅れるという連絡を受けてから個別に園児の夕食を作るのは事実上不可能だからだ。そのため、親の仕事の都合で延長保育になった際の夕食のフォローがもともと手薄で、ベビーフードが重宝したという幸運があった。

保育士の声に、子供がたくさん食べてくれたというのを見た時は、中迫も心底うれしかった。サンプルはパッケージが間に合わせだったため、アンケートの回収と同時に園に余っていたものは回収したが、実際のところ使い切られてほとんど残っていなかった。

十二月の半ばから年の瀬にむけてアンケートを取りまとめてデータ化し、それを素材とした販売戦略、メディア戦略の立て直しが急ピッチで行われた。連日、夜遅くまでの作業が続いた。中迫はオフィスの窓越しに華やかなクリスマスの街を眺めながら、イヴの一日だけは家族で食事ができるように泊まりで作業を続けた。

しかし、街角がクリスマスツリーやサンタクロースで飾られ、きらびやかなイルミネーションの下、人々がクリスマスの買い物を楽しんでいたちょうどその頃、夜空にけたたましいサイレンを響かせて、メルトフェイス症候群の最初の患児を乗せた救急車が街を駆け抜けたのだ。以後、翌年の一月十二日までの間、東京、横浜、さいたま、川崎、大阪、神戸、上越、倉敷、松山で次々と乳幼児が発病していった。

中迫もフーズの人間も何も知らぬまま、二月には『全国の保育士さん』の声と栄養学の権威の両方が推薦する形のテレビコマーシャルが全国放映された。三月には東京、大阪、名古屋、福岡の四大都市圏で、パッケージが可愛らしく色分けされたマミーパレットが店頭に並んだ。

大都市での先行販売は目新しさも手伝ってフーズでは近年にない好調な売れ行きを記録した。同時期に発売された白石ファームのマミーセレクトは模造品の印象を免れず、出端《ではな》に大きなダメージを受けた形になったが、それでも拠点とする北海道と東北部では何とか踏みとどまった。

四月、マミーパレットの全国発売が開始された。地方では単価の高さがネックとなり若干、伸び悩んだが、そのぶんを都市部の売り上げが引っ張り、マミーパレットは夏場にかけてベビーフードの定番としてまずまずの安定した売り上げを維持していた。

そして今日、中迫は生まれ育った岩瀬の家で初めて、覚えのある九都市で発病したメルトフェイス症候群の患児の存在を知ったのだ。

いつの間にかウイスキーのボトルの中身は半分になっていた。

だが頭の芯《しん》は冷たく冴《さ》え冴《ざ》えとして酔いがまわる気配もなかった。

製造過程のどこかで、マミーパレットのサンプルにバチルスf50が混入したのではないか。中迫は庭の闇に目を凝らし、可能な限り冷静に混入の可能性を検討した。

ありえない、と中迫は首を振った。

マミーパレットのサンプルを製造したのは、介護食を扱う藤沢《ふじさわ》工場のラインだ。

介護食を摂取するのは高齢者や病人といった免疫力が著しく低下した人々であるため、食品に万一のことがあった場合には直接、生命の危機に繋がりかねない。そのためフーズは二〇〇〇年に介護食の製造を本格化するに当たって藤沢工場にHACCP対応の最新設備を導入し、徹底した衛生管理を行ってきたのだ。HACCP（ハセップ・Hazard Analysis and Critical Control Point）とは、欧米諸国で実施されている生産から流通、消費の現場に至るまで徹底した衛生管理を行うためのコントロールシステムだ。あの工場のラインで細菌が混入するとは考えがたい。

それに……と中迫はひとつの明快な反証に行き当たった。

マミーパレットのサンプルがメルトフェイス症候群の元凶なのだとしたら、どう考えても都市別の発症者数が合わない。

東京では第一陣と第二陣、あわせて四五〇〇食も配布したにもかかわらず、発症した幼児はたった二十六人。一方、大阪では四〇〇食しか配布していないのに二十一人も発症している。同じ病原体でこれほどの発症率のばらつきは考えられない。

ということは、やはりマミーパレットのサンプルはメルトフェイス症候群とは無関係なのだ。発症者が出た都市も、発症した時期も、発症者が全員乳幼児だったことも、すべて偶然が重なっただけのことだ。

中迫は数字という最も論理的な反証を得て小さく息をついた。マミーパレットはメルトフェイス症候群とは何の関わりもない。頭では納得できた。

にもかかわらず、夜の庭を見つめる中迫の胸から不安が去ることはなかった。むしろ時間がたつにつれ、動かしがたい不吉な予感となって胸の奥へと深く根をおろしていくようだった。

眼前の幼い頃から知り尽くした庭は、そこにあるべき石灯籠《どうろう》も夾竹桃《きょうちくとう》も小さな築山《つきやま》もすべてまだひと続きの闇の濃淡となって溶け合っていた。

闇のどこかで蟬が鳴いていた。

夜が明けなければいい、と中迫は思った。

数時間の後に灼熱《しゃくねつ》の太陽が一瞬にして闇を蒸発させ、あらゆる物の輪郭を容赦なく暴き出した時、そこには、自分には思いもよらないような恐ろしい光景――数字も論理も、昨日までそうと信じていた世界を根こそぎ覆してしまうような恐ろしい光景が広がっているのではないか。

中迫は惧《おそ》れと疑念の中で、地平の底に、昇るべき太陽が待ち構えているのを感じていた。

## 32

八月十六日、月曜日。

盆休みを終えて出社した中迫は、まず第三営業部係長の畠山利典《はたけやまとしのり》に話を聞こうと考えていた。畠山なら、より現場に近いレベルでマミーパレットのサンプルに関する情報を持っているはずだ。事が事だけに、中迫は畠山に余計な警戒心を抱かせないよう、昼時の社員食堂でさりげなく声を掛けることにした。

社内の人間の大半が足を運ぶ社員食堂は、盆休み明けの月曜とは思えぬほど、潑剌《はつらつ》とした熱気に満ちていた。壁際の大型テレビの前は満席で、座りきれない社員達はトレーを手に立ったままテレビを見つめている。

土曜日からアテネオリンピックが開幕し、その日のうちに柔道軽量級で男女ともに金メダルを獲得。さらに今日の早朝、競泳男子一〇〇メートル平泳ぎで三十二年ぶりとなる金メダルを獲得した。次々と映し出される日本人選手の活躍に誰もが興奮冷めやらぬ様子で沸き返っていた。

だが、テレビ前に密集する社員たちの中に畠山の顔はなかった。見回すと、畠山は窓際の空いた席で、ひとり熱心にスポーツ新聞を読みながら冷やし天ぷら蕎麦《そば》を食べている。中迫はトレーを手に畠山に近づいた。

「ここ、いいですか？」

畠山はスポーツ新聞から顔を上げると、驚きと困惑気味の笑みを浮かべて「どうぞどうぞ」と会釈した。第一営業部の課長が自分に何の用だろうと、畠山は明らかに落ち着かない様子だった。中迫はトレーを置きながら、畠山が熱心に読んでいたスポーツ新聞の紙面に目をやった。

そこには『金メダル』の文字はなく、代わりに、『長嶋《ながしま》ジャパン、イタリアに七回コールド勝ち』とあり、昨日の試合の模様が詳細に分析されていた。野球ファンの畠山にとっては、他種目の金メダルよりも長嶋ジャパンの予選リーグの戦績が最大の関心事であるらしい。中迫は気さくな口調で昨日の試合の様子を尋ねた。畠山は「いやぁ、中迫課長も野球、お好きなんですか」と、相好を崩し、初回にセンター左にタイムリーヒットを放った主砲への賞賛と、自分なりに考えた今後の正しい継投策を披露し始めた。

中迫は時折、相槌《あいづち》を交えてゆっくりと蕎麦を口に運びながら、近くのテーブルの社員が食事を終えて立ち去るのを待った。そして周りに誰もいなくなった頃合を見計らって何気ない口調で切り出した。

「ところで昨年、保育園に配布したマミーパレットのサンプルのことですが」

畠山はくだけた話題の勢いで「いやぁ、あれはどうもすみませんでした。なにせ急だったものですから、どうにも間に合わなかったもので」と、頭を掻《か》いて苦笑した。

中迫は畠山が何を謝っているのか解らなかった。サンプルは予定どおり一万食製造された。配布できたのはそのうちの八五〇〇食だが、製造の方は藤沢工場のラインで期限内に一万食すべて製造されているのだ。一体なにが『どうにも間に合わなかった』というのか。

中迫の怪訝《けげん》な表情を見て取った畠山は、不意に上目遣いに声を潜めた。

「サンプル、今頃になってなにか苦情でもあったんですか？」

## 33

その夜、中迫は神楽坂《かぐらざか》にある豆腐料理屋の個室を取った。岩瀬の父が上京した折など、プライベートで使うこぢんまりとした店で、ここならフーズの人間と偶然、顔を合わせる心配はない。

約束の八時に十分ほど遅れて畠山は藤沢工場の生産管理課・主任の山根久則《やまねひさのり》を連れてきた。畠山は遅れたことをしきりと詫《わ》び、大仰に手を叩《たた》いて仲居を呼んだ。一方、山根は三十代の半ばにしては学生のように見える幼い顔立ちで、首を突き出すように会釈したきり何が不満なのかそっぽをむいて座卓の楊枝《ようじ》入ればかり見ている。

昼間、中迫は畠山から寝耳に水の話を聞かされていた。サンプルの食材の一部が間に合わず、いくらかは代替の食材を使って製造したというのだ。中迫は事態を正確に把握するには、畠山だけでなく工場の生産管理課の人間に話を聞く必要があると考えた。

仲居がひととおりの料理を並べ終えて立ち去ると、山根は畠山に脇腹を突《つ》かれてようやくショルダーバッグからマミーパレットのサンプルを出して卓に置いた。配りきれずに藤沢工場の倉庫に放り込まれていた一五〇〇食分のサンプルのうちのひとつで、中迫が持ってきてくれるように頼んであったものだ。

サンプルは紙パッケージの中に市販品よりも二まわりほど小さな小瓶が三つ収まっており、それぞれの小瓶の蓋《ふた》は栄養素別に赤、青、緑と色分けされている。急遽《きゅうきょ》作られたサンプルはデザイン性もなく、瓶に巻かれたラベルも簡素なものだった。ラベルにはそれぞれ『さつまいもおかゆ』『鶏《とり》×レバー』『にんじん×グリンピース』とあり、この三つで一食分だった。

漆の卓に置かれた場違いなベビーフードのサンプルに畠山が落ち着かない様子で尋ねた。

「あの、サンプルに何か問題があったんでしょうか」

「いや、そういうわけじゃないんだ。これ、構わないかな?」と、中迫はサンプルを手に山根を見た。

山根はまた首をちょこんと突き出すようにして頷《うなず》いた。

中迫はサンプルを自分の鞄《かばん》にしまうと、山根と畠山が用心して口を閉ざさぬようにざっくばらんな調子で二人のグラスにビールを注《そそ》いだ。

「実は今日たまたま畠山くんからサンプルの一部に代替の食材を使ったと聞いてね。大した事じゃないと思うが、とりあえず経緯くらいは教えておいてもらった方がいいかと思ったんだ」

山根はビールに口をつけると開口一番、ふてくされた調子で言った。

「だから僕は、あとでなんか言われても知りませんよって言ったじゃないですか」

それは明らかに畠山に向けた言葉だった。

「仕方ないだろ。モニター調査は会長命令だったんだから」

畠山はすぐさま言い返すと、中迫に同意を求めるように力ない笑顔を向けた。山根は自分には落ち度はないのにこんな風に呼び出されたこと自体、不満なようだった。中迫は料理を勧めて穏やかに尋ねた。

「具体的には何の食材が足りなかったんだい？」

「ニンジンです」と、山根は湯葉巻きをつつきながら言った。「ニンジンは最初に配布した六〇〇〇食分しかなかったんですよ」

製造したサンプルは合計一万食だ。そのうちの六〇〇〇食分のニンジンしかなかったのだとしたら、残りの四〇〇〇食分のニンジンはどこから手配したのか。中迫の問いに山根はあっさりと答えた。

「うちの倉庫に黒龍江省《こくりゅうこう》の契約農場から来たニンジンがあったんです」

中迫はフーズが昨年、中国の黒龍江省に八〇ヘクタールに及ぶ契約農場を獲得して自社専用の有機野菜の栽培を開始したことを思い出した。

もちろん同地の契約農場も藤沢工場と同様にHACCPの衛生管理システムを導入している。生産段階だけでも種子、水、堆肥《たいひ》・有機質肥料、包装資材はいうまでもなく、栽培施設での使用機材や倉庫、トイレ設備にいたるまで細かなチェック項目があり、フーズでは日本から現地へ出向した品質管理課の社員が厳格に管理しているはずだ。

「僕としてはあのニンジンを使うの、あんまり気が進まなかったんですけど」

山根は再び畠山に当てこすった。

「その黒龍江省のニンジンには、何か不審な点があったの？」と、中迫は尋ねた。

「こちらに荷が着いてすぐ、現地にいるスタッフから連絡があったんですよ。今回出荷したニンジンの中に、使用した肥料をトレースできないものがあるから、念のために使用を控えた方がいいって」

山根の話によると、ニンジンに使用した有機質肥料の一部に、製造元が確認できない肥料が混じっていたのだという。通常、肥料は指定業者から納品されるのだが、納品書と受け入れ記録簿の記載が合わず、調べた結果、ニンジンを作付けした農地に使用した肥料の一部に製造元の不明なものが混じっていたと判ったのだ。

「向こうが使うなって知らせてきてるんだから、それを使ってもしなんかあったら、こっちの責任じゃないですか。だから僕はよした方がいいんじゃないですかって言ったんですよ。なのに、とにかく数だ、数を揃えろって。堀口《ほりぐち》課長だってほんとは乗り気じゃなかったんですよ」

堀口雅夫《まさお》は生産管理課の課長だ。おそらく堀口は畠山たち第三営業部の人間から、モニター調査は会長命令だからと押され、渋々、問題のニンジンを使ったのだろう。中迫は、この会合に自ら現れず部下の山根をよこした堀口に、生産管理課課長としての鬱屈《うっくつ》と後ろめたさを感じとった。

それまで黙って飲んでいた畠山が、雰囲気を変えようと陽気な調子で中迫のグラスにビールを注いだ。

「向こうの農場はとにかく広大じゃないですか。肥料の量だって半端じゃない。トラックでガンガン運ばれてきた時にきっと、言葉の行き違いかなんかで記録上のミスが出ただけですよ。でなきゃ、よくあることですけど指定業者の方で在庫が不足するかなんか

して、下請けから掻き集めた時に製造元がうやむやになってしまったか。そんなとこで
すよ』

確かにそうかもしれない。しかし、中迫は急激に鼓動が速まるのを感じた。ニュース
プライムで聞いたバチルス属に関する説明が恐ろしい可能性を持って思い出されたから
だ。

『土壌の病気を防ぎ、根を健康に伸ばす目的で農作物の堆肥に用いられる種もある』

もし仮に、指定業者が下請けから掻き集めたその製造元不明の有機質肥料に、バチル
スｆ50が混入していたとしたら。

菌は葉や茎の傷から内部に侵入し、作物は汚染される。日本に入ってくる際の検疫は
抜き取り検査だから検疫所でたまたま抜き取られたニンジンが正規の肥料で栽培された
健全なものであれば見つかりようがない。汚染されたものが健全なものに混じって藤沢
工場に送られる。その頃、藤沢工場では急遽製造されることになったサンプルの食材が
不足しており、汚染されたニンジンが用いられる。

いや、しかし……。

あの藤沢工場の製造ラインでは瓶詰食品は百二十度で三十分もの加熱加圧殺菌が行わ
れているのだ。他の細菌同様、バチルスｆ50もこれで死滅するはずではないか。

その時、中迫はバチルスｆ50の特性を思い出し慄然となった。

『バチルスｆ50は、通性嫌気性細菌で酸素の有無にかかわらず生存が可能であり、さら

に、これまで発見されたどの芽胞形成細菌よりも熱耐性が高い』

「課長、どうかされたんですか？」

畠山が不安そうな顔で覗《のぞ》きこんでいた。

「……いや、ビール、追加しようか」

中迫は卓の脇のボタンを押した。

山根はグラスのビールを飲み干すと、酔いに赤らんだ顔でため息をついた。

「サンプル、結局八五〇〇しか配れないんだったら、初めから六〇〇〇にしときゃよかったんですよ。そしたら妙なもんも使わずにすんだわけだし」

「おい、山根君」

畠山の口調に、山根は初めて中迫が第一営業部課長としてサンプルの配布先の確保に奔走していたことを思い出したらしく、「いや、一万食っていうのが元々、無茶なんですけどね」と、口を尖《とが》らせながらもモゴモゴと続けた。

中迫は曖昧《あいまい》に微笑んで仲居にビールの追加を頼んだが、内心はそれどころではなかった。中迫は頭の中で山根の情報とサンプル配布先の数字を次々と照合していた。

通常のニンジンを使って製造したサンプルは六〇〇〇食。第一陣として首都圏に配布されたこの最初の六〇〇〇食のニンジンはすべて安全なものだ。問題は第二陣で出荷された二五〇〇食。汚染されている可能性のあるニンジンを使って製造したサンプルだ。その二五〇〇食は首都圏の残りと関西圏、そして地方都市に配布された。

内訳は、島嶼部をのぞく東京都全域に五〇〇食、横浜に五〇〇食、さいたまに二〇〇食、川崎に二〇〇食、大阪に四〇〇食、神戸に二〇〇食、上越に一五〇食、倉敷に二〇〇食、松山に一五〇食。

メルトフェイス症候群の都市別の発症者は東京都全域で二十六人、横浜で二十四人、さいたまで九人、川崎で十一人、大阪で二十一人、神戸で十一人、上越で六人、倉敷で九人、松山で七人。

第二陣の都市別サンプル配布数は、ニュースで観た都市別のメルトフェイス症候群の患児の割合とほぼ正確に一致していた。

その事実が中迫を震撼させた。足元が抜け、目の前が真っ暗になるようだった。

中迫は二人にゆっくりしていくように言うと、馴染みの店主に三人分の食事代に十分な金を渡して転げるように店を出た。

間違いであってくれと念じながら中迫はその足で碧子を訪ね、山根から入手したサンプルの分析を頼んだ。碧子は食品分析機関の研究職に就いて十五年近くになる。だが中迫が身内として碧子に無理を頼んだのはこれが初めての事だった。

碧子はわけを尋ねなかった。ただ「二週間ちょうだい」と言った。

34

きっかり二週間後の夜、中迫は月島の中央大橋の先、隅田川に面した小さな公園で碧子に会った。

蒸し暑い夜で、潮の香りのする風が首や頰にまとわりつくようだった。洋剣の切っ先のような形に水に張り出した公園の突端で、ジーンズに生成りのタンクトップを着た碧子は書類袋を握って暗い水を見ていた。

中迫の足音に振り返った碧子の厳しい顔をひと目見るなり、中迫は間違いであってくれと祈っていた最後の希望が消えたのを知った。碧子はフーズが製造したあのベビーフードのサンプルの中にメルトフェイス症候群の元凶であるバチルスｆ50を発見したのだ。

碧子も中迫も、長い間黙って見つめ合っていた。

足元のコンクリートを洗うゆるい波の音がしていた。

「どうするつもりなの、兄さん」

碧子は前置きもせずにそう尋ねた。

「碧子、このことを誰かに……」

「私を馬鹿だと思ってるの？」

そう答えると、碧子は書類袋を中迫に手渡してメンソールの煙草に火をつけた。中迫は妹が煙草を吸うのを初めて知った。

「サンプルは廃棄したわ。問題があったのはニンジンベースのサンプル。何度追試しても自分が見てるものが信じられなかった。ベビーフードのサンプルの中にバチルスｆ50が潜んでたなんて……。こんなこと、ありえないと思ったわ」

ありえない。そのとおりだと中迫も思った。

ありえない事が起きたのは、食材が国外のものだったからではない。フーズでは生産から流通までHACCPシステムによって食物の安全を厳重に管理しており、今回もそのマニュアルどおり現地から報告はあったのだ。しかし、報告を受けて、事態を判断するのも、事を動かすのも、結局は生身の人間なのだ。そして生身の人間は、安全管理システムだけでなく、また別の目的を持つ幾多のシステムがせめぎ合う中で働いているのだ。

碧子は肺の中の煙をすべて吐き出すと中迫に尋ねた。

「あのサンプル、一体どこで配ったの」

配布先が保育園だと聞いて碧子は絶句した。

「……感染経路が判らなかったのは、そのせいなのね」

「どういうことだ」

中迫はサンプルが引き起こしたことで頭がいっぱいで、なぜこれまで感染経路が判らなかったのか、考えてみたことがなかった。

碧子は初めてメルトフェイス症候群のことを知った時、一番に経口感染を疑い、すぐに否定したのだという。発症した月齢七ヶ月から九ヶ月の乳幼児の場合、摂取できる飲食物が限られているから、いつもと異なる食物を口にしたのであれば母親が覚えていないはずがないからだ。

だが、ベビーフードにバチルスf50が混入しており、しかもそれが保育園にだけ配られたのだとしたら、話はまったく違ってくるという。

保育園では昼食に関しては栄養士が作った献立表を各家庭に配り、子供が何を食べたのか母親が分かるようにしている所が多く、市販のベビーフードが使われる事はあまりないらしい。使われるとすれば延長保育時の夕食だ。

「うちの研究室でも夕方になると、廊下の隅で同僚がよく保育園に電話してるわ。仕事でどうしても定時に迎えに行けなくなったって。いつも本当に申し訳なさそうに謝ってる。大急ぎで仕事を片付けて保育園に駆けつけても、通常の延長保育の時間なんて軽くオーバーしてしまう。保育士は母親が迎えに来るまで、善意だけで子供の世話をして待っててくれるのよ。私は何度か同僚を車で保育園まで送ったことがあるけど、母親は、子供にも保育士にも心苦しい気持ちでいっぱいで迎えに駆けつけるの。その母親が、保育士から『夕食にベビーフードを食べましたよ』って言われて『なんてメーカーのどんなベビーフードですか？』なんて訊《き》けると思う？　夕食を食べさせ、世話をして待っていてくれた保育士に感謝こそすれ、そんなことを尋ねる母親はいないわ。患児の母親たちは、自分の子供がマミーパレットのサンプルを食べたことを知らないのよ」

中迫は、夜遅く保育士の腕から我が子を抱き受けた母親の気持ちを思い、きっとそうに違いないと感じた。加えて、メルトフェイス症候群の発症率の低さと潜伏期間の長さも感染経路が特定できなかった要因になったのだと思った。

「メルトフェイス症候群は発症率が五パーセント前後だ。バチルスｆ50は体内に入っても五パーセント前後しか発症しない。同じ保育園でサンプルを食べても罹患しない子供の方が多かったんだ。だから保育士もサンプルと発病の因果関係に気付かなかった。それに、バチルスｆ50は潜伏期間が数日から数週間と長い。その間、延長保育で誰と誰を預かってどの子供に何を食べさせたか、すべて正確に記憶している保育士は皆無に近いだろう」

「ええ。でも、何より大きかったのは、メルトフェイス症候群という疾患そのものがもつ残酷さだわ」

「残酷さ……？」

「兄さん、敦っちゃんが小さかった頃のこと覚えてるわよね。いっぱい泣いて眠ってミルクを飲んで、毎日すくすく大きくなる。本当に可愛くて、あらゆる未来があって、何でもしてやりたいと思う。それがある日突然、高熱を出して……。わけも解らないうちに、あんなに可愛かった顔面の半分が削ぎ取られ、見るも無残な容貌に変わり果てて、その上、医者からはこの子は一生、突然死の恐怖を免れないと聞かされたら。兄さんなら、保育園を退園する時、保育士に、『敦っちゃんはこんな病気になったので退園します』なんて言える？」

中迫は敦美がそんなことになっていたらと想像するだけで気が狂いそうだった。ある日突然そんな恐ろしい病に我が子を蹂躙された若い母親たちの衝撃と苦しみ、絶望はどれほどのものか。ほかの子供たちは以前と変わりなく健やかに育っている。ところが、ほんのわずかの間に自分の子供だけが、人に化け物と呼ばれるような容貌になり、いつ心臓が停まるかも分からないのだ。

誰にも言えるわけがないと中迫は思った。保育園を退園する際も、具合が悪いのでやめさせる、そう言うのが精一杯だっただろう。

碧子は波の音に溶けるような暗く低い声で言った。

「たぶん今も、保育士たちのほとんどは、自分が世話をしていた幼児の中からメルトフェイス症候群の患児が出たことを知らないのよ」

母親は我が子がサンプルを食べたことを知らず、保育士は世話をしていた子供がメルトフェイス症候群に罹患したことを知らない。これではサンプルと病が結びつくはずがない。これまでフーズにサンプルに対する苦情が寄せられることもなく、いまだにバチルスf50の感染経路が特定されないのは、そういうことだったのだ。

中迫はやりきれない思いで夜の海に目を落とした。

中迫自身、岩瀬で偶然あのテレビの特集を見るまで、サンプルのことを思い出すこともなかったのだ。恐らく、自分以外に社内にサンプルとメルトフェイス症候群の因果関係に気づいている者はいないだろう。中迫はマミーパレットの発売まで営業面を統括する立場にあった。営業課長として自らサンプルの配布先を開拓し、都市別の配布個数を定め、配布回数を調整してモニター調査をまとめ上げた。だからこそ、あの特集をみてすぐにサンプルに危惧《きぐ》を抱いたのだ。

埠頭《ふとう》の手摺《てすり》を握った手が慙愧《ざんき》に震えた。

自分は、幼い子供たちの上に毒をばら撒《ま》いたも同然だ。

「……夏休み、母さんのお墓参りをした翌日から兄さんはおかしかった。あの時から、ずっとこのサンプルのことを考えてたのね」

碧子は手摺にもたれて遠くの灯《あか》りを見ていた。

「……これからどうするか。兄さんを信じていいのね」

中迫は黙って頷《うなず》いた。やるべきことは決まっていた。

別れ際、碧子はタクシーを止めてから珍しく中迫を振り返った。

「馬鹿な真似だけはしないでね」

中迫は「ああ、解ってる」と答えた。だが、中迫はこの時まだ碧子の言う『馬鹿な真似』とは一体どういうことなのか、本当には解っていなかった。

## 35

「報告書、目を通して頂けましたか」

中迫は専務取締役室を訪れる前に、専務の森村隆俊《もりむらたかとし》と取締役部長の宮島元彦《みやじまもとひこ》に、汚染したニンジンがサンプルに混入した経緯とサンプルの分析データを報告書にしてメールしていた。フーズの社長である園田利雄《そのだとしお》は、タイタスグループ会長・富山浩一郎の意向をフーズに伝える伝書鳩であり、実質フーズを取り仕切っているのは専務の森村だということは社内でも知らぬ者のない事実だった。

ブラインドから残照の差し込む専務室には森村と宮島、中迫の三人だけだった。

「このサンプルの分析は誰に依頼したんだ」

報告書を手にソファで脚を組んだ宮島が尋ねた。

「北米の研究施設に勤めている友人に。うちが製造した事は伝えていません」

中迫は初めから碧子を巻き込むつもりはなかった。

あのサンプルがメルトフェイス症候群の感染源だと判った以上、フーズは食品メーカーとして責任を取らなければならない。被害者への賠償を体系化し、子供たちが生涯にわたって補償を受けられるような恒久的な救済制度を作る。時間は掛かるだろうが、それが生まれて間もない段階でフーズの製造したサンプルによって一生を無残に変えられた子供たちに対するメーカーとしての唯一の謝罪方法であり、またそれなくして消費者の信頼を回復する道はないと中迫は考えていた。そのためには早急に事実を公表し、被害の実態を把握する必要がある。中迫はマスコミに対する事実公表の草稿も準備していた。

「サンプルの製造記録は？」

森村が艶《つや》やかなマホガニーのデスクの向こうから尋ねた。

中迫は咄嗟《とっさ》に森村の意図が解らなかった。

「……製造記録は通常どおり、管理部のデータファイルの方にありますが」

「今日まで社内の人間なら誰でもそのファイルにアクセスできたわけか」

「はい」

中迫の様子に宮島が苛立《いらだ》った調子で口を挟んだ。

「気づいた段階でまずその記録を削除するのが君の仕事だろう」

中迫は驚いて宮島を見、ついで森村に目を転じた。

森村は胸の内にさざ波ひとつない静けさで座っている。

初めて森村と宮島の腹に気づき、中迫は愕然《がくぜん》となった。

「まさか……事実を公表しないおつもりですか」

宮島がデータを置いて立ち上がり、部屋を横切るとコードを捻《ひね》ってブラインドを閉めた。不意に室内が翳《かげ》り、窓際でシルエットとなった宮島の声が聞こえた。

「誰もこうなると分かってやったわけじゃない」

当たり前だ。

中迫は思わず出かけた言葉を堪《こら》えた。

どんな時も、誰もそんなひどいことが起こるなどとは夢にも思っていない。だが起こってしまった以上、どう対処するかが問題なのだ。二人の取締役の頭に被害者のことがないのは明らかだった。それならフーズの将来を考えてくれるだけでもいい。

「今なら我々の側から事実を公表できます」

中迫は食い下がった。

「今、手を打たなければ、あとで分かった時のフーズの食品メーカーとしてのダメージは計り知れません」

「そうでもない」

宮島は再びソファにゆったりと脚を組んだ。

「これはいわゆる業務上の過失で、メーカーならよくあることだ。食品業界だけじゃない。車でも家電でもガス機器でも、それこそ枚挙にいとまがないくらいだ。いわば交通事故と同じで、世間にとっても我々のような企業にとっても、もう珍しい事じゃないんだ」

中迫は、ウェーブのかかった髪を綺麗《きれい》に撫《な》で付けた宮島を茫然《ぼうぜん》と眺めた。

こいつはもう成り行きを見越して喋《しゃべ》っているのだ。

町の小さな仕出屋なら食中毒を一度出せば潰《つぶ》れるが、フーズのような企業はそうではない。最悪、事実が暴露された時も、従業員の数が会社を守ってくれる。大勢の従業員を路頭に迷わせるわけにはいかない。社長がすげ替えられ、フーズは生き延びる。そのことを解った上で、宮島はこの件をもみ消そうとしている。

「もし将来、事が明るみに出たら、その時になって漸次、対処していけばいいんだ。最近では昔のように不買運動が起こるでもなし、マスコミも世間も過去のことはすぐに忘れる。ほとぼりが冷めるのを待って、スマイルキッズの商品は系列会社からフーズとは別のメーカー名を使って出させればいい。今、重要なことは、うちのサンプルとメルトフェイス症候群の因果関係を知っているのはここにいる三人だけということだ」

いったん言葉を切ると、宮島はあたかも提案するように言った。

「僕の考えでは、我々が神経質に騒ぎ立てない限り、この件は恐らくこの先も誰も知ることはないだろうと思うんだがね」

中迫は怒りで身体が冷たくなるのを感じた。

「百二十四名の子供が今も後遺症に苦しんでいます。そのことを部長はどうお考えですか」

途端に宮島の眉間に癇症な筋が走った。

その時、デスクの向こうから森村の滑らかな声が答えた。

「その子供たちはある意味、必要な犠牲だったのです」

中迫は森村の言葉の意味が理解できなかった。

「君はわが国の農業就業人口がどの程度減少しているか知っていますか」

森村は眼鏡を置いて中迫に向き直ると、優秀な医者のように柔和な口調で話し始めた。

「一九六〇年の農業就業人口は総就業人口の二七パーセント。実に四人に一人以上が農業に従事していました。それが二〇〇一年の段階ですでに四パーセントにまで激減。しかもその数少ない農業就業者の半数以上が六十五歳以上の高齢者です。日本の農業の先行きは暗いと言わざるをえません。この農業と不可分の日本の食品企業は九〇年代の半ばから安価で質の良い労働力を求めて次々と中国へ進出し、生鮮野菜や水産物等さまざまな分野において中国で生産して日本へ輸出するという、輸出開発型の対中投資を増大させてきました」

「いったい何のお話です」

中迫は語気を荒らげて話を遮った。

「フーズは出遅れたのです。国の食料自給率にこだわる富山会長のおかげでね」

森村はまるで講義でもするようによどみなく続けた。

「戦後、日本の食品業界をリードしてきたフーズは、方向を読み間違えた。人口に対して国土が狭く、耕作地面積が狭い日本が食料自給率を維持するのは元来困難なのです。しかも国家が急速な経済発展を遂げる中で農村の労働力は都市へ流出し、日本の農業自体が衰退するほかなかった。その結果、一九六〇年に約五千億円だった農産物の貿易赤字は昨年には約四兆円に膨れ上がっている。今や我が国は世界有数の食料輸入大国なのです。

日本の食品業界は今後、海外で生産し、日本への輸出と並行して現地での内販も行うという形が主流になっていくでしょう。すでに多くの日本の食品企業が現地の企業グループと提携し、中国国内での物流や販路などの営業インフラを獲得すべく欧米企業としのぎを削っています。この状況はいずれ、安価な労働力を持つアジア全域に広がっていくでしょう。営業部の君なら解ると思いますが、これは兵器を使わない戦争なのです。

我々は後発のハンディを克服してこの戦いを勝ち抜かねばなりません。気候や風土、法制度も異なる海外で生産活動をするからには、当然のことながら様々な問題が発生するでしょう。今回の出来事に限らず、我々はそういった経験を次に生かしながら前進するしかないのです。被害に遭った子供たちは大変気の毒だと思いますが、新しいシステムが作られる過程では常に犠牲がつきものなのです」

中迫は凝然と森村を見つめた。

百二十四人の子供たちの生涯にわたる苦しみは必要な犠牲だったと、こいつは正気で言っているのだ。

森村は小さく頷《うなず》くと、話は終わったと言うように眼鏡を掛けてデスクのパソコンに向き直った。そして立ち尽くす中迫に目もやらずに言った。

「藤沢工場に残っている問題のサンプルは、君が責任を持って処分して下さい」

## 36

中迫は駅を出るとタクシーを拾った。

十月も下旬の季節外れの台風は、夕方には伊豆《いず》半島に上陸するという。車窓から見える暴風雨の街はまるで死んだように人影がなかった。

藤沢工場は駅から三十分あまりの田園地帯にあった。

中迫は広大な敷地を工場長の案内でサンプルのある倉庫へと向かった。

森村たちに上申して以来この二ヶ月近く、意味が解らなくなるほど際限なく繰り返した問いが、擦り切れたテープのように頭の中を廻り続けていた。あの百二十四名の子供たちはどうなる。その母親は、父親はどうなる。原因も解らぬまま一生苦しみ続けるのか。

中迫はタイタスフーズを辞めることも考えた。だが辞めたとして、自分ひとりでフーズを敵に回してどう戦う。タイタスグループは政界にも官庁にも強力なパイプがあるのだ。中迫が何を訴えようと、タイタスは赤子の手を捻るよりもたやすく中迫を潰すことができる。その時、頼子や敦美はどうなる。

工場長が倉庫の扉を開けると、サンプルが入った段ボール箱がすぐに業者のトラックに積めるように扉近くに山積みにしてあった。製造データはすでに消去され、この一五〇〇食分のサンプルが廃棄されればメルトフェイス症候群とタイタスフーズを繋ぐ物証は何ひとつなくなってしまう。

体育館の何倍もある倉庫に雨音が響き渡っていた。

中迫は五十ケースある段ボール箱の蓋をひとつひとつ開けてサンプルの数を確認していった。単純な足し算を続ける自分が、まるで自分ではない赤の他人のように感じられた。

雨音の奥から『バックします。御注意下さい』という合成音声を鳴らして業者のトラックが到着した。業者には積み込みは工場の方でやるとあらかじめ伝えてあった。工場長の集めた職員たちが段ボール箱を次々とコバルトブルーのトラックに積み込んでいく。
中迫はこの光景を、ここに立って見ていた自分を、一生忘れられないだろうと思った。段ボール箱は瞬く間に薄暗いコンテナに呑《の》み込まれ、トラックはゆっくりと出発していった。

帰りのタクシーが来るまで応接室でお茶でもという工場長の申し出を断り、中迫は傘を手に逃げるように通用門を出た。人といるのは耐えがたかった。

暴風雨の吹き荒れる人っ子ひとりいない幹線道路を歩きながら、中迫は自分自身への怒りと無力感にうめき声をあげた。傘の骨が折れて吹き飛び、石礫《いしつぶて》のように雨が顔を打った。

車両ゲートから出た先ほどのコバルトブルーのトラックが中迫の傍らを追い越していった。中迫はトラックのテイルライトが遠ざかるのを見つめながら、自分の中で何かが死んでいくのを感じた。

ところがその時、思いがけないことが起こった。

トラックが不意にスピードを緩めて路肩に停車したのだ。

運転席の扉が開き、灰色の作業着を着た男が顔を出した。

「中迫さんじゃないですか」

男は驚きながらも懐かしそうに声をかけた。

それが、真崎省吾だった。

キャビンには雨音とワイパーの音に混じって低くFMラジオの音楽が流れていた。

真崎は中迫がなぜ暴風雨の車道をひとり歩いていたのか尋ねもせず、ただ駅まで送ろうと言ってトラックに乗せてくれた。中迫は助手席に座って放心したように車道に叩《たた》きつける雨脚を眺めていた。どれくらいの間そうしていたのか、気がつくと自分の衣服がシートをぐっしょりと濡《ぬ》らしていた。

「シートが……」

我に返った中迫の声に、真崎は片手を伸ばしてグローブボックスからステンレスのポットを取り出した。

「よかったら」

中迫は礼を言ってポットを受け取った。かじかんだ指で銀色の蓋を開け、その蓋に湯気の立つ熱い珈琲《コーヒー》を注《そそ》ぐ。ひとくち飲むと、身体の真ん中を熱い珈琲がまっすぐに下りていくのが分かった。自分の身体が氷のように冷え切っていたことに初めて気づいた。両方の掌《てのひら》でコップを包んで珈琲をゆっくりと飲む。こわばった身体が内側から少しずつほどけていく時のぼんやりと痺《しび》れたような感覚が広がった。

「敦美ちゃん、具合はどうです？」

真崎が静かに尋ねた。

「……敦美はこのところ発作もなくて。雄太《ゆうた》君の具合は？」

「安定して、元気にやってます。中学に入って少し生意気になったけど」

車道に目をやったまま真崎はわずかに微笑んだ。

中迫はこんなふうに真崎と再会するとは思ってもみなかった。

荒れ狂う風雨の中、コンテナに汚染したマミーパレットのサンプルを載せて真崎と共に小さなシェルターのようなキャビンに座っている。それ自体、中迫には非現実的な夢のように思われた。

中迫は真崎の一人息子・雄太の描いた鳥の絵を思い出した。鮮やかな黄緑色の翼を持つ鳥が、冬枯れの樹の枝に止まっている絵だ。水彩絵具で描かれたその鳥は子供の筆とは思えぬほど精緻《せいち》なものだった。鳥は栗色の嘴《くちばし》を上げ、一心に張りつめて空の高みを見上げている。まるで海に底があるように空にも底があり、飛び続ければいつかその青い底に触れられるのではないかというように。

雄太が図鑑を見て描いたというその鳥の名前を、中迫は今も知らない。プレイルームの真っ白い壁に貼られていたあの絵を観るたびに、いつも家に帰ったら調べようと思いながら忘れていた。

いつの間にかトラックは街の中心部に差し掛かっていた。

風雨の壁の向こうに藤沢駅の駅ビルの灯《あか》りが見えた。灯りは瞬く間に近づいた。真崎が慣れた手つきで大きなハンドルを切る。トラックはロータリーをぐるりと廻ると、駅のはす向かいにある小ぎれいなビジネスホテルの入り口に停まった。

「電車に乗る前にシャワーを浴びて服をプレスしてもらうといい。そのままじゃ風邪を引く」

中迫は礼を言おうと口を開いた。

だが、考えるより早く別の言葉が飛び出していた。

「コンテナにある荷物を、保管しておいてもらえませんか」

# 第五章　殺される理由　――二〇〇五年　三月二十八日　月曜日

## 37

深大寺駅前広場で刺殺された四人のうち最初に刺された久保忠は、久保印刷という小さな印刷屋を営んでいた。相馬が一昨日の通夜の日に訪れた際には、表に鯨幕が張られ、忌中札の下を慌しく親戚《しんせき》や町内会の人々が出入りしていた。だが、今は鍵《かぎ》のかかったサッシ戸の内側にカーテンが引かれ、家の中はひっそりと静まり返っている。時折、裏の勝手口の方から犬の甲高い鳴き声が聞こえていた。

相馬は郵便受けの上方にある小さなブザーを押して待った。中で鳴っているのが相馬の耳にも聞こえたから、家人がいれば出てくるはずだ。しかし、家の中は相変わらずしんと静まっている。相馬は辛抱強くブザーを押しては待つことを繰り返した。五分近くも経って家の中で荒々しい足音がし、妻の尚江がサッシ戸のカーテンの隙間から顔を見せた。相馬が頭を下げると尚江は鍵を外して戸を開けはしたが、今さら警察が何の用だといった不機嫌な顔で戸の内に立ち塞《ふさ》がり、相馬を中へ入れようとはしなかった。

相馬は改めて悔やみの言葉を述べた後、仕方なく戸口で用件を切り出した。

「事件のあった日、ご主人がどういう用件で駅前広場にいらしたか、御存知ないでしょうか」

「チラシの打ち合わせでお客に会うって駅前に行ったんですよ。そんなこと、もうどうだっていいじゃありませんか」

尚江は眉間《みけん》にきつい皺《しわ》を刻んだまま早口に言い捨てると、サッシ戸を閉めようとした。相馬は咄嗟《とっさ》に戸を押さえ、焼香だけでもさせて貰《もら》えないかと頭を下げた。尚江は物も言わずに踵《きびす》を返し、投げやりな足取りで作業場の奥の部屋に消えた。

昨日、葬儀を終えたばかりの茶の間には、白布をかけた小机の上に久保忠の遺影と遺骨箱、そして真新しい白木の位牌《いはい》が置かれていた。遺影の久保はニュースに出た作業着のしかつめ顔ではなく、町内会の祭りの法被を着て笑っていた。

相馬が焼香をする間も、勝手口のすぐ外から犬の吠《ほ》える甲高い声がひっきりなしに聞こえていた。主人が急に姿を見せなくなった不安とストレスからか、犬は時折、長く引く哀しげな鳴き声を上げた。

向き直って一礼した相馬に、尚江は茶を出すのも面倒だと言わんばかりに、御仏前の熨斗《のし》をばりばりと破って紙箱から缶ジュースを出した。

五十を過ぎてたるみ始めた尚江の瞼《まぶた》にはたいして泣いた様子もなかったが、目の下には青黒い隈《くま》が浮かび、一睡もしていないのは明らかだった。尚江は何もかもに腹を立て、苛立《いらだ》っているように見えた。

相馬は形式的な質問だと断った上で、できるだけ丁寧な口調で、忠が駅前で待ち合わせていたという客はどんな客か、事件後その客から連絡があったかどうか、また事件に遭う前、忠に何か平素と違う様子はなかったかどうかを尋ねた。

尚江はそれまで抑えていた憤懣《ふんまん》を吐き出すように切り口上で食って掛かった。

「なんでこんな時にうちのことをあれこれ訊《き》かれなきゃなんないんですよ。調べんなら犯人の方でしょう。もっとも、もう死んじまってんじゃ犯人はなに調べられたって痛くも痒《かゆ》くもないでしょうけどね」

そう言うと尚江は小机の下から段ボール箱を引っ張り出し、中に押し込んであった芳名帳と空の香典袋の束を広げてこれ見よがしに名前と金額を照合し始めた。

「葬式ってのはあとが忙しいんですよ。用が済んだら帰って下さいよ」

相馬は何とか宥《なだ》めて話を聞きだそうとしたが、尚江は帰ってくれの一点張りだ。けれどもさすがに気持ちを集中できない様子で、目を落とした手元の芳名帳は一向にページが進まない。勝手口の犬が神経を逆なでするように一層、甲高い声で吠え立てる。

「あの馬鹿犬、ご近所に迷惑じゃないか！」

尚江はとうとう芳名帳を投げ出して勝手口に向かった。

栗毛色の中型犬は暴れたあげく、犬小屋の鎖で自分の右前足を挟み込んでもがいていた。

どこから見ても雑種だった。相馬は悲鳴をあげる犬の前足を取って絡んだ鎖を外してやった。犬は足が自由になると傍らに突っ立っていた尚江の膝《ひざ》にすり寄った。

「こんな犬、拾ってきて」

尚江は邪険に犬の頭を振り払うと、それでも鎖を取って通りの方へ歩き出した。犬は散歩に行けると分かって飛び跳ね、通りに出るや尚江を引っ張るように走り出した。

肌寒い曇天の下、尚江は上着も羽織らずつっかけ履きのままどんどん歩いていく。

「ご主人が拾ってらしたんですか」と、相馬は尋ねた。

尚江は相馬の言葉など耳に入らぬ様子で真っ直ぐ前を睨《にら》んだまま、犬が進むに任せてついて行く。住宅街を抜け、鳥居の連なる天神の境内を突っ切ってしばらく行くと、大きなマンションの建設現場の脇に出た。

耳を聾《ろう》するばかりの騒音の中、尚江がいきなり立ち止まり何か呟《つぶや》いた。

相馬は足を止め、尚江の硬い横顔を見つめた。

尚江はつっかけの先を睨んだまま大声で言った。

「店、どうすればいいのよ」

一度吐き出すと尚江は堰《せき》を切ったように、腹の底から信じられないような大声を発した。

「なんでなのよ！　なんでこんな事になんのよ！　なに悪い事したっていうのよ！」

尚江は相馬が支える間もなく崩れるようにその場に蹲《うずくま》った。そして、大気を圧する鋼鉄の騒音の中、「お父さん、お父さん」と身を絞るように大声をあげて泣いた。

恥も外聞もない。大切な者を突然に奪われたたとえようのない苦しみに尚江は息の続く限り叫び、泣いた。

相馬は上着を脱いで尚江の肩に掛けてやった。そして昔、父が死んだ時、祖父が焼き場の土手でしてくれたように、尚江の背中を泣きやむまでただ黙ってさすっていた。

こんな時、掛けられる言葉など何ひとつない。

泣きたいだけ泣いて少し気が静まった尚江は、天神の石のベンチで温かい缶甘酒を飲みながらぽつりぽつりと話した。犬は尚江の足元におとなしく寝そべっている。

「この子も、なんでお父さんが急にいなくなったのか分かんないんですよ。昨日も今日も吠え続け。一生懸命呼べばお父さんが戻ってくると思ってる。やっぱり雑種は馬鹿だわね」

微笑んだ尚江の目じりからまた涙が零《こぼ》れた。

その犬は六年ほど前に多摩《たま》川の河原に捨てられていたのを忠が拾ってきたのだという。捨て犬を拾ってくるなんて子供じゃあるまいし、第一、餌代だって馬鹿にならないと尚江は怒ったが、忠はちょうど息子が神戸に進学して寂しかったこともあり、自分がすべて面倒を見ると言って犬を飼い始めた。

鑑札をつけ、予防接種に連れて行き、散歩も欠かさなかった。忠は毎朝五時半に起き、天神からさっきのマンションの建設現場脇を通って多摩川の河原を廻《まわ》って帰ってくる四キロほどのコースを犬とジョギングするのを日課にしていた。

餌を貰う時の『お座り』以外、なにも覚えない犬だったが、忠は人懐こいのがこいつの良いところだと可愛がっていたという。

「町内会の盆踊りにこいつも連れて行くって言い出してね。あたしは犬に着せる法被を縫わされたんですよ」

尚江はその時のことを思い出したようにおかしそうに笑った。

忠は生まれも育ちもこの町で、ただでさえ忙しいのによく町内会の仕事を引き受けて、夏祭りの準備や子供みこしの世話を焼いていたらしい。

久保印刷はスーパーのチラシや駅前商店街の折り込み広告、個人の名刺などを扱う小さな印刷店で、身の丈にあった堅実な仕事をしてきたお陰で大きな儲《もう》けもない代わりに大した借金もない。尚江の見た限り、事件の前の忠が何かに悩んでいた様子やいつもと違った様子はなかったという。

「あの日は、前日にチラシを頼みたいって電話があって、初めてのお客だったんで主人が駅前まで迎えに行ったんですよ。うちの店に来て色々見た上で相談したいって言うんでね。普段はこっちからいくつかサンプルを持って先方へ伺うんですけど」

「前日の電話に出られたのは」

「主人です。新しいクリーニング屋さんのチラシだとか言ってました」

「事件の後、連絡はありましたか？」

「いいえ」

「その店の電話番号か何か分かりませんか？」

「主人が仕事場の黒板にメモしてましたけど」

「拝見できますか」

「まぁ……別に減るもんじゃなしね」

尚江はまだ飲みきらない缶甘酒を手に「よいしょっと」と声に出して立ち上がった。

「帰っておまえにも餌やらなくちゃね」

栗毛の犬は何と話しかけられてもそうするように盛大に尻尾《しっぽ》を振った。犬の頭を軽く撫《な》でる尚江を見て、相馬は出来るだけ慎重に切り出した。

「失礼ですが、ご主人は他の被害者の方々、竹下美里さん、今井清子さん、間宮裕子さんのどなたかと面識はありませんでしたか」

尚江はあっさりと答えた。

「今井清子さんなら、主人もあたしも知ってましたよ。この辺じゃちょっと有名でしたからね」

## 38

今井清子の家は小さいながら梅や紅葉《もみじ》、百日紅《さるすべり》のあるなかなかの庭を持った古い日本家屋だった。鑓水は縁の硝子《ガラス》戸越しに庭の見える茶の間で火鉢に当たって茶を飲みながら、なごやかに相槌《あいづち》をうちつつ前田光代《まえだみつよ》の話を聞いていた。

光代は介護ヘルパーの資格を持つ家政婦で週に五日、今井家に通っている。清子の夫・貞夫は長らく中学の校長を務めた町内会の名士の一人だが、二年程前に転倒して腰の骨を折って以来、日常生活に介護の手が必要になっていた。

鑓水は昼過ぎ、ヴェルサーチのブラックスーツに黒タイという隙のない喪服に身を包んで玄関先に現れると、精悍《せいかん》な面持ちで貞夫のかつての教え子を名乗った。長年、校長を務めた老人がすべての生徒を覚えているはずがない。そして貞夫がショックで通夜の晩から寝ついているのを幸いに貞夫と顔を合わせることなく焼香を済ませ、するりと光代の話し相手におさまったのだ。

光代は初め今井家の縁者でもない鑓水をやや警戒していたが、葬式が終わるや否や慌しく帰っていった清子の子供達に対する光代の怒りを、鑓水がこれ以上ないほど相槌を大盤振る舞いして聞いてくれたのがよほど嬉《うれ》しかったらしく、その後はすっかり心を許してお茶や桜あられまで振る舞う歓待ぶりをみせた。

「あれじゃ奥様が浮かばれませんよ。情がなさ過ぎますよ。そりゃ奥様ははっきり物を仰《おっしゃ》る方でしたからきつい所もありましたけど、一本きっちりと筋の通った方でしたよ」

北海道の生まれで清子よりふたまわりほど若い光代は、清子の良い話し相手でもあったようで、清子のことをよく知っていた。

清子は長らく地区の婦人会の会長を務め、町の託児施設の充実や学校給食の質の向上などに意見を述べ続け、近年ではこども110番の家に一番に名乗りを上げたりもしたという。曲がったことが大嫌いないわゆる、うるさ型の老婆で、違法駐車や乱雑なごみの出し方をしている人間などを見つけようものならすぐに市役所に苦情を申し立てた。

その際、電話に出た市役所職員の言葉遣いに問題があると、清子は敬語の使い方から説教したから、市役所には『キヨジョ担当』、通称『キヨ担』と呼ばれる清子専従の年配の職員がおり、その『キヨ担』は一昨日の通夜にも丁寧に挨拶《あいさつ》に来てくれたという。

「多少、煙たがられてはいましたけれど、奥様が何度も苦情を言ったおかげで市も天神様の周りに街灯をつけてくれましたしね。あの辺り、以前は街灯がなくて暗かったんですよ」

「たいしたものです。清子さんはお顔も広かったみたいですから、ひょっとしたら一緒に事件に遭われた久保忠さんや竹下美里さん、間宮裕子さんとも生前にご親交があったかもしれませんね。同じ町に住んでらしたわけだし」

鑓水はさりげなく尋ねて光代の反応を見た。

「さぁ、それはどうかしらねぇ」と、光代は首を傾げた。「町内の方ならたいてい奥様のことは御存知だったと思いますけど、交友となるとねぇ」

光代の話では、ここ数年、清子の交友相手は同世代の老人に限られていたという。

「社会にはもう十分に物を言ってきたんだから、この先の残り少ない人生くらい思い出を分かち合える友達と楽しみたいって仰ってましてね」

光代はしみじみと手の中の楽焼の湯呑《ゆの》みを眺めながら言った。

「一緒にお料理なんかしながらよく話して下さったけど、奥様の世代の方たちは、私なんかとても想像ができないような大変な時代を生きてこられたんですものね」

戦争中に食うや食わずの子供時代を過ごし十代で終戦を迎えた清子たちの世代は、物のない時代にがむしゃらに働いて子供を育て、自分たちが受けられなかった教育を受けさせようと必死に子供の学費を捻出《ねんしゅつ》し、舅《しゅうと》と姑《しゅうとめ》を看取《みと》り、孫が生まれれば都合よく子守りに使われ、やっと子守りがいらなくなった頃には、自分たちが子供にとって厄介者となっていたという人が少なくない。年寄りは年寄り同士という気持ちになるのも当然かもしれない。

「……あの日、奥様は鎌倉《かまくら》の老人ホームを見に行かれる予定だったんです。その二、三日前に、詩吟の会の人から紹介されたっていう鎌倉のホームの方からお電話があって。奥様はそこがお医者様とヘルパーの常駐する介護ケアつきのホームだと聞いてとても興味を引かれたご様子で。そのホームの方と駅前で待ち合わせて案内して貰《もら》うはずだったんです」

「へぇ、鎌倉のどちらのホームです？　僕、むかし鎌倉に住んでたことがあるんですよ」

鐘水は奇遇に目を丸くして尋ねるふりをした。もちろん鎌倉に住んだことなどない。

「さぁ、場所までは伺ってませんけど。でも、出かけ際に『光代さん、帰りに鎌倉の鳩サブレー買ってくるわね』って……」

光代は玄関先で別れた時の清子の最後の姿を思い出したらしく、震える唇を指先で押さえた。

「……いつもどおりとってもお元気そうでしたのに。自慢の背筋もピンと伸びて……」

平素から清子は詩吟やヨガで体調を整え、体力作りのために毎日五キロのウォーキングを欠かさなかったという。

「毎日、五キロですか……？」

鑓水は偽りではなく眩暈《めまい》がした。

「ええ。朝の五時過ぎには起きて準備体操して、ここから天神様を抜けて、多摩川べりを廻って戻ってこられるんです。昔は途中に空き地があって、雪の日なんか足跡つけるのが面白いのよなんて仰ってらした」

「雪の日もウォーキングを……」

鑓水は笑顔がひきつるのを禁じえなかった。

光代の話では、清子は夫の貞夫に介護が必要となってからは自分が倒れるわけにはいかないと人一倍健康に気を遣っていたという。だが、生来の気丈な性格も寄る年波には勝てず、清子は子供達を頼るよりはと土地家屋を処分して高級老人ホームに入ることを考えていたらしい。葬式後の状況を考えると、清子の判断は正しかったといえるだろう。

「清子さんも住み慣れた町を離れる決心をするのは、お辛《つら》かったでしょうにね」

「ええ、それはもうそうだったと思いますよ。二十二で嫁いできて以来、ずっとここにいらしたんですから」

「やっぱりなにか悩んでらっしゃるご様子や、いつもと違うご様子とか？」

「いいえ。奥様は前向きな方でしたから。『光代さんの次の働き口は私が立派なところを探してあげますからね』なんて仰って。ご自分のことより私の心配なんかされて」

光代は唇を噛《か》んでぽろぽろと大粒の涙を零《こぼ》した。エプロンのポケットからハンカチを出して涙をぬぐう光代に、鐙水は鞄《かばん》から取っておきのものを出して見せた。

「あら、信玄餅《しんげんもち》……？」と、光代は涙に濡《ぬ》れた睫《まつげ》を瞬《まばた》いた。

鐙水は人から話を聞く時には最初に手渡す菓子折とは別に、必ずその場で一緒に食べられる気軽な菓子を持参する。途中で雰囲気を変える小道具だが、これが意外と役に立つ。ことに包みも可愛らしい信玄餅などは大方の老若男女を和ませる。

「これ、開けておいて下さい。お茶、新しいのにしましょう」と、鐙水は盆を手に立ち上がった。光代は慌てて「お茶なら私が……」と立ちかけたが、鐙水は「光代さんは少し休んでいて下さい。色々あって大変だったんだから」といたわって茶の間を出た。

さて、と鐙水はあたりを見回した。

一番に確かめたいのは、廊下の電話台の脇に置かれたメモ帳だった。清子が老人ホームの名前と電話番号をメモしている可能性がある。清子がメモをどこか他にしまったとしても、判別できる程度の筆圧跡が残っていればいい。鐙水は息を殺して手早くメモ帳を繰った。しかしそれらしい名前も電話番号もなく、鮮明な筆圧跡もなかった。

鑓水は落胆し、仕方なく台所へ行って急須《きゅうす》の古い茶の葉を捨てて湯呑みを洗った。どっしりとした楢《なら》材の水屋簞笥《だんす》が家の長い歴史を感じさせた。

清子はこの家に嫁いで母となり、朝昼晩、ここで家族の食事を用意し、五十回以上の正月料理を作り、また死の数時間前にも老いた手で光代と共に最後の昼食をこしらえたのだ。たぶん鎌倉から帰ってからの夕食のことも考えていただろう。鑓水はさすがに胸が痛んだ。

茶道具を手に台所を出ようとしてふと見ると、入り口の脇にカレンダーが貼ってある。

鑓水は思わず盆を取り落としそうになった。

通り魔事件のあった三月二十五日の欄に、ボールペンの字で書き込みがしてあった。

『北鎌倉　ロータスホーム』

## 39

相馬は殺された主婦・間宮裕子の家を訪ねる前に近所の主婦たちに話を聞いた。表から見えない主婦の日々の暮らしは夫よりも近所の主婦仲間の方が詳しいことがある。そして案の定、相馬は前回、夫の正孝からは聞き出せなかったいくつかの興味深い情報を得ることが出来た。

主婦たちの話によると、間宮正孝は一昨年、大手住宅メーカーを退社し、自宅の一階部分を改装して『間宮設計事務所』を立ち上げた。三十代の半ばで独立を果たしたわけだが、最近は事務所の経営状態が思わしくないという噂があった。

間宮裕子は近所の主婦とあまり深いつきあいはしていなかったが総じて評判は悪くなく、おとなしくて優しい感じの人、という印象だったらしい。夏休みなどには手製のコットンワンピースを着せた小さな二人の娘を連れてよく図書館に通っていたという。以前は子供達と町のボランティア行事に参加して駅前の花壇の花の植え替えや川の清掃等もしていたらしい。

「最近はそういうボランティアをやらなくなっていたんですね？」

相馬は如才なく尋ねた。間宮裕子の生活に何か変化があったのだとピンときたのだ。応接間のソファに掛けた主婦は、自分が焼いたのだというクッキーを一人で食べながら、数秒のあいだ目を宙に据えて思いを巡らせた。

「そういえば、最近は昼間もあんまり外に出てるの見かけなかったわね……」

そう言うと主婦はふと何か思い出した様子でばつが悪そうに目を伏せた。良くない噂を思い出したのは一目瞭然《りょうぜん》だった。相馬は話しやすいように常套《じょうとう》の助け舟を出してやった。

「思いついたことはどんなことでも話して頂けると非常に助かるのですが」

「死んだ人のこと、あんまりあれこれ言いたくないんだけど」と、主婦は一応ためらいを見せた上で、あたりに誰もいないにもかかわらず声をひそめた。

「間宮さんの奥さんが夜の十一時頃に自転車でこっそり出かけるの見た人がいるのよ。

こう、帽子で顔かくすみたいにしてね。一度や二度じゃないの。週に何度も……」

間宮正孝は葬儀の翌日も設計事務所を開けていた。事務員はおらず、正孝は訪ねてきた相馬に自ら珈琲《コーヒー》を淹《い》れてソファを勧めた。室内は事務所というよりも近未来的なサロンという趣で、スウェーデン製の機能的な家具を配して贅沢《ぜいたく》に空間を使った造りには正孝の才能と虚栄心、その両方が感じられた。

「娘たちはうちの両親の方へ行っているんです。春休みですしね。向こうは自然が多くて子供にはいいですからね」

正孝は話し相手が現れて明らかに喜んでいるようだった。この男は自分の人生に降りかかった災厄をまだ受け入れられないでいる。頭では理解できても現実感が伴わない。その結果、身の回りの責任を放棄して事態が何か自然に好転してくれるのを子供のように待っている。相馬はそう感じた。話を聞くのに適当な精神状態とは言いがたかったが、間宮裕子があの日いったい何のために、誰を待っていたのか、また事件の前、頻繁に夜中に家を抜け出してこっそりとどこへ向かっていたのか、さしあたってそれを突き止める必要があった。

相馬は珈琲に手を伸ばし、地方の里山の話などいくつか雑談をした後、質問を始めた。

「事件の日、裕子さんが駅前広場にいらした理由に何かお心当たりはありませんか」

正孝は難しい数式を解こうとしている数学者のように考え込んだ表情になった。

「通夜の晩にうちの両親からも同じことを訊《き》かれたんですがね、まったく見当がつかないんですよ。うちのは、あまり外を出歩くたちじゃなかったんですが。誰か友達にでも会うつもりだったのかな……」

「裕子さんが出かけている間、お子さんたちはご自宅に？」

「とんでもない」

正孝は大仰に首を振り、裕子は四歳と七歳の娘を二人だけで家においで外出するような無謀な母親ではないと熱弁した。二人の娘はその間、駅の北口にある託児所『キッズランド』に預けられていたらしい。おかげで事件の一報後の大騒ぎの間、娘たちは安全な託児所で何も知らずに遊んでいたのだという。相馬は初めて現れたその託児所の名前を頭の中にメモした。

「では最近、裕子さんに何か変わった様子はありませんでしたか？」

正孝は怪訝《けげん》そうに相馬を見た。

「何か変わった様子って、どんなことです？」

相馬は口調を変えずに核心に切り込んだ。

「ご近所の方のお話では、裕子さんは夜の十一時頃にしばしば外出されていたようなのですが」

たちまち正孝の顔色が変わった。怒り。屈辱。その両方が表情から見て取れた。膝《ひざ》に置いた手が微《かす》かに震えていた。正孝は荒い息をついて相馬を睨《にら》んだ。

「なにも、話すことはない。帰ってくれ」

「気分を害されたのなら謝ります。ただ」

「帰ってくれと言ってるだろ」

相馬はお辞儀をして立ち上がった。間宮裕子がどこに行っていたにせよ正孝は行き先を知っており、恥じている。それが判っただけで十分としなければならない。彼は被疑者ではなく被害者の遺族なのだ。しかも犯人はすでに死亡したことになっている。正孝の口から強制的に事情を聞き出す権限は相馬にはない。

立ち去り際、相馬は娘たちと図書館に通っていた間宮裕子ならあるいは、と思うことを尋ねた。

「裕子さんは日記をつけていませんでしたか？」

正孝は激昂《げきこう》して珈琲カップを摑《つか》んだ。

「なんで家内の日記をあんたに見せなきゃならないんだ！　帰れ！」

間宮裕子が日記をつけていたことは解ったが、同時に任意で提出してもらうのは不可能だということも解った。あの様子では令状でも取らない限り正孝はまず渡すまい。相馬は眼前に手掛かりがありながら近づけないのがもどかしく、鏡に映ったワイシャツの珈琲じみをほとんどやけくそのようにハンカチでこすった。だが、正孝によってワイシャツの胸いっぱいにぶちまけられた珈琲のしみは容易に消えそうにない。おまけにキッズランドの洗面台は子供用の高さに作られているため、相馬が鏡にワイシャツを映すには相撲の突っ張りのように腰を落とさねばならない。ここのスタッフたちはどうやって鏡で自分の顔を見るのだろうかと余計な心配をしつつ相馬はハンカチを水に濡《ぬ》らしてシャツを拭《ふ》いた。

キッズランドは全国に予備校、学習塾、幼児教室を展開する教育業界の大手企業が経営するチャイルドケアセンターのひとつで、受付にスマイルキッズマークを掲げていた。スタッフはすべて保育士か小学校教諭の資格を持ち、幼児教育の講習を受けた外国人講師と看護師も常駐している。一時間単位で子供を預かるシステムで料金はかなり割高だが、その代わりに親は子供を看《み》る保育士や講師を選ぶことができる。

仮に将来子供を持ってもヒラ刑事の給料ではこういう場所は無理だろうと考えていると、不意に鏡の中にレモン色のエプロンが現れ、背後から若い女性の声がした。

「間宮さんのお子さんたちをお預かりしたのは私ですが」

相馬は慌てて腰を伸ばして振り返った。

江木由加里《えぎゆかり》は二十代半ばの小柄な女性で、泣いた跡のある微かに充血した目で真っ直ぐに相馬を見つめていた。そこには年相応の警察への気後れも通常の好奇心もなかった。江木由加里は不安と決意を押し殺したような張りつめた表情をしている。

何かあると感じた相馬は、面談室に腰を下ろすとあえて由加里の緊張を解くことをせず、挨拶《あいさつ》の後すぐに質問を始めた。

「間宮さんはここにお子さんを預ける時はいつもあなたに頼んでいたそうですが、それは、どういった経緯で？」

「間宮さんも私も本が好きで、初めていらした時に読み聞かせの絵本の話をしたのがきっかけだったと思います。私の選んだ絵本をどれも気に入って下さって」

「間宮さんはどんな方でしたか」

「控えめで、気持ちのやさしい方でした。お子様をとても大事にされていて」

「記録によると、間宮さんは夕方から夜に二人を預けることが多かったようですね」

「ええ。昔は旦那《だんな》様がお仕事でパーティーに出席されるのに同伴しなければならない時とかもあって。間宮さんはそういう場所はあまり得意じゃなかったんですけど」

「事件の日は、一時間で迎えに来ると言って娘さんたちを預けていったんですよね」

「はい」

「どんな用事で出かけるのか、あなたに何か話しませんでしたか？」

由加里は相馬が訊き終えるよりもほんのわずか早く答えた。

「いいえ、何も聞いていません」

相馬は一呼吸置くと、わざと見透かした口調で言った。

「間宮さんが口止めしたんですね？」

「ちがいます！　悪いことしてるんじゃないんだから、口止めなんて……」

言ってしまってから由加里は『しまった』という表情で唇を噛《か》んだ。

相馬はそれ以上何も尋ねずに黙って由加里を見つめた。

由加里はしばらく黙って俯《うつむ》いていたが、やがて小さくなじるように言った。

「通り魔はもう死んでいるのに、どうして間宮さんのことを調べなきゃならないんです」

「書類上のことです。間宮さんは事件の前、夜遅くにしばしばどこかに出かけていました。事件の日の間宮さんの行き先はその事と関係あるんじゃありませんか？」

「不倫とか、そういうのじゃないんです」

「ええ、それは解っています。間宮さんはそういう人じゃない」

由加里は初めて少し驚いた様子で相馬を見た。

相馬は生前の間宮裕子には一度も会ったことはないが、自分の住んでいる町の駅前広場で白昼堂々と不倫相手と待ち合わせをするほど破滅的な女だとは思えなかった。さらに言えば、恋人に会うのにあの日のように地味なグレーのスーツを着て出かける女はまずいない。勿論《もちろん》、相馬はそういう判断の根拠を由加里には話さなかった。あえて人間関係にひびを入れる必要はない。

由加里はやりきれないという表情で呟《つぶや》いた。

「……間宮さん、ご近所に知られないようにずっと一生懸命、隠してきたんです」

通り魔に命を奪われた上に、隠していた秘密まで知られてしまうのは可哀想だと由加里は思ったのだろう。江木由加里と間宮裕子は保育士と母親というより、読書という共通の趣味を持つ友人のような関係だったのかもしれない。

「いずれ判ることです。それなら親しかったあなたの口からお話し願えますか」

由加里は少し考えた後、ゆっくりと頷《うなず》いた。

「間宮さんの旦那様の設計事務所はすっかり経営が傾いてるんです。それで間宮さんがパートに出ていたんです。夜、子供たちを寝かしつけてから」

「水商売ですか？」

「いいえ、間宮さんにそんなことできません。スーパーのレジを打ってたんです」

駅北口の住宅街にある旭《あさひ》スーパーは今年一月から終夜営業を始めていた。間宮裕子はその旭スーパーで週に四日、深夜から早朝までレジ打ちと商品の入れ替えの仕事をしていたのだ。

家の近くにコンビニもあったが、知り合いに見られて家計が苦しいのを近所の噂話にされては正孝の立つ瀬がないと、間宮裕子は雨の日も風の日も自転車に乗ってわざわざ駅の反対側のスーパーまで通っていたという。それはあの虚栄心の強い正孝にとっては耐え難いことだったろう。

「間宮さんはしおりちゃんとなつめちゃんのためなら何でも出来ると言っていました。でも二人ともまだ小さいし、できるだけそばにいてやりたいって。それで添削とかテープ起こしとか、家でできる仕事を探していたんです。でもなかなか見つからなくて。パートの帰りにいつも神様にお願いしてるんだけどって……」

由加里は言葉が続かずにうつむいた。涙が零《こぼ》れかけるのを顔を真っ赤にして堪《こら》えている。

相馬は黙ってハンカチを差し出した。珈琲《コーヒー》が染みて汚くなっているのを忘れていた。相馬がハンカチを引っ込めると、由加里はクスリと笑ってエプロンのポケットから取り出したハンカチで素早く涙を拭《ぬぐ》った。

「間宮さん、あの日はやっと希望どおりの仕事が見つかりそうだって喜んでいたんです。これから初めて会って話を聞くんだって。それで二人を預けていったんです」

由加里は、間宮裕子があの日どんな仕事の話を誰から聞くはずだったのか、具体的なことは何も聞いてはいなかった。

相馬は旭スーパーに行き、由加里の話の裏を取り、より詳細な情報を得た。間宮裕子は今年の二月一日から月、火、木、金の週に四日、夜十一時半から早朝五時半までの深夜勤務についていた。最後の出勤記録は、事件前日の三月二十四日、木曜日になっていた。

間宮裕子が働いていた旭スーパーは食料品から日用雑貨までたいていのものは揃う大型店舗で、輸入ものの菓子や酒も豊富に置いてあった。通路脇の小型テレビでは乳児の発育に良いという小児科医推奨のベビーフードのコマーシャルが流れ、身なりの良い若い母親が可愛らしいパッケージに包まれた高価な瓶詰めベビーフードを買っていく。間宮裕子も夫の設計事務所の経営が傾く以前は、こうして買い物を楽しむ側だったのだと思った。

間宮裕子はスーパーではほとんど人付き合いをしていなかった。相馬は真夜中、スーパーの紺色の制服を着た間宮裕子が、蛍光灯だけが白々と明るいガランとした店内で、棚に乾物や袋菓子を黙々と並べていく姿を思い描いた。

彼女は一体どんな気持ちでここで明け方までの時間を過ごしていたのか……。

ポケットの携帯が鳴り、相馬は素早く店外へ向かいながら電話を取った。刑事部長の吉松の胴間声が聞こえた。

「相馬、いったん署に戻れ。上枝警部が呼んでる」

## 40

西都大学のキャンパス内にあるカフェテリアは、修司の予想を遥《はる》かに超えたメニューの充実振りだった。パンだけでもベーグル、バンズ、クロワッサン、それぞれでサンドを作るのにエビやチキン、トマトやアボカドその他の何種類もの組み合わせがあり、さらに肉入りのパイやキッシュ、果物のタルトも豊富でカフェテリアの片側は馬鹿でかいサラダバーになっている。

修司が驚いたのは、それだけのメニューがありながら、女の子たちがまるで小鳥のようにほんのちょっとしか食べないことだった。テーブルに置いたトレーにはサラダとフルーツ、あとはヨーグルトとラテだけ。修司は食いたいものの半分に抑えたのだが、悲しみに沈む女の子たちの中にあっては、修司のトレーのバンズのラージサイズサンドとピーチタルト一切れと珈琲はかなり〝大量〟という印象をぬぐえなかった。

女の子たちの間に微妙な空気が広がっていた。

まずい、と修司は焦った。これではまるで『先生』の死を悲しんでいないみたいではないか。

「君は高校生なんだもんね。お腹すくよね」

三年生の高柳《たかやなぎ》りり子がボーイッシュに微笑むと、ほかの女の子たちも『ああ、そうか』と、母親が子供を見るようなやさしい目になった。実際に修司と女の子たちは大して年齢が違わないにもかかわらず。

その日、西都大学のキャンパス内のチャペルで、竹下美里の学内ミサが行われた。大勢の学生たちに混じってチャペルに潜り込んだ修司は、最前列付近に肩を寄せ合うように集まっている女の子たちが竹下美里のサークル仲間だと知って、ミサが終わるとすぐに彼女たちに近づいた。そして、鑓水から聞いた情報――竹下美里は学習塾で時間講師のアルバイトをしていた――をもとに声をかけた。

「僕、中学の時、美里先生に教えてもらってたんです」

思いつめたような修司の声色に、祭壇の前に突っ立っていた女の子たちが振り返った。涙でぼんやりと霞《かす》んだ女の子たちの眼前に、黒のハイネックセーターにグレーのズボンといういかにも真面目な受験生らしい修司が悄然《しょうぜん》と佇《たたず》んでいた。

「来年、僕もこの大学を受けるんだって言ったら、先生、すごく喜んでくれてたのに……」

修司は言葉を切ってうつむいた。そうして、女の子たちの中に突然、美里が生きていたらしただろうことをしてやりたいという気持ちが湧いてくるのを待った。

「それじゃ、私たちが美里の代わりにキャンパスを案内してあげる」

凛《りん》と涙を拭《ふ》いて答えたのが、サークル部長を務める三年生の高柳りり子だった。

修司はりり子のフォローで何とか和やかな雰囲気の中でラージサイズサンドにかぶりつくことが出来たが、次の彼女の一言は予想外のものだった。

「ねえ、美里が教えてた塾のことでちょっと訊《き》きたいことがあるんだけど」

こちらが質問される側になるとは思ってもいなかった。修司は紙ナプキンで手を拭くと、優等生然とした態度でりり子に向き直った。

「なんですか？　僕に分かることだったら」

「美里の教えてた生徒で『ユミちゃん』って子、知ってるかな」

『ユミちゃん』……」と修司はしばし考えてみせた後、「苗字《みようじ》は分かりますか？」と尋ねた。

「いいえ、苗字は分からないの」

りり子の隣の、阿部智香《あべともか》が眼鏡の奥の目を深刻に瞬《まばた》いて答えた。智香は事件前夜に美里が『ユミちゃん』からのメールを受けた時、たまたま一緒にいたのだという。

智香の部屋で二人でサウンド・オブ・ミュージックのDVDを観ている時、美里の携帯が鳴ったらしい。ところが美里にはメールの差出人の『ユミ』というのが、どの子なのか思い出せなかったというのだ。

「『去年の卒業生かな、途中でやめた子かな』って、一生懸命思い出そうとしてたけど」

「でも、教え子だってことは分かったんですか？」

「ええ、メールのタイトルで」

智香は、りり子が頷くのを見て秘密を打ち明けるように言った。

「もしよかったら、その……」と、修司はあくまで遠慮気味に促した。

「タイトルは『先生たすけて』って。内容は、『明日午後二時　深大寺駅南口の駅前広場に来て　ユミ』」

修司は一瞬、演技ではなく言葉が出なかった。

『明日午後二時　深大寺駅南口の駅前広場に来て　亜蓮』

メールの本文は、修司が貰《もら》った偽メールと一言一句違わないまったく同じ文章だった。あとは切迫した調子のタイトルと名前のみ。

『ユミ』というのはありがちな名前だし、正確にどの子か思い出せなくても、教え子からそんなメールが来ればたいていの講師は放っておけないだろう。事実、美里は会いに行き、その結果、死ぬことになったのだ。

だが、何も知らないりり子たちは『ユミ』のことを善意で気に掛けていた。

「ユミちゃんは何か悩み事があって美里に相談するつもりだったんだと思う。事件の起こった時に一緒にいたかどうかは分からないけど、もし一緒だったらひどいショックを受けてるだろうし、一緒じゃなかったら美里を呼び出したことに責任を感じて苦しんでるんじゃないかと思う。もともと悩み事を抱えていたのにこんな事になってしまって。誰かがユミちゃんを見つけて助けてあげられたら、美里も喜ぶと思うんだ」

「解りました」と、修司は真摯《しんし》に答えた。「塾にずっと昔からいる数学の先生を知ってるんです。その人なら、きっとユミちゃんを見つけ出して相談に乗ってくれると思います」

女の子たちはとてもほっとした様子で顔を見合わせた。何人かは初めて笑顔を見せた。残された仲間たちにとって、美里の果たせなかった事を果たしてやるのは何よりも大切な事なのだ。悲劇の中でも幸福なこの一瞬を修司は逃さなかった。

「僕は大学のことも知りたかったけど、本当は、美里先生が亡くなる前どんな風に暮らしてたのか、それが知りたかったんです」

そのややセンチメンタルな台詞《せりふ》は、心の安らいだ女の子たちに、修司の意図どおりひとつのことを思い込ませた。この美里のかつての教え子は美里に心を寄せていたのだと。女の子たちは修司の尋ねることは何でも快く教えてくれた。

美里は何かに悩んでいる様子も怯《おび》えている様子もなく、事件の日までいつもと変わりなく学生生活を楽しんでいたらしい。愚痴をこぼしていたことといえば、近所の工事の騒音で朝寝坊できなくなったことと、大して太ってもいないのにバイト代をつぎ込んだマイクロダイエットが続かなかったことくらい。バイトは月曜日と水曜日の塾の講師だけで、ほかの時間は学業とサークル活動に専心していたようだ。

美里の所属していたこの『ミュージカル研究会』は、男子部員のいない宝塚《たからづか》状態だが、楽曲のアレンジが得意だった美里のおかげで、女の子だけでハモれる曲が随分増えたのだという。サークルの活動はミュージカルの公演を観に行くことと、毎日の歌の練習と、週に一度のミニ発表会らしい。

「ミニ発表会って何をするんですか？」

「新宿にミュージカルナンバーがそろったカラオケハウスがあるんだ」と、りり子が言った。「そこに週に一度、金曜の夜に全員集まって、オールナイトで発表会をするわけ」

「オールナイトで……」

「もちろん、ちゃんと批評もするのよ」と、智香が重大なことのように付け加えた。

「夜っぴて歌い尽くしたあと、あったかぁい缶珈琲《コーヒー》を飲みながら駅で始発電車を待つんだけどね」と、髪をベルベットの黒いリボンで編み込んだ女の子が身を乗り出した。

「その時の、あの身体中が空っぽになった感じがなんともいえないのよね」

「なんかニューヨークな感じなんだよね」と、そばかすの女の子が言い、女の子たちが皆「そうそう」と頷《うなず》いた。

修司は『ニューヨークな感じ』とはどんな感じなのかよく解らなかったが、それについては深追いしない方が良いような気がした。

「そうだ、私、ベーグルサンド食べよ」と、智香が元気よく立ち上がった。ほかの女の子たちも急に空腹を感じたらしく賑《にぎ》やかに後に続いた。りり子はひとり、そんな仲間を笑顔で見送っている。

「美里先生もいつも朝まで歌ってたんですか？」と、修司はりり子に尋ねた。

「もちろん。発表会は休んだことないよ。遅刻は常習だったけどね」

「先生、時間には弱かったから」

修司は笑顔で話を合わせながら、事件の日も美里がひとり遅れてきたのを思い出した。

「大事な時に必ず遅れるんだよね」と、りり子が苦笑した。「夏合宿の時も美里が待ち合わせに遅れてみんな電車をひとつ遅らせることになったんだけどね、電車行っちゃってシーンとしたホームに、美里がこの世の終わりみたいに血相変えて全速力で走ってくるのね。ぶんぶん手ぇ振りながら。なんか怒るより先にみんな笑っちゃって」

次の瞬間、りり子は突然、息をつめて固く唇を結んだ。

記憶の不意打ちだ。修司にも覚えがあった。二度と戻らない人の姿がいきなり鮮やかに立ち現れる。りり子はホームを駆けてくる美里の姿を不用意に思い出したのだ。

修司はサンドを買いに行った女の子たちの姿を目の端で確かめた。

「大丈夫、まだ戻ってこない」

「ごめん……」

りり子は顔をそむけて手の甲で素早く涙を拭《ぬぐ》った。せっかく皆が元気になってきたのに、今自分が泣いてどうする。そう思うりり子の気持ちが修司にはよく解った。振り返ったりり子は、もう泣いてはいなかった。そして修司の目を真っ直ぐに見つめて言った。

「美里先生はね、最後まで、生きてるのがほんとに楽しそうだったよ」

## 41

修司はひとり、石段に座って夕焼けのグラウンドを走っていく様々な種類のユニフォームを眺めていた。修司にとってはラグビーもサッカーも陸上もどのユニフォームも、海を行く帆船の旗と同じに自分とは無縁の別世界のものであり、そういうものを眺めているとなんとなく気持ちが落ち着いた。

美里が教え子の『ユミ』を思い出せなかったのも無理はないと思った。『ユミ』はこの世に存在しない。美里も修司と同じように目出し帽の男の偽メールで呼び出されたのだ。美里は殺される瞬間まで何の危険も察知していなかった。もしかしたら美里もまったく同じ状況――なぜ自分が殺されなければならないのか知らなかったのではないか。

修司は女の子たちが提供してくれた情報を反芻《はんすう》した。『ほかの四人』のひとりである竹下美里と自分には、何かの共通項があるはずなのだ。少なくともどこかに接点くらいあるはずなのだが、いくら考えても何ひとつそれらしい答えが見当たらない。

修司はため息をつくと、頭の後ろに手を組んで石段にごろんと仰向《あおむ》けに寝転がった。するとタ焼け空をバックに相馬の顔が見下ろしていた。修司は思わず叫び声をあげて石段を二段ほど滑り落ちた。相馬は泡を食っている修司を嬉《うれ》しそうに眺めている。

「似合うじゃないか頭、七三分け。髪、黒く染めたのか」

「カラースプレーだよ」

修司は七三に撫《な》で付けた黒髪を片手でくしゃくしゃと崩した。瞬く間に元のアナーキーな髪型に戻るあたりが形状記憶合金のようだと相馬は妙に感心した。

「何してんだよ、こんなとこで」と、驚かされて悔しい修司が斜めに睨《にら》む。「迎えに来たとかいうなよ」

相馬はぐっとつまった後、口を尖《とが》らせて答えた。

「母校訪問だ」

「もちょっとマシな冗談言えよ」

相馬がやにわに両手でメガホンを作ると、グラウンドに向かって、「稲村《いなむら》、遅いぞー！」と、大声をあげた。

グラウンドを走っていた三十人ほどの剣道着の一団が相馬の姿を認めた。先頭の稲村が何か叫んで相馬に一礼し、ランニングのスピードをあげた。続く部員達も次々と馬鹿でかい声で「ウス」だか「オス」だか短い音声を発しつつ相馬に一礼していく。

相馬が『見たか』という表情で修司を振り返った。修司は驚愕《きょうがく》した。

「あんた、どんだけ留年したんだ？」

「馬鹿か、おまえは」

西都大学は相馬の母校でもあり、剣道七段の相馬は卒業後も後輩たちに乞《こ》われて時折、稽古《けいこ》をつけてやっていた。それがなんとなく代々の慣例となり、今では年の離れた後輩と竹刀を交えることになっていた。夏の合宿には酒と肉を差し入れ、非番の日に誘われれば一緒に呑《の》みに出て奢《おご》ってやることもある。

相馬の話に修司は驚愕の目から哀れみの目になった。

「相当なお人好《よ》しだな、あんたも」

「やかましい」

相馬はそっぽをむいて石段に腰を下ろした。

西の焼けた空に夕日が、東の群青の空にぽっかりと白い月が浮かんでいた。『月は東に日は西に』。そんな言葉を思い出し、相馬はさっき修司がしていたように、頭の後ろに手を組んで石段にごろんと仰向けに寝転がった。

ちょうど目の先、空の真ん中には、燃えるような茜色《あかねいろ》にも深く濃い群青にもなれない、白く水っぽい空があった。相馬は黙ってその何もない空を眺めた。

不意に修司の声がした。

「この事件を解決したら、あんたの手柄になるよな」

相馬は一瞬、何のことだか解らなかった。

「手柄たてたら、誰も文句言えないって」

修司はそう言うと、転がってきたサッカーボールを蹴《け》ろうと石段を駆け下りていった。

いつも単独で動いている自分のことを、修司は修司なりに心配していたのだと相馬は気がついた。修司が勢いをつけて蹴ったサッカーボールは重ねたタイヤに立てかけてあったライン引きをふっ飛ばし、あたりに盛大に白墨の粉を撒《ま》き散らした。修司は「げっ!」と声を上げると、慌てて惨状の方へ走っていく。

大人びた顔をして不思議に幼い修司の言葉が相馬の耳に残った。

手柄……。

そうだ、手柄を立てて立派な警官になるのだと、幼い相馬は年の初めごとに、仏壇の父の遺影に誓ったものだった。父に代わって悪い奴らを捕まえて、まっとうに生きている普通の人々の暮らしを守るのだと単純に思い込んでいた。左こめかみに一発の銃弾を受けて死んだ父の遺影は、相馬が七つ、妹が一つの時のまま微《かす》かに青年の面影を残して微笑んでいた。

相馬は交番勤務の巡査から熾烈《しれつ》な競争を勝ち抜いて刑事となり、ひたすら事件のことだけを考えて捜査に打ち込んできた。手柄を立てる機会など与えられるべくもなく、一生飼い殺しでもいい、犯罪者と渡り合うこの仕事を天職と思い、ほかに生きる術《すべ》など考えたこともなかった。

しかし、一時間ほど前に相馬は警部の上枝から交通課交通捜査係への異動の内示を受けていた。交通捜査係はおおむね新人の刑事が配属され、ベテラン刑事の指導の下に車上荒らしやひき逃げなどの捜査を担当する。相馬も新人時代に在籍した事のあるそのセクションでこの春、ベテランの刑事が定年退職する。そこで相馬に新人の指導を引き継いでほしいというのが表向きの理由だった。上枝は内示の後、間宮正孝から署に激しい抗議の電話があった旨を伝え、四月の異動まで相馬に有休を取るように言い置いて話を切り上げた。

何を言っても無駄だという事は解っていた。相馬はまだ後進の指導にあたるような年齢でもなければ、間宮正孝からの名指しの抗議さえ口実に過ぎない。すべては、領収書を書くことを拒んだ相馬への報復なのだ。

どこの署でも捜査協力者に捜査費を支払う際は、捜査協力者に領収書を書いてもらうことになっている。ところが、この領収書は実のところしばしば警官自身が書いている。少なくとも深大署ではたいていの警官がこのニセ領収書を書かされている。領収書に書く名前や住所は電話帳などからでたらめに選ばれる。当然、金は支払われず、裏金としてプールされて折々の管理職の飲食代に回されるのだ。

大勢の警官にこの裏金作りのためのニセ領収書を書かせるのは、筆跡を変えるためでもあるが、最も肝要なのは、組織のためにひとつの毒を分かち合うことだ。つまりニセ領収書を書くことは、組織への忠誠を試す一種の踏み絵となっているのだ。相馬はこれを拒み、その結果、組織は相馬を拒んだ。

相馬は学生時代と何ひとつ変わらないグラウンドを眺めた。

学生たちが引き揚げたグラウンドには薄紫の夕闇が降り、春の夕暮れ特有の埃《ほこり》っぽい微風が吹いていた。その中で修司がひとりサッカーボールと戯れている。無心にボールを追う姿はどこにでもいる十八の少年のものだった。相馬は初めて、あいつはまだ背が伸びる年なのだと思った。そして、グラウンドを駆ける修司を見つめながら、あいつが生きれば、それでいいと思った。

相馬は四月一日の異動までという上枝の勧めを無視して四月四日まで七日間の有休を取った。署長もさすがに文句はいわなかった。相馬は手にした時間のすべてをこの事件の捜査につぎ込むと決めていた。必ずこの事件の真相を突きとめる。それを殺された四人の被害者のため、修司を救うためとは思うまい。それは、このようにしか生きられない自分自身のためなのだ。

「GPS良好良好」と、鑓水の暢気《のんき》な声がした。

見ると、ヴェルサーチの喪服できめた鑓水が携帯を手にぶらぶらとやってくる。相馬は立ち上がってグラウンドの修司を呼んだ。修司が最後のシュートを決めて駆け戻ってくる。

「あ。あいつ俺の服着てる」と、鑓水がおかしそうに呟《つぶや》いた。

修司が石段を駆け上ってきながら相馬に教えた。

「鑓水のクロゼットってコスプレなみに充実してんだぜ」

「コスプレ……？」

鐺水は艶然《えんぜん》と微笑んだ。

「白衣とかもあるんだよ。着てみたい？」

一喝しようと息を吸い込んだ相馬は、ふと気が変わった。

「それもいいなぁ、着てみるか」

「楽しいよ、生まれ変わった気分になるから」

修司が心配そうに相馬の顔を覗《のぞ》きこんだ。

「相馬、おまえなんか悪いもんでも食ったんじゃないか？　な、大丈夫か？」

騒ぎ出す修司を尻目《しりめ》に相馬は快活に「なんか旨《うま》いもんでも食うか」と、先に立って歩き始めた。

## 42

「じゃあ、あの日、清ジョが見学に行くはずだった老人ホーム、判ったのか」

修司は驚いてまな板から顔を上げてリビングに目をやった。いつものように消音したニュース映像が流れるリビングでは、鐺水がひとりソファベッドに寝転がって悠々と寛《くつろ》いでいた。

「エプロン君、キャベツざく切りにしたら次、ガーリックは皮剥《む》いてみじん切りね」

キッチンカウンターにはすでに修司が茹《ゆ》でたグリンピースやインゲン豆、ブロッコリーがざるに載って並んでいる。修司はエプロンで手を拭《ふ》いて不承不承ガーリックの皮を剝き始めた。

食事係はマッチ棒の籤《くじ》で決めたのだが、〈春キャベツと生ハムのパスタに豆と春野菜のサラダ〉という鑑水が決めた季節感満載のしち面倒なメニューといい、妙に楽しげな矢継ぎ早の指示といい、修司はあの籤にはどうも何かインチキがあったような気がしてならなかった。

「で、行ったのか、その鎌倉の『ロータスホーム』」

エプロン代わりに白衣を着込んだ相馬が、茹でたそら豆の皮剝きを手伝いながら尋ねた。

「当然。ロータスホームっていうのは北鎌倉にある高級老人ホームでね。医者もヘルパーも常駐してて、食堂はちょっとしたレストラン並み。なんとケータリングもあり。部屋には料理好きの主婦のためのシステムキッチンなんかもついてる。食事制限のある入居者には管理栄養士が毎食献立を作ってくれるし運動不足解消のためのジムとプール、それにミニコンサートホールまである。料金は腰が抜けるほど高いが、まさに至れり尽くせりってわけで入居希望者の分厚い予約リストが山積みなわけ。俺は賭《か》けてもいいけど、あのリストの半分は入居前にこの世を去るね」

「だから？」と、相馬が皮剝きの手を止めて尋ねた。

「このうえ入居希望者を募集してるわけないじゃないの」

「ってことは」と、修司は思わずみじん切り用のペティナイフを振り上げた。「ホーム内の見学もやってるわけがない……!」

「そう。清ジョは偽電話で呼び出されたんだな」

修司はさすがに背筋に冷たいものを感じた。目出し帽の男は電話一本、メール一本で思いのままに人を動かしている。

しかし、それに続く相馬の話はさらに気味の悪いものだった。

久保印刷の店主・久保忠が作業場の黒板にメモしていた電話番号——あの日、駅前広場で会うはずだったチラシの依頼主の電話番号は、何者かによってきれいに消し去られていたのだ。チラシの色番や納期など雑多なメモの書かれた黒板の右下に、ぽっかりとひとつだけ帯状の空白があったという。尚江の話では通夜の際には大勢の弔問客が出入りしていたので、いつの間に消されたのかまったく気づかなかったらしい。

「偶然と考えられないこともないが、その電話番号だけ消されてるってのがな……」

相馬がそう言いながら剝き終えたそら豆のボウルをカウンターに置いた。

修司には薄暗い作業場の片隅に立って弔問客でごった返す店先をじっと見つめている殺人者の姿が見えるようだった。自分の手で殺した男の弔いに潜んでいる殺人者。それは何も知らない無辜《むこ》の人々の中に紛れ込んだ疫病のように禍々《まがまが》しい光景に感じられた。

「念のため久保忠が電話を受けた日時の通話記録を電話会社に照会してみたんだが」と、相馬が続けた。「発信は公衆電話からだった。ついでに修司に届いた呼び出しメールも当たってみたが、そっちはプリペイド携帯で購入者は不明だ」

相馬はさらに間宮家の内情からキッズランドの保育士・江木由加里の証言、間宮裕子のスーパーでの深夜パートの件まで、今日摑《つか》んだ事実をひととおり話した。

「間宮裕子の事件当日の行動に関しては新しいパートの面接相手を待っていたということ以外は判らない。日記には何か書いているかもしれないが任意提出を求めるのは不可能だ」

サラダ用のゆで卵を剝きつつ耳をそばだてていた修司は、その面接自体が腑《ふ》に落ちなかった。

「面接ってのは普通、雇い主の会社でやるもんだろ。募金詐欺のスタッフとかみたいに路上にバイト応募者を集めんのもあるけど、それなら駅前広場に他にも応募者が来てないとおかしいし。その面接ってのは、かなり怪しくないか？」

「まあそういうことだな」と、相馬が立ち上がって食器棚から鑓水の指示する皿を取り出し始めた。どうやら鑓水は季節のパスタを織部《おりべ》とかいう八角大皿で食べたいらしい。

鑓水が煙草に火をつけて情報を整理した。

「五人のうち竹下美里と修司は、同一人物が出した偽のメールで呼び出された可能性が高い。今井清子と久保忠は偽の電話でおびき出された可能性が高い。間宮裕子に関しては判らないが、彼女はキッズランドの江木由加里に『これから初めて会って話を聞く』と言ってる。ってことは、間宮裕子もあの日、竹下美里、久保忠、今井清子と同じ条件で人を待ってたことになる」

「同じ条件？」と、修司は尋ねた。

「つまり、四人とも待ち合わせ相手の顔を知らなかったってこと」

修司は事件直前の四人の姿を思い返した。

グレーのスーツを着た間宮裕子、外出帽にパールのネックレスをした今井清子、薄いジャンパーを着た久保忠の三人は、噴水を囲む石椅子に座って人待ち顔で駅の改札の方を眺めていた。そして約束の二時に遅れて大急ぎで駆けてきた竹下美里は、記憶にない教え子の姿を探して駅前広場を見回した。

あの時、四人が四人とも顔の判らない架空の待ち人を待っていたのだ。

「俺たち五人の本当の待ち合わせ相手は、たぶん同じ人間だったんだ。あの目出し帽の男」

「まず間違いないだろうね。と言っても、今んとこ物証はゼロだけど」

そう言うと、鑓水は修司にパスタを茹で始めるよう命じてストップウォッチを押した。

物証ゼロ。それは修司にも解っていた。

今井清子のカレンダーのメモはせいぜい老人ホームに関わる詐欺の疑い程度でとても計画殺人の証拠にはならないし、竹下美里と修司の偽メールにしても単なるいたずらメールと言われればそれまでだ。今井清子を呼び出した電話と竹下美里を呼び出したメールの通話記録を照会しても、久保忠や修司の時と同様に、そこから目出し帽の身元を割り出すことは不可能だろう。

修司は悔しい思いで大鍋《おおなべ》の中のパスタをゆっくりとかき混ぜた。

その時、何やらずっと考え込んでいた相馬が、「ちょっといいか」と口を開いた。

「俺にはひとつ、どうにも解らないことがあるんだが……」

相馬の困惑した口調に、修司は興味を引かれて続きを待った。

「俺が解らないのは、目出し帽はなんだってこんなやり方をしたのかって事だ」

修司は相馬が何を言いたいのか掴めず「どういうことだ？」と尋ねた。

「白昼の駅前広場での通り魔殺人。こんな事件が起きればメディアは一斉に騒ぎ立てて世間は騒然となるだろ」

「そうだね」と、当たり前のように鑓水が答えた。

「目出し帽の男はプロだ。五人の人間を殺すにしても、もっと他にいくらでもやりようがあったはずだろ。その気になれば、五人を一人ずつ消していく事だって出来たはずだ」

修司は言葉が出なかった。これまで一度もそんなふうには考えたことがなかった。

相馬は誰かに問うというより、むしろ自問するように先を続けた。

「深大寺駅は北口を出てすぐの所に交番がある。交番から南口の駅前広場まで、走れば二分とかからない。これだけ周到な手はずで被害者をおびき出した目出し帽の男が、交番があるのを知らなかったわけがない。目出し帽は、あの広場が五人の人間を始末するには危険な場所だと解っていたはずだ。実際、運が悪ければ奴は交番から駆けつけた巡査にその場で射殺されていたかもしれない。そんなリスクを冒してまで、一体なんのために目出し帽は、白昼の駅前広場でド派手な通り魔殺人事件を偽装して五人を殺そうとしたんだ……」

修司はそう思った。

危険を冒すだけの何かがあった。

その何かのために目出し帽は危険を冒し、おかげで俺は間一髪、命拾いした。

だが、あえて白昼、駅前で通り魔殺人を偽装しなければならないほどの理由を修司はなにひとつ思いつかなかった。

相馬がやはり自問するように言った。

「目出し帽は殺しを生業《なりわい》にしているプロだ。本来、可能な限り安全な方法を選ぶはずだ」

「そのとおり」

鑵水が明快に答えた。

「この場合、このやり方が一番、安全なやり方だったんだね」

めったに反応の揃わない相馬と修司がピタリとシンクロして鑵水を見た。さっぱり訳が解らなかった。近くに交番のある駅前広場で通り魔殺人を行うことのどこが一番安全なのだ。

「フレームレスの男が言ってたろ？　あと十日生き延びれば助かるって。目出し帽はとにかく十日以内に五人の人間を殺さなきゃならなかったわけよ」

相馬がすぐさま反駁《はんばく》した。

「だからってなにも五人を駅前広場に集めていっぺんにやる必要はないだろ」

「殺すべき五人は、同じ町内のさほど離れてない場所に住んでるんだよ。十日の間に同じ町内の人間が次々と五人も殺されてごらんなさいよ。『深大町連続殺人事件』でしょ。警察に捜査本部が置かれ、大量投入された刑事たちが被害者五人の暮らしを徹底的に調べ始める。そうなれば……」

相馬がアッと思い至ったように言葉を継いだ。

「殺しの動機が明らかになる」

「なるほど……」

修司が頷《うなず》いた途端、鑓水がキューを出した。

「エプロン君、残り一分、キャベツ投入」

パスタを茹《ゆ》でている大鍋に修司が慌ててキャベツを放り込むと、鑓水はストップウォッチを手に話を続けた。

「殺しの動機は必ず被害者の行為の中にある。被害者がかつてした事、今している事、これからしようとしている事、そのどこかに殺したい側の動機が隠れてる。十日以内に五人もの人間を殺さなきゃならないってのには、相当な理由があるはずだよね。いずれ必ず動機が割れる。ところが、通り魔事件ならそうはならない。通り魔事件で一番好都合なのは、誰も殺しの動機を考えないこと。通り魔ってのは、まさに『たまたまそこにいたから殺した』って犯罪だからね。通常の殺人事件の捜査と違って被害者の生活は調べられない。これなら殺しの動機は隠し通せる」

言い終わるや、鑓水は修司に茹で上がりのキューを出した。修司が大鍋からパスタとキャベツを引き上げると、辺りいっぱいに白い湯気が立った。

相馬は初めて捜査会議に出た時の事を思い出した。被害者リストの作成を命じられ、相馬は捜査から外されたと思った。通り魔事件では、被害者の側に捜査するべき事がらはないからだ。そして、今も組織の人間たちはそう思っている。

相馬は『これが一番安全な方法』だという意味がはっきりと解った。

ターゲットの五人を駅前広場に集めて通り魔の犯行に見せかければ、被害者全員が同じ町内の人間でも何の不思議もない。むしろ誰もが、たまたま駅前広場にいた町の人間が運悪く犠牲になったのだと考える。殺しの動機は決して探られることがない。一回の通り魔の犯行にして、たった一人のダミーをでっちあげればすべて丸く収まる。

相馬は改めて感嘆の思いで修司に目をやった。

エプロン姿の修司は鑓水の細かい指示に不平を連発しつつ、茹で上がった膨大なパスタとキャベツをフライパンに移し、ガーリックを炒《いた》めたオリーブオイルに絡めている。眉間《みけん》に縦じわを刻んでデカいフライパンを操る修司を眺めながら、相馬はこいつが目出し帽にとって唯一最大の誤算だったのだと確信した。目出し帽の男はあらかじめ交番の存在を計算に入れて犯行を計画していた。しかし、被害者の一人がぶちキレて刃物を持った自分に向かってくるとは考えていなかった。おまけにそのぶちキレた被害者は、目出し帽の男が入れ替わりのために顔を隠しているメットのバイザーを空き瓶で叩《たた》き割ろうとし、殴り倒せば噴水の中という最悪の場所に倒れこむ。目出し帽にとっては悪夢のような展開だっただろう。修司がその場であっさり刺されていれば、目出し帽は交番の巡査が駆けつける前に悠々と逃げおおせていたのだ。

凝り性らしい真剣な面持ちで八角大皿にパスタを盛り付けていた修司は、皿の縁のオイルをナプキンで拭《ふ》き取ると満足げに微笑んだ。

指図するだけのくせに、指示どおりに作ると美味《おい》しい。それが鎧水の料理だった。大鍋いっぱいのパスタと山盛りのサラダは瞬く間に三つの胃袋に収まった。食後は鎧水が濃いアッサムティーを入れ、鎌倉山の季節限定イチゴチーズケーキを広げた。

相馬は、もしかしたらこれを食いたいがために鎧水は鎌倉まで行ったのではないかとチラリと思った。修司は見るまでもなく一瞬で完食していた。

「俺ら五人は、どっかに共通点があるはずなんだよな」

修司が掌《てのひら》に包んだウェッジウッドのターコイズのティーカップを見つめて呟《つぶや》いた。

「なんか五人がひとつのグループになるみたいな共通点……」

そこに殺したい側の動機が潜んでいる。相馬もそう考えていたが、五人は世代も趣味も暮らしぶりも、見事にバラバラだ。共通点は、五人とも事件直前までまったく身の危険を感じていなかったことくらいか……。

相馬は手帳を開き、挟んであった被害者四人の顔写真を修司の目の前のテーブルに並べた。

「以前に、一度でもどこかで会ってないか？」

修司は全神経を集中して死んだ四人の顔を見つめた。同じ町に住んでいたのだ、どこかで顔を合わせているかもしれない。コンビニ、銀行、駅前通り……。死んだ四人の目が、『もう思い出せるのはおまえ一人だけだ』と言うように修司を見つめ返している。

修司は長いこと写真を睨《にら》んでいたが、やがて諦《あきら》めて首を振った。

「だめだ。ほんと、ぜんぜん会った覚えねぇんだ。どこかですれ違ったことくらいはあるかもしれねぇけど」

「すれ違い……」と、鑓水がポツリと呟いた。

鑓水はソファベッドに寝転がったままぼんやりと天井を眺めている。

「同じ町で……すれ違い……」

鑓水は指に挟んだ煙草から長い灰が折れて落ちたのにも気づかない。

相馬は、鑓水の中で何かが形を取りかけているのだと思った。修司もカップを持った手を止めて鑓水を注視している。

「……犬……ニューヨーク……土方……」

そう呟くと、鑪水は小さく息を吞《の》んでソファベッドから跳ね起きた。

「時間と場所か……！」

鑪水は吸殻を灰皿に投げ込むと、飛びつくように四人の被害者の写真の上に屈《かが》みこんだ。

「久保忠」と、鑪水は久保忠の写真に指を置いた。「彼は毎朝、五時半に起き、犬を連れてジョギングに出ていた。だろ？」

「ああ」と、相馬は頷いた。

「次、今井清子」と、鑪水は清子の写真を指した。「健康に気を遣っていた清ジョは毎朝、五時過ぎに起きてウォーキングをする習慣があった。清ジョの性格から考えて早朝でもある程度きちんと身なりを整えただろうから、家を出るのは五時半少し過ぎた辺りだ。それから、間宮裕子」

相馬は鑪水の意図を察し、手帳を開いて読み上げた。

「彼女は今年の二月一日から月、火、木、金の週に四日、夜の十一時半から早朝の五時半まで旭スーパーで深夜パートをしていた。仕事を終えてスーパーを出てるのが五時四十分過ぎ」

鑪水が竹下美里を指差すと、修司が勢い込んで答えた。

「竹下美里は毎週金曜日のオールナイトミニ発表会のあと、新宿から始発で帰宅してた。

始発が深大寺駅に着くのが五時半近く。そんで、土方の俺も雨の日以外は毎朝、五時半に家を出る」

鐺水が目を上げて相馬と修司を見た。

「五人全員が週に一度だけ重なってる」

「ああ」と、相馬は頷いた。「土曜の早朝、五時半から六時の間だ」

「その時刻に、俺たち五人は前後して深大町のどこか同じ場所を通ったんじゃねぇか？」

「そこで、五人全員が同じ何かに遭遇した。何かを見たとか、何かを聞いたとか……」

鐺水が言い終わるより早く、相馬は内ポケットから皺《しわ》くちゃになった深大町の地図を取り出した。三人は互いに頭突きを見舞いあう勢いで地図に殺到した。修司を含む被害者五人の住所には赤丸で印がつけてあった。久保忠と今井清子は三丁目、竹下美里は二丁目、修司のアパートは四丁目、間宮裕子だけは駅の南口方面になる六丁目に住んでいた。

相馬が先陣を切って今日、久保忠の犬に先導されて歩いたばかりのジョギングコースを説明した。

「久保忠が犬を連れてジョギングしてたコースは、まず自宅から住宅街を抜けて穴吹天《あなぶき》神に出るだろ。で、境内を突っ切って、その先の細道をしばらく行くとけやき通りにぶつかる。あとはけやき通りの信号を渡ってまっすぐ行くと多摩川べりだ。往復四キロほどだな」

鑓水が久保忠のジョギングコースを地図に赤ペンで書き入れた。

「今井家の家政婦・前田光代の話だと、清ジョも毎朝、自宅を出て穴吹天神を抜け、けやき通りの信号を渡って多摩川べりへ出るコースをウォーキングしていた。往復五キロだ」

鑓水が今井清子の家から多摩川べりまでの道に赤ペンを引いた。

今井清子と久保忠のコースは、穴吹天神から先がピタリと一致している。

「俺はアパート出て途中のコンビニで朝飯買うだろ。それから天神の境内を突っ切って細道がけやき通りに出た所で清ジョたちのコースから外れて右折。甲州街道に出て親方の車に拾ってもらう」

修司が地図上に指すコースを鑓水が赤ペンで書き入れた。

三つのコースは穴吹天神からけやき通りに出るまでの約三〇〇メートルの細道が重なっている。

「なんか、この天神が怪しくねぇか」

修司が三つの赤いラインが通る神社を突《つつ》いた。

「慌てるな」と、警官らしく相馬が制した。「今のところ怪しいのは穴吹天神だけじゃなくて、天神からけやき通りまでのこの約三〇〇メートルの細道全体だ」

「次、間宮裕子はこの旭スーパーから自転車で駅の反対側に帰る」

そう言って鐺水が旭スーパーを指した。

駅の反対側の家に帰るには二つのコースがあった。東の多摩川方向の地下道を通るか、西の踏切を通るか。多摩川方向に行けば天神を通るが、距離的には踏切を通るコースの方が若干、家に近い。

「普通、踏切を通るコースで帰るだろうな」と、修司が腕組みをして地図を睨んだ。

「早朝で電車の数が少ないから、開かずの踏切になることもないしな。間宮裕子としては出来るだけ早く小さい子供のいる家へ帰りたいだろうし」

「残念。間宮裕子はちょっと遠回りして地下道の方から帰ってたんだよね」と、鐺水が上機嫌で訂正した。

「なんでそんなこと解んだよ」

修司が不審顔で尋ねた。

「間宮裕子が言ってたから。正確には、間宮裕子が言ったのをキッズランドの江木由加里が聞いて、その江木由加里が言ったのを、相馬、おまえから聞いたんだけどね」

「俺？」

「『家でできる仕事を探してたんですけど、なかなか見つからなくって……』」

相馬と修司が同時に続きを喋《しゃべ》り出したので最後の方はごちゃごちゃになった。

「『パートの帰りにいつも神様にお願いしてる』！」

「そう。旭スーパーから間宮裕子の家までの間でお願いが出来るような神様がいるのは、この天神だけ。間宮裕子はパート帰りに穴吹天神にお参りしてたんだね」

相馬は、間宮正孝が激昂《げきこう》して珈琲《コーヒー》を投げつけた時の様子を思い出した。

「解ってたんだな、間宮裕子は。このままじゃ自分たちの家庭はダメになるって。正孝は一度つまずくと脆《もろ》いタイプでDV一歩手前ってとこだ」

鑓水が間宮裕子の帰り道を地図上に記した。穴吹天神の境内を突っ切り、あとは細道がけやき通りにぶつかる所で修司とは逆に左折するとすぐに駅の地下道に出る。

最後に鑓水が駅から竹下美里の部屋までの帰宅順路を書き込みながら言った。

「竹下美里は駅を出て左折。そして四人とは逆にけやき通り側からこの細道に入り、細道を二〇〇メートルほど来たところにある自分のマンションに帰る」

「え？　天神に行く前に家に着くんだ……」

修司が地図に書き込まれた美里の赤ラインに首を傾げた。

「おかしいなぁ。竹下美里にもなんか天神に行くような悩みがあったのかな」

「あのな」と、相馬が修司を嗜《たしな》めた。「おまえには天神ではなにか良からぬ事が行われているという思い込みがあるようだが、よく考えろよ。『ニューヨークな感じ』で朝まで歌った若い娘が、帰りに天神様にお参りに行くか？　第一、竹下美里の悩みはダイエットの失敗と近所の工事の騒音くらいだったんだろ」

「ちょっと待て」と、鑓水が手を挙げた。「工事の騒音って、この細道で工事をしてたんなら、ここ、通れなくない？」

「いや、ここで道路工事なんてしてねぇぞ」と、修司が断言した。「それにこの細道のあたりはいつもしんとして静かなんだけどな」

「道路工事じゃない。騒音の原因はここだ」と、相馬が美里のマンションの向かい側の空き地を指した。

「そこ、空き地でしょ」と、鐺水がもっともな抗議をした。

雪が積もった時、足跡を残すのが楽しい。そう清子が光代に話した空き地だ。

「地図じゃ空き地になってるがな、今はここに新しい高級賃貸マンションが建築中なんだ。今日、久保尚江と犬つれて通ったんだが、そりゃ凄《すご》い騒音だった」

尚江はあの大気を圧する鋼鉄の騒音に紛れて大声をあげて泣いたのだ。

「そうか、俺が通る時刻にはまだ工事が始まってないから静かだったんだ」

「ってことは、結局、この二〇〇メートルだね」

鐺水は赤ペンを取り直すと、細道のけやき通り側から美里のマンションまでの二〇〇メートルの区間を囲んで斜線を入れた。

「ここなら、五人全員が通る」

「だな」と、頷《うなず》くと、相馬が修司に向き直った。「おまえいつかの土曜日の早朝、この建設現場の前の細道で何か見るとか、聞くとかしなかったか？　何かいつもと違うもの」

修司はマンションの建設現場あたりの風景を思い起こした。

毎朝、通っていた細道……マンションの建設現場……。

そこで見た、あるいは聞いた、いつもと違うもの……。

修司は記憶を探った。

ところが、以前の日常の記憶がまるでペースト状にすりつぶされてしまったかのように、明確な輪郭を持った出来事として捉《とら》えられなくなっていた。細道や建設現場の風景は覚えているが、自分がどんなふうにそこを通っていたか思い出せないのだ。

修司は自分の状態に動顚《どうてん》し、何とか思い出そうと焦った。だが焦れば焦るほど、記憶は平板なものになる。

鑓水が修司の様子がおかしいのに気づき、煙草を唇に当てたまま相馬に目配せした。

相馬は目顔で、大丈夫だ、と返した。

相馬は今の修司のような状態に陥った人間に何度も接したことがある。犯罪者の場合もあれば被害者の場合もあった。凄惨《せいさん》な事件そのものはよく覚えている代わりに、事件が起こる以前の平穏な日常生活の記憶が鮮明に思い出せないのだ。強烈な光をまともに見た後には、近くの物がはっきりと見えなくなるのと同じだ。それでも目が潰《つぶ》れていないかぎり、時間とともに視力が回復するように、パニックさえ起こさなければ、平凡な時間を積み重ねていくことで以前の日常を思い出す感覚も回復していく。

だが問題は、今の修司にはそれほどの時間がないということだ。

相馬は正直なところ、修司が今まで目出し帽の男の手から生き延びた運と、勘の良さに賭《か》けていた。修司に思い出せなければ、誰にも修司が狙われている理由は解らない。それが解らなければ、打つ手がない。

「落ち着いてよく考えろ」

相馬はいつもより少しゆっくりと話した。

「それほど昔のことじゃない。間宮裕子が深夜パートを始めたのが二月一日。だからそれ以降の土曜日だ。ジョギングで通り過ぎた久保忠も、自転車で通り過ぎた間宮裕子も気づいたもの」

修司は茫洋《ぼうよう》とした記憶を懸命に探るように目を閉じた。

「いいか。時間が前後して通った五人が、全員、気づいたとしたら、動きじゃない。状態だ。少なくとも早朝の五時半から六時頃までの三十分間はそのままの状態だったんだ」

眉根《まゆね》を寄せてじっと考えていた修司が、ふっと何かに思い当たったように顔を上げた。

「……軽トラ……」

修司は早朝の薄明の中に停車した軽トラックをぼんやりと思い出していた。

軽トラックが、まるでモノクロの霧の中から現れるように記憶の中でゆっくりと全体像を結び始める。

「軽トラが停まってた。……洗車したてみたいなピカピカの……。コンテナ……後ろが開閉するタイプのコンテナがついてた」

鑓水はすでに黙ってメモを取り始めている。

「……その軽トラが細道を塞《ふさ》いでて……俺、立ち止まったんだ……」

相馬が変わらぬ口調で尋ねた。

「運転手はいたか」

修司の脳裏に、軽トラックの脇に立つ灰色の作業着を着た男の姿が蘇《よみがえ》った。長身で分厚い胸板。作業着のポケットに、青いネームの縫い取りがあった。そこに会社名が……。

「真崎……『真崎工業』だ……！」

修司はあの朝のことを鮮明に思い出した。

瞬間、修司は小さく息を吞《の》んだ。

「間違いない、俺たち五人は同じものを見てる……。あの朝、俺、変だと思って、運転手の作業着のネーム確かめたんだ！」

「変って、何が変だったんだ」

相馬が声を掛けたその時だった。

修司が突然、相馬の背後を見てアッと目を剝《む》いて凍りついた。

その様子にさすがの鑓水もぎょっとなった。

相馬は咄嗟《とっさ》に修司の腕を摑《つか》んだ。

「おい修司！　どうした」

修司はすごい勢いで相馬を突きのけ、壁のプラズマテレビに飛びついた。

相馬も鐺水も、修司の異様な行動よりもそのあとに続いた言葉の方が信じられなかった。

「今の、フレームレスだ！　今、映ってたの、俺が病院で会ったフレームレスの男だ！」

相馬と鐺水は仰天してテレビ画面に目をやった。

消音したプラズマテレビのニュースには、誰か著名人のものらしい盛大な通夜の様子が映し出されていた。

## 43

三月二十八日の未明に脳梗塞《のうこうそく》で他界したタイタスグループ会長・富山浩一郎の通夜は、午後六時より東京・目黒区の富山邸で営まれ、経団連会長・殿山豊《とのやまゆたか》をはじめ政財界の大物たちが次々と弔問《みと》に訪れた。

富山の最期を看取ったのは、六十年あまり連れ添った妻の文絵と、敗戦後の混沌《こんとん》とした時代から高度経済成長期を通して富山の手足となって働いた食品部門・現タイタスフーズ出身の老役員たちだった。王の臨終に立ち会った老役員たちはフーズの人間だけにその死を知らせ、他のグループ各社には出社時刻を過ぎるまで意図的に通達しなかった。

おかげで昼前になって慌てて富山邸に駆けつけたグループ各社の取締役たちは、通夜の段取りから告別式の準備にいたるまで、すでに立ち入る隙もなくフーズの人間たちが取り仕切っているのを見る羽目になった。通夜の席で悶着《もんちゃく》を起こすわけにもいかず黙って引き下がりはしたものの、表舞台から閉め出された憤懣《ふんまん》で彼らの腹の中は煮えくり返っていた。日頃はそれぞれの新会長候補を担いで反目しあっている彼らもこの時ばかりは、フーズが大きな顔をしていられるのも新しい会長が決まるまでだと暗い目を見交わした。

中迫武は未明に部長の宮島からの一報を受けて富山邸に入って以来、遺体搬送の手続きから葬儀社への連絡、関係各方面、友人、知人等への告別式の通知、さらには富山邸周辺の警備の手配まで休むまもなく動き続けていた。

通夜の段取りはなんとかなったものの、夕刻になっても明日、斎場で営まれる告別式の受付、会計、駐車場、案内などの各世話係の人選は手付かずのままだった。告別式には通夜とは比べ物にならないほど多くの政財界の要人が出席する。その顔と地位を記憶しており、かつすべてに適切な心配りが出来る世話係となると、中迫にも任せられる部下はそう多くはいない。とにかく足りない部署は頭数を揃えて最低限のマニュアルを叩《たた》き込むしかない。今夜は泊まりになるなと思った。中迫は夜間担当の警備員と手早く打ち合わせをすませると、奥の廊下に出て携帯の短縮番号を押した。三度のコールで妻の頼子の静かな声が「はい、もしもし」と応《こた》えた。

「どうだった？」

中迫は一番に尋ねた。毎週月曜は小児喘息《ぜんそく》を患う一人娘・敦美の定期健診の日だ。

「大丈夫。今のところ安定してるそうよ。代わる？」

「ああ」

着メロで父からの電話だと判っていた敦美が、待ちかねていた様子で「パパ！」と電話口で愛らしい声を上げた。

「ちゃんと先生とお話できたかい？」

「うん。ミリーも一緒だったから」

ミリーは昨年のクリスマスにもらって以来、敦美の親友となっている白いヒツジの縫いぐるみだ。おやつを食べる時も、病院へ行く時も、眠る時も、ミリーは敦美と行動を共にしている。

中迫は携帯電話越しに聞く幼い声の抑揚に当座の健康を確認して安堵《あんど》した。ここ数日、ろくに敦美の顔を見るいとまがなかったので体調が判らず気に掛かっていた。中迫は敦美に今日は絵本を読まずに早く眠るように言うと、電話を代わった頼子に今夜は泊まりになりそうだと告げた。頼子は半ば予期していたらしく、車のバックシートに着替えを置いてあるからと言った。そして、やはり静かな声で「一時間でも休んで下さいね」と言い添えて電話を切った。

広間の方から中迫を探す部下の声が聞こえた。中迫は廊下を足早に戻り、部下の榊《さかき》に十分後に各部のユニットチーフ経験者を全員サロンに集めるように言った。それから、接待係の社員に一階と二階の応接室を開けて焼香の終わった弔問客を少しずつそちらへ移動させるように指示した。襖《ふすま》を取り払った大広間はすでに人で溢《あふ》れかけていた。喪服の人間たちが流れ作業のように手を合わせては、富山の大きな遺影を見上げている。それは今朝、中迫自身が富山のアルバムから選んだ一枚だった。

文絵と老役員たちは、富山が息を引き取るまで一切、弔いの支度をすることを許さなかったため、中迫は早朝、富山邸に着くやいなや、遺影にする写真を選ぶために二十歳そこそこのお手伝いの娘と共に富山のアルバムを探すところから始めなければならなかった。

中迫は富山の書斎にあったその古風な革張りのアルバムを開くまで、実際に富山浩一郎という男を間近で見たことがなかった。驚いたことに、アルバムの中の富山は脳梗塞で倒れる間際まで壮年のように若々しかった。富山の世代には珍しい上背のある体軀《たいく》をジムと水泳で見事に鍛え上げ、微塵《みじん》の老醜も感じさせなかった。狩猟を好み、ことに鳥撃ちに執心していた富山は猟場の写真を多く残していた。

その一枚に獲物を仕留めた際のものがあった。腹から細い血を垂らしたキジを片手に、富山はまるで黄金の心臓を持つ子供のように無邪気に笑っていた。老いも死も、自分が許さぬ限り自分には近づけないと信じているかのような富山の笑顔には、傲岸《ごうがん》さと同時に人をひきつけずにはおかない強烈な個性があった。中迫はその一枚を遺影に選んだ。

富山は今、黒漆の巨大な遺影額に納まり、続々と訪れる弔問客を生前と同じに高みから見下ろしている。最後の二週間は意識もなくチューブに繋《つな》がれていたが、それでも富山の最期は本人にとってこれ以上ないほど幸運なものだったと中迫は思う。富山浩一郎は、タイタスフーズを巡るこの恐ろしい二週間の出来事をなにひとつ知ることなくこの世を去ったのだから。

駅前広場の事件は、通り魔事件などではない。彼らの死の真相を知っているのは、タイタスフーズ社内では中迫をのぞけば二人だけだった。部長の宮島元彦、そして専務取締役の森村隆俊。

中迫は、通り魔事件が起きた日の宮島と森村のことを忘れることができなかった。その日、中迫はたまたま社に打ち合わせに来た広告代理店の社員から、深大寺駅前広場で通り魔事件があったと聞いた。『深大寺駅前』という場所に、まさか、という悪い予感で胸がざわめいた。中迫は打ち合わせを中座してミーティングルームを出ると、エレベーターを待つのももどかしく、階段を駆けて専務取締役室へ急いだ。

秘書の取次ぎを待たず自らノックして扉を開けると、森村は艶《つや》やかなマホガニーのデスクに置かれたラップトップパソコンに向かっており、宮島が傍らからデスクに手をついて同じ画面を覗《のぞ》き込んでいた。二人は取次ぎもなく入ってきた中迫に慌てる風もなく顔を上げた。

中迫は扉を閉め、事態を告げようと口を開きかけた。その時、パソコンから低くテレビのニュース音声が流れているのに気づいた。なめらかなアナウンサーの声が、深大寺駅前広場で起こった通り魔殺人事件の詳細を報じていた。

「深大町の方で通り魔事件があったようですね」

森村が無表情に言った。

その瞬間、二人は知っていたのだと直感した。森村と宮島は、この事件が起こることをあらかじめ知っていたのだ。それは取りもなおさず、通り魔事件の被害者が、あの五人だということを意味していた。

中迫は今、富山邸のサロンの珈琲《コーヒー》テーブルに告別式場の配置図を広げ、各パートのチーフに弔問客の流れを把握させながら、森村と宮島の視線を感じていた。

森村と宮島はサロンの奥で葬儀社の人間と告別式の段取りを打ち合わせているが、時折、中迫の様子を監視するようにこちらに視線を送ってくる。

今なら中迫にも彼らの思惑が手に取るように解った。彼らにとってはあの通り魔事件は通過点に過ぎなかったのだ。事態はまだ終結していない。四月四日に向けてむしろこれからが肝心な時なのだ。彼らの最大の関心事は、タイタスフーズを守ることだ。タイタスグループの創業母体であるフーズば、これまでそうであったようにこれからも、グループの中心であり、『顔』であり続けなければならない。彼らはこの一件を闇に葬ることさえ出来れば、後発のグループ各社には何ひとつフーズを追い落とす口実はなく、フーズは富山なき後もこれまでどおりタイタスの顔であり続けられると思っている。いや、藁《わら》にもすがる思いでそう信じようとしている。中迫にはその姿が常軌を逸したものに見えた。

宮島の着信が鳴り、携帯を取った宮島の目が中迫の視線とぶつかった。宮島は携帯で話しながら、中迫に置いた視線を動かそうとしない。中迫は、以前から宮島に疑われているのをひしひしと感じていた。

宮島は、中迫が真崎省吾と組んでいたのではないかと疑っている。疑っていて確証を摑《つか》めないでいる。中迫が今こうして生きていられるのは、中迫と真崎省吾を繫ぐ線を彼らがまだ見つけられずにいるからだ。中迫はしかし、それも時間の問題だと考えていた。

駅前で四人を刺殺したあの男が、遠からず真崎省吾と自分の繫がりも調べ上げるだろう。その時が自分の最期だと覚悟していた。だが、四月四日まであと七日。中迫もこのまま終わるつもりはなかった。

宮島が携帯を切って立ち上がり、まっすぐに中迫の方へ近づいてくる。中迫は宮島から目を逸《そ》らさなかった。告別式の配置図を囲んでいた部下たちが宮島の姿に気づいて話をやめた。あたりに不意の静寂が降りた。

宮島は静寂がたっぷりといきわたるのを待って口を開いた。

「磯辺先生がおみえだ。中迫課長、案内を頼む」

大物政治家の名前に部下たちが高揚した顔を見合わせた。

「解りました」

中迫は部下たちに目をやった。

「各パート内で交代で食事をすませておいて下さい。続きは一時間後に」

中迫はあらゆる感情を押し殺して玄関に立った。

富山浩一郎の盟友・磯辺満忠。

中迫は深く一礼すると床に膝《ひざ》をつき、磯辺の足元に来客用のスリッパを揃えた。磯辺は中迫を一顧だにせず無造作にスリッパに足を突っ込むと、遠く読経《どきょう》の聞こえる長い廊下を勝手知ったる様子で奥の座敷へと歩き出した。

大広間に着くと、中迫は先に立って文絵に磯辺の来訪を告げた。文絵は磯辺にすぐに焼香してもらうように言い、中迫は磯辺を祭壇の前へと案内した。焼香の順番を待っていた弔問客たちはすぐさま道を空けた。

真崎と中迫は、この磯辺満忠の存在を計算に入れてひとつの計画を立てた。タイタスと磯辺の力によって握り潰《つぶ》されることなく、真実を公表するためには、周到な計画が必要だった。そして磯辺は、真崎の読みどおりに動いた。二週間前まで、すべては計画どおりに進行していたのだ。

「服部が台所にいる。食事がすんだら車で待つよう言ってくれ」

磯辺は中迫に目もやらずに低く命じると、祭壇の前に座った。

何も考えるな。中迫はそう自分に命じると一礼して大広間を後にした。

台所に続く東翼の廊下は人気《ひとけ》がなくしんとしていた。食事はすべて仕出しで間に合っており、あえて富山邸の台所を使おうとする者はない。廊下を曲がると、突き当たりにある台所の大きな硝子《ガラス》戸の灯《あか》りが消えているのが見えた。中迫は念のため台所に近づいて声をかけた。するといきなり硝子戸の向こうの闇で人の動く気配がした。中迫は反射的に引き戸に手をかけた。瞬間、戸の向こうの闇の中から男の声が立った。

「用ならそこで言って下さい」

服部の口調は悪戯《いたずら》を楽しむ青年のように弾んでいた。

「今、食事中なんです」

服部の声にかぶさるように、女のくぐもった笑い声が聞こえた。

その声に中迫は聞き覚えがあった。今朝、富山のアルバムを探すのを手伝ってくれた二十歳そこそこのお手伝いの娘だ。中で何が起こっているのかは察しがついた。

中迫は硝子戸越しに磯辺からの指示を伝えると来た廊下を引き返した。磯辺が、服部の女好きを知っていてわざと中迫を使いに出したのだ。磯辺と服部の間の遊び。授業中に紙玉を投げあうような遊びに自分は一枚嚙《か》まされたのだ。人を人とも思わぬ政治家らしい子供じみた厚かましさに、中迫は怒りも憤りも感じなかった。ただひどく疲れていた。

中迫はそのままサロンへは戻らず、玄関を出た。戸外の新鮮な空気が吸いたかった。

富山邸の門扉の前にはいつの間にか大勢のテレビクルーがカメラを据え、ひっきりなしに政財界の要人が弔問に訪れる通夜の様子を撮影していた。

ただでさえ次々とリムジンの停まる生活道路にテレビクルーが店を広げれば通行が妨げられ、周辺住民から苦情が出る。中迫は強いライトの中、弔問客の間を縫って通りに出ると、富山邸周辺の警備に当たっている警備員たちに正面に回ってテレビクルーを整理するように言った。

駆けて行く警備員たちを見送った途端、携帯が鳴った。接待係の社員からで、通夜振る舞いの寿司がなくなりそうだという。文絵が指定した馴染《なじ》みの寿司屋はネタ切れなのだ。中迫はフーズでいつも使っているケータリングのチェーンに連絡してすぐにオードブルを取り寄せるように言った。

中迫は携帯を切り、さらに電源を切って、広大な富山邸を囲むコンクリートの壁に背をもたせた。肩から首筋、目の奥にかけてがひりつくような熱を持っている。ほんの数分、何も考えずにいたかった。

正面門扉の喧騒《けんそう》も広い庭と高い壁に遮られ、富山邸背面の通りは嘘のように静まり返っていた。中迫は深い息をついて天を仰いだ。そして都心の水っぽい牛乳のような夜の空を見上げたまま、その場に座り込んだ。腕の喪章を外して投げ捨てると堰《せき》を切ったように気持ちが崩れた。

真崎……。

叶《かな》うことなら、真崎に会いたかった。

あの五人のうち四人までが殺され、残るは繁藤修司ひとり。その繁藤修司の行方も今は杳《よう》として知れない。あの少年は生きているのか、死んでいるのか。もし生きているとしても、あと七日、生き延びることができるだろうか。

中迫は両手で顔を覆った。

なぜこんなことになってしまったのか。
真実を公表するための計画は完璧《かんぺき》だった。すべては計画どおりに進行していたのだ。
二週間前までは。
それが、一体なぜ。
答えてくれ、真崎。
なぜこんな恐ろしいことになってしまったのか。

# 第六章　共犯者　――二〇〇四年・秋～二〇〇五年・早春

## 44

あの台風の日に再会して以来、中迫は真崎とたまに会って晩飯を食うようになった。真崎は藤沢工場に近い大和市の方に住んでいるというので、中迫は初め自分から大和市の方へ行くつもりでいた。ところが電話でそう伝えると、真崎は仕事が終わったら場所を変えて気晴らしをしたいからと固辞し、少し考えた後、「じゃあ、向ヶ丘遊園《むこうがおか》で」と言った。向ヶ丘遊園は大和市の方へ向かう小田急《おだきゅう》線にある駅で、中迫が住む二子玉川からもそう遠くはない。なるほど二人が落ち合うには便利な場所だった。

かつて遊園地があったその街は、勤め人と学生が雑居する飲み屋の多い街で、線路を挟んだ両側に和洋中、創作料理など様々な看板を掲げた店がひしめいている。中迫と真崎はたいてい南口の線路沿いから少し入った『こま』という小さな居酒屋の暖簾《のれん》をくぐり、その三つしかない長卓の一番奥に腰を落ち着けた。壁に貼られたお品書きは煮びたしなどのどこにでもある料理ばかりで、変わったものといえば揚げたてのあられくらいだったが、「無理言うな、腰痛《いて》ぇんだから」が口癖の腰痛持ちの親爺《おやじ》が出す料理は、どれもそこに旨《うま》かった。

何度飯を食っても、真崎は預かってくれている例のサンプルについて自分から中迫に尋ねることはなかった。何か事情があるのだろうと察して、中迫が話すまでは尋ねまいと決めているようだった。だが、真実を話せば真崎を巻き込むことになる。かといって辻褄《つじつま》の合う作り話も思いつかない。中迫はあのサンプルのことを一体どう真崎に説明すればいいのか判断がつかなかった。

いきおい酒がはいると話題は子供たちの近況に流れた。中迫は真崎の気持ちに甘えていると解っていたが、真崎と子供の話をしている時間だけは、まるで昔に戻ったようで事件のことを忘れていられた。

真崎と知り合ったのは、中目黒にある聖ウルスラ小児クリニックだった。小児喘息《ぜんそく》は家庭での病状管理が重要な位置を占めるため、クリニックでは発作を起こした際の処置や最新のステロイド剤の効果などについて父親にも知っておいてもらおうと、月に一度、休日の午後に、小児喘息の子を持つ父親を対象に講習会を開いていた。

平素は診察を待つ子供たちに開放されているプレイルームで、中迫は真崎としばしば椅子を並べ、メモを取りながら熱心に医師の話に聞き入った。講習のたびに言葉を交わすうち、真崎が自分よりも五つ年下で、小さいながら廃棄物収運会社を腕一本で切り回しているのを知った。

年齢も生きる世界も違ったが、中迫と真崎は不思議とウマが合った。講習の前後には壁に貼られた子供たちの絵を眺めながら敦美と雄太の状態や、気になった新聞記事のこと、日々のたわいない出来事などを気がねなく喋《しゃべ》りあったものだった。

だがそんなつきあいが何年か続いたある日、真崎はぱたりと姿を見せなくなった。しばらくして看護師長から真崎の一家は雄太の身体のことを考えて空気のいい郊外へ引っ越したのだと聞いた。いつか飯でもと言い合いながら、また次に会えるだろうという気安さから互いに連絡先も知らせていなかった。悔やんだがどうにかなるものでもなく、おそらくもう会えないだろうと思っていた。

今、『こま』の親爺を相手に軽口を叩《たた》く真崎は、二年前に比べて少し頬が削《そ》げたが、身体を使う仕事だけあって肩も胸も腹もしなやかに引き締まり、笑い皺《じわ》の深い目元は相変わらず精悍《せいかん》に見えた。思ったとおり酒に強く、自分のペースで気持ちよく呑《の》んで崩れることがない。浦霞《うらかすみ》をもっきりで飲みながら、真崎は中迫の話す敦美の成長ぶりに熱心に耳を傾けた。

娘を持たない真崎は、七五三の女の子の祝いや桃の節句が珍しいようだった。敦美が赤い絣《かすり》の着物を着て雛壇《ひなだん》に干菓子や雛あられを飾る様子をひとしきり目を細めて聞いた後、真崎は「嫁にやる時はものすごくつらいんだろうなぁ……」と真剣な面持ちでひとりごちた。中迫は動揺のあまり「まだ六つなんだぞ、縁起でもない！」と思わず声が裏返り、真崎とつまみを運んできた親爺の双方にさんざんに笑われた。

幾度目かの夜、中迫が「雄太君、中学生になって変わったかい？」と水を向けると、真崎は「あいつ、一年でこれくらい背が伸びたんだ」と、すぐさま指で一〇センチほど作って見せた。「以前よりよく食うようになって。女房がいくらとめても学校じゃ勝手に運動してるみたいだ」

「発作の方は大丈夫なのか？」

「ああ。薬はきちんと飲んでるし、医者も大丈夫だろうって」

そう言うと真崎は桝《ます》に残った酒をグラスに移しながら少し得意そうに打ち明けた。

「雄太な、春になったら一緒にツーリングに行きたいって言い出してるんだ」

その一言で、その夜はたちまち祝い酒になった。

真崎は高校生の頃、自転車競技のロードレースで全国高校総体に出場した経験があり、社会人になってからも時間を見つけては自転車に乗っているようだった。聖ウルスラ小児クリニックでの講習会の際も、当時住んでいた日吉《ひよし》のあたりからクリニックがある中目黒まで一五キロあまりの道のりをランドナーとかいうツーリング用自転車で通っていたほどだ。あの頃から、真崎は雄太が丈夫になっていつか一緒にツーリングに行けるのを楽しみにしていた。

「そうか。ついに雄太君もツーリングに行けるようになったか」

「桜の頃に、一泊のキャンプで行こうと思ってるんだ。最初だからポタリングでのんびり桜を見て廻《まわ》って。あいつ、絵、描くの好きだから写生とかもしたいだろうし。夜は飯ごうで炊いた旨い飯を食わせてやる」

真崎は若い父親らしくあれこれと計画を立てているようだった。

小児喘息は病状をきちんと管理すれば大人になるまでに自然と治癒する場合も多い。中迫は雄太がついにそこまで元気になったことが自分のことのように嬉《うれ》しかった。敦美もきっと雄太のように元気になって、他の子供たちと同じように好きなだけ駆け回れるようになる。運動会にも参加できるようになる。そう思うと希望が湧いた。

けれども、真崎と別れて帰途に就くたびに、こんな身勝手な時間はいつか終わらせなければならないのだと思った。思いながら思い切れず、自分が何か事を起こせば敦美と頼子はどうなるだろうかと思い悩んだ。

だがそんな中迫を事件の方が放って置かなかった。

ある朝、いつものように新聞に目を通そうと折り込み広告を取り除いた瞬間、今日の番組紹介の欄に『ドキュメント21　メルトフェイス症候群』という記事があるのが目に飛び込んだのだ。

中迫はその夜ひとり場末のシティホテルにチェックインした。狭苦しい部屋のベッドの端に腰を下ろし、冷蔵庫のかすかな唸《うな》りを聞きながらまんじりともせずに時間が過ぎるのを待った。

午前一時、テレビのスイッチを入れた。マイルス・デイヴィスの『アット・フィルモア』の攻撃的な音楽をテーマにした『ドキュメント21』のタイトルクレジットを眺めながら、自分が今ここにいるのは、ひとりでこの番組の内容と向き合いたかったからなのか、それとも頼子と敦美のいる家の中でこれを観るのが耐えられなかったからなのか、本当はどちらなのだろうと思った。

『ドキュメント21』は、岩瀬で見たニュースの特集とはまるで違っていた。興味深い謎も、スリリングな推理もない。代わりに、メルトフェイス症候群に罹患《りかん》したひとりの子供の現実が淡々と映し出されていた。

番組はカメラが郊外の分譲マンション群の一角に入っていくところから始まった。午後らしく、マンション内の公園で遊ぶ賑《にぎ》やかな子供たちの声が聞こえる。三階の一室のブザーを押すと、扉が開き、三十代半ばらしい母親が顔を出した。ふっくらとした頬と黒目がちの柔和な目が印象的だった。

「狭いですけど、どうぞ」と、微笑んだ胸元に『山科早季子さん』とテロップが出た。

短い廊下の奥、ベランダに面した六畳の部屋にひとりの子供が眠っていた。

生後八ヶ月でメルトフェイス症候群に罹患した山科翼は、一歳半になっていた。本来なら大人と同じようなものを食べられる時期であるのに、食物を摂取するための部位を失った翼は、必要な栄養のすべてを鼻から胃にチューブを挿して送り込む経管栄養に頼っていた。その結果、運動機能が発達せず、翼はまだ一人で歩くことができないという。

中迫は、モザイクなしに映し出された翼の顔を見て激しい衝撃を受けた。翼はもう赤ん坊ではなく、その証拠に、損傷のない左の顔面にはすでに母親譲りの聡明《そうめい》な顔立ちがはっきりと表れていた。しかし、それだけに、壊死《えし》組織を切除するために口唇、口蓋《こうがい》、舌、頰部《きょうぶ》筋肉、眼瞼《がんけん》、眼球を含めてすべて抉《えぐ》り取られた右顔面はあまりに凄惨《せいさん》で、中迫は正直、人はこれほどの損傷を受けても生きるものなのかと愕然《がくぜん》とした。鼻に挿し込んだチューブをきれいな左の頰にテープで貼り付けて眠る翼は、顔の半面が炎で溶解したセルロイドの眠り人形のようだった。

息を呑んで見つめるうち、翼が人の気配にふと目を覚ました。翼は残された左目でカメラを見つけると、不思議そうに手を伸ばして触れようとした。その屈託のない動作に幼い頃の敦美が重なり、中迫は胸がつまった。だが次の瞬間、翼の容態が急変した。音声にスタッフの動揺した声が混じり、揺れる画面の中に早季子の背中が現れた。

画面が安定すると、早季子が慣れた手つきで翼をうつ伏せに抱きかかえていた。早季子の背中の向こうで翼が苦しそうに嘔吐《おうと》しているのが解った。長期間にわたってチューブを挿入していると、下部食道括約筋不全といって食道と胃の間が弛緩《しかん》して胃食道逆流現象を起こし、嘔吐に悩まされるという。腸にも十分に食物繊維を入れられないため下痢を起こしやすく、嘔吐と下痢がひどくなると脱水症状ですぐにも入院しなくてはならない。

早季子はほとんど二十四時間つききりで翼の看護をしていたが、一番つらいのは手術後だと言った。壊死組織を切除した時もそうだったが、術後、包帯を換えるたびに子供は痛みに泣き叫ぶのだ。代わってやれない。ただ手を握っていてやるしか出来ないことが、何よりつらいと言った。

けれども生きていくためには、翼はこの先、何年にもわたって失った顔部の再建手術を続けなければならない。身体のさまざまな部位から骨、筋肉、皮膚、神経、栄養管を切り離して移植し、移植先の血管や神経と吻合《ふんごう》して再建を行うのだが、一ヶ所の手術に数週間を要し、数ヶ月から半年後に二次手術、さらに半年後に三次手術と手術は幾度も繰り返される。

再建手術を受けなければ翼は自分で食物を食べられるようにならず、食べられなければ、言葉を喋れるようにもならない。幼児が発語するためには、食物を咀嚼《そしゃく》する咀嚼筋の発達が不可欠だからだ。

こうしてつらい手術を繰り返し、何年もかけて口腔《こうくう》、口蓋、口唇、舌、顎《あご》を再建したとしても、食べること、飲み込むことは様々な神経と筋肉が組み合わさった高度な協調運動であるため、最終的には摂食、嚥下《えんげ》機能に障害が残ったり、口や喉《のど》の形が変わって動きにくくなる場合もあるという。さらに離乳段階でそれらの部位を失ったメルトフェイス症候群の幼児は、そもそも摂食能力が未発達なため、リハビリに多大な時間がかかる。リハビリの初期段階では水もゼリー状にしなければ摂取できない。しかも、長く経管栄養を続けた幼児は頬や口腔内の過敏性が強く、この過敏症状を取り除かなければ食物を受け付けることさえできないのだ。加えて、翼のように眼球を摘出した幼児には、義眼の着装も必要だった。見た目の問題だけでなく、眼球が育たないと眼球周辺の骨が成長せず、顔に歪《ゆが》みが生じるからだ。翼は眼瞼も失っているため義眼床手術を受けた上で義眼を着装しなければならない。こうして再建された顔部は、成長に伴って歪みを生じる可能性があり、そのつど修整のための手術を要するという。

そのような悲惨な状況にあっても、早季子の表情は明るかった。早季子は栄養剤の袋が空になるとチューブを継ぎ目で外し、くるくると丸めて翼の頬にテープで留めた。それから、翼を膝《ひざ》に抱きあげて楽しげにあやし始めた。早季子が歌うと翼は嬉しそうに音の出る小さな玩具《がんぐ》を振った。西日の差し込む淡い橙色《だいだいいろ》の部屋で、母と子は一心に遊んでいた。早季子は、どれほどの病を負っても翼が生きていることを喜び、翼は生きていることが嬉しそうだった。二人の姿はもうこれ以上、何も失うものはないといっているかのようだった。

確かに、と中迫は思った。確かに翼はこれ以上、体の一部を失うことはない。しかし、メルトフェイス症候群の幼児はみな重度の冠状動脈障害という後遺症を背負わされているのだ。彼らは冠状動脈に爆弾のような巨大瘤《りゅう》を抱え、生涯にわたって心筋梗塞《こうそく》による突然死の恐怖から免れることはない。翼が次に失うものがあるとしたら、それは翼の命そのものなのだ。

中迫は西日の色に染まった翼の健全な左半分の顔を見つめながら、これが翼の本来の姿だったのだと思った。そして、あのサンプルが翼からどれほどのものを奪い去ったかを思った。

その日、中迫は夜が明けるまで両手で顔を覆ったままベッドの端に座り続けた。

「近いうちにあの荷物を引き取ろうと思うんだ」

中迫は努めて明るい口調で切り出した。

「百合ヶ丘《ゆりがおか》に小さい部屋を借りたんで、とりあえずそこに置こうと思ってる」

『こま』を出た中迫は真崎と共に向ヶ丘遊園の駅へ向かっていた。

その夜、真崎は中迫の様子がいつもと違うのを感じたのか子供たちの話もせず、当たり障りのない会話を交わしていつもより早くに店を出た。

十二月に入って街はクリスマスムード一色で、通りにはサンタクロースやクリスマスツリーをかたどった色とりどりのイルミネーションが瞬き、街頭のスピーカーからは聞き覚えのあるハンドベルの聖歌が流れていた。『眠る御子《みこ》は夢まどか……』。

中迫はあの恐ろしいサンプルが生まれて間もない無辜《むこ》の子供たちのうえにばら撒《ま》かれてから、ちょうど一年になるのだと思わずにはいられなかった。

中迫は、真崎を巻き込まぬよう例のサンプルを自分の借りた部屋に移したらフーズを辞め、何とか自力で事を暴露しようと考えていた。退職後の当てなどなかったが、とにかくどんな仕事でもするつもりだった。頼子と敦美には言葉にならぬほどの迷惑を掛けることになるだろうが、こうするよりほかに中迫はもう人としても、人の父としても生きる道を持たなかった。

# 45

中迫は真崎と肩を並べてゆっくりと歩きながら、心底からの気持ちを口にした。

「長いこと無理を頼んでしまって、本当にすまなかった」

しばらく黙りこくって歩いていた真崎は、見えてきた駅の灯《あか》りに眩《まぶ》しそうに目を細めた。

「中迫さん。あんた、タイタスフーズを辞めるつもりだろ」

思わず息が止まった。

真崎がいつもと変わらぬ口調で言った。

「わけを話してもらえないか」

「これ以上、君を巻き込むわけにはいかない」

「俺はね、中迫さん、もうとっくに渦中の人だよ」

そう言うと真崎は方向を変えて駅の前を通り過ぎた。

「フーズが処分しようとした物を、社員が保管しておいてくれと言う。勿論《もちろん》、あんたは不良品を転売して小銭を稼ごうってたちの人じゃない。とすれば、あのベビーフードのサンプルはいずれヤバイものに違いない。あんたにとってじゃない。フーズにとってヤバイものだ。違うかい？」

鼓動が速まり、答えることができなかった。中迫は行き先も解らぬ夜道を真崎と共にただ黙って歩くほかなかった。

「調べれば、あのサンプルを廃棄したのは俺だとすぐに解る。あんたがこれから何を始めるにせよ、あのサンプルを使うってことは、俺が噛《か》んでいるとすぐに知れるってことだ」

中迫はそのことに初めて気づいて狼狽《ろうばい》した。

「僕に命令されたと言ってくれ。いや、脅されたと言ってくれればいい」

言ってしまってから、それでも真崎がフーズの仕事を失うことには変わりはないと思い、雄太の顔と何度か見たことのあるおとなしい真崎の妻の顔が頭をよぎり、自分のしてしまったことへの自責の念で棒立ちになった。

「あんたを責めるつもりなら、初めからサンプルを預かったりはしないよ」

真崎はようやく目当ての物を見つけた様子で足早に自販機に歩み寄ると、洒落《しゃれ》た紙袋を置いて小銭入れから硬貨を取り出した。それから賑《にぎ》やかな音をたてて転がり出たカップ酒の瓶をひとつ中迫に差し出し、もう一度おなじ言葉を繰り返した。

「わけを話してもらえないか」

黙ってサンプルを預かってくれた真崎を、騙《だま》すことはできないと思った。中迫は解ったと答える代わりに内部に透明な液体の揺れるその瓶を受け取った。

それから、向ヶ丘遊園の街を歩き回りながら一切合財を真崎に打ち明けた。

二時間後、川を跨《また》ぐ小さな陸橋の階段に中迫は真崎と並んで座っていた。オレンジ色のナトリウム灯の下に濃い影が落ち、足元に空のカップ酒の瓶が三つずつならんでいた。アルコールのおかげで身体は寒さを感じず、頭は冷たく冴《さ》えていた。

「サンプルを役所や司直に持ち込んでも磯辺に握りつぶされるのがおちだ。僕はマスコミを使ってなんとか事実を暴露するつもりだ。事が公になりさえすれば、フーズもメルトフェイス症候群の子供たちに何らかの救済策をとらないわけにはいかなくなる」

一言も言葉を挟まずにじっと話を聞いていた真崎が初めて口を開いた。

「中迫さん、あんた、自分が何を暴こうとしてるのか、本当に解ってるんだろうな」

「ああ。解っている」

マミーパレットは、タイタスグループ会長・富山浩一郎が盟友・磯辺満忠に働きかけ、異例の速さでスマイルキッズ製品として承認された製品なのだ。審査の列に並ばず、磯辺の力によってスピード承認された製品。そのサンプルに欠陥があり、生まれたばかりの無辜の子供たちが犠牲になったのだ。しかも、フーズはその事実を隠蔽《いんぺい》しようとした。これが公になれば、とんでもないスキャンダルになる。

「僕もたやすく事実を暴けるとは思っていない。マスコミにサンプルのことを取り上げてもらおうとしても、磯辺が絡んでいるとなればあらゆる方向から圧力がかかるだろう。マスコミも組織である以上、追及できるものとできないものがあることは僕も解っている。しかし、他に手立てがない以上、とにかくやってみるしかないと思う」

寝静まった深夜の街に遠い地鳴りのように甲州街道からの車の走行音が反響していた。

真崎が言った。

「やってみて失敗した時、一番ひどい目にあうのは誰だと思う」

「頼子と敦美にはすまないと思っている。しかし」

「そうじゃない」

真崎は静かに遮って中迫を見た。

「一番ひどい目にあうのは、あんたでも、奥さんでも、敦っちゃんでもない。サンプルを食べてメルトフェイス症候群になった子供たちだ。あんたが失敗すれば、その子たちは一生、救済のチャンスを失うことになる」

まるで拳《こぶし》で胸を打たれたようだった。

自分は罪悪感に耐えかねて闇雲に事を起こそうとしていたのだと思い知った。そうだ、性急な良心はいつも意図せずして最悪の結末を招く。しかし、それでも今の中迫にはほかにどんな方法も思いつかなかった。

「やるんなら、勝たなきゃだめだよ、中迫さん」

真崎は街灯の光も届かない黒々とした闇を見つめていた。

「とにかく、あんたはフーズを辞めちゃだめだ。あんたが中にいないとフーズの動きが摑《つか》めない」

「フーズの動き……?」

中迫は真崎の言葉が呑《の》みこめなかった。

真崎は空き瓶と紙袋を手に立ち上がると、ぶらぶらと階段を下り始めた。

「こっちが仕掛けたことに対してフーズが何を考え、どう動こうとするか。中にあんたがいてくれないと掴めないだろ」

真崎が言う『こっち』には真崎自身が含まれているのだと気づいて中迫は驚いて立ち上がった。

「ちょっと待て」

鞄《かばん》を抱えて慌てて真崎を追った。いつの間にか足が痺《しび》れており、右へ左へとぐらつくのが忌々しかった。

「なにを考えてるんだ君は！ こんなことに首をつっこんでどうする。それこそ雄太君と奥さんの事を考えろ。僕と組んでると知れたら藤沢工場の仕事だけじゃない、フーズは君が二度と業界で商売できないようにするぞ」

「それもいいさ」

真崎は立ち止まりもせずに平気な調子で答えた。

「俺の親、いなかで小さな電器店をやっててな。俺もそろそろいなか帰って店を継ごうかと思ってたんだ。雄太の身体のためにもその方がいいし」

真崎は自販機脇のゴミ箱に空き瓶を捨てた。

「あんたには自分がサンプルを配っちまったっていう負い目がある。冷静に計画を練れる状況じゃない」

「そういう問題じゃないだろ！」

「いや、そういう問題だね」

打ち払うような真崎の厳しい口調に中迫はたじろいだ。

「言っただろ、俺はもうとっくに渦中の人だって」

「しかし、これは僕自身の」

「今度はあんたが黙って聞くんだ、中迫さん」

真崎は有無を言わせぬ調子で真っ直ぐに中迫を見つめた。

「いいかい。俺はね、企業ってもんが出すゴミのおかげで食ってるような人間だが、それでも人の親のはしくれでね。雄太を初めて抱いた時には、こいつのためならなんだってやってやると思った。……赤ん坊ってのは目も開いてないこんな両手に載るような頼りない格好で生まれてきて、おしめ換えてやったり、体洗ってやったり、ミルクを飲ませたり、大事に大事に世話してようやっと生きてられるもんなんだ。自分の命を丸ごと親と生まれてきた社会に委《ゆだ》ねて生きてるんだ。そんな生まれたばっかりの子供の一生を滅茶苦茶にして、商売に犠牲はつきものだといってゴミみたいに捨てていく……。中迫さん、フーズは間違ってる。フーズには償う義務がある。あんたと俺で、そうさせてやる」

中迫はこんな無謀な企てに手を貸す人間が現れるなどとは夢にも考えたことがなかった。だが今、目の前にいる男は当たり前のようにこの分のない賭《か》けに乗ると言う。

絶句した中迫に、真崎は急に照れたように「そうだ、これ」と、ずっと持ち歩いていた洒落た紙袋を渡した。中を見るとクリスマスのラッピングにピンクのリボンをかけた紙包みが入っていた。

「うちは男だから、女の子のものはよく分からないんだが」

「敦美にか」

「ぬいぐるみ。たくさんあって迷ったんだが……ヒツジ」

いきなり中迫の脳裏に、オルゴールの鳴る可愛らしいファンシーショップでぬいぐるみの大群を前に悩んでいる真崎の姿が浮かんだ。急に酔いが廻《まわ》った。決壊したように笑いが込み上げ、同時に鼻の奥がツンと痛んで涙が零《こぼ》れかけた。中迫は思わずその場に蹲《うずくま》ってむせ返った。頭の上から珍しく真崎の不安そうな声が降ってきた。

「やっぱりクマの方がよかったかな」

中迫は苦しい息の下で何度も首を振り、笑い涙のふりをして目尻《めじり》を拭《ぬぐ》った。

「……ありがとう。敦美、喜ぶよ、ヒツジ」

真崎は安堵《あんど》の笑みを見せた。

「あんたからって言って渡してくれ。俺たちが会ってることは誰にも知られない方がいいから」

「ああ」と、中迫はようやく息を整えて立ち上がると、「じゃあこれも君からってことに」と、鞄から緑色のリボンを結んだクリスマスプレゼントの包みを取り出した。

「雄太に。ツーリング用の手袋」

真崎は一瞬、ひどく思いがけない表情で包みを見た。

中迫は真崎を驚かせることができて単純に嬉《うれ》しく、ちょっと得意な気分で言った。

「なんだよ。僕の方は雄太のこと忘れてると思ってたのか？」

「まあな」と、真崎は笑ってみせると大切そうに包みを受け取った。「春になって、こいつをつけた雄太とツーリングできたら最高だろうな……」

十二月の寝静まった街の路上でクリスマスプレゼントを交換した中迫は、メルトフェイス症候群の真相を知って以来はじめて天に感謝していた。真崎のような人間がいたこと、そして、そんな人間に出会えたことの両方を心底から感謝した。

しかしこの夜、真崎がすでに頭の中で組み立て始めていた計画は、中迫の想像だにしないものだった。

## 46

十二月三十一日。

真崎は、郷里の長野県松本市にある『杉田自動車修理工場』を訪ねていた。真崎の計画にはどうしても必要不可欠な物があり、その製作を頼める人物は杉田自動車修理工場社長・杉田勝男をおいてほかになかった。

「ったくよぉ、いきなり現れたと思ったら、年の瀬にこんなヤバい仕事もちこみやがって。けっこう手間かかるんだぜ、こういうのは」

脚立に乗った杉田勝男は、言葉とは裏腹にどこか楽しげに軽トラックのルーフにポリッシャーでバフがけしている。真崎は、借りものの塗料だらけのつなぎを着て古い友達が乗った脚立を支えていた。

杉田は高校時代の三年間を真崎と同じ自転車競技部で過ごし、競輪の世界に進んだ後、死んだ父親からこの修理工場を引き継いだのだが、元々傾きかけていた経営を生来の丼《どんぶり》勘定でもはや傾きようのないほど傾かせている。

築四十年を超える杉田自動車修理工場は、入り口のすぐ脇に硝子《ガラス》戸のついた古色蒼然《そうぜん》とした応接室があり、電車の車両も入りそうな馬鹿でかい作業ガレージの奥には、一階に台所と居間と風呂《ふろ》、二階に二間の狭い住居が張り付いている。便所は工員と共用のものがガレージの端にひとつあるだけだった。真崎は高校の頃しばしば二階の四畳半に泊まり、冬の松本の底冷えのする寒さにガチガチと歯の根を鳴らしながらガレージの便所に走ったものだった。

「なんだよ、思い出し笑いか？　やぁらしいな」

ポリッシャーを手に杉田がニヤニヤと真崎を眺めた。真崎は当時のことを次々と思い出して笑いが堪《こら》えられなくなった。ついに息も絶え絶えに笑い出した真崎に、杉田がやや薄気味悪そうな顔で言った。

「省吾、おまえシンナーでも吸いすぎたんじゃねぇか？」

「勝男、おまえさ、冬の晩、便所行くの寒いって、風呂場行ってたろ」

真崎はそう言うと後ろのパイプ椅子に座り込んで涙が出るほど笑い転げた。

「馬っ鹿じゃねぇの」

杉田が呆《あき》れ顔で見下ろした。

「大晦日《おおみそか》に友達をこき使って、大昔の便所の話して馬鹿笑いしてんの、世界中で絶対おまえひとりだよ」

あと一時間足らずで年が明けるという大晦日の夜、真崎は杉田に頼んで、一台の中古の軽トラックにちょっとした細工を施してもらっていた。車体の塗り替えも終わり、明日の昼にはすべてが完成する。

「そういやおまえ、塗装うまくなったなぁ」

笑いの発作が過ぎ去り、真崎は正直な感想を口にした。

「十年たてば誰だってうまくなんだよ。おまえが最後に来たの、うちの親父の葬式だろうが」

「ああ……あん時からもうそんなになんのか」

真崎はにわかに信じられないような気分だった。

このガレージは何も変わっていない。高校の頃も、十年前も、今も。

十代の夏休み、部活で近くの運動公園にある自転車競技場のバンクを走った後は必ずこのガレージに寄った。そして唯一クーラーのある応接室で買ってきたパンを食い、制服を私服に着替えてバイトに行った。その一時間ほどのぽっかりと空いた夕方の時間、真崎と杉田はハンバーガーやスナック菓子を食べながら自転車の雑誌を見たり、バイト先の女の子の話をしたりした。自分たちにまだ『将来』という時間があった頃。杉田は杉田は誰よりも速くロードを走った。

あれから杉田の上にも真崎の上にも様々な出来事があったが、真崎は、軽トラックのルーフにバフがけする杉田を眺めながら、ちゃらんぽらんに見えて一本気な杉田の根っこはあの頃と少しも変わっていないと思った。そしてその変わらなさが、このガレージの時間を止めているのかもしれないと思った。

ガレージの脇扉が開いて日系ブラジル人の若い修理工員・エミリオがスーパーの大きな袋と一升瓶を二本抱えて入ってきた。エミリオは入り口近くにある休憩用のソファに荷物を置くと、南米特有の張りのある陽気な声で言った。

「社長、おせち半額だったネ。もう買う人いないからだネ」

「ニッポンじゃ『残り物には福がある』って言うんだ」

杉田は得意そうに言うと「今年の仕事はこれまで！」と脚立から飛び降りてソファの方へ駆け出した。真崎も軍手を外して後に続いた。

ソファ脇のストーブの上では金色のアルミ鍋《なべ》に湯が沸いており、壁に引っ掛けた携帯ラジオからは紅白歌合戦の賑《にぎ》やかな歌声が流れていた。

「真崎さん、これおつりネ」

エミリオが数枚の千円札と小銭を律儀に返そうとするのを真崎は笑って遮った。

「いいよそれは」

「もらっとけもらっとけ。おい、それよりエミリオ、テーブルだテーブル。省吾、応接から徳利《とっくり》と湯呑《ゆの》み持ってきてくれ」

杉田とエミリオは手早くビールケースを並べた上にトタン板を置いてテーブルを作り始めた。杉田は寝る以外のほとんどすべてをこのガレージですませてしまうらしい。

真崎はどうして応接室に徳利があるのかと訝《いぶか》りながら扉を開け、サイドボードの上に花瓶のふりをして並んでいる三本の徳利を見つけた。澄ました顔でカーネーションの造花を挿してある。杉田らしい悪戯《いたずら》に、馬鹿だなぁと笑いながら徳利と湯呑みを摑《つか》んで戻ろうとした時、部屋の隅にアオケイが山積みになっているのが目に入った。

真崎は杉田が昔起こした事件をまざまざと思い出した。写真週刊誌に掲載された杉田のフラッシュに怯《おび》えたような顔は今も鮮明に記憶に焼きついている。あの一件で、杉田の競輪選手生命は完全に絶たれたのだ。積み上げられたアオケイの日付の新しさに真崎は胸が痛んだ。杉田は今もバンクを走る夢を見るのかもしれない。

「徳利あったかぁ」と呼ぶ杉田の声に、真崎は「おう」と応《こた》えて足早に応接室を出た。

杉田は三本の徳利になみなみと酒を注《そそ》ぐと、一本ずつちゃぽんと音をたててアルミ鍋の湯の中に沈めた。そして「うーん、いいお湯加減だねぇ」と赤ん坊を風呂に入れる父親のように満面に笑みを浮かべた。

「そんじゃ食うか」と、真崎はスーパーの出来合いのおせちのフタを次々と開けた。

「エミリオも食ってくだろ？」と箸《はし》を渡そうとすると、エミリオは少しはにかんだ調子で「僕、これからテルネ」と答えた。

急に会話が見えなくなった真崎に、杉田が「テルも解んないのか？　電話だよ。ブラジルの彼女に電話すんの」と翻訳ともいえない翻訳をした。

「それじゃ社長さん、真崎さん、良いお年をネ」

エミリオは地球の裏側にいる恋人の声を聞くために嬉々《きき》として駆け去った。真崎も杉田もなんとなく初々しい気分でビールで乾杯し、紅白のフィナーレを飾る演歌の絶唱合戦をバックにおせちをぱくついた。

「仕事納めは遅かったが、除夜の鐘が鳴る前にこっちはメイド・イン・スーパーのおせちで正月だ。ここで一気にまくったな」と、上機嫌の杉田がわけの解らないことを言って徳利の酒を二つの湯呑みに注いだ。熱燗《あつかん》がはらわたにしみわたった。

「ああ旨《うま》いなぁ、秀峰喜久盛《しゅうほうきくざかり》の熱燗」と、真崎はしみじみと息をついた。

「な？　やっぱり信州の地酒はいいだろ」

杉田は嬉しそうに笑った。

「うちのやつらも地酒の味、覚えちまってな。向こう帰る時にみやげにしたりしてんだぜ」

ひとり身の杉田が『うちのやつら』という時は工場の修理工員たちのことを指している。

ここにいる三人の修理工員はすべて日系ブラジル人だ。杉田が払える額の給料では日本人は求人に応じてはくれない。何年か前にひとりの日系ブラジル人が、働いていた自動車工場で大量解雇にあって仕事がないので雇ってくれと言ってきたのが始まりだった。杉田はその男を雇い、アパートが借りられないというので自分の住居にタダで一緒に住まわせ、給料も日本人に払える額と同じだけ払った。するとそれ以来、入れ替わり立ち替わり日系ブラジル人の修理工員が来るようになった。自動車の知識がある者もいればない者もいたが、ない者は杉田が仕込んだ。みんな定住者の在留資格の期限である三年が来ると、貯めた金を手にブラジルに帰っていくのだが、家族の顔を見てまた稼ぎに戻ってくる者もいれば、向こうへ帰った者の友達や、恐ろしく顔のそっくりな親戚《しんせき》が働きに来ることもある。杉田は日本人を雇っていた時よりも今の方が断然、賑やかで楽しいという。

「エミリオもな、来年の三月十四日にはブラジルに帰るんだ」

「ホワイトデーか。みやげ、いっぱい持たせてやれよ。彼女にいいとこ見せられるように」

「解ってるって」

いつの間にか紅白歌合戦が終わり、ラジオは『ゆく年くる年』になっていた。携帯ラジオのちっぽけなスピーカーから、初詣《はつもうで》に向かう人々のざわめきや下駄《げた》の音、松明《たいまつ》の火のはぜる音が聞こえていた。

「いまテレビに映ってんの、清水《きよみず》あたりかなぁ」と、真崎が耳を澄ました。

「あ」と、杉田が小さな声を上げた。

「除夜の鐘だ」

ラジオのざわめきの奥に除夜の鐘が長い尾を引いていた。

「お、ほんとだ」

「さぁて、二〇〇五年はどんな年になるかな」と、赤い顔の杉田が鍋から新たな徳利をつまみ出して二人の湯呑みになみなみと注いだ。

「そうだなぁ。俺は今まで見たことのない世界を見てみたい」

「いいねぇ」と、杉田が湯呑みを掲げて言った。「世界一周でもするか、あの偽トラックでさ」

真崎は笑って湯呑みの酒を飲み干すと、ガレージの奥の軽トラックに目をやった。クリーム色に塗り替えられたコンテナ付きの軽トラックは、薄暗がりで息を潜めている鋼鉄の生き物のようだった。

明日の昼には、あのコンテナの横っ腹に、お馴染《なじ》みの鮮やかなオレンジ色のロゴで『タイタスフーズ』の文字が入る。勿論《もちろん》、緑色の円いロゴマークも忘れない。それが終われば、あの車はどこから見てもタイタスフーズの製造工場の軽トラックと見分けがつかなくなる。

それこそ、真崎の練り上げた計画にとって必要不可欠なものだった。

「勝男……」

杉田は箸を止めて真崎に目をやった。

真崎はまるで何かに決別するようにトラックを静かに見つめていた。

「ありがとな」

真崎の不思議なほど穏やかな口調に、杉田はなぜかわけもなく悪い予感がして急に真崎のことが心配になった。

「省吾、おまえいったい……」

真崎は学生の頃のように屈託のない調子で杉田を振り返った。

「バッチリ仕上げてくれよ、社長」

杉田は尋ねる言葉を酒と一緒に呑《の》み下した。何を聞いてもこいつは喋《しゃべ》るまいと思った。それなら、自分はできることをしてやるだけだ。

杉田は威勢良く声を上げた。

「任せとけって。腰抜かすようなすげぇ仕上がりにしてやっからよ」

杉田は分厚い出し巻き卵に箸を突き立てると、一升瓶の蓋《ふた》をポンと開けて徳利に酒を注いだ。

## 47

年が明けて一月三十日。

曇天の寒い日曜の午後、中迫は二子玉川の駅前で真崎を待っていた。

このひと月あまり、中迫は真崎と顔を合わせていなかった。正月休みが終わってすぐ、フーズの中迫宛てに真崎から営業の資料を装った小包が届いた。あらかじめ電話で連絡があったとおり、中には現在も真崎が保管しているマミーパレットのサンプルのひとつが入っていた。

真崎は、中迫がかつて森村と宮島に見せたサンプルの分析データは二度と使えないと言った。あれを使うのは、中迫が動いていると相手に知らせるようなものだからだ。中迫ではない別の人間が動いていると見せかけるためには、新たに別のサンプルを分析してデータを取り直す必要がある。サンプルによって分析データの数値には誤差がでるから、森村たちも以前に見た中迫のデータとは異なるものだと解る。データの書式も体裁も以前のものとはまったく異なる方がいい。中迫は真崎の指示どおり、届いたサンプルを再度、碧子に分析してもらい、十日前に新たなデータを受け取っていた。

中迫はコートの襟を立てて腕時計を見た。約束の二時を十五分ばかり過ぎている。これまで真崎が時間に遅れたことは一度もない。中迫は心配になって何度も改札の奥に目をやった。

真崎は昨日、電話で落ち合う場所と時刻を伝えてきたのだが、何か急いでいる様子で、日曜の昼間にどこへいくのかと中迫が尋ねる間もなく切ってしまった。電話口の向こうで建設現場のひどく大きな工事の音がしていた。それが脈絡もなく不吉な事のように思い出され胸が騒いだ。

中迫と真崎は互いの携帯の番号をメモに取らずに暗記していた。連絡はいつも真崎の方からするようにしており、真崎は発信者の履歴が残らぬようそのつど必ず公衆電話からかけてきた。中迫の方からは緊急の時以外はかけないことにしてあった。

時計の針はすでに二時二十六分を指していた。上り電車が到着し、乗客が自動改札を通り過ぎて行ったが、真崎の姿はどこにも見当たらなかった。

何かあったのかもしれない。中迫はまだ一度もかけた事のない真崎の携帯の十一桁《けた》の数字を頭の中で反芻《はんすう》すると、駅前の公衆電話に向かって歩き出した。

その時、通りで二度、軽いクラクションの音がした。見ると、真崎がメタリックシルバーのインプレッサの運転席で手を上げている。どっと安堵《あんど》が込みあげ、中迫は車に駆け寄った。

「悪いな、遅くなった」と、真崎が中から助手席のドアを開けた。

「いや、無事ならいいんだ」

真崎は中迫を乗せると素早くハンドルを切ってUターンした。

「中迫さん、データの方は」

「ああ、持ってきた。それより今日は一体どこへ行くんだ？」

「すぐに着くよ。少し急ぐぞ」

真崎はそう言うなり、〝少し〟どころではなくスピードを上げて前の車を追い越した。中迫は慌ててアシストグリップを摑《つか》んだ。真崎は次々と車を追い越しながら常と変わらぬ静かな調子で尋ねた。

「年末年始、どうしてた」

中迫は生きた心地もなく、なかば歯を食いしばったまま答えた。

「いつもどおり、うちで。君は、どうしてた」

「俺もいつもどおり。うちで雑煮を食って、雄太の対戦ゲームにつきあったり」

「そ……」

中迫は身体が振られて固く目を閉じた。車が停まるまで目を開けまいと決めた。真崎の姿を見るなり『無事ならいいんだ』と言った自分が早計だったような気がした。その後の十五分ほどの時間は高所恐怖症の中迫が敦美にせがまれてお台場《だいば》の大観覧車で一周した時の数十倍の長さに感じられた。

真崎に案内された先は街道沿いの小さな山小屋風の喫茶店だった。今どき珍しいカウベル風のドアベルをカランコロンと鳴らして店に入ると、真崎は中迫を通りに面した窓際の席に案内した。中迫は丸太で作ったベンチの背もたれに手を突いて前屈《かが》みに腰を下ろした。

「大丈夫か？　気分悪いんじゃ……」

真崎が心配そうに顔を覗《のぞ》きこんだ。

「……いや、もう大丈夫」

「いらっしゃいませ」と、小柄な女主人が紙のコースターに水の入ったコップを置いた。

「珈琲《コーヒー》でかまわないか？」

中迫はものも言えず黙って頷《うなず》くと、恐怖に干上がった口になんとか水を運んだ。アイボリー地の厚紙のコースターに明るい緑色で『GREEN VALLEY』とあった。自分は猛スピードで走る車の中ではなく、『GREEN VALLEY』というどっしりとした安全な喫茶店にいる。そう自分に言い聞かせて心を落ち着かせた。

中迫はおしぼりで手を拭《ふ》くと、ようやっと一息ついて店内を見回した。あれほど急いだのだからこの店で誰かと待ち合わせをしているのだろうと思ったのだが、カウンターに常連客らしい主婦が二人いるだけで、それらしい人物の姿はない。女主人が二人分の珈琲を置いて立ち去ると、中迫は真崎に尋ねた。

「どうしてこの店に……？」

真崎は、窓越しに通りの斜《はす》向かいに見える文化センターを目で指した。入り口脇に、一枚の看板が立てかけてある。板にとりのこ用紙を貼ったいかにも素人っぽいその看板には、『メルトフェイス症候群全国連絡会　発足式　二〇三会議室』とあった。

驚いて真崎を振り返った中迫に、真崎は黙って一枚の単色刷りのリーフレットを手渡した。そこには、全国に散らばるメルトフェイス症候群の子供と親たちを繋《つな》ぐ連絡会の趣旨が記されていた。発足人は山科早季子とあった。

山科早季子……。

それは中迫が決して忘れる事のできない名前だった。西日の差し込む部屋で我が子を膝《ひざ》に乗せてあやしていた早季子の姿が鮮明に蘇《よみがえ》った。山科はリーフレットに全国連絡会発足に臨んでの文章を寄せていた。

『生まれて間もない我が子が原因も解らぬこの病を発病した時、私は自分を責める以外、なにひとつ思いつかなかった。自分に遺伝的な問題があったのではないか、妊娠中の注意が足りなかったのではないか、育児のどこかで取り返しのつかない何かを見過ごしていたのではないか。子の病の苦しみを目の前にして代わってやれないつらさ、申し訳なさ、完治の希望のない未来を思い、いっそこの子を連れて死のうと思ったこともある。だが、それでも子供は、初めて軒先に来たツバメに目を瞠《みは》る。初めて海を見て腹の底から歓声を上げる。親がまっさきにこの命の喜びを守らずに、誰に守れるだろう。

メルトフェイス症候群の子供たちはあと数年で学童期に達する。学校で、地域で、奇異の目に晒《さら》される事もあるだろう。普通の幼い子供たちが、自分たちと異なるものに奇異の目を向けるのは当たり前の事だ。そんな時、私は病を持つ子の傍らに立ち、あなたは何も恥じる事はないのだと伝えたい。そして普通の子供たちに、この子たちちには何の罪もないのだと柔らかな言葉で伝えたい。私は、このような病を得なかった子の親たちにも、我が子を慈しむ私たちの思いは通じると信じる。その親たちが、それぞれの言葉で、子に話をしてくれると信じる。

日々の中で苦しい時、つらい時、私たちは自分たち親子だけが世界から切り離されてしまったように感じる。それは何にも増して耐え難いことだ。だが、幼いこの子らもいずれは私達から離れ、自分の足で生きていかねばならない時が来る。その時までに、私たちは、この子らの心の中にしっかりとした柱を立ててやらねばならない。泣いている暇はない。私は、この連絡会が病状の具体的な情報交換の場となると共に、私たち親が、子供らを社会に送り出すまでの心の拠《よ》り所となればと願っている』

中迫は言葉もなかった。

何も知らない。そして、何の助けもない。それは手作りの粗末なリーフレットが何より雄弁に物語っていた。そんな中で母親たちは病に負けぬよう心を合わせ、ひたすら子を立派に育て上げようと奮闘している。

中迫は矢も盾も堪《たま》らず席を立ちセンターへ向かおうとした。

その腕を真崎が掴んで押さえた。手首の骨が軋《きし》むような強い力だった。

「今はだめだ」

いつにない厳しい口調だった。

「ここで見ててくれ。今日、ここで見たことを、忘れないでくれ」

いくらもたたぬうちにカウベル風のドアベルが鳴って、ボランティアらしい女子大生と山科早季子、そして十五人ほどの母親たちがベビーカーを押して店に入ってきた。二十歳を過ぎたばかりの勝気そうなオーバーオールの母親から四十過ぎのひっつめ髪の母親まで、年齢は様々だったがみな一様に高揚し、活気に溢《あふ》れていた。外気に慣れない幼児たちは全員、防寒用のフードを被《かぶ》り、しっかりとマフラーを巻いている。女子大生が店の女主人に重ねたサンドイッチの皿と大きな魔法瓶を手渡した。

「ごちそうさま。とってもおいしかったです」

「まあ嬉《うれ》しい。連絡会の発足、おめでとう。さあ、皆さんこちらへどうぞ」

小柄な女主人は母親と子供たちを奥の大きなログテーブルへと招いた。

胸の轟《とどろ》く思いで目を瞠っている中迫の傍らを、あの夜ホテルのテレビで観た山科早季子がベビーカーを押してゆっくりと通っていく。早季子はテレビで見たときよりも明らかに痩《や》せ、疲労の色は隠せなかった。それでも発足式を終え、凜《りん》と背筋を伸ばして前を向いた表情は胸を打つほどに晴れやかだった。早季子の質素なオーバーコートの胸には、自分たちでこの門出を祝うのだというように、手作りらしい小さなコサージュが揺れていた。

中迫の肩先まで近づいた時、山科早季子はぶしつけに見つめる視線に気づいて中迫の方を見た。目を逸《そ》らすことさえできず息をつめて見つめる中迫に、早季子は眉《まゆ》を顰《ひそ》めることもなく、ふっと微笑みかけるように会釈して通り過ぎた。

母親たちは大きなログテーブルの脇にベビーカーを畳み、子供たちを抱いてテーブルを囲んだ。暖かな室内に安心して誰もが子供のオーバーやマフラーをとった。顎《あご》から頬にかけてケロイド状に引き攣《つ》れた縫合痕《あと》が残っている子供、眼瞼《がんけん》の落ち窪《くぼ》んだ子供、鼻まで欠けた子供、状態は様々だったがどの子供も顔の半分を無残に失っていた。それでも、幼い子供たちはテーブルのナプキンやコースターを掴もうと母親の膝で盛んに手足を動かしている。母親たちがそれぞれ我が子にお気に入りの玩具《おもちゃ》を持たせ、安全な玩具の話題に花が咲いた時だった。ドアベルを鳴らして若いカップルが店に入ってきた。席に向かおうとした若い女がぎょっとして立ちすくんだ。

「やだ。なに、あれ」

女の視線を追った男は、椅子に下ろしかけていた腰を浮かせた。

「マジ、ありえねんですけど」

男は主語も述語も解らない言葉を発すると、女の肘《ひじ》を摑んでそそくさと店を出て行った。

ログテーブルはしんと静まり返り、母親たちから笑顔が消えていた。

「すみません」

早季子が女主人に頭を下げた。

「なに言ってるの。あんな客、こっちから願い下げよ。瑠璃《るり》ちゃん、表に塩、撒《ま》いといて」

女主人は塩の壺《つぼ》を女子大生に手渡した。

オーバーオールの若い母親が膝の上の子供を力まかせに抱きしめ、幼い肩に顔を埋《うず》めた。

「香川《かがわ》さん」と、早季子がその母親に声をかけた。「今日の発足式のことを、早速、私たちのホームページに載せましょう。今日、ここに来られなかった遠くに住む大勢の仲間のために。レイアウトはあなたが一番上手よね？」

香川と呼ばれた若い母親は掌《てのひら》でさっと涙を拭《ぬぐ》って顔を上げた。

「結婚するまでは一応、プロだったからね。大体のイメージはもうできてんだよね。あと、リンク先と医者の所見とかのページがもうちょい欲しいんだけどね」

「あ、私、臨床の所見を載せてくれる先生を見つけたの」

ひっつめ髪の母親が手を挙げると、母親たちから歓声が上がった。

「あとは上越支部と松山支部の専門医情報ね」

早季子が分厚いバインダーを広げ、母親たちは子供をあやしながら口々に仕事の分担を話し合い始めた。

中迫は母親たちを眺め、幼い子供たちを眺め、その一人一人の顔を心に刻んだ。発病からこれまでどれほど苦しんだことか。そしてこれから先もどれほど苦しまねばならないことか。あのサンプルさえ食べなければ、この子供たちには他の当たり前の子供たちと同じように健やかな未来があったはずなのだ。この子たちは一生、病を背負っていく。運が悪かった。そんな一言で片付けられていいはずがない。そんなことがあっていいわけがない。タイタスは罪を認め、すべての被害者に償わなければならない。

フロントガラスの向こうの空には灰色の重い雪雲が垂れ込め、今にも風花の舞いそうな暮れ方の河原は人気もなく荒涼としていた。中迫は真崎と共に川べりに停めた車の中にいた。

寒々とした車内で真崎はモノクロームの低い空を見ていた。

「中迫さんには危ない橋を渡ってもらうことになる」

「僕は、どんなことでもするつもりだ」

「まともに渡り合っちゃ潰《つぶ》されるだけだ。こっちには何の力もない。俺たちが当てにできるのは、俺たちと同じ、力のない大勢の人間の目だけなんだ」

「人間の目？」

「一般の大勢の人間がタイタスに疑惑の目を向ければ向けるほど、タイタスは動きにくくなる。裏から手を回して事件を握り潰すのが難しくなる。俺はね、中迫さん。あのベビーフードのサンプルは、タイタスが手を出せないように、衆人環視のもとで発見されなきゃならないと思ってる。そして同じ衆人環視の中でサンプルはメルトフェイス症候群全国連絡会に渡され、連絡会が選んだ分析機関が正しい分析を行い、その結果が大々的に報道されて初めて、あの子たちの苦しみの元凶がタイタスフーズのサンプルにあるってことが揺るぎない事実になるんだ」

「しかし、どうやってタイタスに世間の疑惑の目を向けさせるんだ。サンプルのことはおろか、日本中のほとんどがまだメルトフェイス症候群という病名さえ知らないんだぞ」

「まず、偽名で内部告発状を作る。内容は三点。ひとつは、一昨年《おととし》の十二月に全国各地の保育園に配布されたタイタスフーズ製造のマミーパレットのサンプルにバチルスf50

菌が混入しており、それがメルトフェイス症候群の原因となったということ」

「感染経路となったニンジンのことは？」

「今はまだいい」

「二つめは？」

「問題のサンプルが製造されたのと同じ藤沢工場で、現在もマミーパレットが製造されていること」

「ちょっと待ってくれ」

中迫は慌てて真崎を制した。

「今、製造されているマミーパレットには何の問題もないんだぞ」

「ああ、解ってる」

「じゃあどうして」

「あんたがこの件とまったく無関係な一般人だったとして、どっちの話がより気になる。あるメーカーの作ったサンプルで一昨年に子供が病気になったかもしれないって話と、その危ない製品が今も市場に出回っているかもしれないって話と」

中迫は唖然《あぜん》と真崎の顔を見た。

真崎は現在市販中のマミーパレットへの不安を煽《あお》ることで、世間の目をタイタスに集めようと考えているのだ。確かに、すでに起こってしまった悲劇よりも、これから起こるかもしれない悲劇、現在進行形の不安の方が人の神経をざわめかせる。

まともに渡り合っちゃ潰されるだけだ。

中迫は心を決めた。

「解った。告発状の内容の三つめはなんだ」

「タイタスフーズ藤沢工場に対して、健康増進法第二十七条に基づき、国の責任において早急にマミーパレットの収去試験が行われることを要求する」

中迫は真崎の口から飛び出したとんでもない言葉に度肝を抜かれた。

健康増進法第二十七条は『内閣総理大臣又は都道府県知事は、必要があると認めるときは、当該職員に特別用途食品の製造施設、貯蔵施設又は販売施設に立ち入らせ、販売の用に供する当該特別用途食品を検査させ、又は試験の用に供するのに必要な限度において当該特別用途食品を収去させることができる』と規定している。収去された食品には、新開発食品保健対策室の指示に従って栄養成分や関与する成分に関して試験検査が行われる。

特別用途食品とは、病者用、乳幼児用、妊産婦用、高齢者用など特別の用途に適するという表示を内閣総理大臣が許可した食品のことだ。真崎はスマイルキッズマークの認証を受けたマミーパレットも国が責任を持って推奨しているものである以上、特別用途食品と同様に収去試験を課すべきだと内部告発状で訴えるつもりなのだ。

「こいつは事を動かすのが目的なんだ」

「だとしても、そんな内部告発状だけじゃ国は動かないぞ」

「もちろん、これだけじゃ動かない。内部告発状に、今あんたが鞄の中に持ってるサンプルの分析データ、それから問題のサンプルが配布された保育園の全リストと配布日の記録をつけて、ここに送りつける」

真崎はジャンパーの内ポケットから折りたたんだ紙を取り出して見せた。

そこには厚生労働省を始め、全国の数ある消費者団体、キーテレビ局、新聞社、患児が出た都道府県および市町村の保健衛生担当部局、その地域の地方新聞、地方テレビ局など、行政、民間団体、メディアの三つを網羅する組織の宛て先がズラリと並んでいた。

「まだ未完成だが、完成すれば宛て先はだいたい二百ヶ所ほどになる。そしてここが肝心なところなんだが、そのひとつひとつの告発状の最後に、同じ告発状がどこに送付されたかを明示しておく。つまり、告発状を受け取った誰もが、その文書が自分たち以外にどこに送られたのか解るようにしておくんだ」

中迫は真崎の意図を察して瞠目した。

もし自分の属する組織にだけ送られてきた告発状であれば、事なかれ主義で黙殺することもできる。しかし、自分の組織が告発状を受け取ったことを、他のすべての組織に知られているとなると話は別だ。万一、自分の組織だけが告発状を黙殺した後、その告発状が真実だと判明したら……。何もせずに黙殺した組織は名指しで糾弾されることになる。しかも、告発状は現在市販中の製品の一部に重大な危険性があると訴えている切迫した内容なのだ。黙殺した組織は、行政であれ民間団体であれメディアであれ、組織としての存在意義を問われかねない。

真崎が話はこれからだというふうに言った。

「さて、仮にあんたがこの告発状を受け取った側のひとりだったらどう動く」

中迫はすぐさま答えた。

「他の宛て先に本当に内部告発状が届いているか確認する。次に告発状に同封されたサンプルの分析データが、信憑性《しんぴょうせい》のあるものかどうか食品分析機関に照会する。これは二、三日で、バチルスf50を除けば確かに市販のマミーパレットと同一の成分比のデータだと判明する。並行してメルトフェイス症候群とは一体どういう病気なのかを早急に調べる」

「そいつはメルトフェイス症候群全国連絡会のホームページを見れば一目瞭然《りょうぜん》だ。リンク先の病院にアクセスして患児を診た医師から直接話を聞くことも出来る。それから？」

「メルトフェイス症候群の患児たちが一昨年の十二月に、本当にサンプルが配布された保育園に在籍していたかどうかを確認する」

「こいつは連絡会が全国の患児を束ねているからすぐに確認が取れる」

「サンプルの配布先の保育園と発症した百二十四名の患児が一〇〇パーセント一致する。しかも潜伏期間を考慮に入れれば、発病の時期とサンプルの配布日はピタリと重なる」

「消費者団体の何万という会員から不安の声が上がる」

「そうなればメディアも」

「いや」と、真崎は言下に否定した。「メディアはまだ動けない。この内部告発状は偽名で送られてきてるんだ。その点で内容がどうであれ、公式には内部告発状とはいえない。いわば偽名の怪文書だ。メディアは特定の企業を名指しした偽名の怪文書をそのまま報道するわけにはいかない。現場には当然、上から圧力もかかってるだろうしな」

中迫は驚いて声を上げた。

「じゃあ、メディアは何もしないのか」

「したくてもできないんだ。だがメディアも行政や消費者団体の動きは摑《つか》んでる。だから現場は、告発状の宛て先にあった消費者団体を『これからどうするつもりなのか』とせっついて、自分たちが動ける口実ができるのを待つ。どのメディアも同業他社のライバルが同じ情報を持ってるのを知ってるんだ。事態が動くのなら自分のところで一番に抜きたい。

会員からの不安の声とメディアからの突き上げを受けて、多くの消費者団体から行政に対して収去試験の要望が出される。行政もこの状況がすでに相当数のメディアと消費者団体に知れ渡っていることを知っている。行政は何もしないでいるわけにいかなくなる」

「藤沢工場で収去試験が行われる……！」

「たとえ形式的なものであれ日本有数の大手食品メーカー・タイタスフーズに対して行

政による立ち入り検査が行われれば、それ自体がニュースになる。これまで抑えられていたぶん、テレビや新聞はお互いを煽りあって立ち入り検査のニュースを大きく報道する。となれば、検査の原因となったメルトフェイス症候群についても詳細に報道される。一昨年、患児が出た当初は名前もなかったこの病気が大勢の人間の知るところとなる。被害者は全員、何の罪もない乳幼児だ。関心も高い。あの酷《むご》い症状を知れば、見た人間は絶対に忘れない。世間の疑惑の目がタイタスに向けられる」

「しかし、真崎。世間の疑惑の目が向けられたとしても、立ち入り検査をしてしまえば、結果はすぐにシロと出るぞ。藤沢工場の製造ラインはすべてクリーンだ。市販のマミーパレットには何の問題もない」

「そのとおりだ。そうなれば、タイタスはどう出る？　中迫営業課長」

中迫は営業課長の頭で即答した。

「タイタスフーズは可能な限りのメディアを集めて大々的に潔白の記者会見をする。サンプルはすでに処分して残っていないが、市販品同様にサンプルも初めから無害であり、今回の一件はマミーパレットの売り上げが好調なことを妬《ねた》んだ営業妨害だと」

「その山ほどカメラの回っている記者会見の場で、中迫さん、あんたが事実を暴露してサンプルのありかを公表するんだ」

中迫はいきなり喉元《のどもと》に鋭い切っ先を突きつけられたように言葉を失った。

「もちろん俺も証言する」

真崎はすっかり闇の降りた車内で真っ直ぐに中迫の目を捉《とら》えた。

「できるか」

考えただけで鼓動が駆け出し、喉《のど》がぎゅっと絞られるようにつまった。だが、真実を暴露しようと思えば、いずれ表に立たなければならない。物陰に隠れて真実の蓋《ふた》を開けることはできないのだ。自分は、あの子たちのためにどんな事でもすると決めたのだ。

「ああ、できる」

中迫は短く答えた。

「内部告発状はすべて『佐々木邦夫』という偽名で発送する」

「『佐々木邦夫』……」

「そうだ。事が動いたら、上層部は内部告発者として一番にあんたを疑う。最後の最後まで、絶対に気取られるな」

「解った」

答える声が掠《かす》れた。

真崎はふっと眼差《まなざ》しを和らげて微笑んだ。

「大丈夫だ。最初さえうまく立ち回れば、隠蔽《いんぺい》工作を手伝ったはずの幹部が内部告発したとは思わない」

「そうだな」と、中迫はかろうじて微笑を返した。

「念のため、事が終わるまで俺たちは、直接顔を合わせないようにしよう」

そう言うと真崎はキーを回し、車を発進させた。ハンドルを握りながら、真崎はまるでずっと世間話でもしていたかのように穏やかな口調で続けた。

「冷え込んできたなぁ。最後に『こま』でも行くか。あんた、あの腰痛持ちの親爺《おやじ》が作る出し巻き、気に入ってたろ」

「……ああ。ちょっと甘いのが旨《うま》くてな」

中迫はヘッドライトが切り取る土手の土を眺めながら、なにもかも真崎に出会わなければ踏み切れなかったことだと思った。自分は鬱病《うつびょう》になってどこかから飛び降りることはあっても、こんなことはひとりでは決してできなかった。

中迫自身がそう思うように、フーズも、中迫という人間をそう思っている。そのことに中迫はずっと以前から気づいていた。自分がどこかの屋上から飛んでも、フーズはすぐに忘れるだろうということも。中迫はまっすぐに前を見つめた。

そうだ、俺はきっと最後までやりぬける。いや、やりぬいてみせる。

その夜、中迫と真崎はこれを最後にと初めてしたたかに呑《の》んだ。夜になって降り出した雪のせいで客足が途絶え、貸し切り状態となった『こま』で二人は鱈鍋《たらなべ》やらぶり大根で次々と徳利《とっくり》を空にした。中迫はなぜかわけもなくおかしくて、ひっきりなしに笑い転げ、真崎も上機嫌でいつになく自分のことをあれこれと話した。

「昔、よく雄太と女房と弁当もって行ったんだよなぁ、この駅の遊園地。あっただろ、山のへりんとこに遊園地。こう、逆さに回るジェットコースターが立ってて、でっかい観覧車とかもあって」

中迫の陽気な頭に、遥《はる》か昔に訪れた今はなき遊園地の風景が蜃気楼《しんきろう》のように浮かんだ。

「ああ、あったあった。大きなバラ園があって、駅からモノレール走ってただろ」

「それだ、モノレール！　初めてこの駅に降りた時な、駅から遊園地まで宙に浮いてるようなモノレール見て、ほんと未来都市に来たのかと思った。上京してすぐの頃だ。もう、自分が住むんなら絶対この町だって」

「真崎、聖ウルスラ小児クリニックに来てた頃は確か、日吉だったよな」

「ああ。ここはその前。上京してから雄太が六つくらいん時まで、ずっとここに住んでたんだ。女房に会ったのも、雄太が生まれたのもこの街。金のない時は遊園地に入らずに三人でモノレールだけ乗ったりしてな」

「へえ。この店、その頃からの馴染《なじ》みなのか」

「いやいや」と、腰痛もちの親爺が勝手に一升瓶を抱えて卓に座り込んだ。「こいつがうちに通いだしたのは去年の十月頃からよ。あんたより一ヶ月くらい先輩なだけ。最初の頃なんて毎晩みたいに通ってきてさ、俺に気があんじゃねぇかと思ったもんよ」

真崎は怖気《おぞけ》をふるって酒にむせた。

「毎晩って、わざわざ大和市からか」と、中迫は驚いて目を丸くした。

真崎はジャンパーに零《こぼ》した酒をお絞りで拭《ぬぐ》いながら「とりあえずここは地酒が揃って

るし、親爺が勘定負けてくれるからな」と笑った。

それにしても大和市から毎晩通うには向ヶ丘遊園は遠すぎる。

中迫は少し引っ掛かった。

だが考えるより早く親爺が「ま、こいつは遊園の話できるからちょいと良くしてやってるだけよ」と三人分のグラスに一升瓶の酒を注《そそ》ぎ、三人は今はなき遊園地に乾杯した。

生まれも育ちもこの街だという親爺は、『向ヶ丘遊園』という駅名だけをのこして跡形もなく消えてしまった遊園地の話ができるのが何より嬉《うれ》しいようだった。ほかに客が来ないのをいいことに親爺は暖簾《のれん》をしまって客へと変貌《へんぼう》し、中迫たちともども呑み騒いだ。小腹が減ると真崎が酒を片手に牡蠣《かき》フライを揚げ、中迫が鍋《なべ》から大皿に肉じゃがをよそった。

すっかり出来上がった親爺が骨董《こっとう》品のようなカラオケマイクを引っ張り出して詩吟を唸《うな》り始め、中迫と真崎はそれをとめようとマイクを奪い合って歌った。数少ないレパートリーはすぐに尽きてアカペラのデタラメな歌となり、親爺は箸《はし》で茶碗《ちゃわん》を叩《たた》くという古典的な無作法で合いの手を入れた。

中迫は気持ちよくゆったりと回る天井を見上げながら、真崎のデタラメな歌を聴いていた。するとふとその歌の節にどこか聞き覚えがあるように思えてきた。なんだったか、とぼやけた頭で考えるうち、それが敦美が日曜学校で習ってきた聖歌の節なのに気がついた。

「真崎、おまえクリスチャンだっけ？」と、中迫はろれつの回らない口で尋ねた。

そう言われて真崎は初めて自分の歌っていた歌に気づいたらしく、一瞬ぼんやりと目を瞬《まばた》いた。

「ああ……これ女房がよく歌ってんだ。皿とか洗いながらさ」

それから真崎は急にマイクのエコー付きでおどけた声をあげた。

「残念ながら、俺は純然たる浄土宗だ」

「はい、そいじゃ次、浄土宗の歌、行ってみよー！」と叫んだきり、親爺が先頭を切って潰《つぶ》れた。

毛布がないので親爺にあるだけの座布団をかぶせ、釣りがくるだけの金を置いて店を出た時にはすでに午前三時を回っていた。

街は一面の銀世界に変わっていた。

看板もバイクも形が判らぬほど降り積もった雪の上に、後から後から粉雪が舞い落ちてくる。二人の酔っ払いは互いに相手のおぼつかない足取りを指差して笑いながら、右へ左へとズボズボと大揺れの足跡を残して歩いた。

空を仰ぐと火照った頰に降りかかる粉雪が冷たくて気持ちがよかった。

中迫はふと思い出して尋ねた。

「なぁ、あのサンプルどこに置いてあるんだ？」

「あれは切り札だからな。事を起こす前に、見つからない場所に隠すんだ。タイタスが奪い返せない場所。万に一つどこにあるのかが分かっても、絶対に手が出せない場所にな」

「どこなんだ、それ」

「あんたはまだ知らない方がいい」

「なんでだよ」

「あんたは正直すぎる。すぐ顔に出るから」

「そんな事はないだろ」

真崎はぷっと笑って「その顔、鏡で見てみろよ」と、中迫のふくれっつらを指差した。これは酔ってるからだと言いかけたが、悔しいので中迫は仕事の時の落ち着いた口調で言い直した。

「それほど、顔に出る方ではないと思うよ」

真崎は吹き出し、大笑いしながら蛇行したあげく雪に足をとられて派手に尻餅《しりもち》をついた。

「見ろ、人のこと笑ってるからだ」

中迫は真崎の足跡を踏んで救助に向かった。

真崎は尻餅をついたまま後ろ手をついて気持ちよさそうに雪空を見上げていた。

「大丈夫だ。あんたはいずれ時がくればすべて本当のことを話せばいい」

そういうと真崎はふうっと長く白い息をはいた。

「台風の日、あんたを乗せた時、あんたは今にも駅ビルから飛びそうな顔をしてた。俺は間違いなくとんでもないもんを乗せちまったと思ったね。コンテナと助手席、両方にな」

あの時から真崎は何かを感じていたのだと中迫は初めて知った。なんと応《こた》えていいのか解らず、「ほら」と、雪まみれの真崎に手を貸して尻餅穴から引き上げた。

「尻のあたり沁《し》みてきたなぁ」と、真崎が情けない声をあげた。

「雄太に笑われるぞ」

「雄太には、こういうとこは見せないんだよ」

ジャンパーの雪を払っていた真崎が不意に手を止め、辺りの気配に耳を澄ました。

「どうした」

「おい、あの音」

耳を澄ますと遠くから微《かす》かに電車の音が聞こえた。中迫はびっくりして時計を見た。

「夜中の二時半だぞ」

「凍結臨だよ!」

そう言うなり、真崎は電車の見える線路際に向かって走り始めた。中迫は雪を蹴立《けた》てて慌てて後を追った。そう言えば、雪の降った日の真夜中、線路を凍らせないために走らせる臨時列車があると聞いたことがある。

走り出した体のせいなのか、近づいてくる音のせいなのか、中迫は無性にその真夜中の列車が見たくなった。雪の夜、すべての駅を通過してただ走るためだけに走る列車。中迫と真崎は夢中で走りに走った。転げるように線路際に辿《たど》り着くと、今しも列車が高架に続く緩やかな坂を駆け上るところだった。

雪の中、窓という窓から眩《まぶ》しい光を放って上昇していく列車は、まるで軽々とレールを離陸し、遥か彼方《かなた》の見知らぬ街へ飛び去るかのように見えた。

中迫は思わず呟《つぶや》いた。

「あれはどこ行くんだろうなぁ……」

「たぶん、まだ俺たちの見たことのない場所だ」

中迫は闇の中に小さくなっていく灯《あか》りを見つめながら、自分は真崎と同じものを見ているのだと思った。少なくとも、その時は、そう信じて疑わなかった。

## 48

次の日から中迫は告発状の文書を作成し、真崎は送付先のリストの完成を急いだ。何度か郵便でやり取りした後、文書の末尾にすべての送付先を列挙した告発状が完成し、サンプル分析結果とサンプル配布先の保育園リストとを合わせて、真崎が廃棄物から調達したパソコン一式でプリントアウトした。告発状の送付先は最終的に行政、民間団体、メディアをあわせて二百十二になった。

二月十五日、真崎が『佐々木邦夫』の偽名で二百十二通の告発状を都内のポストにバラバラに投函《とうかん》した。中迫と真崎は連絡を絶ち、事が動くのを待った。

しばらくすると中迫はオフィスの自分のパソコンが誰かに調べられているのに気づいた。ファイルを開いた形跡があり、受信メールや削除メールを誰かが密《ひそ》かに見ていた。第一営業部宛ての郵便物も調べられた跡があった。内部告発状がすべての宛て先に行き渡り、フーズが無言のうちに告発者として中迫を疑っているのが感じられた。

中迫はいつものように山積みの仕事をこなしながら、神経を張りつめて平静を装った。一日一日が長く、ひたすら待つだけの時間は無限に続くかのように思われた。

そんな日々がひと月近く過ぎた三月十四日、月曜日。

ほころび始めた桜の蕾《つぼみ》に朝から冷たい雨が降っていたその日、ホワイトデーとあってオフィスにもいつもより少し花やいだ空気が流れていた。入社してまだ年数の浅いＯＬたちがこっそりと携帯のメールを見せ合ったり、笑いを含んだ目を見交わしたり、仕事の傍ら無邪気な気晴らしを楽しんでいた。

中迫は出社するとすぐに社長室に呼び出された。

鍵穴《かぎあな》に差し入れた鍵がカチリと音をたてたように、起こるべきことが起こったのだという予感があった。いざその時になると中迫は自分でも不思議なほど落ち着いていた。

社長づきの秘書に取次ぎを頼み、オーク材の扉を開けて社長室に入ると、デンマーク製の柔らかな照明のともる室内に社長の園田、専務の森村、部長の宮島が顔をそろえていた。

「お呼びでしょうか」

「藤沢工場に厚労省の立ち入り検査と収去試験が行われることになった。マミーパレットのサンプルに欠陥があったという内部告発があったんだ」

ソファで腕組みをしていた宮島が口を切った。宮島は『内部告発』という言葉に力を込めた。

中迫は驚いた表情を装ったまま用心深く次の言葉を待った。プレジデントチェアに座った社長の園田は神経質に指先でコツコツとデスクを叩き、森村は中迫に背を向けて窓際に立ったまま窓外を眺めている。沈黙が続く室内に雨音が響いた。

覚悟はしていたが、中迫は誰もが自分を疑っていることをヒリヒリと感じた。彼らには中迫のほかに思い当たる人物がいない。だが、間違いなく中迫がやったという確証がない。

最初に沈黙に耐えられなくなった園田が「掛けたまえ」と声をかけた。

中迫は目礼して宮島の向かいのソファに腰を下ろした。

宮島が恐らく役所経由で手に入れたのだろう告発状のコピーを投げてよこした。中迫は初めて目にしたように告発状のページを繰って素早く目を通し始めた。宮島が中迫の表情を探るように見つめながら言った。

「内容はマミーパレットのサンプルに関して、おおむね君と私たちが知っていることだ。

具体的な感染経路については書かれていないが、御丁寧にサンプルが配布された日付のついた保育園のリストとサンプルの分析データが同封されていた。保育園のリストについては中迫君、君の管轄だったね」

「はい。リストはうちの課全体の共有ファイルでした」

「君、『佐々木邦夫』に心当たりはないか」

罠だ、と中迫は直感した。『佐々木邦夫』の名前は封筒にしか書かれていない。このコピーのどこにも『佐々木邦夫』の名前はない。

「『佐々木邦夫』と申しますと……」

「ああ、その内部告発状は『佐々木邦夫』という名前で出されているんだ。調べたがうちにはそんな名前の社員はいないんでね」

宮島は罠を掛けておいて涼しい顔で説明した。

「むろん、佐々木邦夫が社内の人間とは限らない。わが社の方針に不満を持つ社員から情報を聞き出した誰かかもしれない。事実、売れ行き好調な市販のマミーパレットに嫌疑を掛けているところをみると、内部告発を装った同業他社による陰謀とも考えられる。高待遇のポストでの受け入れを確約し、それと引き換えに、佐々木邦夫はフーズの『ある社員』から情報を受け取ったのかもしれない」

その『ある社員』はおまえじゃないのか、と言いたげに宮島は中迫を見つめた。

中迫は腹の中で、宮島らしい考えだと思ったがもちろん顔には出さなかった。

「わが社に立ち入り検査が行われるなんて……」と、園田が信じられないといった口調で嘆いた。『佐々木邦夫』という男は頭がおかしいんだ。そこに書いているとおりめったやたらに告発状を送りつけている」

中迫はあらかじめ用意していた台詞《せりふ》を述べた。

「藤沢工場の方は検査されても大丈夫ですが、公式の立ち入り検査となるとマスコミでも取り上げられます。磯辺代議士の力でなんとか抑えられませんか」

「その、磯辺先生の秘書の服部さんから、立ち入り検査が入ると連絡があったんだ」と、宮島が口を挟んだ。

園田は服部との電話のやり取りを思い出し、苦虫を噛《か》み潰《つぶ》したような顔になった。

「服部さんは事の真偽も尋ねなかったよ。立ち入り検査まできっかり三週間稼いでやる。それまでに万端、事を整えておけとのことだった」

立ち入り検査は三週間後。

中迫は頭の中で素早くカレンダーを読んだ。

四月四日、月曜日だ。

「まったく、よりによってこの大変な時に」

園田がロレックスの腕時計を見て立ち上がった。

「この件は森村専務に任せるから、後は君たちで処理してくれ」

園田は返事も待たずに足早に部屋を出て行った。

中迫は訝《いぶか》しい思いで園田を見送った。

この一件以上にどんな大変なことがあるのか。偽名の内部告発状が大量に発送され、ついにフーズの工場に公式の立ち入り検査が入るのだ。いくら園田が有名無実な社長であってもこの言動は異様だ。

中迫は何かあったのだと感じて、終始無言で窓外を眺めていた森村の背に目をやった。そのとき中迫は初めて、森村が窓外ではなく硝子《ガラス》窓に映った室内を見ているのに気づいた。森村は背を向けたままずっと中迫を観察していたのだ。

中迫は心臓が激しく打つのを感じた。

森村は表情も変えずに中迫を振り返った。

「今朝、富山会長がお倒れになった」

中迫は突然のことに言葉を呑《の》んだ。

あの昭和の怪物と呼ばれた富山浩一郎が倒れた……。

「君も知ってのとおり、タイタスグループ内での我がフーズの地位は、富山会長のフーズに対する深いご理解によって立つ部分が大きい。今、会長に万一のことがあれば、タイタスグループの役員会では新会長の擁立に絡んでフーズを追い落とそうとする動きが加速するでしょう。この時期のスキャンダルはフーズにとって命取りです。我々は、この立ち入り検査がスキャンダルに発展するのを何としても阻止しなければなりません」

中迫は社を出るとその足で公衆電話から真崎の携帯に連絡を取った。

「立ち入り検査が三週間後に決まった。四月四日だ」

「解った」

「それから、富山会長が倒れた」

「そうか」

「また連絡する」

「じゃあな。気をつけろよ」

真崎は短い電話を切ると路肩に車を停めた。雨の中、車を降り、コートの襟を立てて車道を横切る。そして、ポストの前まで来ると真崎はコートの内ポケットから一通の封書を取り出した。宛て先は『タイタスフーズ幹部の皆様へ』とあった。

真崎は手袋をした手で封書をポストに投函した。

函《はこ》の底でコトリと小さな音がした。

この瞬間から、真崎の本当の計画が動き出した。

## 49

翌三月十五日、火曜日、午前。

中迫は会議室で新商品企画のプレゼンに立ち会っていた。最終選考に残った三つのユニットがそれぞれ三十分の持ち時間で総合的な商品コンセプトを競うのだが、部下たちには立ち入り検査のことも、会長の富山が倒れたことも知らされていなかった。

中迫がプレゼンを聞きながらチェックシートの項目に採点を書き入れている時だった。会議室の電話が鳴った。通常、プレゼン中の会議室の電話は鳴らさないことになっている。中迫の胸に嫌な予感が走った。発表中の若い社員が戸惑って言葉につまり、そばにいた女性社員が慌てて電話を取った。

「中迫課長、森村専務からお電話です」

中迫が受話器を受け取ると、森村が前置きもなく言った。

「至急、私の部屋へ来てくれ。訊《き》きたいことがある」

かつて中迫がサンプルの分析データを見せた時でさえ滑らかな口調を崩さなかった森村が、電話でも判るほど感情を抑えかねていた。中迫は、フーズにとっても、自分自身にとっても、何かとてつもない不測の事態が起こったのだと直感した。

専務室に入るなり、宮島が一通の封書を手に恐ろしい見幕で近づいてきた。

「中迫課長、これはどういうことだ。説明してもらおう」

封書の宛て名に『タイタスフーズ幹部の皆様へ』とあり、差出人は『佐々木邦夫』となっていた。中迫が驚いて中を見ると、一枚の写真と手紙が出てきた。

写真には中迫が真崎に預けたマミーパレットのサンプルがズラリと並び、前面に四日前の三月十一日、金曜日の新聞が置かれている。同封の手紙にはワープロの字で以下のようにあった。

問題のサンプルを三億円で買い取ってもらう。

金が支払われなければ、サンプルを、乳児を持つ親にばら撒《ま》く。

明日までに現金三億円を用意して指示を待て。


いきなり天と地がひっくり返ったような衝撃だった。

そんな馬鹿な……。

だが差出人は間違いなく佐々木邦夫となっている。本当に真崎がこんな手紙をだしたのか。これは真崎の意志なのか。

「君はサンプルは確かに廃棄したと言ったじゃないか！」

宮島が糾弾するようにまくしたてた。

「廃棄したはずのサンプルがなぜこんなことになるんだ！　君は本当にサンプルを廃棄したのか！」

「……確かに廃棄しました。工場長に聞いて下さい」

中迫はあまりのことに頭の中が真っ白で何も考えられなかった。

森村が鋭く呟《つぶや》いた。

「廃棄物業者だ」

森村が目配せするや宮島が部屋を飛び出して言った。しばらくして戻ってきた宮島の言葉に、中迫は愕然となった。

「あのサンプルの廃棄を請け負った孫受けの真崎工業は、三月十一日付で廃業して登記を抹消しています。社長は真崎省吾」

真崎が廃業した……。

そんなこと、真崎は一言も言わなかった。昨日、話した時もいつもと何も変わらなかった。中迫の耳には『じゃあな。気をつけろよ』と言った真崎の声がはっきりと残っている。

「以前は従業員がいたそうですが、最近は仕事を減らして真崎ひとりでやっていたようです」

「今からその真崎を捜しても見つかるまいな」

森村もさすがに青褪めていた。

「どうしますか」と、宮島がソファに腰を下ろした。「金を用意しますか」

「金を払えば、我々がサンプルに問題があるのを知っていたと認めることになる。それに金を支払っても、サンプルが戻ってくる保証はない。一度、強請に応じれば、それをネタにまた強請ってくることも考えられる」

「では、無視しますか」

「……メルトフェイス症候群の潜伏期間は数日から数週間だ。このタイミングでサンプルをばら撒かれたら、ちょうど立ち入り検査の時期に発病する」

宮島は森村の言葉に小さく息を呑んで黙り込んだ。

森村は誰よりも早く脅迫文の意図を読み取っていた。

「立ち入り検査当日まではマミーパレットを不安視するような報道は一切、出ない。マミーパレットはコマーシャルでよく目にする商品でもあるし、サンプルを配ればさほど警戒せずに子供に食べさせる親もいるだろう。その結果、一年四ヶ月ぶりに新たな患児が出る。しかも、立ち入り検査に伴ってメディアがメルトフェイス症候群を派手に取り上げるまさにその時期にだ。新たな患児の親はサンプルが原因だとすぐに気づいて大騒ぎになる。ばら撒かれたサンプルをまだ手元に持っている親にメディアが殺到する。そうなれば、もはやメルトフェイス症候群とサンプルとの因果関係を隠し通すことは不可能だ」

宮島がなんとか楽観的な展開を信じようとするように口を開いた。

「しかし……佐々木邦夫は本当にサンプルをばら撒いたりするでしょうか」

「やる。奴があれだけのサンプルを持っていながら、今までひとつも使わなかったのはそのためだ。わざわざ内部告発状を作り、あちこちに送りつけて立ち入り検査を仕組み、このタイミングで強請をかける。こちらが警察に届け出られないこともすべて計算済みだ。金を払わなければ、新たな患児が出る」

驚愕《きようがく》と混乱で立ち尽くしていた中迫は、『新たな患児が出る』という言葉に我を忘れて森村に詰め寄った。

「マスコミにあのサンプルは危険だと公表して下さい。　製造元のフーズが公表すれば、サンプルがばら撒かれても誰も手を出しません。　新たな患児が出るのは防げます！」

「馬鹿を言うな、おい」と、宮島が中迫の腕を摑んだ。

中迫は激しい勢いで宮島の腕を振り払って叫んだ。

「あんたたちはいったい何人の子供の一生を滅茶苦茶にしたら気がすむんだ！」

中迫の常軌を逸した行動に気圧されたように宮島は口をつぐんだ。　重苦しい沈黙が室内を支配した。

「我々としても、サンプルがばら撒かれるのは避けたいのだ。　磯辺先生と相談してみる」

森村は携帯を取り出すと中迫に言った。

「君は少し外の空気でも吸って頭を冷やせ。　連絡するまで今日は社に残っていろ。それから解っていると思うが、君が勝手に何をしても、フーズが否定する限り誰も信じないぞ」

中迫はかろうじて目礼して扉に向かった。

とにかく真崎に真偽を確かめるのだ。　そのことしか頭になかった。

中迫が立ち去ると、宮島は中迫ごときに一瞬でもたじろいだ自分自身に腹を立てているかのようにどさりとソファに腰を下ろした。

「あいつはどうかしてますよ。フーズの人間ならフーズのことを一番に考えるのが当たり前でしょう。あの口のきき方、一体だれに向かって喋《しゃべ》ってると思ってるんだ」

森村は中迫の去った扉にチラリと目をやると、携帯のアドレス帳をスクロールして磯辺の秘書・服部の電話番号を探し始めた。

「中迫はどうやら佐々木邦夫とは無関係のようだな」

「そんなことまだ判りませんよ。告発状に同封されていた保育園のリストは、社内の人間の協力がなければ入手できませんからね」

「もし彼が佐々木邦夫の協力者なら、それこそサンプルをばら撒かれないように金を払うべきだと主張するだろう」

「まぁ……」と、その点は宮島も認めざるをえなかった。

「少なくとも今回の脅迫状に関しては、中迫は無関係だ。いずれにせよ彼は、騙《だま》す側ではなく、騙される側の人間だよ」

そう言うと、森村は通話ボタンを押した。

中迫は駅の階段を駆け下り、公衆電話の受話器を摑んで大急ぎで真崎の番号を押した。電話はすぐに繋《つな》がった。中迫が息せき切って喋り出すより早く、合成音声の応答が聞こえた。

『おかけになった電話番号は現在、使用されておりません』

中迫は茫然《ぼうぜん》と受話器を置いてベンチに座り込んだ。

おまえはまんまと真崎に利用されたのだ。

頭の中でそんな声がした。

いや、そんなはずはない。初めて真相を打ち明けた夜、真崎は孤立無援の自分に一片の躊躇《ちゅうちょ》もなく手を貸すと言ってくれた。

『生まれたばっかりの子供の一生を滅茶苦茶にして、商売に犠牲はつきものだといってゴミみたいに捨てていく……。中迫さん、フーズは間違ってる。フーズには償う義務がある。あんたと俺で、そうさせてやる』

あの真崎の目を、中迫ははっきりと覚えている。あれは間違いなく真崎の心底からの言葉だった。だからこそ自分は真崎を信じたのだ。あの真崎に限って……。

あの真崎……。そう考えた瞬間、血の気が引いた。

俺は、真崎のいったい何を知っているのだ。

中迫は、自分が真崎の事を実際には何も知らないに等しいのだと初めて気づいた。同僚でもなく、学生時代の友人でもなく、共通の知り合いもいない。ただ互いの子供の病気を通じて知り合っただけの男。自分は真崎の語る言葉の上でしか、真崎の暮らしぶりを知らない。それがすべて嘘であっても、中迫には分かりようがない。

真崎は頑《かたく》なにサンプルのありかを教えなかった。中迫がサンプルを引き取ると言った時も、「わけを話せ」の一点張りで、決してサンプルを返そうとはしなかった。

そう……あの時、真崎はこう言ったのだ。

『あのベビーフードのサンプルはいずれヤバイものに違いない。あんたにとってじゃない。フーズにとってヤバイものだ。違うかい？』

真崎は最初からサンプルを使ってフーズから金を取ることを考えていたのか。サンプルの隠し場所を最後まで中迫に教えなかったのは、そのせいだったのか。あの喫茶店に連れて行き、メルトフェイス症候群の子供たちと家族を見せて、中迫にどんなことでもする覚悟を決めさせ、嘘の計画を吹き込み、フーズの動きを探らせ……。何もかも、計算ずくのことだったのか。

中迫は頭を抱えてうめいた。

本当にそうなのか、真崎……！

中迫は心のどこかでまだ信じられずにいた。数時間のうちに真崎はどこかの公衆電話から連絡してくるのではないか。何か中迫の思いも及ばぬことで、計画を変更したと知らせてくるのではないか。これはフーズの出方を見るためのブラフに過ぎないのだと言って。

午後十時。中迫はデスクに置いた携帯をじっと見つめて待っていた。灯《あか》りの落ちたオフィスには人影もなく、窓外に林立するオフィスビルもすでにあらかた窓の灯りが消えていた。

真崎からの連絡はなかった。

中迫は腹を決めていた。金を支払うように進言する。そして金と引き換えにサンプルを取り戻す。新たな患児を出さないためにはそれしかない。

森村は絶対に直接には関与しないから、金を運び、サンプルを受け取ってくるのは宮島と自分の仕事になるはずだ。中迫は宮島からサンプルを奪い、立ち入り検査の後にフーズが潔白の記者会見を行う時まで姿を消そうと考えていた。真崎があの河原に停めた車の中で話した計画を、中迫は一人で実行するつもりだった。

フーズは結局は金を払うしかない。さもないと、新たに患児が出た上で、サンプルが感染源だったことが明らかになるのだ。食品メーカーにとってこれ以上に致命的なことはない。だが金さえ払えば当座、立ち入り検査は乗り切れるかもしれない。二者択一であれば、フーズは金を払う。

中迫のデスクの電話が鳴った。宮島からだった。

「十四階の応接室へ行ってくれ」

返事を待たずに電話は切れた。

十四階の応接室。そこは会長の富山浩一郎がフーズの経営を直接に取り仕切っていた頃に使われていた古い応接室で、今はほとんど使用されていない。来客はたいてい三階の新しいゲストルームに通される。

こんな時間にあの旧応接室でいったい誰と会うのか。まさか磯辺満忠みずからが出向いてくるのだろうか。中迫は常夜灯の点《とも》る薄暗いオフィスビルを十四階へと急いだ。

旧応接室には宮島と森村の姿はなく、ひとりの見知らぬ男がいた。小柄なボクサーのように無駄のない体にグレーのトレンチコート。黒い革手袋を嵌《は》めた右手の中で握力強化用の二つの赤いゴムボールを規則的に転がしている。

男は厚ぼったい目で中迫を振り返った。

「このハチクマタカはいい仕上がりだな」

そう言うと、男は両翼を広げた大きな鷹《たか》の剝製《はくせい》の方を顎《あご》でしゃくった。旧応接室には鳥撃ちを好む富山の趣味で、鳥の剝製が所狭しと飾られている。内臓をきれいに抜かれ、生きていた時以上の躍動感をもって目を光らせている死んだ鳥たちに囲まれていると、大方の客は落ち着かなくなる。この応接室が使われなくなった理由のひとつはそれなのだが、男はまるで美しい陶器を眺めるように鷹のV字に広げた艶《つや》やかな翼に見入っている。

この男は一体何者なのだ。

中迫は先に名乗って男が自己紹介をするのを待つことにした。

「営業課長の中迫です」

だが、男は鷹から眼を離さない。

「こいつに触っていいか」

「ええ。どうぞ」

男は赤いゴムボールをポケットにしまうと、手袋のまま鷹の羽根の流れに沿って首の付け根から翼の先へとゆっくりと撫《な》で上げた。それから愛《いと》おしそうに顔をひと撫でするると、ふたたび「いい仕上がりだ」と呟《つぶや》いた。

その男はそれまで中迫が知っているどんな種類の人間にも似ていなかった。平凡で目立たないが、それでいてまるで背中がないような奇妙な感じがする。この男は何者で、なぜ今、ここにいるのだ。

男はアマサギやマガモなどの剝製をひとつひとつ眺めながら応接室を一巡した。

「こいつらを剝製にする時、一番慎重にやらなきゃならないのは頸部《けいぶ》の剝離《はくり》でね。始める前に食道や器官に残っているものが逆流して羽毛を汚さないように口に綿花を詰めて、それからゆっくりと頸部を裏返していく。女の服を脱がせるように優しくゆっくりと。あとは眼球をピンセットで引き出して頸部を頭部との接合部で切断したら、最後に頭の後ろ側の骨を少し切断してそこから脳を取り出す。慣れれば六つの子供にでもできますよ」

中迫は淡々と喋る男にかえって底知れぬ薄気味悪さを感じた。

「お待たせしました」

森村と宮島が現れ、中迫は「どうぞこちらへ」と男をソファへ導いた。男はいつの間にかまた手袋の中で赤いゴムボールを転がしている。

「専務の森村です。こちらは部長の宮島と営業課長の中迫です」

「滝川です」

　男は肩書きも所属も述べなかった。

「早速ですが、これを」と、森村が茶封筒を手渡した。

　滝川が封筒から取り出したのは数枚の写真だった。それは、旅館か何かの大広間での宴席のスナップ写真だった。酒を呑《の》んでいる男たちの中に真崎の顔があった。酒盃《しゅはい》を手に誰かの話に耳を傾けている真崎。自分のコップにビールを注《そそ》いでいる真崎。めくられるどのスナップにも真崎の顔があった。

　中迫は激しい不安に襲われた。

　何のために真崎の写真が用意されたのか。なぜ真崎の写真がこの滝川という男に渡されるのか。

「真崎はうちの藤沢工場の廃棄物を扱う収運業者の一人で、それは三年ほど前のいわゆる系列会社の忘年会の時の写真です。服部さんからあなたに渡すように言われてあちこちに尋ねてみたのですが、なかなか見つかりませんで。それでお役に立ちますか」

　滝川は森村の質問を無視してゆっくりと写真をめくりながら言った。

「金を要求した脅迫状はこの場で燃やして下さい」

　森村が内ポケットから脅迫状を取り出して中迫に渡した。

　中迫は卓上の灰皿で脅迫状を燃やしながら、事がどう動こうとしているのか息をつめて森村と滝川の様子を窺《うかが》った。

「滝川さんはこの件の詳しい事情をお聞きになっていますか」

「私はこの男からサンプルを取り戻し、一切の後難を断つように依頼されています」

「一切の後難を断つ？」

森村は真意を測りかねたようにわずかに眉《まゆ》を顰《ひそ》めた。

「〝行方の分からない廃棄物処理業者〟というのをよく聞きますが、その何割かはもう生きちゃいないんでしょうね」

「え……」と、宮島が喉《のど》が詰まったような声を漏らした。

森村も色を失っている。

中迫は部屋中に飾られた死んだ鳥たちが饐《す》えた血と肉の臭いを発散させているような錯覚に囚《とら》われた。いくつもの硝子《ガラス》玉の目が命を断ち切られた瞬間を思い出している。部屋中に死の匂いが充満していた。

滝川はスナップ写真をコートのポケットに収めて立ち上がった。

「大きなものが急に変わると、たいていの人間が迷惑しますから」

そうだ……。磯辺とタイタスグループの癒着によってスピード承認された製品が無辜《むこ》の子供たちに恐ろしい病をもたらしたことが露見すれば、磯辺満忠は政治生命を絶たれ、与党内の旧勢力は求心力を失って瓦解《がかい》する。そうなれば、派閥の勢力地図が一気に塗り替えられるのだ。

絡みつく死の匂いの中で中迫は初めてそのことに気付いた。

この滝川という男は、そういう事態が起こらないように、雇われたのだ。
中迫は吐きそうになるのを歯を食いしばって堪《こら》えた。
サンプルは消え、真崎は殺される。

# 第七章　デッキの女　──二〇〇五年　三月十五日　火曜日

## 50

目を開けても閉じても、見えるものは同じ漆黒の闇。

濃い潮の匂いの中、波を押し分けて進むフェリーの動力音だけが体に響いてくる。

真崎はデッキの手摺《てすり》にもたれて夜半の海を見ていた。

三月半ばの海上はしんしんと冷えて吐く息も白い。時折、大波が気まぐれのように船腹を押し上げ、真崎は真っ直ぐに立ったまま傾く世界に身を委《ゆだ》ねる。

そういえば、あの夜もこんなふうにこのデッキに立っていたな、と真崎は思った。信州に生まれ育った真崎にとって、海を見たのも船に乗ったのも、あの時が初めてだった。

昭和五十五年、真崎は四国で開催される高校総体に出場するためにこのフェリーに乗った。高校三年、最後のインターハイだった。杉田や他の部員たちと共に松本から列車を乗り継ぎ、大阪南港から高知へと向かう旅客フェリーに乗船したのは夜の九時過ぎ。騒ぎ疲れた杉田たちは弁当を食べ終えるとすぐに二等船室で眠り込み、真崎はひとりデッキに立って、海風に吹かれながら夜通し闇の彼方《かなた》に高知港の灯《あか》りが見えてくるのを待っていた。十八の夏。初めて訪れるその場所で、自分の将来が決するのだと思いながら。真崎は今回の計画の実行場所にいくつかの条件を考慮して四国を選んだ。そして四国と決めた時、自然と高知を出発点にしようと思った。

大阪と高知港を結ぶこの旅客フェリーは六月で運航終了となり、三十五年の歴史に幕を閉じるという。真崎はなんとなく船が自分を待っていてくれたような気がした。

闇の奥で風が鳴っていた。真崎は空と海からなる闇を見つめた。

中迫さん、俺は金を手に入れる。

人が生きていくには、どうしても金が必要なんだ。

あんたにも、いつか解る。

真崎は閉じていた掌《てのひら》をゆっくりと開いた。契約を解除したまま捨てそびれていた携帯電話がまっすぐに夜の海に落ちて行った。

明日のために少し眠っておいた方がいいだろう。そう思い始めた時、船はあたかも鯨が海面を突き破って空へジャンプするかのように大きく波に身を躍らせた。船体が傾いた拍子に甲板を何か小さな物が滑ってきてコツンと真崎の靴に当たった。子猫のマスコットのついた原付きバイクのキーだった。

デッキを見回すと、ひとりの若い娘が手摺から身を乗り出すようにして暗い海に目を落としていた。長い髪とスカートが風に煽《あお》られ、まるで吹き飛ばされたスカーフがたまたま手摺に引っ掛かっているような危うさに、真崎は足早に娘に近づいた。娘はハンカチを握りしめ、真っ蒼《さお》な顔で目を閉じていた。

「このキー……」

真崎の声に娘はかろうじて薄く目を開いたが、額に汗が滲《にじ》み、頬はいく筋もの涙の跡に濡《ぬ》れていた。船酔いで気分が悪くなってデッキに出たのだろうが、具合は悪くなる一方のようだった。キーを受け取ろうと伸ばした娘の手からハンカチが飛び去り、あっと思った瞬間、その場に崩れ落ちる娘を真崎は咄嗟《とっさ》に抱きとめていた。

真崎は娘をベンチに座らせ、自分の膝《ひざ》の上に娘のみぞおちがくるようにうつ伏せにしてやった。頭が胃より下にくると嘔吐《おうと》しやすい。雄太が幼い頃、食べ物を喉につめた時によくそうやって背中を叩《たた》いて吐かせた。娘は鳥のような華奢《きゃしゃ》な肩甲骨を震わせて少しだけ吐いた。もう透明な胃液しか残っていないようだった。ポカリスエットでうがいをさせると少し楽になったようなので、真崎は娘の体を起こしてベンチに座らせた。娘は幼さの残る大きな瞳《ひとみ》で放心したように真崎を見つめた。化粧の落ちた白い頬にそばかすが散らばったまだ二十歳にならぬような娘だった。

「歩けるか?」

真崎は娘の瞳を覗《のぞ》き込んだ。黒目がちの深い泉のような瞳に瞬く間に涙が溜《た》まった。

「つわりなん……」

そう言うなり娘は真崎の肩に顔を埋《うず》めてしゃくりあげた。

生きていれば、十年たっても二十年たっても笑い話にできない出来事に何度か出くわす。それでも死んでしまうのでない限り、回復しない病と折り合っていくように少しずつ痛みに慣れていくしかない。

気がすむだけ泣いた娘はぐったりとしてやがて浅い寝息をたて始めた。真崎は、腹に命を宿した子供のような母親を抱き上げ、二等船室に運んで毛布をかけてやった。掌に子猫のマスコットのついたキーを置いて立ち去ろうとした時、娘はぼんやりと目を開いた。

「……ありがとう。うちは、奈津《なつ》」

名前を尋ねる奈津のまなざしに真崎はただ「おやすみ」とだけ答えた。

娘は素直に目を閉じた。真崎は眠ることを諦《あきら》め、デッキに戻った。

夜明けにはまだ少し間があった。闇の中、船は早春の太平洋の波にもまれながらゆっくりと高知に近づいていた。

# III

## 第八章　不法投棄　──二〇〇五年　三月三十日　水曜日

### 51

　桜前線は徐々に北上し、各地で開花を待ちかねていたように連日、桜祭りのパレードや公園コンサートなどの様々なイベントが催されていた。朝のテレビニュースでも、千葉の香取《かとり》神宮に早くも観光バスで到着した花見客がバスガイドと共に参道を行く姿などが映し出された。

　だが、花見気分とは無縁の修司、相馬、鏑水の三人は、ひとつの目的を持って鏑水の運転する車で五反田《ごたんだ》のマンションを出発した。車から足がつかぬよう、黒いクーペは鏑水の女が知人から借りてくれたものだ。午前の光の差し込む車内を、軽い緊張を帯びた沈黙が支配していた。三人はこの雲を摑《つか》むような事件に初めてはっきりとした足掛かりを得たのだ。

車は通勤ラッシュの終わったばかりの間道を、大和市にある真崎省吾の自宅へと向かっていた。

一昨日の夜、修司がタイタスグループ会長・富山浩一郎の通夜のニュースの中にフレームレスの男を発見した。すぐさま鑓水が局の友人からビデオを入手し、修司がフレームレスの男の顔を確認。相馬が動いてフレームレスの男はタイタスフーズ第一営業部課長の中迫武であること、そして修司が問題の土曜の早朝に見た男――作業着に『真崎工業』と縫い取りのあった男が真崎工業社長・真崎省吾であることを突き止めた。

「真崎は廃棄物の収運業者でタイタスフーズの産廃も請け負ってる。どうやら駅前広場の殺しにタイタスフーズが絡んでるのは間違いなさそうだな」

そう言って相馬が中迫と真崎の写真を鑓水のリビングテーブルに並べたのは昨日の夜のことだった。二枚の写真はいずれも免許更新時のもので真っ直ぐにこちらを見つめている。

「不法投棄ってのは確かなのね？」と、鑓水が修司に念を押した。

「ああ、間違いない」

修司には確信があった。

ちょうど八王子の現場の初日、三月十二日、土曜日のことだった。

その日も修司はいつものように午前五時十分に起床し、コンビニで朝飯を買い、親方の車に拾ってもらうべく甲州街道へ向かった。例のマンションの建設現場脇を通りかかったのが五時四十分頃。早朝の静まり返った建設現場の脇に、洗車したてのようなピカピカの軽トラックが停車していた。よほど慌てて停めたのか、軽トラは細道を塞《ふさ》ぐように斜めに停められていた。コンテナのどてっ腹には、テレビのCMで見慣れた円いオレンジ色の字体で、『タイタスフーズ』と書かれており、おなじみの緑色のロゴマークがついていた。

修司は有名な食品会社の軽トラが朝っぱらからこんな所で何をやっているのかと、迷惑な駐車に少し腹を立てながらコンテナの尻《しり》とブロック塀の狭い隙間を通り抜けた。するとと、驚いたことに軽トラの正面にたくさんの段ボール箱が放り出されていた。蓋《ふた》の開いた段ボール箱には『マミーパレット サンプル』とあり、乱暴に運び出したせいだろう、箱から小さな瓶が飛び出していくつも路上に転がっていた。瓶の蓋は赤や青や緑に色分けされており、路上のその一角だけが幼稚園の玩具《おもちゃ》箱のような場違いな賑《にぎ》やかさを呈していた。

荷を放り出して運転手は一体どこへ行ったのだろうと辺りを見回すと、灰色の作業着を着た男がマンションの建設現場の中に段ボール箱を運び込んで戻ってくるのが見えた。

その瞬間、修司は不法投棄だとピンと来た。この場合、正確には不法投棄の便乗だ。

マンションの建設作業中に出る建設廃材は産業廃棄物に指定されているため、業者は本来はきちんとコストを払って産業廃棄物処理施設で処理しなければならない。ところが、建設業者の中にはこの産廃処理にかかるコストを浮かせるために、建設廃材を建設中の建物の床下に捨てたり建物の下に埋めたりする者がいる。いわゆる不法投棄だ。

この手の不法投棄は自分達が工事をしている現場で自らやるわけだから、大概はバレない。以前、内部告発があって横浜の新築ビルの床下を掘り返したところ、建設廃材から他の工事現場のゴミ、新聞紙から弁当の食いカスまで実に八トントラック二台分のゴミが出てきたこともある。かつて大手のゼネコンもこの種の不法投棄が見つかって一時、指名中止になったこともあるくらい業界ではわりにポピュラーな事例だ。

つまり、タイタスフーズは建設業者の不法投棄に便乗して、自社工場の産廃を建設現場に不法投棄していたのだ。それも真崎工業という出入りの業者を使って。産廃収運業者なら不法投棄できる現場の一つや二つは知っている。蛇の道は蛇というわけだ。

「ということはだ」と、相馬が確認した。「三月十二日、土曜日の早朝、おまえと久保忠、竹下美里、今井清子、間宮裕子の五人は、タイタスフーズが自社工場の産廃をマンションの建設現場に不法投棄している現場をたまたま目撃してしまった」

「それは間違いないと思う」

「で、その五人の目撃者が、駅前広場におびき出されて……」

「うーん、そこなんだよなぁ」と、修司は納得のいかない気分で頭を抱えた。「そりゃあ不法投棄は悪いに違いねぇが、見られたからって人を殺すほどの事か？」

「まあなぁ」と、相馬も腑《ふ》に落ちない表情で天井を見上げた。

「だいたい不法投棄した廃棄物はもう床下に埋められて、その上に何階かマンションが積み上がってんだぜ。捨てた本人のこの真崎って奴が『私がここに不法投棄しました』と自首でもしない限り、廃棄物が掘り返される心配もない。五人もの人間を殺す必要なんてどこにもねぇだろ」

「埋められてるのが普通の廃棄物なら、ね」

鑓水が煙草の火を見つめたまま言った。

「どういうことだ」と、相馬が尋ねた。

「仮に埋められてるのが『爆弾』なら、どうよ」

鑓水は煙草を消すと不意に真顔になって言った。

『『爆弾』がその場所に埋められてる事を知っている人間。そいつら全員を消したかったんじゃないか」

「……あのマミーパレットのサンプルってのが、爆弾なみにヤバイものだったってのか？」

修司はにわかに信じられなかった。あんなちっこい瓶詰めが、爆弾並みに危険なものだなんて、そんなことがあり得るんだろうか。

「つっても、どんな類《たぐい》の爆弾なのかは、さっぱり解んないんだけどね」と、鑓水はへらへらと無責任発言に転じた。

「なぁんだよ、それ」

「いや、その爆弾説、案外、当たってるかもしれないぞ」と、相馬が手帳から新聞の切り抜きのコピーを取り出してテーブルに置いた。「そのマミーパレットのサンプルを不法投棄した真崎省吾は、行方不明になってる」

修司は驚いて切り抜きに目を通した。

第五管区海上保安本部・高知県高知市。
三月二十五日午前九時頃、潜水訓練中のダイバーが高知港の岸壁近くの海底に沈んでいる転落車両を発見。車は相模ナンバーのシルバーのインプレッサ。
車両所有者は神奈川県大和市在住、元廃棄物収運業・真崎省吾さん、四十二歳。
車内は無人で、周辺海域からは所有者と思《おぼ》しき人物の遺体は発見されておらず、
高知県警は事故と事件の両面から捜査中。三月二十六日付　高知日報

「真崎も消されたってことか……？」

修司は茫然《ぼうぜん》と呟《つぶや》いた。

「まだ解らないがな。発見されたのは車だけで、本人は今のところ生死不明だ」

修司は、今あのマンションの床下深く眠っている色とりどりのベビーフードのサンプルが、なにか急に得体の知れない禍々《まがまが》しいものに思えてきた。

「真崎の会社の方はどうなってるの？」と、鑓水が尋ねた。

「不法投棄のまさに前日、三月十一日の日付で廃業届を出してる」

「いよいよキナ臭いね」

「爆弾の件、こいつに当たってみるか」と、相馬が中迫の写真を取り上げた。

「いや、なんにせよすんなり話せるくらいなら、その中迫って男は四人が殺された段階でまっすぐ警察に駆け込んでる。半狂乱になって修司に警告しに行ったりせずにね。状況が解らずに中迫に近づくのはマズいと思うね」

相馬はすぐに鑓水の意図を察した。

「中迫が危なくなるってことか」

「そういうこと。中迫は修司が殺される理由を知っていて、しかも修司を死なせたくないと思ってる。つまり、殺しの動機を知ってる連中の中で、中迫は異端なんだ。現状、中迫自身がヤバイ状況にある可能性は高い」

「残るは生死不明のこっちか」と、相馬は真崎の写真を指で突《つつ》いた。真崎については会社を畳んだことと、高知港で車が発見されたことくらいしか判っていない。

鑓水が改めて感心したように修司に目をやった。

「それにしても、おまえよく作業着のネームなんか見てたね」

「俺、声かけたから」

修司の返事に相馬はびっくりして思わず大声になった。

「声かけた、って真崎にか」

「ああ。俺も土建屋のはしくれなんであの手の不法投棄にはちょっと腹立ってね。ちょうどあいつが軽トラの方に段ボール箱を取りに戻ってきたんで言ってやったんだ。『おっさん、たいがいにしとけよ』って」

「おっ……」

「強気だねぇ、おまえも」と、鑪水が目を丸くした。「相手は現在進行形で不法投棄中の産廃業者さんだよ。思いっきり怒鳴られたでしょ」

「いや、それがおかしいんだ。あいつ……『ありがとよ、坊主』って」

「『ありがとよ、坊主』？」

相馬は訳が解らず繰り返した。

「ああ。あいつ、『ありがとよ、坊主』って言ったんだ」

「注意したら礼を言われたのか」

「俺もなんか面喰《めんくら》っちまって。ポカンとしてる間にあいつまた段ボールを抱えて建設現場の方に運んで行くわけ。人が見てても全然、平気な感じだった」

「……相当に図太い産廃業者だな」と、相馬は呆《あき》れた。見ると鑪水はフィルターを嚙《か》んだまま何やら考え込んでいる。

「どうしたんだ？」

「いや」と、鑓水はすぐに目を上げた。「その産廃業者、なんかあるね」

「明日の朝一でこいつの身辺を洗ってみる」

上着を取って立ち上がる相馬に修司がきっぱりと宣言した。

「俺も行くからな」

相馬は助けを求めて鑓水に目をやったが、鑓水はすでに携帯を取って車の手配を始めていた。つまり、鑓水も行く気だ。相馬は溜《た》め息をついた。放っておけば修司は勝手に部屋を抜け出して真崎のことを調べ始めるに決まっている。近くに置いて見張っている方が安全だ。相馬は修司を睨《にら》んで釘《くぎ》を刺した。

「俺のうしろで黙ってじっとしてろよ。でないと目出し帽より先に俺がおまえを絞め殺してやるからな。いいか、石みたいに黙ってじっとしてろよ」

修司は解りましたというように神妙に頷《うなず》いた。まったく信用できなかった。相馬は明日のことを考え、ずっしりと重い気分で鑓水の部屋をあとにした。

その約十時間後、鑓水の運転する黒いクーペは大和市の郊外を西に向かっていた。

「そこの角、曲がった先が真崎の家だね」

そう言うと鑓水がウインカーを出してハンドルを切った。

修司は一度会ったきりの真崎の顔を思い起こした。あの朝『ありがとよ、坊主』と言った真崎は不思議に明るい目をしていた。

あいつは、いったい俺の何に礼を言ったのか。

真崎省吾。俺を事件に巻き込む発端を作った男……。

段ボール箱を抱えて建設現場へ向かっていく真崎はしっかりとした足取りで、微塵《みじん》の後ろ暗さもない背中をしていた。

修司は、真崎が残した言葉の意味を知りたかった。建設現場へと遠ざかって行ったあの背中の意味を知りたかった。


黒いクーペを降りた三人は、しばらく唖然《あぜん》と真崎の住まいを眺めた。それは、押し潰《つぶ》されたような古い貸家群の中のひとつだった。平屋のトタン屋根は錆《さ》びて赤茶け、雨ざらしの縁側は板が傷んで傾《かし》いでいる。陽だまりの中に青い物干し竿《ざお》だけが新しいそのちっぽけな木造家屋は、まがりなりにも会社を経営していた人間が住む家とは思えなかった。

三人は雑草の茂る縁先を横切って戸口に近づいた。木のドアにはめ込みの郵便受けから、宅配ピザや車屋の投げ込みチラシがはみ出している。屋内に人気《ひとけ》はなくドアには鍵《かぎ》が掛かっていた。相馬は辺りを見回した。おあつらえ向きに、通りの向こうを腰の曲がった老婆が空の乳母車を押して歩いていた。

「ここにいてくれ」

相馬はそう言うと、通りを横切って老婆を呼び止めた。

近所の貸家に住んでいるという老婆の話によると、真崎は昨年の十月頃に越してきたのだという。この辺の貸家は古くから住んでいる年寄りばかりで、真崎のような働き盛りの男が入るのは珍しかったので井戸端会議でずいぶん話題になったそうだ。

「来てすぐの頃は、毎晩みたいに酔っ払って夜中にタクシーで帰ってきてたよ。年寄りは眠りが浅いからね。あのタクシーの戸がバタンって閉まる音で、あ、帰ってきたなってね。いっつもへベレケでね。一度なんか表の戸が開けられなくて朝まで庭で寝てたことがあったよ。あたしら、あれじゃ今に体壊すよって言い合ったもんだよ」

歯医者に行くはずの老婆は人から話を訊《き》かれるのが嬉《うれ》しいらしく、紫色のネッカチーフを被《かぶ》った小さな頭を振り振りよく喋《しゃべ》った。

「けどしばらくしたらその夜遊びがパッタリやんでね。夜にはきちんと自分の自動車で帰ってくるようになってさ。顔を合わせれば挨拶《あいさつ》もしたし。近所付き合いってほどのものはなかったけど、まあ悪い人間じゃないだろうってことになって」

「誰か家を訪ねてくるような人はいませんでしたか？」

「あたしらの見る限りじゃいなかったね」

『あたしら』という主語から、相馬はいくつもの年寄りの目が真崎の暮らしを見ていたのだと感じた。この好奇心に満ちたたくさんの鳥のような目を盗んで真崎を訪ねるのは至難の業だ。

「あんた、あの人の身内かなんかかい？」

老婆の目に微《かす》かに警戒の色が浮かんだ。

「ええ。ちょっと連絡が取れないもので心配して見に来たんですが」

「ああ、やっぱりねぇ」と、老婆は心得顔で頷いた。「そうなんだよ。もう二週間以上、家に戻ってないんだよ。あたしらやっぱり男の独り暮らしはいけない、誰か嫁さんを世話しなきゃって言ってたんだけどね」

再び勢いづいて喋り出す老婆をなんとか押しとどめて歯医者に向かわせ、相馬は急いで真崎の家の前に駆け戻った。

見ると、鑓水がドアの所に屈《かが》みこみ、鍵穴に妙な金具を差し込んでガチャガチャやっている。

「鑓水！　おまえなに考えてんだ！」

「ここまで来て、なか入らないで帰れないじゃない」

鑓水は脇目も振らずに鍵穴と取り組んでいる。

「無茶いうな、俺はまだ警官なんだぞ！」

「そこの、先がギザギザになってるの取って」

「だからよせって！」

何とか鑓水を止めようとしていると、ドアがいきなり内側から開いて修司が顔を出した。

「静かにしろよ、近所迷惑だぞ」

「お……」

棒立ちになった相馬の脇を「そんじゃお先」と鑓水がすり抜けて家に上がっていった。

「ちょっと待て！」と、相馬は慌ててあとを追った。

「靴、脱げよ相馬」

修司は玄関の三和土《たたき》に屈みこんで郵便物の束を調べている。しかも手には指紋を残さぬよう建設作業用の軍手まで嵌《は》めている。

「おまえ、どっから入ったんだ！」

「開いてたんだよ、裏手の窓。嘘だと思ったら見てみろよ」

嘘だと思ったので相馬はさっそく裏庭に面した窓に向かった。

サッシ窓の鍵の周りが硝子《ガラス》切りで半月状にすっぱりと切られて鍵が開けられていた。明らかなプロの仕業に、相馬は喉元《のどもと》がひやりと冷たくなった。こんなボロ家に泥棒が入るわけがない。

「目出し帽だね」

いつの間にか鑓水が後ろから覗《のぞ》き込んでいた。修司が郵便物を手に現れた。

「ここは裏口もないし、玄関は通りに面してて人目が多いから、忍び込むんなら裏手の窓かなと思って見に来たら、こうなってた」

相馬は膝《ひざ》をつき、切り取られた半月形の窓下の畳に掌を置いた。畳の表がそこだけわずかにふやけてけばだっている。雨が降り込んだあとだ。

「最後に雨が降ったのは……」

「四日前」と、鑓水も屈んで畳を眺めた。「おまえが修司を連れて俺んちに飛び込んできた晩」

「目出し帽は、少なくともその日よりも前にここに来てるな」

「この入り方から見て、訪問の目的はあまり友好的なもんじゃないね」

「俺ん時と同じ口封じだ」と、言いながら修司は早くも室内を調べ始めていた。「やっぱマミーパレットのサンプルは『爆弾』だったんだ」

相馬は先ほどの老婆の話を二人にかいつまんで話しながら、指紋を残さぬよう用心して真崎の部屋を調べた。

2DKの真崎の部屋には最小限の生活道具しかなかった。電気ストーブに折りたたみ式の飯台、目覚まし時計、三段の小さな整理タンス。押入れには一揃いの布団と衣装ケースに入ったわずかな衣類のみ。コンロがひとつの台所にはいくつかの食器のほかに調味料と小さなアルミの鍋《なべ》、やかん、珈琲《コーヒー》メーカーと一人用の炊飯器、あとはゴミ袋などの必需品だけだった。

相馬も独り暮らしだったが、それなりに自分の好みの音楽や雑誌、趣味に類する品々を持っていた。だが、真崎の家にはそのような物が何ひとつなかった。

修司はきちんと並べられた一人分の箸《はし》と茶碗《ちゃわん》を眺めながら、真崎はどうしてこんな暮らしをしていたのだろうと思った。真崎には仕事があり、酒を呑《の》んでタクシーで帰るだけの金もあったというのに。この小さな家は、まるで食べて眠るだけの独房のように思われた。それでも真崎は去年の十月から二週間あまり前に姿を消すまで、半年近くの間この家で暮らしていた。鴨居の釘に掛けられた一本のハンガーとシンクの脇に残された硝子コップが、ひとりの男がこの部屋を立ち去った瞬間を思わせた。

「どうやら収穫は、それ、だけみたいね」と、鑓水が修司のポケットを指差した。

振り返った相馬に、修司は涼しい顔でポケットから一葉の絵葉書を取り出して見せた。

それは片面に極彩色の南国の花々が印刷されたエアメールだった。文面は平仮名ばかりのつたない文字で以下のようにあった。

『まざきさん、そのせつは、ほんとにありがとうございました。いつかこちらへあそびにきてください。あんないします。すぎたさんにもよろしく。えみりお』

「エミリオ……。日系のブラジル人か」

相馬が呟《つぶや》くと、鑓水が煙草に火をつけて頷《うなず》いた。

「サンパウロに住んでいて、日本語が書けるエミリオってことは、たいがいそうだろうね」

相馬は葉書を手に取って消印を見た。サンパウロで三月二十一日に投函《とうかん》されている。

『えみりお』の住所は書かれていない。相馬は鑓水に尋ねた。

「サンパウロから日本まで、エアメールはどれくらいで届くんだ？」

「だいたい七日ってとこだね」

ということは、この家に配達されたのは昨日か一昨日《おととい》。エミリオのいう『そのせつは、ほんとにありがとうございました』というのは何のことなのだろう。サンパウロからわざわざ礼状がくるほどの何を真崎はエミリオにしてやったのか。相馬は改めて絵葉書の写真を眺めた。色鮮やかな熱帯の花々のひとつとして名前を知るものはない。だが、この遠い異国からの私信は真崎の部屋を訪れて得た唯一の収穫だった。

修司が相馬の手からスッと葉書を取ってポケットにしまうと、撤収すべく裏手の窓に向かった。

「おい、それ、持って行く気か」

「当たり前だろ」と、修司は窓の桟に足をかけて振り返った。「真崎も目出し帽に狙われてるんだ。生きていたとしてももうここには戻らない。会えたら、俺が渡してやる」

三人はその足で、同じ大和市内にある真崎工業のいわゆる親会社・日環《にっかん》エナジーを訪ねた。真崎はかつて日環エナジーの収運ドライバーとして五年ほど勤務しており、廃棄物収運業者として独立した後も、この地域で収集する廃棄物の多くを日環エナジーの中間処理施設に搬入していた。

いかにもエコロジーな雰囲気の草原調の壁紙を巡らせた応接室で、三人は檜《ひのき》の芳香剤に鼻をスースーさせながらOLの置いていった日本茶を飲み、OLの言うところの『担当者』が出てくるのを待った。

「相馬、絶対、警官って悟られないようにね」と、鑓水が釘《くぎ》を刺した。「産廃業者ってのは警官相手には口が堅くなるから」

「しかし、どうやって話を聞くつもりだ」

「シッ」と、修司が目で扉を指した。

足音がして扉が開いた。現れたのは五十代後半あたりのごま塩頭の男で、若い頃と同じだけ食べているとこうなりますよ、という見本のような腹回りをしていた。男はいかつい老眼鏡越しに壁の時計にチラリと目をやると、日環エナジーと縫い取りのあるジャンパーから名刺入れを取り出した。

「総務の里村《さとむら》です」

里村が名刺を出すのに、鑓水も立ち上がって内ポケットから名刺を差し出した。

「初めまして。神奈川テレビの岡崎《おかざき》と申します」

岡崎って誰だ。相馬が目を剝《む》いて名刺を見ると、『神奈川テレビ第一制作部　岡崎義《よし》則《のり》』とあった。間違いなく他人の名刺だ。相馬の頭に私印不正使用という罪状が浮かんだ。

「こちらはアシスタントの永井《ながい》と鈴木《すずき》です」

「鈴木です」と、修司が如才なく立ち上がって頭を下げた。

俺は永井なのか。こうやってズブズブと犯罪に染まっていくのか。相馬は無言のままかろうじてお辞儀をした。

「へぇ、テレビの人……」

里村は黒ぶちの老眼鏡をずらして珍しげに『岡崎』の名刺を見直した。

「なにか真崎のことでお聞きになりたいとか」

いちおう口調は丁寧だが、言いながら煙草に火をつけて紫煙を吹きだす手つきは、里村も昔は現場で産廃ダンプを転がしていたのだろうと思わせる荒っぽさがあった。

「実はうちの局で現在、『メモワール・あの人に会いたい』という番組を企画中でして。幼稚園の頃の初恋の人とか、転校していった友達、小学校の恩師など、消息が摑《つか》めないのだけれど忘れられない、もう一度会いたい、という人に再会して頂く企画なんです。それで探して欲しい相手がいる人を募集したところ、真崎さんに会いたいという方がおられましてね」

相馬は、もうどうにでもなれという気分で目を閉じた。

「会社を畳まれてからの真崎さんの所在の方はまだ分からないのですが、企画を進めるに当たって、真崎さんをご存知の方々に事前にお人柄などを伺って廻《まわ》っているわけです」

「ははぁ、なるほどね」と、どういうわけか里村は得心した様子で頷いた。「それじゃあ、このあいだの真崎の写真は、そのメモールなんとかのためだったわけだ」

「写真……？」

「タイタスフーズさんの方で真崎の写真を受け取ったでしょう。ありゃ、フーズさんに頼まれて、うちの方で探して送ったもんなんだ」

フーズが真崎の写真を……。

「それは」いつ、と訊《き》きかけた相馬の爪先《つまさき》に激痛が走った。鑓水が靴の踵《かかと》で相馬の爪先を踏みつけたまま、明るい声で応じた。

「ええ、フーズさんに伺った時に真崎さんの写真を頂きました」

「あの写真、映りがよくてほんと助かりました」と、修司が笑顔で続いた。

「あれはうちの系列や子会社が集まった忘年会の写真でね。私が撮ったんだ」

里村はまんざらでもなさそうな顔で自分の湯呑《ゆの》みに手を伸ばした。

「顔と全身のものをすぐに送れって連絡があってね。こっちもまさかテレビの話だなんて思わないから、妙なことを頼むなぁと思ってたんだ」

「どうもお手数をお掛けしてしまったようで、すみませんでした」と、鑓水が責任者らしく頭を下げた。

「まぁ、役に立ったんならいいんだけど」

相馬はテーブルの下で鑓水の靴を払いのけ、湯呑みに手を伸ばした。この手の策略は相馬の性に合わない。タイミングを見て正面から切り込んで反応を見る、それが相馬のやり方だった。

鑓水は里村の口を軽くするべく、テレビ番組に関する里村の好奇心に応《こた》えてなごやかに談笑している。相馬は茶を飲み干して湯呑みを茶托《ちゃたく》に置くと、常のごとく切り込んだ。

「つかぬ事を伺いますが、真崎さんはマミーパレットのサンプルについて何か話しておられませんでしたか？」

里村の顔から笑みが消え、困惑の表情が取って代わった。不意に落ちた沈黙の中、里村は質問の真意を測りかねるといった表情で相馬を眺めている。相馬は、ひきつっている鑑水と修司をよそに、もうひと押し踏み込んだ。

「タイタスフーズさんから真崎さんに廃棄の依頼があったはずなんですが」

「フーズさんじゃ、まだそんな事いってるのか……」と、里村の眉間《みけん》にたちまち不愉快そうな縦皺《じわ》が刻まれた。「あの件は、フーズさんの方の勘違いだったと電話を貰《もら》ったんだがな」

相馬は何のことだかまったく解らなかった。そこで、そういう時たいていするように、何もかも解っている顔つきで黙って里村を見つめた。沈黙は相手を気づまりにさせて喋《しゃべ》らせるひとつの有効な手段だが、里村には逆効果だった。

里村は苛々《いらいら》と灰皿で煙草を揉《も》み消した。

「この話、あんたたちのメモールになんか関係あるの？」

まずい、と見て取った修司が、若年のアシスタントらしく頭を下げた。

「すみません。ボクがフーズさんでお茶をもってきてくれたOLさんからチラッと聞いただけなんで。番組の性質上、真崎さんがなんかヤバイことしてたらマズイかなって……」

「まったく、女ってのはよく知りもしないことをペラペラ喋るから困るんだよ。あいつらは家で飯作ったり子供の面倒みてたりするのが本当なんだよ。会社なんてとこに出てくるから話がややこしくなるんだ。そう思うだろ」

この親爺《おやじ》は社内の若いＯＬに手を出して痛い目を見たんじゃなかろうか、と修司は思ったが、今のところは聞き流して「すみません」ともう一度、謝っておいた。

「別にあんたが謝るようなことじゃないけどね。あれについちゃ、ちょっとした行き違いがあっただけで、もうちゃんとカタがついてるんだ」

「行き違い……」と、鑓水があえて鸚鵡《おうむ》返しに呟《つぶや》いた。

「そう。ちょうど真崎の写真を送ったのと同じ日、昼前だったかな、フーズさんから問い合わせがあってね。真崎工業が藤沢工場から回収したマミーパレットのサンプルはちゃんと焼却処分されているかって。廃棄したのは昨年の十月とかって話で」

「去年の十月……⁉」

修司は演技ではなく驚いた。真崎がマミーパレットのサンプルを不法投棄したのは今年の三月だ。それなのに、フーズは去年の十月に廃棄したと言っているのだ。

「どうしてそんな前のことを訊くのかとも思ったけど、真崎んとこが藤沢工場から回収したもんはうちで中間処理することになってるから、まぁいちおうファイルを調べてみた。そうしたら、昨年の十月にそういうものがうちに搬入された記録はなかった。だからフーズさんにそう伝えたんだけど、そんなはずはないって言われてね」

里村は急須《きゅうす》にポットの湯を注《そそ》ぎ、四つの湯呑みにお代わりを注《つ》ぎながら話を続けた。

「今は昔と違って、産廃を廃棄するにはマニフェスト伝票ってのが必要でね。メーカーさんから収運業者、中間処理施設、最終処分場と、ひとつずつきちんと判をついた伝票が廻る。だから、メーカーさんが廃棄した産廃は基本的に宙に消えることはないんだ」なら、なんでいまだに日本中のあちこちに『産廃銀座』などと呼ばれる不法投棄密集地帯があるんだ、と相馬は突っ込みたかったが、とりあえず黙って里村の話を聞いた。「問い合わせがあった時には真崎がもう会社を畳んでたこともあって、うちとフーズさんの間でちょっとした押し問答があってね。結局、その日の夜にフーズさんの方から『勘違いだった、あれは別の業者に頼んだんだった』って電話があったんだ」

相馬は、夜の電話はフーズが事を収めるために使った方便だと直感した。フーズは別の業者に依頼などしていない、真崎に依頼したのだ。マミーパレットのサンプルはフーズにとって間違いなく『爆弾』だったのだと相馬は確信した。それで辻褄《つじつま》があう。フーズは昨年の十月に廃棄したマミーパレットのサンプルはとうに焼却処理を完了したものと思って安心していた。ところが、何らかの理由でつい最近になって、例のサンプルがまだ処理されずに存在していることに気づいた。それで泡を食って日環エナジーに問い合わせてきたのだ。

ということは、真崎は昨年十月から今年の三月まで、五ヶ月もの間、『爆弾』を保管し、今年三月になってマンションの建設現場に不法投棄したことになる。あの不法投棄はフーズが真崎に命じてやらせたのではなく、あくまで真崎が単独で、自分の意志でやったことになる。

相馬は尋問口調にならないように出来るだけ丁寧に尋ねた。

「その、フーズさんから問い合わせがあったのは正確にはいつのことだったんでしょうか」

「だから、あんたたちがフーズさんで真崎の写真を受け取った日だよ」

里村はあからさまに頭の悪い人間を見る目で『永井』を見た。

相馬はまるで自分が記憶喪失のような質問をした事に気付いて臍《ほぞ》を噬《か》んだ。だからこういう策略めいたやり方は嫌なのだ。

「ええと」と、鑓水がおもむろにポケットから手帳を出して繰り始めた。「あれは真崎さんが会社を畳んだあとだったから、三月の……」

「十五日。女の子たちが前日のホワイトデーに貰ったプレゼントの品評会をしてたよ。まったく、あいつらは何しに会社来てんだか」

フーズがマミーパレットのサンプルのことを日環エナジーに問い合わせてきたのが三月十五日。修司たち五人が真崎の不法投棄を目撃したのが、その三日前の十二日。つまり、真崎は不法投棄を終えるとすぐに姿を消し、十五日の段階ではフーズは直接真崎に確かめることができなかったのだ。慌てて日環エナジーに問い合わせたフーズは初めて例のサンプルが日環エナジーに搬入されていないことを知った。そして、その日のうちにフーズは日環エナジーに真崎の写真を送らせている。

「真崎さんがこちらで働いてらした時はどんなふうでしたか？」

鐺水がサラリと話題を変えた。

「あんまり印象がないんだよな。仕事はできたけど。それより、そのメモールってのに真崎が出る時は、うちの会社のことも宣伝してくれるんだろ？」

「ええ、まあ、企画が通りましたらいくらかは」

なんとか気を持たせるべく鐺水が営業用の笑みを浮かべた。

「いつ企画通るの？」

「そのあたりはまだなんとも……」

里村の目から急速に興味が消えていくのが判った。里村は卓上の煙草をポケットにしまった。帰れ、という明白な意思表示だ。

「今、年度替わりで忙しくてね」

「貴重なお時間をありがとうございました」と、言いながら鐺水が足元の紙袋から手土産を取り出した。「今日はまずはご挨拶《あいさつ》かたがた伺ったわけで。これ、つまらないものですが。能登《のと》の蒸あわびです。日本酒に合うそうなので」

里村は酒好きらしく、高価な手土産にたちまち相好を崩した。

「悪いね、なんか気遣わせちゃって」

鐺水がすかさず尋ねた。

「あの、こちらに真崎さんと個人的に親しかった方とかいらっしゃらないでしょうか」

中間処理施設から出てきた稲葉《いなば》は、黄色いヘルメットを脱いで金網のフェンス際に腰を下ろすと、鑓水の差し出した缶珈琲《コーヒー》のプルタブを開けた。

「へぇ、真崎さん、テレビに出るの」

稲葉は二十五、六のひょろりと背の高い青年で、笑うとくしゃっと愛嬌《あいきょう》のある顔になるのが、何となく犬のチンを思わせた。

「まだ決まったわけじゃないけどね」と、鑓水が紙袋からドーナツの箱を取り出した。おまえの紙袋はサンタクロースの袋か、と本気で呆《あき》れる相馬の眼前で、修司がいかにもアシスタントらしく箱を開いてドーナツを勧めた。

「どうぞ。この店の、けっこういけるんですよ」

稲葉は遠慮なく一番でかいシナモンパウダーのドーナツを手に取った。

「稲葉くんは、真崎工業ではどれくらいの期間、働いてたの？」

元テレビ屋がテレビ屋を装って尋ねた。さすがに慣れたものだ。

「四年かな。けど、社員の中じゃ俺が一番古かったよ。それまでは、忙しい時にアルバイト入れるだけで、ほとんど真崎さん一人でやってたみたいだから」

「そうなんだ。社員は何人いたの？」

「俺、入れて三人」

「真崎さんの突然の廃業には驚いた？」

「いや。俺らは去年の暮れから聞いてたから」

「そんなに前からか」と、相馬は思わず尋ねた。

「あのね、会社畳むってのはけっこう大変なわけよ。特殊車両のリースの解約やら、借入金の整理やら、社員の再就職先も見つけなきゃいけないだろ」

見かけによらずモノを考えるたちらしい稲葉は、ひとつめのドーナッツを珈琲で流し込んだ。

「じゃあ、ここも真崎さんが紹介してくれたんですか」と、修司が訊《き》いた。

「そ。内勤で捻《ね》じ込んでくれたから助かった。ほら、俺あんま肉体派じゃないから」

稲葉はくしゃっと笑って若干、細めの腕を振って見せた。

「もう一個、いい？」

「食べて食べて。これは君のために買ってきたんだから」

鑓水が満面の笑みで答える。

「なんかＶＩＰな気分」

チョコレートコーティングのドーナッツを摑《つか》みながら稲葉は逆に鑓水に尋ねた。

「ね、その番組で真崎さんに会いたいって人、松本の人？」

「すごぉく小さい頃の友達」

鑓水が巧みにイエスかノーかを避けて答える。

「じゃあ、家がまだ松本で電器屋やってた頃だね」

「へぇぇ、よく知ってるね」と、鑓水は話を合わせて大げさに驚いてみせた。

「そりゃ、四年も一緒だったからね」と、稲葉は得意げに二つ目のドーナツを頬張った。

「真崎さんが小さい頃、親は電器屋やっててね。父親がどっかの女といなくなって、真崎さんは母親の再婚先についてったんだけどね、新しい親父とか兄弟とうまくいかなくて、高校卒業してすぐ東京に出てきたみたい。多いよね、そういうのって。俺んとこの親もリコン組だけどさ」

話が稲葉の少年時代に向かわないように鑓水が素早く流れを引き戻した。

「で、真崎さんはなんで会社畳んだの？　経営が苦しかったの？」

「経営が楽な収運会社なんてあるわけないっしょ」

稲葉は当然のように答えた。

「たいていのメーカーさんにとっちゃ産廃処理にかける金なんて全くの捨て金だからね。そんな金があったら宣伝や商品開発に使いたいわけよ。消費者だって産廃に使う金あったら定価下げた方が喜ぶし。あんたらだって同じような商品なら安い方、買うでしょ？　おかげで廃棄物業界はダンピング合戦。俺らンとこみたく処理施設を持ってない収運会社は、特に厳しかった。あ、俺らンとこって、真崎工業ね。良心的なところほど経営が苦しくなるわけよ。俺らンとこはリサイクル会社とも契約を結んで一次収運としちゃかなり良心的な方だったと思うね。経営は大変だっただろうけど。真崎さんは雄太が生まれた年に日環から独立したって言ってたから、十三年、よく持ちこたえたと思うよ」

「雄太って……それじゃあ真崎さんには家族がいるのか」

相馬は驚いて訊き返した。ついさっき訪れた真崎の住まいには妻と子がいた痕跡《こんせき》は皆無だったからだ。だが、今度は稲葉の方が相馬の反応に驚いた。

「あんたたち、なんも知らないの？」

「まだ調べ始めたばっかりでね」と、鎧水が珍しく本当のことを言った。「いろいろ教えてもらえると助かるんだ。真崎さんのご家族はどこに住んでるの？」

稲葉は食べかけのドーナツを置いた。いつの間にか表情も消えている。

「どこにも住んじゃいないよ」

稲葉はボソッと呟《つぶや》いた。

「どういうこと？」

「死んだんだ。二人とも」

思ってもみなかった事態に相馬は言葉を失った。真崎には家族がいた。だが、その家族は死んだ。

稲葉の話によると、真崎の妻・多恵《たえ》は二年前の夏の早朝、家から二〇メートルと離れていない路上で事故に遭ったのだという。

その日も朝六時には事務所に出る真崎のために、多恵は早くから起き出して朝食と弁当の支度をしていた。しばらくして真崎が起きてくると、多恵は財布を片手に玄関を出るところだった。多恵は珈琲好きの真崎のために毎朝、淹《い》れ立ての珈琲をポットに入れて持たせていたのだが、その日はうっかり豆を切らせたので角のコンビニへ買いに行こうとしていた。真崎は缶珈琲を買うからいいと言ったが、多恵は「あなたが空き缶を増やしてどうするの」と笑って玄関を出て行った。それが、真崎が生きている多恵を見た最後になった。

多恵はコンビニまで行き着くことなく、家のすぐ前の通りで猛スピードで走ってきた飲酒運転の車にはね飛ばされた。即死だった。運転手は明け方まで友人と飲んでいた若い会社員で、その男も多恵をはねた後、ブロック塀に激突して二日後に死亡した。

「俺ら、多恵さんがいた頃は、仕事終わってからよく真崎さんちで晩飯食わして貰《もら》ったりしてたんだ。すげぇいい人で、遅くなった時なんか泊まらせてくれて、朝飯も作ってくれて弁当まで持たせてくれた。真崎さんのも俺のも、ウインナーがタコの形とかしてんの。なんか意味不明に感動して俺も早く結婚してぇ、とか思ったりしてね」

明るい言葉とは裏腹に稲葉はしんみりと目を伏せた。

「真崎さんは松本から上京してすぐに多恵さんと知り合ったって言ってた。多恵さんは真崎さんが就職した精密機械工場の近くの洋食屋で働いてたんだって。けど、真崎さんが働いてた工場が一年足らずで潰《つぶ》れちまってさ。真崎さんは工事現場とか転々としてたらしいけど、その間もつきあってたんだよね。真崎さんがここに正社員で入ってすぐに結婚したって言ってたから。俺、そういうのいいなぁって思ってたから、多恵さん死んだ時はほんとすげぇショックだった」

「真崎さんと雄太君は？」と、鑓水が尋ねた。

「雄太は小五だったからね、何が起こったかはよく解ってたよ。心配かけまいとしてたけど、相当、落ち込んでた。当たり前だけどね。けど、真崎さんは落ち込んでる暇もなかったよ。仕事と雄太の世話の両方で大変だったから」

「雄太の世話って、もう小五だったんだろ？」

十一歳にもなれば身の回りのことは自分でできるだろうと相馬は思った。

「雄太は小児喘息《ぜんそく》でね。あれは周りがちゃんと気をつけてやんないとだめなんだ」

多恵が死んだその日から、真崎は小児喘息を抱えた雄太を男手ひとつで育てることになった。母親のいない寂しさを味わわせまいと、真崎は父親役と母親役、両方を果たすべく奮闘したという。

「真崎さんは少しでも長く雄太のそばにいてやれるように、その頃住んでた日吉の借家を出て、大和市の事務所から歩いて二十分くらいの所に小さいマンションを借りてね。喘息の引き金になる埃《ほこり》やハウスダストを残さないように小まめに掃除して、洗濯やアイロンがけなんかもやってた。あれは繊維埃がたつからね。雄太はそういうのが手伝えない代わりに料理を頑張ってた。父親の努力に応《こた》えたかったんだろうね、毎日がキャンプみたいで楽しいって言って、寂しい顔ひとつ見せなかった。俺、偉いなと思ったよ」

稲葉は仕事帰りに時々、真崎のマンションに寄ったが、初めは目玉焼きしかできなかった雄太がめきめきと腕をあげ、半年ほどでクリームシチューやハンバーグまで作れるようになったという。その頃には玄関の扉を開けるとエプロンをした雄太が台所から顔を出して、夕飯のメニューを教えてくれるのが常になっていたらしい。

「真崎さんは多恵さんが死んだ後、何があっても必ず夜の七時半には帰るようにしてたんだ。喘息の発作は夜に起こりやすいから。でもそのせいで、真崎さんがずっと一人でやってた夜の回収ができなくなって金の方はよけい厳しくなってたと思う」

「けど、朝の六時から働いてたんだろ？」と、同じガテン系の修司が尋ねた。土方でも日が暮れれば仕事は終わる。肉体労働には自《おの》ずと時間的な限界があるはずだ。

「言っただろ？　ダンピング競争だって。長生きしないんだよ、この仕事は」

稲葉はわずかに自嘲《じちょう》気味に微笑んで胸ポケットから煙草を取り出して火をつけた。

「そんでも去年の春、雄太が元気に中学に入学した時には、真崎さん、すげぇ喜んでた。雄太が自転車を始めたいって言い出したのも、父親として嬉《うれ》しかったんだろうね」

「真崎さんは自転車をやってたの？」と、鑓水がポケット灰皿を出しながら尋ねた。

「ああ。なんか松本にいた頃に、学校で自転車のクラブに入ってたって言ってた」

なるほど、と相馬は思った。父親は自分がしていたスポーツを息子が始めるとたいてい喜ぶものらしい。相馬も、幼い頃に剣道を始めた時に父が嬉しそうだったのをぼんやりと覚えている。

「真崎さんは雄太と二人でツーリングするのを楽しみにしててね。実際、あの頃はそれもできそうなくらい雄太の体調もよかったし。中学に入って背も伸びて、発作もほとんど起こさなくなってたから。……だから、あんなことが起こるなんて誰も思ってなかったんだ」

## 52

昨年の九月十三日のことだった。

稲葉は朝の六時に事務所に入ると、後輩の清水《しみず》と大森《おおもり》を連れて真崎と共に綾瀬《あやせ》市のはずれにある現場に向かった。古い貸家と空き店舗が混在するその地域は、家屋を解体して更地にした後、大手建設会社によってスーパーやファーストフード、書店、ドラッグストアなどの店舗の入るショッピングモールが建設される予定になっていた。真崎工業の仕事は、建物を解体した際に出る建設廃材を処理施設へと収運することだった。

通常、解体現場で出た建廃は解体を請け負った業者、この場合、大手建設会社から建物の解体を請け負った中小建設業者・羽柴《はしば》建設が処理すべきものだった。ところが、折からの長雨で解体作業が予定工期から大幅に遅れ、自社だけでは建廃の処理まで手が廻《まわ》らなくなった羽柴建設が、真崎工業と日環エナジーに建廃の処理を依頼してきたのだ。

真崎工業が請け負った主な建廃は、建物解体後の木材とコンクリートガラ、硝子《ガラス》くず、金属くず、廃油など多種多様な素材が混じりあった混合廃棄物だった。仕事としては、木材とコンクリートガラを専門の処理業者にまわし、混合廃棄物は日環エナジーへ搬入、日環エナジーは混合廃棄物を中間処理し、分別して各施設に移送する手はずだった。

ところが、実際に現場に到着してみると、そこにはコンクリートガラに混じって、相当量の屋根用化粧スレートが廃棄されていた。黒く平らなスレート板はいずれも古いもので塗装があちこち剝《は》がれている上に、バールの類《たぐい》で粉砕されており、破断面が白く剝《む》き出しになっていた。

「大森、トラックから防塵《ぼうじん》マスク持ってきてくれ」

真崎が寝ぼけ眼を擦《こす》っている大森に声を掛けた。真崎のトラックには常時、四人分の防塵マスクを準備してある。

稲葉は嫌な予感がして真崎の顔を見た。

「真崎さん、これひょっとして……」

「ああ。こいつはアスベストだ」

真崎は難しい表情で足元のスレート板を見下ろしている。

清水はぎょっとして後ずさり、眠気の吹き飛んだ大森は防塵マスクを取りにトラックめがけて駆け出した。

アスベストは、繊維が非常に繊細なため肺の奥深くまで入り込みやすく、熱や酸にも強いため分解されることなく数十年にわたって体内にとどまる。その結果、じん肺症の一種であるアスベスト肺、胸膜や腹膜等の悪性腫瘍《しゅよう》・悪性中皮腫、肺がんなど深刻な健康被害を引き起こすのだ。

「聞いてないっスよ、こんなもんあんの」

青褪《あおざ》めた清水が真崎にかみついた。

おまえだけじゃなくて誰も聞いてない、と稲葉は思った。初めから分かっていればそれなりの準備をしてくる。羽柴建設が現場をよく確かめもしないで建廃の処理を依頼したのだ。稲葉は先輩としての威厳を保つべくできるだけ落ち着いた口調で真崎に尋ねた。

「このスレート板、どの程度ヤバイんですか？」

アスベスト含有廃棄物には危険度別にいくつかの種類があり、撤去時の作業や処理方法が細かく規定されている。知識としては知っているが、稲葉はまだ実際に扱ったことはなかった。

「この種のスレートは、セメントとアスベストを主原料に水を加えて成型したもので、アスベスト含有率は一〇から二〇パーセントってとこだ」

真崎が言下に答え、大森の持ってきた防塵マスクを全員に配った。

「スレート屋根全体の約九割がこれだ。こいつを使った家がこれまで全国で数百万戸は造られたと言われてる」

「数百万……」

アスベストの有害性は一九三〇年頃から既に指摘されていたが、大気汚染防止法において『特定粉じん』として規制対象になったのはようやく一九八九年になってからだった。それでも一般にはあまり知られず、アスベストが社会問題化したのは九五年の阪神《はんしん》淡路《あわじ》大震災で大量のアスベストが飛散して以降のことだ。二〇〇二年には中皮腫死亡者が八百名を数え、環境省はアスベスト処理に関する指針を発表している。

「こいつは非飛散性アスベストで『特管物』には指定されてない。乱暴に扱わなければ大丈夫だが、叩《たた》き割ったりすると内部から繊維が飛散してまずいことになる」

そう言いながら敷地に目を走らせていた真崎は、いきなり足早に歩き始めた。その先にはまだ解体が終わっていない貸家の一群があり、羽柴建設のトラックが停車して解体機材を降ろし始めている。稲葉たちは慌てて真崎の後を追った。

「現場監督は誰だ」

真崎が解体工員たちに声をかけた。

「なんか用かよ」

答えたのは二十三、四の金髪の男だった。まるでガンでも飛ばされたかのように不穏な顔で真崎を睨《にら》んでいる。

だめだ、と稲葉は思った。こいつは成人式で暴れたタイプだ。見回すと解体工員は皆、二十歳前後の若い連中ばかりだ。

「すまないが、マニ票を見せてくれ」と、真崎が言った。

「なんだ？　あんた」

「ここの建廃の収運を請け負ってる真崎工業だ。マニフェスト票を見せてくれ」

「ごちゃごちゃ言ってないで、さっさと向こう片付けてくれよ」

その言い方に、気の短い清水がキレて金髪の胸倉を摑《つか》んだ。

「ざけんなよ！　あれ、アスベストじゃねぇか！」

清水と金髪はたちまち摑み合いになった。稲葉は即座に参戦しようとする大森を羽交い絞めにしつつ、真崎が力ずくで二人を引き離すのを見守った。

羽柴建設のトラックから小柄な解体工員がマニ票を持って走ってくると「これ、会社の人から」と、向こう脛《ずね》を蹴《け》られて蹲《うずくま》っている金髪と清水の脇から恐る恐る真崎に手渡した。

マニ票には排出事業者である羽柴建設から真崎工業に対して収運を委託する廃棄物の種類と容量が記載されている。稲葉は真崎の肩越しに素早く覗《のぞ》き込んだが、案の定、そのどこにもアスベストの文字はなかった。真崎はマニ票をポケットに突っ込むと険しい顔で解体工員を見た。

「いいか。長生きしたきゃスレート屋根を割るなよ。それから作業中は絶対に防塵マスクを外すな」

蹲ったままの金髪が急に心細げな顔で真崎を見上げた。

「……なぁ、ほんとあれ、アスベストなのか？」

おまえら騙《だま》して何の得があるよ、と稲葉は泣きたい気分だった。真崎は手を貸して金髪を立ち上がらせ、作業ズボンの泥を払ってやった。

「ああ。だから今日からは気をつけるんだ」

金髪が黙って頷《うなず》くと、真崎は自分達のトラックの方に向かいながら携帯で羽柴建設に連絡を取った。稲葉は耳をそばだてていたが、どうやら担当者が席を外していて詳しい事が分からないらしい。稲葉たちは真崎の指示で、とりあえず大雑把に分別されている建廃の中から日環エナジーに搬入できる混合廃棄物の積み込みと運搬を始めた。真崎は作業を進めながら繰り返し羽柴建設に連絡を取ったが、なかなか担当者は捕まらなかった。

　稲葉たちが早めの昼飯から戻ってくると真崎のトラックがなかった。午後からは大和市内の食品工場を廻るルート回収の仕事が入っている。スレートはどうするのかと稲葉が気を揉《も》みつつ煙草を一服していると真崎が大型ダンプに乗り換えて戻ってきた。

「どこ行ってたんです？」

「うちの事務所」と、真崎が運転台から飛び降りてきた。

「羽柴建設の方、連絡取れました？」

「ああ。担当者の話じゃ、マニ票に記載されていない廃棄物が現場に存在するはずがない、難癖をつけて収運を断るのは契約違反だってことだ」

「なんスかそれ！」と、清水が声を荒らげた。

「むこうは最初からうちにスレートを処分させるつもりだったってことだ」

　そう言うと真崎は荷台にあがるべく、後部のゲートを開け始めた。

「けど」と、大森が驚いて稲葉に尋ねた。「いきなりこんなもん運び込める所あんのか？」

「ないだろうね」

通常、非飛散性アスベスト含有廃棄物はPEバッグに梱包《こんぽう》した上で、日環エナジーのような中間処理施設ではなく、直接最終処分場に運んで埋め立て処理しなければならない。最近ではアスベストの受け入れ自体を拒否する最終処分場が増えてきている。その上、今回はマニ票にアスベストの記載さえないのだ。受け入れてくれる処分場はまずないだろう。

「んじゃどうすんだよ。これ、ここに捨てってていいのか」

清水が眉間《みけん》に皺《しわ》を寄せて尋ねた。

いいわけないだろ、とは口に出さず、稲葉は辛抱強く説明した。

「だから、羽柴の方じゃ、ウチの方でどっかの山ん中にでも捨てといてくれと。そういうつもりなんだよ」

「え、でも、これアスベストなんだぜ。ヤバくねぇか？」と、大森が目を剝《む》いた。

ヤバイに決まってるだろ。稲葉はもはや答える気にもならなかった。山や山林に不法投棄すれば、スレートは風雨に晒《さら》されて劣化し、いずれは割れてアスベストの繊維を撒《ま》き散らす。誰かがそいつを肺の奥に吸い込むことになる。その運の悪い誰かは山里の子供や女かもしれないし、一家の働き手かもしれない。しかし今、目の前のスレートの処理を断れば、今後、羽柴建設からの仕事は途絶える。今の真崎工業にとっては致命的な痛手だ。

「真崎さん、どうするんです？」と、稲葉は荷台に声をかけた。

「どうにかするよ」

返事と一緒にPEバッグが次々と荷台から投げ下ろされてきた。真崎は事務所にスレートを梱包するためのPEバッグと、作業中のアスベストの飛散を抑えるための噴霧器を取りに戻っていたのだ。

「受け入れ先は俺が探す。どこに運ぶにせよ、まともに梱包するのが先だ」

真崎は清水と大森をルート回収に廻《まわ》し、猛烈な速さでスレートの梱包作業にかかった。稲葉も必死に作業を手伝った。このスレートは絶対に不法投棄などしない。真崎はそう決めているのだ。

もともと産廃業界の地盤を支える多くの中小業者は激しいダンピング競争の中でしのぎを削らざるをえず、瀕死《ひんし》の状態で経営をやりくりしている。大手建設会社の下請けである羽柴建設は、扱いが面倒で、最終処分場での受け入れ費用がかさむアスベスト含有廃棄物をさらに下請けの真崎工業に押し付けて、廃棄物処理のコストを少しでも削減したいわけだ。

稲葉はスレート板を運びながら、こうやって下請けへ下請けへとツケを廻すことでこの業界が成り立っているのだと改めて痛感した。この手の屋根を使った家が全国に数百万戸も造られたというが、造って一番儲《もう》けたやつらは壊す時だって少しも損はしない。役所は役所で、こうすれば安全だからこうしろ、と規則を作るだけでギリギリの納期とコストで仕事を請け負うしかない現場のことなんかお構いなしだ。

石膏《せっこう》ボードやスレートは特別管理産業廃棄物、いわゆる『特管物』ではないからという理由だけでアスベスト含有物かどうかの確認もせず、片っ端から重機で破砕し、粉塵《ふんじん》がもうもうと撒き散らされる中で作業員が〝あごマスク〟でまともに防塵《ぼうじん》もせず働いているような現場はいくらもある。この作業現場にしたって、昨日まではそうだったのだ。あの金髪率いる何も知らない解体工員たちが派手にぶち壊していたに違いない。恐ろしいのは、危険性を知っていても、そうしなければならない現場の方が多いんじゃないかということだ。

結局のところ処理にあたる多くの産廃業者こそ、時間と労力と費用を負担し、さらに自分の健康を脅かす不安を押し殺して作業しているのが現実なんだろう。

いやならやめりゃいいじゃん。

以前、産廃の仕事を始めた頃、中学の同級生に言われた言葉を思い出し、稲葉は防塵マスク越しに溜《た》め息をついた。そういう仕事をしなきゃならなくなったのはおまえの責任だろ、という意味なんだが、その時に稲葉が言いたかったのは、こういう仕組みだと、一番下にいる俺みたいなのが仕事を投げ出すと、まったく関係ないおまえらみたいなのが、変な水飲んだり、大変なもん吸ったりして、ひどい目に遭う滅茶苦茶な仕組みだということだったのだが、友人関係にひびを入れたくなかったので何も言わずに独りでカラオケへ行き、朝まで熱唱し続けた。

真崎は一体どんな気持ちでこの仕事を続けているんだろう……。

目をやると、真崎は黙々と作業を続けていた。稲葉はあと何年この仕事を続けるのか自分でも定かでなかったが、いつか尋ねてみたいと思った。

午後遅く、予想外の迅速さでルート回収を終えた清水と大森が引き返してきて作業に加わった。稲葉にとっても真崎にとっても嬉《うれ》しい誤算だった。真崎は作業を続けながら携帯で懸命に受け入れ先を探していた。

あちこちに電話をかけた末、ようやく埼玉の越谷《こしがや》にある真崎の馴染《なじ》みの最終処分場の社長が受け入れてくれることになった。搬入先が決まり、スレートの積み込みが終わった時には夜の七時近くになっていた。

真崎は稲葉たちに事務所に戻ったら念のため作業着をゴミ袋に入れて密封し、車庫で頭と体を洗った後、真崎が用意してあるジャージに着替えるようにいった。そして三人で飯でも食って帰れと稲葉に金を渡した。

清水と大森は達成感に満ちた顔でトラックに向かった。だが、稲葉はここで帰ることにためらいを感じた。真崎はひとりで越谷の処分場までダンプを走らせるつもりらしいが、横浜町田《まちだ》インターから東名高速に上がって都心環状線を走っても片道二時間弱、ひとりで荷降ろしをする時間を考えれば、家に帰れるのは夜中になってしまう。

稲葉は、清水に金を渡して真崎のダンプに引き返した。二人で荷降ろしをすれば少しは早く帰れる。それに、今からついていけば真崎は必ず残業代を出してくれる。稲葉は盆休みに金を使い過ぎ、九月はローンの支払いに窮していた。

ダンプのところに駆け戻ると、真崎が車体にもたれて携帯で話していた。

「出来るだけ早く帰る。薬、飲むの忘れるな」

雄太に電話しているのだとすぐに解った。そういえば、雄太を夜ひとりにするのは初めてなんだと思った。真崎は電話を切ると、携帯を見つめたまま何やら嬉しそうに苦笑した。

「なに笑ってんです？」

稲葉の声に振り返った真崎は、若い父親の顔をしていた。

「雄太が生意気なこと言うからさ。『ボクなら大丈夫。それより社長なんだから、仕事きっちりやりなよ』だって」

「へぇぇ、いっぱしのこと言うじゃないですか」

「あいつ、こないだまで夜、小さい電気つけとかないと眠れなかったのに」

稲葉はなんとも微笑ましい気分になった。雄太も成長しているわけだ。

「おまえ、どうしたんだ？」と、真崎がはたと気づいて尋ねた。

「や、『社長』についてって残業代もらおうと思って」

真崎は「乗れよ」と笑って勢いよくダンプに乗り込んだ。

ダンプは一路、最終処分場へと走り出した。高速は思ったより良く流れ、越谷の最終処分場には予定より少し早く着いた。馴染みの社長は、事務所で若い衆と麻雀の卓を囲んで真崎のダンプが着くのを待ってくれていた。全員がスレートの搬入を手伝ってくれたお陰で仕事はかなり早く終わり、真崎と稲葉は社長と若い衆に何度も頭を下げて再びダンプに飛び乗った。

　真崎工業の事務所に着いたのは日付が変わる少し前だった。真崎と稲葉は空のダンプをガレージに入れると、作業着をゴミ袋に突っ込んでホースの水で頭と体を流した。九月なのに唇が青くなるほど体が冷たくなった。昼間に比べてかなり気温が下がっているなと思った。真崎がタオルを投げてよこした。

「晩飯はチキンカレーとグリーンサラダと牛乳だって言ってた。寄って食ってけよ」

　雄太の作る食事はどんなメニューにもかならず牛乳がつく。雄太は、飲む牛乳の量に比例して背が伸びると信じているのだ。稲葉は晩飯に呼ばれるのを完全に期待していたので二つ返事で招待を受け、真崎のランドナーを交代で漕《こ》いで夜道を家へ向かった。

　寝静まったマンションの階段を三階へと上る。真崎が鍵《かぎ》を開け、続いて玄関に入った。靴を脱いでいると、リビングからテレビの音が聞こえた。出てこないところを見ると、雄太はテレビを見ながら寝入ってしまったんだなと思った。もう午前零時半を過ぎている。真崎が戻るまで起きているつもりだったのだろうが、真崎と共に朝五時に起きる雄太には無理な時刻だ。上がってすぐの台所を覗《のぞ》くと、雄太はひとりでちゃんと夕食を食べたらしく、一人分のカレー皿とサラダボウル、牛乳用の雄太のマグカップがきちんと洗って食器かごに伏せてあった。食卓の上には真崎がすぐに食事を取れるように食器が並べてある。コンロに載っているのはカレーの鍋《なべ》だ。

「俺、カレー温《あ》ったためますね」

稲葉は勝手知ったる台所のコンロに近づいた。

「ああ、冷蔵庫にビールあるから」と、声を掛けると真崎は「雄太、布団で寝ないと風邪ひくぞ」と言いながらリビングに向かった。

稲葉がコンロに火を入れようとした時だった。リビングから雄太を呼ぶ真崎の身も凍るような叫び声が聞こえた。稲葉は飛びあがってリビングへ走った。

フローリングの床に倒れた雄太を真崎が抱きかかえ、必死に揺すぶっている姿が目に飛び込んだ。真崎は雄太の名を呼び続けていた。稲葉は膝《ひざ》が震えた。何が起こったか一目で判ったからだ。うまく体が動かず、倒れこむように雄太に近づいた。

雄太の頰も手も、氷のように冷たかった。まだ育ちきらない骨格の柔らかだった雄太の身体は、すでに硬くこわばり始めていた。稲葉は起こっていることすべてが信じられなかった。雄太の薄く開いた目の縁に、わずかに白く涙の跡が残っていた。発作を起こした雄太は、苦しい息の下、なんとか自力で救急車を呼ぼうと、リビングの電話機に向かう途中でこと切れていた。

## 53

大和市のはずれにあるプレハブ平屋建ての真崎の事務所の周りには、たくさんのハルジオンが咲いていた。敷地の脇に『売り地』と書かれた不動産屋の看板が立っている。

修司と相馬と鑓水は、土を踏んでゆっくりと歩いていった。大人の膝丈《ひざたけ》ほどに伸びて薄いピンクの花をいくつも咲かせたハルジオンは、この場所に人も車も通ってこなくなってからの二週間あまりの時間を思わせた。かすんだ春空の高みから時折、遠くヒヨドリのさえずりが聞こえた。

修司は先ほど別れた稲葉の言葉を思い出していた。

「俺もあとで知ったんだけど、雄太はずっと調子が良かったせいで薬を飲み忘れることが多くなってたみたいでね。小児喘息《ぜんそく》の子には、気温の変化の大きい春先と九月は要注意の月なんだってな……。雄太を診た医者は、発作の時にたとえそばに人がいても、雄太は助かったかどうか解らないって言ったけど、真崎さんには何の救いにもなんなかった。そりゃそうだよな。雄太は死んじまったんだから」

葬儀が終わっても、真崎は食べることも眠ることも、泣くことさえしなかったという。雄太と共に真崎のすべての感覚が死んでしまったようだった。真崎はすぐにマンションを出て例の借家に引っ越したらしい。雄太と暮らした部屋に一人でいるのが耐えられなかったのだろうと修司は思った。

真崎は雄太の葬式の翌日からほとんど一日中、働き続けたという。働いている間は少しは気が紛れるだろうし、一人で家にいる時間も少なくてすむだろうからと周りもあえてとめなかった。

「実際、働いて体を動かしてたのがよかったのかもしんない」と、稲葉は呟《つぶや》いた。「十月の終わり、雄太の四十九日の法要の頃には、真崎さん、少し落ち着いてたから。ただ、なんでかな、その頃からなんとなく会社を畳むつもりなんじゃないかなって気がしてた。だから十二月に言われた時には大して驚かなかった。俺が四年前に真崎工業に入ってから、今月、真崎工業がなくなるまで、真崎さんの仕事のやり方は少しも変わらなかった。誠実だったよ。雄太のことがあった後もね」

稲葉は食べかけのドーナツを膝に置いたまま、鑑水の差し出したポケット灰皿で煙草を消した。それから小さく息をついて空を見上げた。

「……結局、俺は最後まで訊《き》けずじまいだったけどね。真崎さんがどんな気持ちでずっとこの仕事やってきたのか……」

修司はハルジオンの中を歩き、事務所の裏の大きなガレージの前に出た。

ダンプや特殊車両を入れる大きなガレージで、扉の横に、雄太が死んだ晩、稲葉と真崎が使った水道の青いビニールホースが巻かれていた。車両はすでになく、ガソリンの匂いのするガランとしたガレージの奥に洗車道具がきちんと片付けられている。その一角に銀色のカバーで覆ったものがあった。修司は近づいてカバーを外した。

それは真新しい若草色のランドナーだった。車体に、Y・MAZAKIとあった。雄太の生前、真崎が雄太のために買っておいたものに違いなかった。新品の痛ましいほど清潔なタイヤは、人生の多くを知らずに死んだ雄太を思わせた。修司は、自分より五つ幼い、たった十三で死んだ雄太が哀れだった。そして、冷たくなった雄太を抱き起こした時の真崎の気持ちを思った。それが誠実に真面目に働いて生きてきたことの報いというなら、あまりにむごく、理不尽だと思った。

いつの間にか相馬がそばに立って雄太のランドナーを見つめていた。相馬は膝をついてシートを取り上げると、シートの埃《ほこり》を払い、丁寧に若草色のランドナーを覆った。

鑓水はガレージの前で煙草を吸いながら黙ってハルジオンを眺めていた。

修司は、なぜ真崎が独房のような何もない家に住んでいたのか今は解る気がした。あの日、冷たくなった雄太を抱き起こした時、真崎の中で生きるための意味も希望もすべて打ち砕かれたのだ。真崎の暮らしは温かみや安らぎからは無縁のものだったのだ。

しかし……。修司の頭に稲葉の言葉が棘《とげ》のように引っ掛かっていた。稲葉は、真崎が十月の終わりには少し落ち着いていたと言った。仕事をしたからといって真崎がひと月あまりで雄太の死から立ち直れるわけがない。十月は、タイタスフーズが真崎工業にマミーパレットのサンプルの廃棄を依頼したと言っていた月だ。そしてそれは、あの貸家の老婆によると、真崎が泥酔して帰宅するのをぱたりとやめた時期と重なる。

修司は、去年の十月にサンプルの廃棄を請け負ったことが、何らかの形で真崎の変化の原因になったのではないかと思えてならなかった。

「やっぱりここも開けられてるな」

相馬が事務所の扉のノブをいじっていた。鍵はカム送りの手法で手際よく解錠されていた。

「目出し帽か……」

鑓水がぶらぶらと事務所に入っていく。修司と相馬も後に続いた。

雄太が生まれてから十三年間、真崎が切り盛りしてきた事務所は、きれいに片付けられていた。机の引き出しも空っぽで、スケジュール用の黒板の下には白墨の粉ひとつ残っていない。すべてを一人で片付け、掃除をして出て行く真崎の姿が目に見えるようだった。

真崎は雄太を失ってからも、最後まで自分の仕事に対する姿勢を変えなかったという。誠意を尽くしたところで、人生がどれほど理不尽か、嫌というほど知っていたにもかかわらず。それでも真崎は以前と同じようにダンプを走らせ、請け負った廃棄物はすべて正しく処理されるように心を砕いた。

そんな真崎がなぜ、あの朝、不法投棄をしたのか。しかも、実際に廃棄を請け負ってから五ヶ月もたって。修司にはどうしても解らなかった。真崎は、なぜあの三月十二日の朝、マンションの建設現場にマミーパレットのサンプルを不法投棄したのか。

『ありがとよ、坊主』

あの不思議に明るい目をしていた真崎は、一体、何を思っていたのか……。

相馬が窓を開けると、窓から開け放した扉へと日なたの匂いのする風が流れた。

光の中でハルジオンが揺れている。

日環エナジーからフーズに送られた真崎の写真は、目出し帽に渡されたに違いない。

鑓水も相馬も口に出しては言わないが、そう考えているのが修司には解った。

「真崎、生きてると思うか」

「……いや」と、相馬は答えた。刑事の勘だった。「真崎はたぶん、もう死んでる」

グレーのデスクに腰を下ろしていた鑓水がジッポーを鳴らして煙草に火をつけた。

「もしなんかヤバイことになって、逃げなきゃならない場合」

鑓水は目を細めて漂う紫煙を眺めた。

「死んだと思わせるのが、一番いい」

修司にはどちらとも解らなかった。真崎はもうとっくに死んでいるのかもしれないし、今もどこかで生きているかもしれない。生きているのなら、どうしても会ってみたかった。

54

その夜遅く、鑓水は寝つかれぬままベッドの中でアードベッグのシングルカスクを呑《の》んでいた。アードベッグはバランタインの原酒モルトのひとつで独特の強い煙臭がある。中でも、ひとつの樽《たる》のウイスキーを簡単なろ過のみで瓶詰めにしたシングルカスクは薫りが強く、アルコール度数は五十度を超える。鑓水は体をリラックスさせ、頭をクリアーにしたい時はこれに限るという信仰を持っていた。

鑓水は考えていた。マミーパレットのサンプルがフーズにとってどんな『爆弾』なのかは解らないが、サンプルの不法投棄を目撃した五人が駅前広場に呼び出され、そのうち四人が通り魔殺人を装って殺された。タイタスフーズとサンプルの不法投棄、駅前広場の殺しはひとつの線で繋《つな》がっている。

だが、鑓水にはどうしても不可解なことがあった。

フーズの人間が、サンプルが焼却処分されていないことに初めて気づいたのが三月十五日。その日、フーズは慌てて日環エナジーに問い合わせてきている。しかし、修司たち五人がサンプルの不法投棄を目撃したのは、その三日も前の三月十二日なのだ。つまり十二日の段階では、まだフーズの人間はサンプルはとっくに焼却処分されたと思い込んでいたのだ。その十二日に、たまたま通りかかって不法投棄の現場を見てしまった五人の目撃者の存在を、フーズの人間は一体どうやって知りえたのか。

鑓水はグラスを揺らしてゆっくりとアードベッグを飲み下した。

この事件は、どこかで何かが捩《ねじ》れている……。

気がつくとルーレット灰皿に吸殻の小山ができており、煙草の箱が空になっていた。

鑓水は仕方なく起き上がり、リビングへ買い置きを取りに行った。

扉を開けると灯《あか》りの消えたリビングで修司がパソコンに向かっていた。

「なんかあった？」

「あったらもっと嬉《うれ》しそうな顔してるよ」

うんざり顔の修司がディスプレイから顔を上げる。目の下に隈《くま》が出来ている。修司は何か真崎の消息が摑《つか》めないかとネットで調べていたのだが、デスクワークはどうも体質に合わないらしい。

「ネットで分かりゃ苦労ないか」と、修司が諦《あきら》め気味に大きく伸びをした時、鑑水の寝室から携帯の着信音が聞こえた。午前一時を過ぎていたが、仕事がら夜中の電話には慣れている。鑑水はストックの煙草を一箱取ると、「寝る時、そいつ消しといてね」と修司に声をかけて寝室に向かった。だいたいこの時刻の電話は、七割が酔っ払いのたわごと、二割が酔っ払いからの脅迫、一割があちこちにためている飲み代の催促だ。

鑑水はアードベッグの味をぶち壊す電話でないことを祈りながら携帯を取った。

だが、電話は予想したどのカテゴリーにも当てはまらないものだった。

「明日《あした》、朝一で会われへんか。見せたいもんがある」

鳥山の声は恐ろしく興奮していた。

「四月四日の件や。デカイこと起こるぞ」

鑑水は、話は会ってからだと言う鳥山と明日一番に会う約束をして電話を切った。

再びグラスを手にした時、鑑水は四月四日の件とサンプルの不法投棄が繋がる予感で鳥山に勝るとも劣らず興奮していた。修司が転がり込んできてから五日、鑑水はいつの間にかこの事件の全容を摑むことに夢中になっていた。そして、あとから思えば愚かな事だが、鑑水はあと五日、修司もこのまま生き延びられるような気になっていた。

# 第九章　旧友　――二〇〇五年　三月三十一日　木曜日

## 55

鑽水は珍しく朝食も食べずにばたばたと出かけていった。修司は大急ぎでシャワーを浴びて脇腹の傷の消毒を終えると、朝食を作るのももどかしく紙パック牛乳と食パン、それにスキッピーのピーナツバターの瓶を引っ摑んでパソコンの電源を入れた。

修司は朝方近くになってあるホームページの中に真崎省吾に近づく糸口を見つけていた。きっかけは修司の勤めていた日榮建設だった。日榮建設は書類ではたいてい『日栄建設』と表記している。つまり、旧字の『榮』ではなく新字の『栄』を使っている。『真崎省吾』では高知日報の車両発見の記事以外に何の手がかりも見つけられなかった修司は、『眞崎省吾』で検索してみたのだ。すると小さな手掛かりが見つかった。鑽水に話そうかとも思ったが、鑽水は何か大きな情報を摑んだようなので、こちらは自分で当たることにした。

ＯＳが立ち上がるや、修司はピーナツバターをぬりたくった食パンをくわえたまま『眞崎省吾』と打ち込んで検索をかけた。ヒットは三件。一件目は聞いた事のない大学の同窓会名簿、二件目は『眞崎省吾』の姓名判断。修司は三件目のページを開いた。
自転車と青空の写真をバックにした手作りのホームページが現れた。
『松本商工高等学校自転車競技部　栄光の歴史』

昭和五十三年度　高校総体
一〇〇〇メートルタイムトライアル七位入賞
杉田勝男（一年）
チームタイムトライアルロードレース八位入賞
多田元《たたはじめ》（三年）眞崎省吾（一年）杉田勝男（一年）

昭和五十四年度　高校総体
一〇〇〇メートルタイムトライアル二位
杉田勝男（二年）
チームタイムトライアルロードレース五位入賞
眞崎省吾（二年）杉田勝男（二年）山岡辰弘《やまおかたつひろ》（二年）

昭和五十五年度　高校総体
一〇〇〇メートルタイムトライアル優勝

杉田勝男（三年）

昨日の稲葉の話では、真崎は松本出身で学校で自転車のクラブに入っていた。昭和五十五年に高校三年なら年齢も合っている。この『眞崎省吾』は自分たちの追っている真崎省吾に違いない。

無論、それだけでは何の糸口にもならないが、修司は、真崎とともに記録されている杉田勝男という名前に覚えがあった。杉田勝男は、幼い頃に九九より先に覚えた名前で、父親が競輪に連れて行ってくれていた頃の花形選手だった。杉田の鮮やかなレース運びは今も鮮明に修司の記憶に焼き付いている。

杉田は、他の選手たちがスピードを上げる前に奇襲の如く先頭に躍り出て逃げ切る『かまし先行』を得意とする地脚タイプの選手だった。小柄な体格をものともせずに果敢に攻め、一度は日本選手権でも優勝している。だが、他の選手から度重なる厳しいマークを受けてレース中に落車し、膝《ひざ》を故障してからは勝ちから遠ざかった。杉田はやがて大麻の不法所持で捕まり、競輪界から姿を消した。当時、取り調べを終えて警察署から出てくる杉田の姿が写真週刊誌に載ったのを修司はうっすらと覚えている。

真崎は、その杉田勝男とチームタイムトライアルロードレースのチームを組んで、高校総体で一年次は八位、二年次は五位とたて続けに入賞している。二年連続で順位を上げて入賞していながら真崎に三年次の記録がないのが気にかかったが、杉田と真崎が高校時代に同じ自転車競技部でチームを組んでいたのは確かだ。

未明にこのホームページを発見した時、修司は目出し帽に襲撃された晩の相馬の顔を思い出した。土砂降りの中、タクシーに修司を押し込んだ相馬は、必死に転げ込む先を考えていた。今の生活に関わりのない、長い間ずっと会っていない友人。しかも、何も尋ねずに頼みを引き受けてくれる友人。相馬は考えたあげく、鐺水のところにやってきた。

修司は、どんな人間にもひとりはそんな友人がいるのではないかと思った。それが真崎にとっての杉田であってもおかしくない。昨日、真崎の部屋で手に入れたブラジルからの絵葉書、エミリオの絵葉書の文面にあった『すぎたさんにもよろしく』の『すぎた』は杉田勝男ではないのか。

明け方近くまでネットで杉田の近況を探したが、引退後どこで何をしているのかまったく分からなかった。それで仕方なく朝を待つことにしたのだ。

修司はピーナツバターパンを呑《の》み下すと、時計が九時を廻《まわ》ったのを確かめて日本競輪選手クラブに電話をかけた。電話に出たのは年嵩《としかさ》の押しの強い感じの男だった。修司は少し幼い声を作って丁寧に杉田の連絡先を教えて欲しいと頼んだ。

「悪いけど、そういう個人情報のたぐいは教えられない決まりだから」

男は取り付く島もない。

「事情があって、どうしても杉田さんに急いで連絡が取りたいんです」

「そう言われても困るんだよね」

修司は「事情があって」と「どうしても」を繰り返してひたすら粘った。

電話口の男は次第に苛立《いらだ》ってきた。

「ダメなものはダメなんだよ。だいたいきみ、杉田とどういう関係なの」

待っていた台詞《せりふ》に、修司は思いつめた口調で答えた。

「……息子です」

「息子ぉ？」と、男はいかにも胡散《うさん》臭いといった口調で訊《き》き返した。「息子が親父の連絡先も分からないの？」

修司はあえて抑揚なくつけ加えた。

「僕は法律的には認知されていませんから」

一瞬の沈黙があった。

修司は勝負に出た。

「昨夜、母が腎臓《じんぞう》癌で亡くなりました。告別式は明日の十時からです。骨にする前に、一目、父に母の顔を見ておいて欲しいと思って」

やや長い沈黙があった。修司は息を殺して男の返答を待った。

やがて男の少し掠《かす》れた声がした。

「……ちょっと待ってて」

『掛かった』と、修司は思った。

# 56

鑓水は午前九時に銀座の喫茶店『モナミ』の扉を開けた。わざわざ局から離れた喫茶店を指定したのは鳥山の方で、情報が漏れることをよほど警戒しているらしい。店内を見回すと、一番奥のボックス席に立ち上がって手を振る鳥山の半身が見えた。軽く手を上げてボックス席に近づいた鑓水は、鳥山の向かい側にもう一人の男が座っているのに気付いた。

「元気そうだな、鑓水」

男は派手なブランド物のポロシャツを着込み、きついパーマをかけた頭を傾けて鑓水を見上げている。おまえの考えてる事くらい何でもお見通しだといわんばかりの山師のような目つきは五年前と少しも変わっていない。かつて『ドキュメント21』のディレクターを務めていた小田嶋だった。鑓水は腹の中で面倒なことになったと舌打ちしながら、

「お久しぶりです」と愛想良く会釈して腰を下ろした。

「例のこと、調べとるのを小田嶋さんに嗅《か》ぎつけられてなぁ」と、鳥山はおしぼりで神経質に手を拭《ふ》きながら鑓水と目を合わさずに苦笑した。小田嶋は水を運んできたウェイトレスに勝手に三人分の珈琲《コーヒー》を注文して追い払うと、マイルドセブンに火をつけた。

「おまえ、四月四日に何かあるって情報、どこから仕入れた？」

「久しぶりに会《お》うたんやから、珈琲が来てからでええやないですか」

鳥山が珍しくきつい口調で小田嶋を諫《いさ》めた。その様子に、鑪水は、小田嶋が鳥山の動きを嗅ぎつけたのではなく、逆に鳥山の方から小田嶋に話を持ちかけたのだと直感した。

ネタを掴《つか》んでもカメラマンひとりではどうしようもない。鳥山がカメラを回すには、撮った絵を電波に乗せる力のある人間、番組枠を持っている人間が必要なのだ。しかし、小田嶋と組むということは、いつ後ろから刺されるか分からないということだ。小田嶋は辣腕《らつわん》だが、寝返るのも早い。そのくらい鳥山も解っているはずだ。それでもあえて小田嶋に話を振ったのは、鳥山が何としてもこのネタを自分でものにしたいからだろうが、鑪水にはどう考えても賢明な判断とは思えなかった。

「小田嶋さん、四月から『ニュースプライム』に移られるそうですね。松井ディレクターとの一騎打ち、楽しみにしてます」

鑪水は和やかに微笑んで煙草に火をつけた。

小田嶋は「ふん」と鼻で笑って内ポケットから折り畳んだ書類の束を取り出した。

「このネタは、松井なんぞおっかなくって手が出せねぇネタだよ」

鑪水は、折り畳んだ書類の裏に薄く透けている文字の行がやや斜めになっているのに気付いた。コピーだ。しかもかなり慌ててコピーしたものだ。

「でも松井さんもあれでなかなかしたたかですよ。年明けの談合の特集はけっこう数字も出てましたし」

「こいつはな」と、小田嶋は手の中の書類を鑪水の眼前で振ってみせた。「上層部と腰抜けの松井が握り込んでたんだよ」

「へぇ、そうなんですか」と、鑓水はさりげなく書類に手を伸ばした。

それを待っていたように小田嶋は素早く書類を引っ込めて鑓水の目を捉《とら》えた。

「おまえ、この件で何を知ってる」

小田嶋は薄い笑みを浮かべて鑓水を見つめている。話さなければ、書類は見せない。

それが、小田嶋の腹だ。鑓水は鳥山に目をやった。鳥山は硬い顔で俯《うつむ》いたまま鑓水を見ようとしない。

鑓水はどうしても四月四日に何が起こるのか知る必要があった。しかし、自分たちの状況を絶対に小田嶋に話すわけにはいかなかった。ウェイトレスが三人分の珈琲を並べて去るまでの沈黙の中で、鑓水はふと、相馬ならどうするだろうかと思った。答えは瞬時に出た。相馬なら、小田嶋のニヤニヤ笑いに拳《こぶし》を埋め込んで書類を取り上げる。

小田嶋は自分が切り札を握っている状況を楽しんでいた。

「俺たちが社内秘をおまえに流してやる以上、おまえも俺たちに何か教えてくれることがあるんだよな？」

鑓水は煙草を灰皿で揉《も》み消した。

「この件で四人殺されて一人が生死不明になってます」

鳥山が珈琲カップをソーサーの上に取り落として大きな音を立てた。入り口の方から急いでやってこようとするウェイトレスを鳥山が慌てて手を振って制した。小田嶋は脚を組んで悠然と珈琲を口に運んだ。

「面白そうじゃないか。詳しく話してくれ」

「今はここまでです。人ひとりの命がかかってるので」

「人の命て……」

鳥山は後の言葉が続かないようだった。だが、小田嶋は気にする気配もない。

「俺もな、社会的な命がかかってんだよ。なんせ契約社員だからな、上は俺を切る気、満々だし。ところが家のローンはあるわ、車のローンはあるわ、頭の悪いガキの学費は嵩《かさ》むわ。というわけで、ひと様の心配してる余裕はないんだよ」

小田嶋はカップを置いて新しい煙草に火をつけた。

「おまえもひとの心配してる場合じゃないんじゃないか？　局、辞めて仕事ないから俺たちの周りをうろうろしてんだろ？」

「小田嶋さん」と、鳥山が遮ろうとしたが、小田嶋はすでに鳥山の存在などまったく眼中にないようだった。

「いいか、鑓水。おまえのネタは俺が抜くぞ。プライムのスタッフは松井のもんだ。俺がドキュメントのスタッフで抜く。おまえは知ってることを全部、話せ。そしたらおまえがもう一度局で働けるように、俺が上にかけ合ってやる」

沈黙の後、鑓水は諦《あきら》めて溜《た》め息をついた。

「……解りました」

鐺水はゆっくりと珈琲を飲むと、煙草とライターをポケットにしまって立ち上がった。

「珈琲、ごちそうさまでした」

「おい、無理すんなよ」と、小田嶋がソファに脚を組んだまま嗤《わら》って鐺水を見上げた。

鐺水は無理せずに爽《さわ》やかに告げた。

「俺の情報は松井さんに売ることにします。松井さんもこのネタ知ってるみたいだし、あっちなら上から金も出ますしね」

小田嶋の嗤いがこわばった。

「ああ、ついでに小田嶋さんがこっそり極秘書類のコピーを取って、ドキュメントのスタッフでそのネタ抜くつもりだって教えてあげないと」

小田嶋は顔色を失った。

「俺、マジで職場復帰するかもしれませんよ」

小田嶋はすごい力で鐺水の腕を摑んだ。

「……珈琲、もういっぱいどうだ」

鐺水は、こちらの情報をオープンにできる時が来たら一番に小田嶋に流すという条件で、小田嶋からコピーを受け取った。鐺水はその場で文書に目を通して度肝を抜かれた。

それはタイタスフーズを告発する怪文書だった。

文書は一昨年の十二月に全国各地の保育園に配布されたタイタスフーズ製造のマミーパレットのサンプルの一部にバチルスf50菌が混入しており、それがメルトフェイス症

候群の原因となったことを告発していた。そして、問題のサンプルが製造されたのと同

じタイタスフーズ藤沢工場で現在もマミーパレットが製造されている事実を指摘し、同

工場に対して健康増進法第二十七条に基づき、国の責任において早急にマミーパレット

の収去試験が行われるよう要求していた。さらに、文末にはこの告発文が送付された先、

厚生労働省を始め全国の消費者団体、キー・テレビ局、新聞社、患児が出た都道府県およ

び市町村の保健衛生担当部局、その地域の地方新聞、地方テレビ局など、行政、民間団

体、メディアの三つを網羅する組織の宛て先がズラリと列挙され、さらに驚いた事に、

告発文書とともにマミーパレットのサンプルの分析データと、問題のサンプルが配布さ

れたすべての保育園と配布日のリストが添えられていた。茶封筒のコピーに記された差

出人の名前は佐々木邦夫とある。

鑓水がひととおり目を通すのを待ちかねたように鳥山が押し殺した声で言った。

「その佐々木邦夫いうのはまず間違いなく偽名や。少なくともタイタス関係にそういう

名前の社員はいてへん。けど、そのサンプルが配布された保育園と配布日のリストは、

本物の内部資料なんや。メルトフェイス症候群の全国連絡会に問い合わせたら、どんぴ

しゃり。どの子も発病当時にそのリストの保育園に在籍しとって、発病時期も恐ろしい

くらい計算が合う。サンプルの分析データの方も、バチルスｆ50以外は市販されとるマ

ミーパレットとまったく同じ成分比になっとる。俺は、この怪文書の告発はかなり信憑

性が高いと思う。なあ、鑓水。俺はたった一週間やけどメルトフェイス症候群の子に張

りついて、あの子らが毎日どんな思いをしとるのか他のテレビ屋よりは解ってるつもりや。俺はこのネタ、どうしても自分の手でやりたい」

鑓水は小田嶋を引き込んででも患児たちの惨状を世間に知らせたいという鳥山の気持ちはよく解った。しかし、それ以上に鑓水は告発文の持つ恐ろしさに慄然《りつぜん》とした。

「鳥ちゃん、もし藤沢工場のラインが黒なら、今、店頭に並んでいるマミーパレットもすべて安全とは言えなくなる。商品の中にバチルスｆ50の混入しているものが混じっている可能性がある。大勢の子供たちが今もそれを食ってるんだ」

「ああ、だから四月四日にはパニックが起こるんだよ」

不本意な譲歩を強いられた小田嶋が、いかにも不機嫌そうな顔で言った。

「四月四日に、タイタスフーズの藤沢工場に対して行政の立ち入り検査が行われる」

鑓水は驚いて思わず声を上げそうになった。

その様子に小田嶋は半ばヤケ気味に口の端を歪《ゆが》めて笑った。

「問題のサンプルの在庫はもうとっくに廃棄処分になってて調べようがないがな。告発文にあるように、今の製造ラインからいくつか製品を抜き取って成分を分析するわけだ。もちろん製造ラインの安全性もチェックすることになるだろう。四月四日になれば、メディアは一斉に立ち入り検査を報道する。それまで抑えられていたぶん、反動も凄《すご》いだろうよ。立ち入り検査の発端となった偽名の内部告発文は、謎の怪文書として取り上げられ、メルトフェイス症候群がどんな病気なのか、全国津々浦々、知らない者がいなくなるくらいの報道合戦になる。一遍でも子供にそいつを食わせた覚えのある親は当然パニックだ。自分の子供もあんなふうに顔半分が腐れてなくなるかもしれねぇんだからな。全国で病院や保健所に問い合わせが殺到して、日本中がマミーパレットの話題で騒然となるだろうよ」

鑓水は小田嶋の言葉を聞きながら興奮で掌《てのひら》が汗ばむのを感じていた。

鑓水は初めて、中迫の言葉の意味が解った。なぜ、フーズが四月四日までに修司を殺したがっているのか。その理由をようやく突き止めたのだと確信した。

## 57

相馬は大枚をはたいて宿泊した日本有数の高級ホテルで、ラグジュアリーなベッドに足を乗せて腕立て伏せを行っていた。相馬は何かをひたすら待つ以外にない時、気を紛らせるためによく腕立て伏せをする。そういう時は本を開いても頭に入らず、じっとしていると一年半前に止めた煙草が無性に吸いたくなるからだ。細身の体を規則的に押し上げながら、時おりベッドサイドのテーブルに目をやる。時刻は十時十五分。アイボリーの洒落《しゃれ》た電話はうんともすんともいわない。そろそろ痺《しび》れ始めた腕で五セットめの腕立て伏せを始めた。

相馬は、修司を初めて鑓水の家に連れて行った日から自宅には戻っていない。相馬が目出し帽に見つかれば、目出し帽は相馬を尾行して修司と鑓水の元に辿《たど》り着く。自分から足がつくという愚を犯さぬために、相馬はカプセルホテルを転々としていた。コインランドリーもズボンプレス機もあり、食い物も安いので男ひとりなら不自由はない。にもかかわらず昨夜から一泊でカプセルホテルのゆうに十泊ぶんの宿泊料金を取るこの高級ホテルに泊まっている理由はただひとつ、ファックスを受信できる個室が必要になったからだ。並のホテルの客室にはファックスはまずないし、カプセルでは送信はできても受信ができない。相馬は、定年退職した元・徳島県警の警官、暮羽《くれは》正純《まさずみ》からのファックスを待っていた。

暮羽は殉職した相馬の父の剣友だった。ともに強化選手だったため、県警単位の団体戦である全国警察剣道大会では常に顔を合わせ、毎年十月に日本武道館で行われる全国警察剣道選手権大会でも、個人戦のトーナメントを勝ち上がると必ず対戦することになった。互いに勝つことも負けることもあったが、竹刀を置けば良い友人であり、暮羽は試合が終わると徳島のすだちや御膳味噌《ごぜんみそ》を土産に相馬の家を訪れ、一家と夕食を共にすることもしばしばだった。相馬の父が殉職した後も、暮羽は上京の際には相馬と幼い妹に土産を携えて父の仏壇に線香をあげにきてくれた。情の深い律儀な警官で、年賀状のやり取りは今も続いている。

相馬は昨日の朝、八重洲《やえす》口にあるカプセルホテルの食事処で三百九十円の朝定食をかきこんでいる時、年配の男の喋《しゃべ》る徳島弁を聞いて暮羽の顔を懐かしく思い起こした。そして次の瞬間、暮羽が一時期、四国管区警察学校で体育を教授していたことを思い出した。管区警察学校は、中堅幹部に昇任した者や管区機動隊員などの現任の警察官に対して、高度な専門知識や実技技能を教授し訓練させる学校だ。東北、関東、中部、近畿《きんき》、中国、四国、九州の管区ごとに一校、全国で七校設置されており、暮羽がいた四国管区警察学校には四国四県から選《え》り抜きの警察官が集まる。相馬は、暮羽なら高知県警の警部クラスにも知り合いがいるのではないかと思いついたのだ。

相馬は闇で入手したプリペイド携帯電話ですぐさま暮羽に電話した。そして挨拶《あいさつ》もそこそこに、三月二十五日に真崎の車が高知港の海中から発見されて以降、高知県警で真崎の消息を何か摑《つか》んでいないか、あわせて、車が発見された前後の身元不明の変死体の有無を照会できないかと尋ねた。暮羽は、相馬が通常のように所轄から高知県警に照会せずに、退職警官である自分に連絡してきた時点で所轄に内密に何かを調べているのだと察したらしく、あえて何の捜査なのかと尋ねなかった。そして少し考えて、明日の朝までには調べられると思うが、結果を知らせるのにメールではまずいだろうと言った。相馬のメールアドレスは所轄のものだから、署内の人間ならその気になれば誰でも見られる。相馬は後で番号を知らせるのでそこにファックスで送って欲しいと頼んだ。

昨夕、部屋のファックス番号を知らせるべく電話した時、暮羽はまだ帰っていなかった。電話に出た妻は暮羽から番号を聞いておくように言われており、メモを取ったうえ、しっかりと復唱確認した。相馬は黙って力を貸してくれる暮羽にただただ感謝した。

十時五十五分、シャワーで汗を落とし、そろそろフロントにチェックアウト時間の延長を頼もうと受話器に手を伸ばした時、ついに電話が鳴った。受話器を取ると「ファックスに切り替えます。受話器を置いてお待ち下さい」という待ちに待った音声が聞こえた。

暮羽からの報告には以下のようにあった。

『真崎省吾の遺体は発見されておらず、いまだその生死は不明。しかし、高知県警の聞き込みによって、三月十七日、木曜日の午後十一時半頃、複数のアベックが埠頭《ふとう》に向かうシルバーのセダンを目撃していること、またその直後に、沖へ出る夜釣りの船の釣り客たちが海底に沈んだ光を目撃していたことが判明。真崎の車が海に転落したのは三月十七日午後十一時半頃と推定される。

次に身元不明の死体について照会したところ、三月には二名あった。真崎の車が海中に没したと思われる日の翌日、十八日の午後九時過ぎ、高知港に密集する倉庫のひとつで爆発火災が発生し、身元不明の男女二名の爆死体が発見された。死因は男は全身爆発創による失血死。右上腕部から先が吹き飛び、頸部《けいぶ》はほぼちぎれた状態にあった。女は爆発の衝撃による脳脊髄《せきずい》損傷。爆発とその後の火災による遺体損傷が激しく、両者とも身元の確認に至っていない。

現場となったのは株式会社 曙組《あけぼのぐみ》の第四倉庫で、倉庫内には有機過酸化物であるメチルエチルケトンペルオキシド（ＭＥＫＰＯ）とアセトンなどの引火性液体といった危険物に加えて古いドラム缶、雑貨等が雑多に保管されていた。ＭＥＫＰＯはいわゆる爆薬の一種であるが、保管管理者の無知から危険物仮貯蔵仮取扱承認申請書が消防署に提出されていなかった。倉庫の戸口はバール状の物でこじ開けられており、発見された男女は窃盗目的で倉庫に侵入した後、何らかの拍子にMEKPOが爆発して死亡、火が周囲の引火性液体と可燃物に燃え広がり炎上したと見られている』
文書のほかに、真崎の車が発見された場所の地図と、爆発炎上事故のあった湾岸の倉庫の見取り図が添えられていた。そして最後に暮羽の私見として次のようにあった。
『司法解剖の結果、ほぼ炭化した男の体内から、若干の金属片とプラスティック片が摘出されている。この点に注目すると、身元不明の男女が人工的に作られた爆弾によって殺害されたという他殺の線も捨てきれぬと思う。
また、爆発火災のあった倉庫の管理者である曙組は、倉庫業、海運業、水産加工業、土木建築請負業を経営する株式会社であるが、九〇年代末期までは指定暴力団の下部組織に位置づけられていた。そのことが今回の事故と関わりがあるか否かは予断を許さぬ所であるが、一応、記憶にとどめ置かれたい。
なお、現在のところ高知県警では曙組の倉庫で発見された爆死体と真崎省吾を関連づけて考えてはおらず、倉庫の事件は窃盗事件として捜査を進めている』
相馬は折り畳んだファックス用紙を内ポケットにしまって高級ホテルを後にした。各国の大使館があるこのホテルの界隈《かいわい》は昼間も歩いている人間は少ない。相馬は江戸見坂《えどみざか》を虎ノ門《とらもん》の駅の方向へ歩きながら暮羽のファックスについて考えた。

真崎の車が海に転落した翌日、爆発火災で死んだ身元不明の男が真崎省吾である可能性はあるだろうか。

相馬は、現場となった倉庫を元指定暴力団の下部組織であった企業が所有していることが気になった。目出し帽は暴力団関係と一定の繋《つな》がりを持っているように思えるからだ。深大寺駅前広場通り魔殺人の犯人とされている佐田護は、組の売人の使い走りをしていた。目出し帽は、クスリの横流しをして組に追われていた佐田を、助けてやると騙《だま》して通り魔殺人の身代わりに仕立てたのだろうが、それ自体、組内部の情報を入手できる立場にあり、シャブやヘロインのルートにもツテがなければできないことだ。もちろん、だからといって倉庫の爆発炎上に目出し帽が関係しているとは限らないのだが。

爆死体の他殺説に関しては、相馬もあり得る線だと感じていた。強力な爆薬の場合、爆発物の破片が飛散する速度は秒速数千メートルに及び、人の内臓を貫通し手脚さえもぎ取る。だが、爆発物の破片が体内に入り込んで残っていれば、爆発物を特定するのに重要な手掛かりとなるのだ。かつて航空機内の爆発事故で死亡した男性の身体を精密に解剖し、体表および体内から一ミリ程度の微物も残らず採取した結果、それらと機内に飛び散った金属片等とを合わせて、爆発物がデジタル式腕時計と乾電池等を組み合わせた時限爆弾と特定されたことがある。

倉庫で爆死した男の場合、死因が全身爆発創による失血死だから、破片の多くは体を貫通しているはずだ。そのうえ引火性液体等で遺体がほぼ炭化してしまったため物証はわずかしかない。しかし、男の体内に残っていた金属片とプラスティック片は、爆弾による殺人の可能性を示唆するに足るものと思われた。特に男の右上腕部から先が吹き飛び、頸部がほぼちぎれた状態にあったことを考えると、右手で何かを開けて覗《のぞ》き込んだ途端に爆発した可能性が考えられた。

特定の人間を爆弾で殺害したい時、一番確実なのは本人にトリガーを引かせる方法だ。具体的には小包、スーツケース、建物の扉、なんでもいい、殺したい相手に開けさせる。そいつを開けた途端にドカン。この種の爆弾は時限つきの物よりもはるかに簡単に作れる。

しかし……と相馬はアスファルトに響く自分の靴音を聞きながら自問した。

仮に倉庫で発見された爆死体が真崎であったとしたら、一緒に発見された女は誰だ。真崎の妻はすでに死亡している。それに、これまでのところ真崎の周りに逃避行を共にするような女の影は一切ない。

やはり倉庫の死体が真崎である可能性は低いか……。

相馬はそう結論づけると、頭を切り替えて携帯を取り出した。発信元を非通知にしてダイヤルする。ややあって「おぉ」と、どすのきいた男の嗄《しゃが》れ声がこたえた。

「煙草、やめられたか？」と、相馬は軽くからかう口調で尋ねた。

「誰だ、おめぇ。相手、解ってかけてんだろうな」

本庁のマル暴、山代はたちまち持ち前のねっとりとした威嚇口調になる。

「離れの半端デカだよ。佐田の件で池袋《フクロ》であんたらに囲まれた」

途端にちょっとした短い沈黙があった。相馬は何か状況が変わったなとピンときた。

「言っとくが、佐田の件ならこっちはもう興味ねぇからな」

「へぇ、マル暴はいつからヤクの密売に興味なくなったんだ？」

「佐田の事件はヤクの入手経路も全部、離れがやるってことで話がついてんだよ」

マル暴にもそれとなく上からのお達しがあったのだと思った。ヤクの入手経路が最終的に断定できなかったとしても、通り魔殺人犯としての佐田の有罪は動かない。上はどうあっても早々に事件を幕引きにしたいのだ。

「それより、おまえ、交通課に飛ばされるんだってな。気の毒になぁ」

言葉とは裏腹に、他人の不幸は蜜《みつ》の味と言わんばかりに山代の声は嬉《うれ》しそうだった。所轄に相馬のことを問い合わせたのだ。相馬はむかっ腹が立ったが、それならそれで、そいつを利用しようと思った。

「ああ。そういうわけで今、転職、考えてんだ。で、餞別《せんべつ》代わりにあんたに人、紹介して貰《もら》おうと思ってな」

意外な頼みに山代は面白そうに笑った。

「へぇ、おまえ、ヤクザになろうってのか？」

「いや。神奈川の産廃業者の顔役、紹介して欲しいんだ」

こちらも蛇の道は蛇。マル暴なら産廃業界にツテがないわけがない。

相馬は、昨日、稲葉が話したことは、真崎という人間の一部でしかないと思っていた。真崎が真面目にきれいな仕事だけしていたのなら、五年で自分の会社を興して独立できるわけがないのだ。相馬は、稲葉の知らない真崎について知りたかった。

## 58

発車のベルが鳴り響く中、修司はバックパックを背に駅の階段を全速力で駆け上り、新宿十一時ちょうど発のスーパーあずさ15号松本行きに飛び乗った。春休みのため、平日でも自由席はわりに混んでいて、修司は車両を移動して窓際の席に落ち着いた。

修司は修学旅行以外ろくに東京を出たことがない。そのため、車内販売で駅弁を買うのも初めての体験だった。コンビニの弁当と違って買う前に外からおかずが見えないのが不安だったが、『元気甲斐《かい》』という有無を言わさぬ励ましを込めた二段重ねの弁当は、栗としめじのおこわやアスパラの豚肉巻き、鶏《とり》の柚子味噌《ゆずみそ》和えなどどれもが旨《うま》くて驚いた。

午後一時三十六分、修司は松本駅のホームに降り立った。近代的な駅舎を出ると時計台があり、観光地らしくたくさんのバックパッカーや土産袋を手にした観光客が行きかっている。何となく空気の匂いも東京より軽い気がした。修司は売店でりんごジュースを買ってバスの路線を尋ねた。売店のおばちゃんは丁寧に説明してくれたうえ、「松本城の桜が今日開花宣言したよ」と教えてくれた。東京の桜はもう散り際だが、ここ松本の桜は今日、開花したばかりだという。特急でたった二時間半なのにずいぶん遠くにやってきた気がした。修司はおばちゃんに礼を言って日本競輪選手クラブに聞いた杉田の住所を手にロータリーから路線バスに乗った。

車窓からゆっくりと流れていく初めての街の景色は、片側二車線の広い通りの向こうに城が見え、それが何だかSFのようでとても不思議な気がした。通りのところどころに西洋風の古い屋敷があるのも珍しかった。列車の中で読んだガイドブックによると、松本には随分と昔から外国の文化が入ってきていたらしい。修司は我知らず目を瞠《みは》ってバスの窓に張り付いていた。中心部を少し離れたあたりで、かりがね自転車競技場という信じられないくらい広大なグラウンドが見えた。遮るもののない空の下、すり鉢状に傾斜した巨大なバンクはそこだけ風がうなっているかのようだった。修司は、真崎と杉田は自分くらいの年の頃、このバンクを自転車で走っていたのだろうかと思った。

それから約二十分後、修司は、杉田自動車修理工場の応接室のソファにかしこまって座っていた。サイドボードの上にカーネーションの造花を一本ずつ挿して並べてある花瓶が、実は三本とも徳利《とっくり》だと気付いた時から、杉田勝男という男は一体どういう男なのだろうと修司は判断に苦しんでいた。杉田は油に汚れた作業靴のままソファにあぐらをかいて座ると、「そんじゃ拝見しましょうか」と、修司が持参した履歴書を開いた。

修司は工場で働かせて欲しいという口実で杉田を訪ねていた。もちろん履歴書の名前も住所もでたらめだ。事情を話して真崎のことを尋ねる手もあったが、それでは杉田を事件に巻き込むことになる。修司は会話の中で真崎の情報を引き出し、何か手掛かりを摑《つか》めればと考えていた。

うっすらと埃《ほこり》の積もった卓上には以前の来客のためのものらしい缶珈琲《コーヒー》がふたつ手付かずのまま置かれており、ブリキの灰皿にはたっぷりと吸殻が溜《た》まっている。修司は、履歴書をしげしげと眺める杉田を見つめながら、それにしても、と戸惑わずにはいられなかった。修司が覚えている杉田勝男は天才的な花形競輪選手だった。ひとたび先行するや圧倒的なトップスピードと持久力で疾風のように勝ちをさらうレース運びは驚異的ですらあり、腕を突き上げてバンクをウイニングランする杉田は、勝つために生まれてきたような男に見えた。だが今、目の前にいる杉田には、そんな特別な人間だった名残はまったくなかった。顔かたちは記憶の中の杉田とほとんど変わっていないにもかかわらず、オイルにまみれたつなぎも、頭に巻いた手ぬぐいも、体の一部のようにしっくりと馴《な》染《じ》んで、杉田はどこから見ても根っからの町工場の親方といった風情だった。

「石井《いしい》正樹《まさき》君、松本南高等学校中退、十八歳ねぇ……」

杉田はようやっと目をあげると、困惑気味に修司を眺めた。

「すみません、写真、貼ってなくて」

「いいよ、顔なんぞ見りゃ解るし。けど、石井くんだっけ？　君、なんでうちで働きたいわけ？」

「あの、真崎さんから聞いて……」

修司は早速、探りを入れてみた。

「真崎って……真崎省吾？」

「はぁ……」

杉田はびっくりしたように目を真ん丸に見開くと、いきなり嬉しそうな声をあげた。

「おまえ、省吾の知り合いか。それならそうと早く言えよ。おかしいと思ったんだよ、うちで働きたいなんて。自慢じゃないが、うちは求人誌に広告出すような金ないからな」

杉田は人懐こい笑顔を見せて卓上の缶珈琲を取ると、顎《あご》をしゃくって修司にも勧めた。

「おまえ、省吾とどういう知り合いなの？」

真崎の名前を出した途端、『石井くん』が『おまえ』に昇格し、杉田は飛躍的に打ち解けた態度になった。修司は杉田の目の色の変化に注意しつつ話を進めた。

「俺、高一で家出して東京行ってた時、真崎さんとこでバイトしてたんです」

「へぇ、廃棄物のバイトしてたんだ。キツかった？」

「いえ、真崎さんすごく良くしてくれたし。そん時に、こっち戻って仕事なかったら杉田さんとこ行けって言ってくれたんです。俺、戻ってからずっと居酒屋で働いてたんだけど、やっぱ手に職つけたいと思って。そんで真崎さんが、杉田さんはすごく腕のいい修理工だから真面目にやれば色々教えてくれるって言ってたの思い出して」

「すごくってほどじゃねぇけど、ま、腕は悪い部類じゃないぜ」と、杉田は気を良くした様子でつなぎのポケットから取り出したショートホープに火をつけた。

修司は「いただきます」とことわって缶珈琲のプルトップを開けながら、できるだけ自然な雰囲気で尋ねた。

「真崎さんとはちょくちょく会うんですか？」

「いや、あいつ、盆も正月もこっちに戻んないし、俺は俺で東京の方とか行く機会ないし。暮れに会うまでもう十年くらい顔見てなかったんだよなぁ」

「十年……」

十年といえば修司の全人生の半分以上の時間だ。十年ぶりに会うというのはどんな感じなのか、修司にはちょっと想像がつかなかった。

「お互い忙しくてな、気がついたら十年経ってたって感じよ」

杉田は灰皿に溜まっていた吸殻を勢いよく足元のオイルの空き缶に放り込んだ。その缶もすでに吸殻でいっぱいだ。

「それが去年の暮れ、ひょっこり訪ねてきてな。除夜の鐘聞きながら一緒に酒呑《の》んでおせち食って。なんか、えらく楽しかったなぁ」

「そうだったんですか……。こっち来てたんなら僕も会いたかったな。それから後は真崎さん、もう来てないんですか？」

「いや、ついこないだ来たぜ」

『ついこないだ来た』。修司は思わず缶珈琲を握った手に力が入った。

「それって、いつですか？」

「第二土曜で半ドンの日だったから……」と、杉田は卓上カレンダーに目をやった。

「三月十二日だな」

三月十二日の土曜日といえば、修司が真崎に会った日——早朝、深大町のマンション建設現場で真崎の不法投棄を目撃したまさにその日だ。

「あいつ、仕事があるとかで、うちに預けてた車を金曜の真夜中過ぎに取りに来たんだ」

車……。修司はもしかしたらと身を乗り出した。

「その車って、どてっ腹にタイタスフーズって書いた軽トラックじゃないですか？」

「なんだ、おまえあの軽トラのこと知ってんのか」

杉田は飲み終えた缶珈琲の空き缶を目の高さに構えると、壁際のゴミ箱を狙って投げた。空き缶は放物線を描いて見事にゴミ箱に入り、杉田は満足そうな笑みを浮かべた。

「あの軽トラはな、暮れに省吾が来た時に作ってくれって頼まれたんだ。なんだか解んねぇけど、作れってんだからやってやるかなって。写真見ながらそれっぽい中古車に化粧してやった」

修司は内心、茫然《ぼうぜん》となった。あの朝、自分たち五人が見たタイタスフーズの軽トラは偽物だった……。あれは真崎が杉田に頼んで作らせた、タイタスフーズの軽トラの精巧な偽物だったのだ。真崎は不法投棄をするのになぜそんなものを用意する必要があったのか。

「あの軽トラがどうかしたのか？」

「あ、いえ、真崎さんが芸術的な出来だって言ってたから」

「ゲージュッテキは言い過ぎじゃねぇか？」

杉田は苦笑しつつ入り口のすぐ横に置いてある冷蔵庫に向かった。

修司は杉田の背中に向かって思い切って話題を振ってみた。

「そうだ、真崎さん、なんか旅行いくみたいなこと言ってませんでした？」

「ああ、言ってたよ」

杉田は冷蔵庫の中を物色しながら答えた。

「行き先、どこって言ってました？」

「行き先？」

二本の缶ビールを手に杉田はきょとんとした顔で修司を振り返った。

「おまえ、刑事みたいなこと訊《き》くなぁ」

修司はどきりとしたが、咄嗟《とっさ》に笑って誤魔化した。

「俺もけっこう旅、好きなんで。この時季はどこがいいのかなって思って。真崎さん、なんか穴場とか知ってそうだし」

「そんじゃ、戻ったら訊いてみな」

杉田は少しも頓着《とんちゃく》なく修司の前に缶ビールを置くと、早速自分のを開けていかにも旨《うま》そうに半分ほど一息に飲んだ。

「見りゃ判ると思うけど、うち、給料かなり安いぜ」

「いいんです。俺、働くってよりも、いろいろ教えてもらいに来るようなもんだし。ほんとは金もらう方が申し訳ないくらいだから」

修司は殊勝に答えて応接室の窓越しに修理場の方に目をやった。陽射しの届かない冷え冷えとした空気の中に、限りなくスクラップに近い車が三台、河馬《かば》のようにボンネットの口を開けている。水色のシボレー。白いカローラ。もう一台の茶色い車は何なのかよく解らなかった。修司は、そういえば来た時からひとりの工員の姿も見ていないのに気づいた。

「あの、ひょっとして今日、休みなんですか……？」

「ああ。だから昼間からのんびりビール呑んだりできるわけよ。あ、言っとくけど、うちのやつらみんなブラジルから来てるんだ。ブラジルって言やサッカーって思うだろ？　違うんだな、これが。日系の間じゃやっぱり野球なわけよ。おまえもここで働きだしたら、振らされるぜ、あれ」と、杉田は目で冷蔵庫の方を指した。

見ると冷蔵庫の脇に野球のバットが立て掛けてある。修司は『ブラジル、日系』という流れに乗った。

「あの、エミリオっています？」

「おまえ、エミリオも知り合いなのか」

驚く杉田に、修司はとりあえずどうとでも取れる笑顔を返した。

「なら、もうちょい早く来れば会えたのによ」と、杉田は残念そうに言った。「あいつ、この十四日にブラジルに帰ったんだ。ちょうどホワイトデーだったんで、みんなで彼女へのプレゼントやら菓子やら持たせてな。むこうじゃそんな習慣ないらしいけど、いいんだよ、気持ちなんだから。あいつもくれるもんは全部トランクにぶちこんでたし。うちの奴らと松本駅から盛大に見送ってやったんだ」

「そうだったんですか」

残念そうな表情の下で修司はエミリオの絵葉書の文面を思い出していた。

『まざきさん、そのせつは、ほんとにありがとうございました』

「そういえば、エミリオもなんか真崎さんに世話になったって言ってたけど」

「あいつ、省吾に頼まれてバイトやったから」

「バイト？」

「ああ。半日で五万」

「すげぇ……。それってどんなバイトだったんですか？」

「それが、何をしたかはシークレットとか言って言わねんだよなぁ。省吾が例の軽トラ取りに来た時に、エミリオをちょっと貸してくれって、明け方一緒に軽トラに乗せてったんだ」

修司は慌てて訊き返した。

「軽トラ取りに来た日って、それ、三月十二日のことですか？」

「ああ、二人とも昼前には戻ってきたけど、どこ行ってたんだか」

そう言いながら杉田は立ち上がり、またしてもぶらぶらと冷蔵庫の方に向かった。

修司は驚きで声もなかった。タイタスフーズの軽トラが偽物だっただけではない、あの朝、真崎はひとりではなかったのだ。杉田のところで働いていた日系ブラジル人・エミリオが一緒だったのだ。だが、修司はあの朝、エミリオの姿を見ていない。

もしかしたら、エミリオはあの建設中のマンションの中にいたんじゃないか……。真崎がトラックと建設現場を往復して段ボールを運び、エミリオが床下に投棄していく。真崎はエミリオを事件に巻き込まないよう、人に見られない場所で作業を手伝わせたんじゃないのか。エミリオ本人に訊けば解るだろうが、あの二日後の十四日にエミリオはすでにサンパウロへ帰郷している。

いや、と修司は一縷《いちる》の希望を繋いだ。エミリオの雇用主だった杉田なら、連絡先を知っているかもしれない。

「杉田さん、俺、エミリオに連絡先訊くの忘れたんだけど。教えてもらえますか」

「それよか、もっと大事なこと教えてやるよ」

杉田は冷蔵庫にもたれたままにこにこと笑顔で修司を見ている。

「いいか。俺は正直な善い人間だ。だから嘘はつかない」

修司は微笑んで素直に頷《うなず》いた。

「だがおまえは違う。おまえは生まれながらの嘘つきだ。嘘をついて人を騙《だま》す悪い人間だ」

修司は何が起こっているのか、状況が読めなかった。

杉田は相変わらず人懐こい笑みを浮かべてぶらぶらと近づいてくる。その手に金属バットが握られているのに修司は初めて気付いた。

修司は驚いて杉田の目を見た。暗い目の奥に、獲物を捕らえた歓喜が煌《きらめ》くのを認めて修司は慄《りつ》然《ぜん》となった。

なんで杉田が……。

信じられない思いで立ち上がりかけた時、ジーンズのポケットでマナーモードの携帯が震え始めた。修司の携帯の番号を知っているのは鑓水と相馬だけだ。

しんとした室内にくぐもったバイブ音だけが響く。その無機質な音が、この世界の最後の均衡を支えているかのようだった。

やがて、杉田の口がゆっくりと動いた。

「電話みたいだぜ、繁藤修司よ」

携帯を摑《つか》むより早く、修司の頭めがけて金属バットが振り下ろされた。

## 59

相馬は新宿駅で山手線《やまのて》を降りると、深大町にある市役所に向かうべく私鉄に乗り換えた。午後三時を回ったばかりの車内はのんびりとして乗客も心なしか眠たそうにみえる。

相馬はさきほど代々木《よよぎ》にあるラーメン店で、神奈川の産廃業の顔役、磯子兼一《いそごけんいち》に会ってきたばかりだった。磯子は家業の実務を息子に任せ、最近は副業のラーメンチェーン店の経営に身を入れていた。そのかいあってか、強引に食わされたラーメンはとりあえず不味《まず》くはなかった。相馬はいつもの癖で食い終わるとすぐにカウンターに代金を置くと、磯子に、どこかの産廃会社に転職して五年くらいで独立したいのだがと相談をもちかけた。山代の知人ということで、もちろん刑事であることは伏せていた。

「山代さんにはちょいと世話んなってんで、力になってはやりたいけどさぁ」

六十をいくつか過ぎた磯子は、日に焼けた眉間《みけん》に深い皺《しわ》を刻んで天井を睨《にら》んだ。

「五年で独立ねぇ。……無理とは言わねぇが、兄さん、そりゃちょいとキツイよ」

「でも以前、実際にやった人もいるようですし」

「どこで聞いてきたの、そんな話」

「日環なんとか、ってとこの社員が五年で独立したと聞いたんですが」

「ああ……日環のあいつか」

磯子は独立する以前の真崎のことを覚えていた。

日環エナジーでは会社名義のローンで中古のトラックを購入し、実際の返済は運転手が行うという方式をとっているという。返済が完了すればトラックは運転手に払い下げられるのだが、その間、毎月の給料からローン代金に加えて会社の手数料という名目で相当の額がピンハネされる。

「一応、正社員だから保険はつくが、手取りはいくらも残らねぇ。昼の仕事だけじゃハッキリいって食えないわな。あいつは昼は日環の収運、夜は『一発屋』をやってほとんど寝る間もなく稼いでたな」

「『一発屋』って？」

「不法投棄だよ」

磯子によると、業界では一匹狼で産廃を不法投棄現場に運ぶダンプの運転手を『一発屋』という。日雇いと同じで継続的な契約はなく、一回運ぶごとに金が支払われる仕組みだ。一発屋は単独で行動する時もあるが、たいてい一発屋を集めて仕事を斡旋《あっせん》する『まとめ屋』が一枚嚙《か》んでいる。大規模な不法投棄の場合は、さらに捨て場を仕切る『穴屋』と呼ばれる業者が介在しており、この穴屋と、不法投棄の適地を探す不動産屋、穴を売り渡す土砂採掘業者、パワーショベルを貸し出すリース会社、一発屋を束ねるまとめ屋が結託し、そのバックには資金を提供して上前をはねる暴力団がいる。

まとめ屋に集められた一発屋は、積み出し場である解体現場などに軽自動車で誘導され、産廃の積み込みが終わるとその場で労賃を現金で渡される。相場は運搬・処分込みで八万から十二万。そこから捨て場に支払う四、五万を差し引いた額が手取りになる。

一発屋は積み出し場を出るとまとめ屋から指定された待機場所へ向かう。そこで無線からの指示を待つ間にナンバープレートにガムテープを貼ったり廃オイルを塗りたくったりしてナンバーを隠す。そして捨てる順番が来るとヘッドライトを消して捨て場に進入、ジャンプ台をバックして荷台を上げ、あとは退出するだけだ。

捨て場が決まっていない時は、高速のサービスエリアなどのダンプ溜《だ》まりに停まって無線を聞きながら指示を待ち、どうしても捨て場がない場合は自分で常習地帯を廻《まわ》らなければならない。

「たまにパトカーが捨て場を張ってることがあるんでね、どの一発屋も自分が一番に捨て場に入るのを嫌がる。一台目が一番パクられやすいからな。その点、あの日環の奴は勘と度胸がよくってね。黙って先頭を引き受けることが多かった。ダンプを降りて自分の目で捨て場の様子を確認してから入るんだが、おかげであいつがいると一発屋同士の諍《いさか》いがなくて助かったって話だ」

磯子は店内に客がいなくなったのを機に胸ポケットから煙草を出して火をつけた。

「けど、あいつも独立してからはさっぱり見かけなくなったね。あいつならその気になりゃ、まとめ屋にもなれたのになぁ」

相馬は磯子の話を複雑な思いで聞いた。真崎は五年間、産廃の裏社会に沈んで一発屋をやることで暮らしを立てていた。意外でもあり、またどこかでやはりとも感じた。

高卒で最初に勤めた工場が倒産したのち日環エナジーに就職するまで、真崎は工事現場を転々としていたと稲葉が言っていた。学歴もコネもなく、手に職を持たない地方出身者が東京で生きていくのは楽なことではない。独立してからは、頑《かたく》ななほど律儀な仕事をやり通した真崎は、その前の五年間、どんな思いで一発屋を続けていたのか。

磯子がカウンターのラーメンの代金を手に取ると、相馬が食い終わった半分汁の残った丼《どんぶり》の中に投げ入れた。五百円玉と百円玉はぽちゃんと音をたてて油の浮いた汁の底に沈んだ。相馬はどういうつもりかと磯子の顔を見た。

「その金、手、汚さずに取ってみな」

無理な相談だった。汁に手を突っ込まなければ金は取れない。

「産廃の仕事ってのは、そういうもんなんだよ」

磯子はアルミの灰皿でゆっくりと煙草を揉《も》み消した。

「いいかい、年間四億トンって言われる産廃のうち、どれくらいが不法投棄されてると思う？　お役所の発表じゃ数十万トンってことになってるが、実のところ数百万とも数千万トンとも言われてるんだ。つまるところ、圧倒的に足りないんだよ、最終処分場が。考えてみな、毎日ものすごい量の製品が作られて産廃が出る。ところが最終処分場は増えてるか？　住民が反対してどこにも造れやしねぇ。まともに捨てようったって場所がないんだ。それを役所や警察はとにかく不法投棄を取り締まれってんで、マニ票やら規制強化やらで押さえつけてくる。不法投棄を請け負う地下ルートがなけりゃ、どんな工場もたちまち自分とこの出した産廃に埋もれて一週間で生産ストップになるだろうって言われてるのにだ。最近じゃ市民にまで目の敵にされてさ、うっかり不法投棄してるとこなんぞ見られたら、すぐに役所に通報されちまう。やりにくいったらないよ」

磯子の言うことにも一理あると思った。不法投棄は産廃処理市場の中にすでに組み込まれてしまっているのだ。しかし相馬は、まとめ屋にならず、小さな収運会社を興して自分なりの活路を見出《みいだ》そうとした真崎のやり方を愚かだと言う気にはならなかった。

相馬が深大町にある市役所に着いたのは四時少し前だった。磯子の言葉にヒントを得て、もしかしたら駅前広場で殺された四人のうちの誰かが、あの朝目撃したサンプルの不法投棄を、市役所に苦情として届けているかもしれないと考えたのだ。

窓口に向かおうとした時、携帯が鳴った。相馬の今の番号を知っているのは鐺水と修司だけだ。何か不測の事態が起こったのではないかと嫌な予感がした。案の定、耳に飛び込んできた鐺水の声はひどく切迫していた。

「修司が消えた」

鐺水はGPS携帯の位置確認で修司が松本にいることを知り、驚いて修司の携帯に電話したのだが、一度は呼び出し音が鳴ったものの修司は携帯に出ず、それ以後は電源が切られたらしく呼び出し音も鳴らなくなったという。

修司は無謀だが人に心配をかけて無頓着《むとんちゃく》なほど子供ではない。何かあったに違いないと思った。最後の位置確認では、修司は松本駅から北東へ約四キロの地点にいたらしい。

鐺水はすぐに車で松本に向かうという。相馬を車で拾いにまわるとそれだけ時間的なロスになる。相馬は鐺水に先に行けと言うなり電話を切って全速力で深大寺駅へと取って返した。

駅の階段を駆け上がると、上りホームから今しも特急新宿行きが速度を上げて出て行くところだった。反射的にホームの電光掲示板を見上げる。次の新宿行きは七分後となっている。相馬はホームの売店にあった時刻表に飛びつき、松本行きの列車の時刻を確かめた。新宿発十六時ちょうどのあずさ25号松本行き。それを逃せば次の松本行きは一時間後だ。だが七分後の新宿行きに乗っても、十六時きっかりに新宿を出る松本行きにはとても間に合わない。

相馬は向かい側の下りホームで特急八王子行きの発車ベルが鳴るのを聞いて、いちかばちか下りホームへ向かった。新宿始発のあずさ25号は、新宿を出ると立川、八王子、松本の順に停車する。ひょっとしたら、八王子で新宿から来るあずさを捕まえられるかも知れない。

相馬は京王八王子駅で列車を降りると、人波を掻《か》き分けて一目散にＪＲ八王子駅のホームへと走った。あずさ25号は、肩からダイブするように飛び込んできた相馬を乗せて、十六時三十二分、ＪＲ八王子駅を出発した。扉口に座り込んで荒い息をつく相馬を、ワゴンにカラフルな包み紙の駅弁を積み上げた車内販売の売り子が怪訝《けげん》な目でジロジロと眺めながら通り過ぎて行った。

相馬は肩で息をしながら修司が松本に向かったのは真崎がらみに違いないと思った。松本は真崎の郷里だ。しかし、真崎には郷里に帰る家はないはずだ。相馬は修司が松本のどこへ向かったのか見当もつかなかった。ただひとつ確かなことは、突然連絡が途絶えたということは、修司が目出し帽に遭遇した可能性が高いということだ。

相馬の中の刑事は常に最悪の事態を考える。最悪の事態を考えながらただおとなしく座っているほかないこの先の二時間が、相馬には拷問のように思えた。

## 60

真崎は若草色のキャリーケースを押してチェックインカウンターへ向かっていた。巨大な硝子《ガラス》張りの空港は陽光に満ちていた。真崎は常夏の海岸を思わせる鮮やかな花柄の半袖《はんそで》シャツに白い麻の帽子を被《かぶ》っている。Tシャツにリュックを背負った小さな子供たちが歓声をあげて広いロビーを駆け抜けて行く。硝子の向こうにたくさん並んだ飛行機はどれも大きな鳥のようだった。

出発していく真崎は、あの朝と同じ不思議に明るい目をしていた。

修司は無性に腹が立った。

なんで俺をこんな目に遭わせるんだ。

修司はそう言ってやるつもりだった。だが、口を開いた途端に飛び出したのは、自分でも驚くような悲鳴に似た叫びだった。

そっちへ行くな。そっちへ行っちゃだめだ。

真崎はすでに搭乗ゲートへ向かって走り出していた。人々が驚いて振り返ったが、真崎はかまわず走り続ける。

修司は何が起こるか知っていた。修司は叫んだ。

真崎の身体は背中から無数の銃弾を撃ち込まれて吹っ飛んだ。真崎は、つるつるとした無機質な床に密林の獣のように温かそうな血を広げて動かなくなった。


修司ははっと目を覚ました。鼻をつくガソリンの臭いに息がつまる。ガムテープで口を塞《ふさ》がれており、身体を動かそうとして初めて手脚がロープで縛られているのに気付いた。目隠しはされていなかったが、目を凝らしても見えるのは闇だけだ。それでも、身体に直接響く振動と走行音で車のトランクに押し込められているのだとすぐに解った。髪がべっとりとカーペットに絡んでいるのはたぶん出血のせいなんだろう、頭がずきずきと痛んだ。

どれくらいのあいだ意識を失っていたのか、今が昼なのか夜なのかも解らなかった。覚えているのは杉田にバットで頭を殴られたこと。それから杉田が「繁藤修司」と言ったことだ。杉田は最初から修司が誰なのか知っていたのだ。その事実が修司を戦慄《せんりつ》させた。一度も会ったことがない杉田勝男がどうして自分の顔と名前を知っていたのか。その理由はひとつしか思いつかなかった。そいつが当たっていれば、この車が停まった所で俺は殺される。

修司はロープを解こうと死に物狂いで手脚を動かした。だが後ろ手に縛られた腕はロープの上からさらに粘着テープで指先までギプスのようにぐるぐる巻きにされ、小指の関節ひとつ動かすことができない。脚もロープと粘着テープが岩のようにかみ合い、膝《ひざ》から下はすでに痺《しび》れて感覚がなかった。闇が絶望を増幅し、恐怖が腹の底からせり上がってくる。落ち着け、と自分自身に言い聞かせたが、できることといえば闇の中で芋虫のようにわずかに体を転がすことだけだった。

ほどなく、トランクの中で体が一定の間隔を置いて右、左と交互に振られ始めた。車がいくつものカーブを曲がっているのだと解り、ついで、どこか小高い丘か山に登っているのだと気がついた。上りきったところが終着点だ。体中の毛穴から冷たい汗が噴き出した。カーブのたびに体があちこちにぶつかり、うめき声を上げる鼻先をオイル缶やボルトの類《たぐい》がゴロゴロと転がる。

車の走行音がアスファルトを走る音から粗い砂利道を行くものに変わり、やがて車はゆっくりと減速して停まった。

運転席のドアが開いて閉まる音が聞こえた。砂利を踏む靴音についでトランクが開き、目を射るような懐中電灯の光が浴びせられた。眩《まぶ》しさに顔を背けようとした途端、『暴れるなよ』と警告するように顔面に一発、拳《こぶし》が叩《たた》きこまれた。目の中に火花が散り、鮮赤色を思わせる強烈な痛みが顔面から深部へ広がる。幾度も覚えのある痛みに呼吸がとまり、鼻腔《びこう》の奥から生温かい湯のように鼻血が走り出た。

杉田は修司を肩に担ぎ、空いた手に修司のバックパックを持って歩き始めた。かつて花形競輪選手だった杉田の体は小柄だが屈強な筋肉質で、人ひとりを軽々と運んでいく。

修司は逆さまに揺れる夜の山道を眺めながら、朦朧《もうろう》とした頭の片隅で初めて、これで終わりかもしれないと思った。

樹木の梢《こずえ》がざわめき、桜が咲いたばかりの町の冷たい風が頰を撫《な》でる。いくらも行かないうちに修司は無造作に石のベンチに転がされた。杉田は足元にバックパックを置いて修司の隣に腰を下ろすと、ポケットからショートホープを取り出した。火をつける時、杉田の腕時計の文字盤が見えた。緑色をした蛍光の針は七時をほんの少し廻《まわ》ったところだった。思ったほど時間はたっていなかった。

背を丸めて白い煙を吐き出す杉田の横顔は影ばかりで表情も見えない。

錆《さ》びた手摺《てすり》に囲まれたそこは、小さな展望台のようだった。手摺のすぐ下に一面にツツジの茂るなだらかな斜面があり、その先に麓《ふもと》へと続く九十九折《つづらおり》の車道、さらにその先に宝石をばら撒《ま》いたような松本の夜景が広がっている。

「ちょっと寒いけど、綺麗《きれい》だろ」

杉田の口調は信じられないほど穏やかだった。

「おまえもせっかく来たんだから夜景くらい見て帰らないとな。ひと月先なら、そこのツツジも見せてやれたんだけど。……もうすぐ、省吾の友達がおまえを迎えに来るよ」

真崎の友達……？　修司はどういうことなのか解らなかった。なぜ真崎の友達が自分を迎えに来るのか。自分は杉田のほかに真崎の友達など誰ひとり知らないのに。

「そいつ変わった奴でな。話してる間ずっと握力ボールをいじってるんだ」

修司は亜蓮から聞いた目出し帽の男の癖を瞬時に思い出した。そいつは真崎の友達なんかじゃない。修司は必死で身を起こそうともがいた。

「じっとしてな」

杉田はくわえ煙草で自分のウールのマフラーを外すと、修司の首に巻いて結んだ。

「せっかく桜が咲いたってのに、風邪ひいたんじゃつまんねぇからな」

それからつなぎの袖口《そでぐち》で修司の顔の鼻血を拭《ぬぐ》いながら諭すように言った。

「何をしたか知らないが、あの男もおまえがけじめをつけたら自由にしてくれるさ。安心しな、いくらなんでもおまえみたいなガキを殺しゃしねぇよ」

本当にそう思っているのか、あるいは良心の呵責《かしゃく》を和らげるためにただそう思いたいだけなのか、杉田の目を見ても修司にはどちらとも解らなかった。解っているのは、杉田がボランティアでこんなことをしているわけではないということだ。

なぜだ、なんのためだ。

そう喚《わめ》きたかったが、ガムテープで口を塞がれていてはそれもできず、修司はただ杉田を睨《にら》んだ。杉田は修司の問いを察して、あっけらかんと答えた。

「あの男におまえを渡したら、工場を取り戻せるんだ」

杉田の話では、工場はもうかなり前からだめになっていたらしい。実際いつ潰《つぶ》れてもおかしくなかったのだが、杉田は、結婚資金を貯めるために日本に働きに来たエミリオが晴れて故郷に帰る日までは何とか工場をもたせようと金策に奔走したという。その甲《か》斐《い》あって、エミリオは貯金と希望を胸に花嫁の元へと旅立ち、工場はホワイトデーをもって終止符が打たれることになったらしい。残った二人の工員は仕事を探して松本を離れ、杉田は現在、求職活動中。工場は差し押さえを待つばかりだという。

「それがな、こないだハローワークから帰ってきたら、工場の前にグレーのコートを着た見たことない男が立ってたんだ。ちょっと高そうな黒い革手袋はめて握力ボールをいじってた。借金取りにしては身なりが良すぎるし、工場はもうやってないぜって教えてやったら、そいつ、工場じゃなくて俺に用があるって言うんだ。おまえ誰だって訊《き》いたら、真崎の友達だって」

男は、杉田が苦し紛れにあちこちで書いた借用書をどうやって集めたものか、束にして持っていた。そして頼んだ事をやってくれたらこの借用書の束を全部燃やしてやると言う。そういう場合おそらく誰もがするように、杉田はとりあえず男の話を最後まで聞いた。

「俺がやるともやらないとも答えずに黙ってたら、あいつ、『あんたを助けたいんだ。真崎の友達だから』って言って、おまえの写真を置いてったよ。裏におまえの名前と大体の背格好が書いてあった」

佐田の時と同じだと修司は思った。目出し帽は人を使う時、脅さない。「助けてやる」と言う。その方が人は自分から進んで一生懸命働くからだ。自分自身を救うために。

「……俺はなんとなく、おまえが来なきゃいいなって思ってたんだけどな。来たら俺は頼まれたとおりにやっちまうだろうし」

杉田は火の消えた吸殻を夜景に向かって中指で弾《はじ》き飛ばした。白い吸殻は瞬く間に闇に呑《の》まれた。

「なんか今日は朝から嫌な予感がしたんだ。淹《い》れたばっかりの茶に羽虫が落ちるし、気味の悪い電話はかかるし。いきなり『おまえの隠し子生んだ女が癌で死んだぞ』とかって物凄《ものすご》い不気味なこと言われてな。なんかハローワーク行く気も萎《な》えちまって。陽のあるうちに、げん直しに八坂《やさか》様でも行こうかと思ってたら、写真のガキが来ちまった。しかも出鱈目《でたらめ》の履歴書もって、もう潰れた工場で働きたいって言って」

杉田は半ばやけくそのようにクスクスと笑いながら新しいショートホープを抜いた。笑いが止まらず、火をつけるのに二度失敗して杉田はようやく白い煙を噴き上げた。だが、再び話し出した杉田の声は陰鬱《いんうつ》なものだった。

「おまえがその場限りの嘘を並べて省吾のことを根掘り葉掘り訊くのは、何か事情があってのことなんだろうと思ったよ。だから、俺の知ってる事はみんな答えた。そうすればおまえも気を変えて事情を話してくれるかもしれないと思ったから。けど、おまえはペラペラとどこまでも嘘を並べる。……俺は、おまえみたいな人間をたくさん知ってるよ。都合のいいことばかり言って、人を騙《だま》す、汚い連中だ」

修司は、杉田は自分で言うように本当に正直な善い人間なのかもしれないと思った。そのせいで、競輪選手として体を張って稼いだ億単位の金をよってたかって毟《むし》り取られ、結局はつけ込まれるような借金だけが残った。

杉田は首を傾けて修司の顔を覗《のぞ》き込むと、唐突に笑いかけた。

「おまえ、まだ若いからやり直せるよ。人、騙すのやめて正直にやりな」

長く伸びた煙草の灰がぽたりと落ちた。

杉田は白い煙を吐いて遠くの街の灯《あか》りに目をやった。

闇の中央を橙色《だいだいいろ》に光る河のように長野道が緩やかに蛇行し、一面に赤や青や黄色や緑、色とりどりの小さな灯りが瞬いている。その灯りの賑《にぎ》やかさが、時おり梢が鳴るだけの山の静けさをいっそう深いものにしていた。

「……ほんとはな、どっちでもいいんだ、工場」

杉田はぼんやりと呟《つぶや》いた。

「あそこで生まれて育って、十年も働いてたのにな。あの男に会って初めて気がついたんだ。俺、本当の本当は工場、どっちでもいいんだって。自分でもなんか意外でびっくりしちまった」

杉田はため息をついて足元に煙草を捨てた。吸殻は踏み消すまでもなく、夜露の降りたコンクリートの上でゆっくりと消えていった。

「……けど、それじゃ多分だめなんだよなぁ。なんか、どうしてもこれだけはっていう大事なもんがなきゃ。そうじゃないと、きっと生きてる甲斐がないんだろうな。……省吾はな、昔からいつもそういうものを持ってたよ。だから、俺も工場を取り戻した方がいいような気がしたんだ。ほかに思いつかないしな」

こいつはバンクを走れなくなった時に、死んじまった方が幸せだったんだと修司は思った。それくらい、こいつは幸せな男だったんだ。誰よりも速くゴールを切りさえすればよかった頃、杉田の人生は明快だった。そこにははっきりとした勝ち負けがあり、杉田には勝つだけの脚と、勝つための練習に耐える執念があった。杉田はバンクを走れなくなって初めて、自力だけで生きられない世界に放り出されたのだ。それ以後の杉田は、ずっとルールの解らないゲームをやらされているようなものだったのかもしれない。修司自身、この世界のルールがよく解らない。解っているのは、『誰かのせい』で世界がこうなっているんじゃない事くらいだ。父親がおかしくなったのも、母親が出て行ったのも、洋平の目が見えなくなって三人がもう会えなくなったのも、単純に『誰かのせい』ではないのだ。だから、自分たちのように何の力もない人間にとっては、延々と続く玉突き事故の途中が、取り敢《あ》えずの今みたいなもんなんだと思って生きてきた。だから、どんな理不尽が廻ってきても最後は受け入れる他ないのだ。少なくともそう思っていれば、父親のように無意味に心を打ち砕かれることはない。それでいいと思っていた。

しかし今は……。

修司は思い切り膝《ひざ》を曲げて体を縮めると、全身の力を込めて杉田の足元を蹴《け》った。

ここで死ぬわけにはいかない。

「おい」と、杉田が驚きと怒りがまだらになったような顔で修司を振り返った。修司は構わずもう一度、蹴った。今度は杉田の足元に置かれた修司のバックパックに命中した。修司はたて続けにバックパックを蹴った。生き延びるために使える武器はひとつだけだった。

「なんだよ、これ、開けろってのか？」

修司は何度も頷《うなず》いた。

「なにが欲しいんだよ。碌《ろく》なもん入ってなかったぜ」

杉田は渋々、バックパックのファスナーを開けて中を探った。

「時刻表だろ、財布だろ、電源切った携帯、これは渡せねぇぞ」

修司は『それじゃない』と、首を振った。

「あとは空のペットボトルと……」

杉田はまさか、という顔で修司を見た。

「これか……？」

修司は何度も頷いた。それは、あまりに旨《うま》かったので帰りのために買っておいた『元気甲斐』だった。杉田は噴き出した。

「腹、減ったのか。おまえも相当、神経太いなぁ」

修司は食わせてくれと顎《あご》をしゃくった。

「がっつくなって」と、杉田は笑いながら弁当の包みを開いた。「今、食わしてやるから」

杉田は修司の口のガムテープを一息にはがした。

修司の武器はそこにあった。

「杉田さん、俺を渡したら、あんたも殺されるぞ」

## 61

午後六時五十五分、鑓水は松本駅のロータリーに滑り込むとクラクションを鳴らした。駅前で待っていた相馬がすぐに鑓水の車を見つけて走ってきた。長野道の流れが悪く、結局、列車で来た相馬の方が十分ほど早く到着していた。鑓水が助手席の扉を開けると、駆けてきた相馬は開口一番、「地図は」と尋ねた。

「いや、カーナビ」

「カーナビで人が捜せるか。それから俺は後ろだ」と、目で素早く後部座席を指すと、相馬は地図を買いに駆け出していった。

目出し帽が松本に来ているかもしれない。

鑓水はすぐにそのことに思い至って後部座席のロックを外した。用心に越した事はない。相馬と修司は目出し帽に面が割れている。今のところ目出し帽に顔を見られていないのは自分だけだ。相馬と並んで車に乗っているのを目出し帽に見られたら、自動的に鑓水の面も割れる。相馬には後ろで小さくなっていてもらう方がいい。

鑓水が煙草に手を伸ばしかけた時、助手席の窓をコツコツと叩《たた》く音がした。見ると、見知らぬ男が体を屈《かが》めて車内を覗き込んでいる。男は穏やかに会釈をした。鑓水は助手席の窓を開けて顔を出した。

「なんですか？」

「すみません、時計博物館にはどう行けばいいんでしょう」

鑓水は松本にはテレビ局時代に一度来たきりで松本城くらいしか分からない。

「いや、僕もこっちの人間じゃないんで。すみません」

「そうですか、どうも」

男は厚ぼったい目でじっと鑓水の顔を見ると、軽く会釈して立ち去った。グレーのコートを着た男の後ろ姿はすぐに駅前の雑踏に紛れて見えなくなった。

ほとんど入れ違いに後部座席のドアが開き、相馬が地図を手に乗り込んできた。

「まずはGPSの最後の反応があった地点だな」

「ああ。なんかデカい自動車修理工場みたいなんだが」

鑓水は急いでシルバーのクラウンを発進させた。

駅前はたくさんのネオンが輝き、これから街へくり出そうという人々で賑わっている。ロータリーを廻《まわ》りながら鑓水はふと疑問を感じた。さっきの男はなぜわざわざ自分に道を尋ねたのだろう。ここは駅前だ。駅員か売店で尋ねれば間違いなく教えてもらえる。タクシーの運転手だって乗らなくても道くらい教えてくれる。この車は品川《しながわ》ナンバーで、しかも『わ』で始まるレンタカーだ。さっきの男は道を訊《き》くのにどうしてわざわざ県外の車を選んだのか。第一もう夜の七時だ。時計博物館は閉まっているんじゃ……。

「おい、赤だぞ！」

相馬の声に鑓水はハッとして信号を見た。反射的にブレーキを踏むと同時に大きな音がして衝突の衝撃が来た。

## 62

「へぇ、おまえを渡したら、どうして俺が殺されるんだ？」

杉田は山牛蒡《ごぼう》の味噌《みそ》漬《づ》けをつまみながら面白そうに尋ねた。

「あんたは、あの男が俺を殺したことを知ってるただひとりの証人になるからだ。生かしとけるわけないだろ。あいつがここに来たら、まず自由に動けるあんたを殺す。それから俺だ。そのあと二人分の死体をまとめてこの山に埋める。あいつは初めからそのつもりだったんだ。賭《か》けてもいい。そうでなきゃ、こんな山の上まであんたに俺を連れてこさせるわけがない」

「残念だが、その賭けはおまえの負けだなぁ」

杉田は上機嫌で自信満々に答えた。

「この山はハイキングコースだらけで、週末にでもなりゃ家族連れがわんさとやってくる。特にこれからの花見の季節はな。どんな馬鹿でもこんなとこに人間二人を埋めようなんて考えやしねぇよ。それに、おまえをここに連れてきたのはあいつの考えじゃない。

俺の考えだ」

予想外のことに修司は唖然《あぜん》となった。それを見て杉田は一層、気をよくした調子で続けた。

「あの男はな、おまえをただ、俺の工場の廃車のトランクに押し込んどけって言ったんだ。どこにも逃げられないようにな。けど、なにもかもあいつの言うとおりにするのもちょいと癪《しゃく》だろ？　で、俺が勝手におまえを簀巻《すま》きにしてここに連れてきたんだ。ここならあいつを待つ間、綺麗《きれい》な夜景も見れるしな」

杉田は、目出し帽にも修司にも一矢報いたように得意げな顔を見せた。だが修司はそれを聞いて、目出し帽が杉田の修理工場で二人を殺すつもりだったのだと気がついた。あそこなら人に見られる心配はないし、喚《わめ》いても外には聞こえない。工場は倒産して誰も来ないから、後の始末もゆっくりとできる。

修司がそう話すと、杉田は「おまえもいろいろと考えるなぁ」と感心したように言った。

「ちなみに、おまえを渡さなかったら、俺はどうなるんだ？」

「やっぱりあんたは殺されるよ」

杉田は短く声を上げて笑った。

「それじゃどのみち俺に目はねぇじゃねぇか」

「少なくとも俺の話はうまい話じゃない。杉田さん、あんた一体いくら借金があるんのだ？　それって、俺みたいなガキひとり渡すだけでチャラにしてもらえる程度の額なのか？　ケタがふたつみっつ違うんじゃないのか。あの男が俺を受け取ったら、本当にあんたの借用書を全部、燃やしてくれると思ってんのか？　あんた、実際に金を借りてんだぞ。貸した奴らが黙ってるわけないだろ。それとも、あの男が自腹を切ってあんたの借金を全部、払ってくれるとでも思ってんのか」

杉田は何も答えず、黙って弁当をつついている。だが、その顔はもうさっきのように笑ってはいなかった。修司は畳み掛けた。

「杉田さん、今ならまだ逃げるチャンスはあるんだ」

「そりゃぁどうかな」

そう言って杉田は山の麓《ふもと》に目をやった。遠くの木の間を横切るヘッドライトが見えた。九十九折《つづら》の坂道を一台の自動車が上ってくる。

「来たみたいだぜ」

もうすぐ車は九十九折の坂を上りきり、目出し帽がここに現れる。修司には近づいてくる車が死そのものに見えた。口の中がからからに乾き、頭の中が真っ白になって何も思いつかなかった。駅前広場で刺し殺されそうになった時も、アパートで殺されかけた時も、こんな風に感じたことはなかった。やってくる死をただ目を瞠《みは》って見ているほかない。まるで恐怖で金縛りにあったようだった。九十九折の坂をヘッドライトが右へ左へと方向を変えながらゆっくりと上ってくる。近づいてくる。

杉田は小さな子供にするように修司の頭に手を置いた。

「おまえは自分が殺されると思い込んでるんだ。あの男がそう言ってたよ」

突然、激しい怒りが突き上げ、修司は頭を振って杉田の手を払いのけると考えるより先に叫んでいた。

「真崎もあいつに殺されたかもしれないんだぞ！」

「もういい加減にしろよ」

杉田は愛想が尽きた様子で立ち上がり、手摺《てすり》にもたれてショートホープに火をつけた。

「省吾は生きてるよ。俺と電話で喋《しゃべ》ったんだから」

「いつ！」

「エミリオがむこうへ帰った翌々日。十六日に高知から電話があったんだ。喋ってるうちになんかピンときて、おまえ、海外旅行でも行くのかって訊いたら、『ああ』って。土産に外国の地酒を買ってくる約束もできてんだ。省吾は今頃、ハワイかグアムかその辺だよ」

「……高知の港で、真崎の車が海に沈んでるのが発見されてるんだ」

杉田は白い煙を吐きながら修司を見つめた。その目に初めて修司に対する純粋な嫌悪の色が浮かんでいた。

「おまえ、作り話の天才だな。俺、なんかおまえがあの男に本当に殺されてもいいような気がしてきたよ」

「嘘じゃない！　調べれば解る」

「ああ、そうだろうよ。ここじゃ調べられないがな。おまえはそれを見越して言ってるんだ。どこまでもその場しのぎの嘘ばかりつきやがって」

　どうすれば杉田に事実を信じさせることができるのか。修司は必死に考えた。杉田の背中の向こう、車はかなり近くまで坂を上ってきている。

「携帯……あんたの携帯を貸してくれ！　俺の話を証明するから！」

「馬鹿か、おまえは。電話なんぞ掛けさせるわけねぇだろう」

「電話をかけるんじゃない！」

「じゃあなんに使うんだよ」

「いいから、言うとおりにキーを押してくれ」

　杉田は不承不承、携帯をいじり始めたが、メール以外iモードを使ったことがない杉田は操作にひどく手間取った。苛立《いらだ》ってキレかかる杉田を宥《なだ》めすかし、修司は逐一手順を説明した。杉田はなんとかインターネットに接続し、高知日報のサイトに辿《たど》り着いた。そして言われたとおり『三月　真崎省吾』と打ち込んで記事の検索をかけた。杉田が最後にキーを押してから結果が出るまでの数秒が修司には恐ろしく長く感じられた。胃の辺りが捻《ねじ》られるように痛み、冷たい風の中でいつの間にか全身、汗ばんでいた。

　やがて小さな液晶画面に一件の検索結果が浮かび上がった。杉田は意外そうな顔で光る画面を眺めた。それからゆっくりと小さな文字をスクロールし始めた。

杉田の顔色が変わったのが解った。

「……海から見つかったのは車だけじゃないか。……誰かが、省吾の車を盗んで、それで事故るかなんかしたんだ」

「だったら真崎自身が車両の盗難届を出してるはずだ」

杉田は何か言い返そうとするように口を開いたが、言葉は出てこなかった。

「あの男は、真崎の友達なんかじゃない。あいつは真崎を消そうと狙ってるうちにあんたの存在に気付いたんだ。それで、俺が真崎のことを調べにあんたのとこに来るかもしれないと思って先回りしたんだ」

杉田は何を信じていいのか解らなくなっているようだった。その辺に本当の事が転がってでもいるかのように、落ち着きのない目で辺りを見回している。

修司は揺れている杉田の目を捉《とら》えた。

「真崎があんたをこんな目に遭わすと思うか。人殺しの片棒担がせると思うか。真崎にとってあんたはたったひとりだったんだ。何もかも黙って引き受けてくれるたったひとりの友達だったんだ。十年会ってなくても」

「……省吾は生きてるよ」

そう言うなり、杉田は自分の足元に目を落とした。

「省吾は帰ってくるよ」

「ああ。そうかもしれない」

修司は本当にそう思ったし、そうであって欲しいと思った。だが、その日をあてもなく待っているわけにはいかないのだ。

「杉田さん。今、俺が刃物を持ってたら、あんたを刺してでも俺は逃げる。何も解らずに殺されるなんて真っ平だ。俺は知りたいんだ。真崎が何を考えて、何をしようとしてたのか」

杉田は俯《うつむ》いたまま石のようにじっと立っていた。それからいきなりベンチに屈《かが》み込んだと思うと、修司の脚を縛ったロープを解《ほど》き始めた。修司も縛られた腕を必死でベンチの角に擦《こす》りつけた。しかし腕も脚もロープの上から何重にも粘着テープが巻かれており、大きなナイフでもなければロープに達することもできない。杉田は両手で懸命にテープを破ろうとしていた。杉田も修司も息を切らして坂道を見た。車はすぐ近くまで来ていた。もうロープを解いている時間はない。修司を担いで運んでも、このタイミングでは駐車場で目出し帽の車と鉢合わせする。杉田が切羽詰まった目で修司を見た。

修司もすでに解っていた。今から二人で逃げるのは不可能だ。

いつの間にか風がやんでいた。

走り去る杉田の足音が闇に消えていった。次いで駐車場から急発進していく杉田の車の音が聞こえた。杉田の車は九十九折の最後の坂で、上ってくる目出し帽の車と危うくぶつかりそうになりながら擦れ違った。修司は凄《すご》いスピードで坂を下っていく杉田の車を見送ると目を閉じた。今はもうほかにできることは何もなかった。視界が闇に閉ざされて初めて濃い樹液の匂いを感じた。ふと相馬の言葉を思い出した。今度目出し帽に会ったらおしまいだと言っていたっけ。

やがて駐車場の方からゆっくりとひとつの足音が近づいてきた。

## 63

松本駅前の交差点での物損事故について相馬は鑓水に文句ひとつ言わなかった。もし助手席に座っていれば骨の数本も折れていただろう、などとは決して口にしなかった。その代わりに、相馬は鑓水のデジタルカメラで素早く現場の写真を撮り、派出所から駆けつけた巡査と衝突したワゴン車の怒り狂うドライバーを相手にマシーンさながらの手際の良さで事故処理をすませるや、まだ青褪《あおざ》めている鑓水を引きずって駅前のレンタカー屋へと駆け出した。

その段になって鑓水はようやく平常心を取り戻した。そして事故を起こした車がもはや自走困難と判った時から、相馬の頭にはひとつの事しかなかったのだと気がついた。それは、レンタカー屋が閉まる前に新たにレンタカーを借りることだ。駅前にあるレンタカー屋はたいてい夜八時までやっている。時刻は七時五十分。滑り込みで間に合うはずだ。鑓水は相馬に負けじと走った。

辿り着いたレンタカー屋の看板には『営業時間　四月一日～十月三十一日　朝八時から夜八時』とあった。そしてその下に『十一月一日～三月三十一日　朝八時から夜七時』とあった。今日は三月三十一日だった。凄《すさ》まじい落胆と息切れで言葉も出ない鑓水の傍らで、相馬は天に向かって意味不明の呪いの言葉を吐くと、すぐさまタクシーをつかまえた。

杉田自動車修理工場は灯《あか》りもなく静まり返っていた。周囲は廃車の放置された空き地で、修司の携帯のGPS反応が途絶えたのは間違いなくこの建物の中だった。侵入口を探して裏へ廻《まわ》ると工場の一角が住居部になっているのが見て取れた。鑓水はすぐさま開錠道具セットを取り出してドアノブの前に屈みこんだが、その頭の上で相馬が激しく扉を連打した。そして応答がないとみるや、拳《こぶし》に上着を巻きつけながら窓の方へ向かい、一撃で硝子《ガラス》窓を叩《たた》き割った。もはや明らかに止めても遅かった。鑓水は黙って相馬のやり方に従うことにした。

木枠の窓はもう長いあいだ開けたてをしていないらしく、ネジ式の錠を外した後に大の男二人が渾身《こんしん》の力で引いてようやく開いた。闇の中、それぞれ手持ちのペンライトで辺りを探る。一階は居間と狭い台所、あとは風呂《ふろ》場しかなかった。しんとした部屋は広大な工場の中にあるだけに一層、寒々しい。鑓水は足元に用心しながら傾斜のきつい階段を二階へと上がった。

上がってすぐの六畳間には、粗大ゴミ置き場から拾ってきたような薄汚れたマットレスが三つと布団数組が積み上げられていた。衣服などの身の回りの品はまったくなく、壁に残されたビキニ姿のピンナップと畳に転がったクリネックスの箱だけが、過去に複数の人間が暮らしていたことを窺《うかが》わせた。

「おい」と、隣の四畳半から相馬の呼ぶ声がした。行ってみると、室内を物色していた相馬が保険証を投げて寄こした。ペンライトで小さなカードを照らす。杉田勝男。生年月日は昭和三十七年九月十二日。

「真崎と同い年だ」

言いながら相馬は古びたタンスの中を調べている。

この四畳半だけに生活の痕跡《こんせき》があった。敷きっ放しの布団の枕元に吸殻の溜《た》まった灰皿とビールの空き缶、食い終わったコンビニ弁当の容器を突っ込んだポリ袋が転がっている。弁当の日付は昨日のものだ。この部屋で杉田勝男は一人で寝起きしているようだった。

鑓水は押入れの前に小ぶりの白い段ボール箱が置かれているのに気付いた。その箱だけが、部屋の中で妙に清潔で新しい。近づいてペンライトの灯りを当てると、箱の蓋《ふた》に宅配便の送り状が貼られていた。杉田宛ての荷物で、送り主は『谷本宏《たにもとひろし》』となっている。ホテルから発送したものらしく送り状にはホテルのスタンプが押してあった。

『高知クイーンズコートホテル』。荷物が出されたのは三月十六日の日付になっていた。

「高知か……」

いつの間にか、相馬が後ろから覗《のぞ》き込んでいた。鑓水も同じことを考えていた。高知は真崎の車が発見された場所だ。

宅配便の箱はすでにカッターで開けた跡があった。中を見ると、奇妙なものが入っていた。それは白いバスマットだった。しかも新品ではなく、清潔ではあるが何度も洗濯を重ねたもので中央に『高知クイーンズコートホテル』とプリントされていた。箱の中はそのホテルのバスマットだけだった。

高知のホテルから何のためにわざわざ宅配便で使いふるしのバスマットが送られてきたのか。不可解な気持ちと共に送り主の『谷本宏』と『高知クイーンズコートホテル』の名前が記憶に残った。

「行くぞ」と、相馬が階段を下り、居住部から工場へ入っていった。

工場の壁に掛かったタイムカード挿しには、日系ブラジル人の名前が並んでいた。その中に、鑓水はエミリオ長野《ながの》の名前を発見した。エミリオ。鑓水は、真崎の家で見つけた絵葉書のエミリオはこのエミリオ長野であり、文面の『すぎたさんにもよろしく』のすぎたは杉田勝男だと直感した。鑓水が相馬を呼ぼうとした時、応接室の中から相馬のただならぬ声がした。

「鑓水、修司だ！」

相馬は応接室の机の引き出しから一枚の写真を見つけ出していた。

元テレビ屋の鑓水は一目見てその写真が隠し撮りされたものだと解った。やや険しい表情をした修司の顔が大写しになっている。微《かす》かに唇が開いているから誰かと話しているのかもしれない。顔だけなので、いつ、どこで撮られたものかは特定できないが、確かなのは、この写真が顔の部分を引き伸ばしたものなのではなく、ズームを使って初めから修司の顔にぴたりとピントを合わせて撮影されたということだ。写真を裏返すと、黒いボールペンで修司のおおよその背格好が記されていた。杉田がそんな写真を持っている理由も、手に入れた経緯もなにひとつ解らないにもかかわらず、どこか自分たちの知らないところで歯車が狂い、すべてが最悪の方向に向かって進んでいるのを感じた。

応接セットのテーブルには飲みかけの缶ビールがふたつと缶珈琲《コーヒー》がひとつ。ビールはもうぬるくなっていたが、鐺水が持ち上げると下のテーブルがまだ濡《ぬ》れていた。冷えたビールを出してからそう時間は経っていない。鐺水は修司が何か残していないかとペンライトで辺りを探った。テーブルの隅に小さな黒いしみがあった。まさか、という思いで屈みこんだ。真新しい血痕《けっこん》だった。相馬のペンライトの灯りが同じ血痕の上に重なった。光を動かすとテーブル脇の床の上に点々と血痕が続き、扉の方へ引きずった跡を残して途絶えていた。

相馬が無言で立ち上がり、机上の固定電話の受話器を摑《つか》むと三桁《けた》の緊急電話番号を押した。電話が繫《つな》がるより早く、鐺水はフックを押さえた。

「警察は死体が出なければ動かない」

死体と言う言葉に、相馬は鬼のような形相で鐺水の手を振り払った。そしてなお止めようとする鐺水を激しい力で突き放した。鐺水はサイドボードに横倒しに突っ込み、派手な音をたてて硝子が砕け散った。鐺水は硝子片を浴びたまま烈火のように叫んだ。

「何て言うつもりだ！　実は駅前広場の通り魔は生きていて、修司は命を狙われてましたって言うのか！　この件じゃ警察自体が危険なんじゃなかったのか！」

相馬は受話器を握り締めてじっと立ち尽くしていたが、やがて苦しげに息をつくと受話器を置いた。

「……すまない。……おまえの言うとおりだ」

「……落ち着けよ、相馬」

鑵水は硝子片を払いながら立ち上がった。

「修司はしぶとい。そう簡単には成仏しないよ」

相馬は二、三度小さく頷《うなず》いた。鑵水は壁際に転がったペンライトを拾い上げた。気がつくと左手の甲が切れて血が流れていた。相馬がハンカチを出してきつく止血した。真っ直ぐな折り目の白いハンカチだった。鑵水はふと懐かしくなった。

「おまえ、昔からハンカチはいつもプレスしたの持ち歩いてるな……」

「なんか、習慣でな」

相馬は厄介な持病のように答えた。

「痛むか」

「いや」

鑵水と相馬は当座の脚に整備途中の水色のシボレーを拝借して工場を後にした。不法侵入、器物損壊、そして窃盗。充分な犯罪だった。修司の携帯の電源は切れたままで行方はおろか生死も知れない。鑓水は修司を見つけるには杉田を捜し出すほかないと考えていた。そのために、相馬が杉田の部屋から持ってきた電話料金の請求書で携帯の通話相手を片端から当たるつもりでいた。迂遠《うえん》な方法だが今はそれしかなかった。

時刻は九時を廻っていた。鑓水は最後に見た修司を思い出そうとした。今日の朝、玄関から「鍵《かぎ》、閉めとけよ」と振り返った時、開け放したリビングの扉の向こうに修司の姿はなかった。洗面台から水の流れる音がしていた。鑓水はそのまま家を出た。最後に見た修司を思い出そうとしても、なぜか扉の向こうの無人の部屋ばかりが思い出された。

相馬は道路脇に無理やり車を停めさせると、流れる車列を縫って通りの向こうの郊外型ショッピングモールへ走った。鑓水の手の甲の出血は止まっていなかった。鑓水は何も言わないが、左へハンドルを切るたびに走行がブレる。手当てをして運転を代わった方がいい。相馬はペットボトルの水と止血パッド、包帯、消毒薬、それから近くに目出し帽がいる場合を考えて変装用のニットキャップとサングラス一式、念のため鑓水の物も揃えた。

ドラッグストアや衣料品店、ファーストフードにスーパーなどが入ったモールは夜の十時近くになっても仕事帰りのOLや制服の高校生でけっこう賑《にぎ》わっていた。遊ぶ場所の少ない郊外では中高生はショッピングモールにたむろする。そんなところは東京の郊外と変わらない。今夜は長い夜になりそうな気がした。相馬は珈琲のチェーン店でティクアウトの珈琲を二つ買い足して車に戻った。修司が消息を絶ってから六時間が経とうとしていた。

鑓水は車の脇に立って煙草を吸っていた。杉田の携帯の番号にかけ続けていたが、やはり留守電で応答がないという。相馬はボンネットに珈琲を置いて傷の手当てをした。サイドボードに突っ込んだ時に割れた硝子《ガラス》に擦《こす》ったらしく、傷口は切れたというよりぎざぎざに裂けていた。傷を水で洗ってから消毒薬で消毒した。鑓水はわずかに痛みに顔をしかめ、気を紛らわそうとするように珈琲に手を伸ばした。

相馬が止血していると不意にけたたましいサイレンが近づいてきた。真っ赤な消防車が盛大に鐘とサイレンを鳴らして目の前を駆け抜けていく。ポンプ車が二台にはしご車が一台。立て続けに三台の消防車が、相馬たちが今来た方向へと走り去って行った。

「デカそうだな……」と、鑓水が呟《つぶや》いた。

見ると、ショッピングモールから高校生たちが携帯で喋《しゃべ》りながらばらばらと駆け出してくる。一様に興奮した様子で原付きバイクや自転車に飛び乗ると消防車と同じ方向に走り出していく。相馬は駆け出すと、警察手帳をかざして一台の原付きの前に立ちはだかって停車させた。そして二人乗りしたまま硬直している高校生に「どこの火事だ」と尋ねた。てっきり交番に連れて行かれるものと思っていたらしい高校生はおずおずと答えた。

「あの、なんか、自動車の修理工場が大炎上って……」

相馬はすぐさま車に取って返し、鑓水を車に押し込むとキャップとサングラスをつけて車をUターンさせた。杉田の工場に火の気がなかったことはついさっき侵入した自分たちが一番よく知っている。火事が起こったのなら間違いなく放火だ。

「俺たちが工場を出たあと、誰かが来て火をつけたってわけか」と、鑓水がさすがに驚いた様子で後部座席から首を突き出した。相馬は上着のポケットから折り畳んだ暮羽のファックスを取り出し、「これ見てくれ」と鑓水に渡した。

杉田の工場が火事だと聞いた時、相馬の頭に一番に浮かんだのは高知での爆発火災だった。真崎の車が高知港に転落した翌晩、湾岸に密集する倉庫のひとつで起こったあの爆発火災。

「おい、この身元不明の男女の爆死体って……」

「真崎の周りに女の匂いはなかった。だから俺はその死体が真崎である可能性は低いと思った。だが、真崎が高知で女と知り合ったんだとしたら。そしてその爆発火災が、女ともども真崎を消して身元不明の死体にするために、目出し帽が仕組んだものだとしたら」

「杉田の工場の火事も……」

相馬はアクセルを踏み込んだ。修司は杉田の工場で消息を絶ち、その同じ夜、火の気のない杉田の工場が炎上した。単なる偶然だと思いたかった。しかし、もし偶然でなければ……。今、炎上している工場の中にも、身元不明の焼死体となるべき人間がいるのではないか。それは目出し帽の手に落ちた修司なのではないか。

火災現場の周囲は駆けつけた警官たちによって交通規制が行われていた。前方の夜空を真っ赤に染めて巨大な火の粉が舞い上がっている。相馬と鑓水は車を置いて走った。どこからこれほどの人間が集まったのかと思われるほど工場の周りは野次馬でごった返していた。工場はすでに猛《たけ》り狂う火の手に包まれていた。窓硝子が次々と吹き飛び、どぉんという腹にこたえる音を轟《とどろ》かせて工場内の車が爆発する。前線の消防隊員たちは火の粉の中、懸命の消火作業を続けているが炎の勢いは緩む気配もない。相馬は野次馬を掻《か》き分け、立ち入り禁止のロープの前にいる制服警官に駆け寄ると手帳を見せてロープをくぐった。野次馬とともに火柱を見上げていた制服警官は驚いて「事件でありますか」と、尋ねた。

「人は、中に人はいなかったか」

血相を変えた相馬の問いに、警官はまるで自分が何か失態でも犯したかのように口ごもった。

「その、火の回りが非常に早く、消防隊が来た時には中を確認するのが困難な状態で……
……」

野次馬から悲鳴が上がり、見ると工場の屋根の中央が大きくたわんで雪崩《なだ》れるように崩れ落ちた。相馬は思わず目を閉じた。あの中にいては、とても助からない。ニットキャップにサングラスをかけた鑓水がロープをくぐり相馬の肩を叩《たた》いた。

「鎮火を待とう」

制服警官は相馬とそろいのキャップとサングラスを身につけた鑓水を見て、相馬の同僚と思ったらしく、鑓水に軽く敬礼した。

鑓水は炎の照り返しを受けながら燃え盛る工場をじっと見つめている。相馬は待つだけの時間に耐えられなかった。何か体を動かしていないとやりきれなかった。背中のすぐ後ろでシャッターを切る音がした。振り返ると、野次馬が携帯電話を掲げて火事の写真を撮っている。相馬は鑓水がデジタルカメラを持っていたのを思い出した。物損事故の時に現場写真を撮ったあのデジカメだ。相馬は急いで鑓水からデジカメを受け取ると物陰に回りこんだ。

鑑識係は殺しの現場に出ると、周囲の建物の写真を撮るふりをして必ず野次馬の写真を撮っておく。野次馬に紛れてホシが現場を眺めている可能性があるからだ。そのため一般の野次馬たちの顔は本人たちの気づかないうちにすべて警察のカメラに収められている。放火の場合、ホシが現場を見物している確率は殺しよりも遥《はる》かに高い。相馬は角度を変えて次々と野次馬たちの顔を撮った。この人込みの中に目出し帽がいるかもしれない。何食わぬ顔をして立ち昇る炎を眺めているかもしれない。そう思うと、人込みの中の男たちの顔がどれもこれも疑わしく思えた。修司のアパートで組み合ったあの両手利きの男、あの黒い目出し帽の下の顔は、ここにいるどの男でもありうるような気がした。相馬は細かくズームを使って男たちの顔を撮り続けた。

一時間あまりの後、ようやく火勢が衰え鎮火の兆しが見えてきた。炎が小さくなるにつれて真昼のように明るかった工場の周囲にも夜の闇が戻り、空き地を埋め尽くしていた野次馬たちもまばらになった。残っているのはバイクの周りでだべっている高校生くらいだ。相馬はデジカメを手に大量の煙に目を瞬《まばた》きながら空き地の廃タイヤの縁に腰を下ろした。工場は梁《はり》だけを残してほとんど燃え落ちていた。

あとどれくらい待てば修司を見つけることができるだろう、と相馬は思った。刑事は仕事柄いくつもの凄惨《せいさん》な遺体と対面するが、その生前を知っていることはまずない。被害者は刑事の人生に初めから遺体として登場し、刑事の仕事は遺体に手を合わせるところから始まる。そこを起点に過去へと遡《さかのぼ》り、被害者の性格、嗜好《しこう》、価値観から癖、交友関係までつぶさに調べ上げ、殺害の動機を割り出し、被疑者を絞り込む。被害者を知っていく過程が、被害者の無念を知る過程でもあった。だが、相馬は生きている修司を知っていた。生きて、動き、喋る修司を覚えている。

相馬はわけもなくデジカメを自分の靴に向けると、シャッターを切った。空き地を走り回って埃《ほこり》だらけになった靴が白いフラッシュの中に浮かび上がった。自分がとてつもなく無力に思えた。

初めて、死なせたのだと思った。

無性に煙草を吸いたくなった。空き地を横切って鑑水が足早に近づいてくるのが見えた。

相馬は膝《ひざ》に手をついて立ち上がった。そろそろ消防隊が工場の焼け跡を調べ始めるのだろうと思った。

「相馬、修司のGPSが反応した」

相馬は「えッ」と言ったきりしばらく声が出なかった。GPSの反応が戻ったということは、修司が携帯の電源を入れたということだ。

「場所……場所はどこだ！」

「ここから六キロほど離れた山だ」

すぐさま車へと駆け出そうとする相馬の腕を、鑓水が強い力で摑《つか》んだ。

「修司の携帯の電源を入れたのは、修司自身とは限らない」

相馬は一瞬、鑓水が何を言いたいのか解らなかった。

鑓水はゆっくりと言った。

「罠《わな》かもしれない」

相馬は鑓水の言っていることをようやく理解した。修司を匿《かくま》っていた人間は事情を知っている可能性が高い。目出し帽がそう考えるのは当然のことだった。そうであれば修司を消すだけでは不十分だ。そいつらの口を封じる必要がある。修司の失踪《しっそう》後、八時間近くたって不意に戻ったこのGPSの反応は、自分たちをおびき出す罠かもしれない。

# 64

九十九折《つづら》の坂道を曲がるたびに、ヘッドライトがガードレールの向こうの鬱蒼《うっそう》とした杉木立をなめる。修司のGPSの反応は山の上の展望台のあたりだった。相馬はいくつものカーブを切りながらこの同じ道を目出し帽の男も通ったのだろうかと思った。目出し帽がもしそこにいれば、今、山道を上っていくこの車のヘッドライトが見えているはずだ。暗いフロントガラスにぱらぱらと雨粒が落ち始めた。相馬はワイパーを動かした。

未舗装の駐車場には一台の車もなかった。相馬は念のため車をぐるりと一周させた後、入り口脇に停車した。アイドリングを続ける車内で相馬と鑓水は黙って互いの携帯電話を交換した。それから相馬は車を降り、ひとり展望台に続く山道を歩き始めた。開いたばかりの松本の桜が冷たい雨に打たれていた。振り返ると、鑓水が予定どおり駐車場の中をゆっくりと車で流していた。二人が車を離れている間にブレーキに細工されれば、九十九折の下り坂はそのままあの世への直通路に変わる。GPSの反応が目出し帽の罠である可能性がある以上、細心の注意を払わねばならない。三十分待って相馬から連絡がなければ、鑓水はここを離れることになっていた。二人とも始末されてしまえばこの事件は闇に葬られる。誰かが生き残らなければならない。相馬は展望台へと急いだ。

低い柵《さく》で囲まれた展望台にはひとつきりの小さな外灯が点《とも》っていた。蛍光灯の白い光の中を細かな雨粒が間断なく落ちていく。身を隠せるような場所もない平たい展望台には人影ひとつなかった。相馬は手の中の鑓水の携帯に目をやった。GPSの反応は間違いなく展望台の半径二〇メートル以内の場所から出ている。目を凝らし、隅々まで展望台を見回す。しかしいくら見回しても猫の仔《こ》一匹いない。展望台の周囲の杉林は深い闇に閉ざされている。どこに目出し帽が潜んでいたとしても、こちらからは見える道理もない。

修司の携帯に掛けてみたが、雨音が周囲の音を掻き消してしまい、着信音も聞こえなければ人の気配も摑めない。相馬はまるでひとりだけ無防備に明るい舞台に引き出されたような気がした。

相馬は全身の神経を張りつめて展望台を調べ始めた。少なくとも修司の携帯電話は半径二〇メートル以内のどこかにあるはずだ。投げ捨てられたジュースの空き缶、煙草の吸殻、食べかけの弁当が残された石のベンチ。隈《くま》なく探したが修司の携帯はどこにも見つからなかった。残るは周りの杉林だけだ。相馬はペンライトを取り出して展望台の出口へと戻りかけた。その時、ふとベンチの上の弁当の包み紙が目にとまった。ピンクと青と緑と白のやたらカラフルな包み紙に見覚えがあった。松本に来るために飛び乗ったあのあずさ号の中で見た車内販売の駅弁の包み紙だ。瞬間、相馬は修司もこの展望台に来たのだと感じた。

「修司！」

相馬は大声で叫んだ。

「修司！　聞こえたら返事をしろ！」

繰り返し叫んでは耳を澄ました。木々を濡《ぬ》らす雨音がすべてを覆い尽くすように山を満たしている。相馬は目を閉じた。数秒が数時間にも思われた。分厚い雨音の層の奥から、微《かす》かな声が聞こえた。相馬の心臓は跳ね上がった。

「どこだ！　どこにいるんだ！」

相馬は必死に辺りを見回した。声は展望台の柵の向こうから聞こえた。しかし柵の向こうは中空にほの暗い闇が広がっているばかりだ。相馬は信じられない思いで柵に駆け寄った。身を乗り出すと、目の下の斜面にツツジの群落が見えた。声は確かにその暗い海のようなツツジの群落の中から聞こえていた。相馬はすぐさま柵を越えて飛び降りた。体の周りで蕾《つぼみ》をつけたツツジの小枝が派手な音をたてて折れ飛び、相馬は斜面を頭から二度転がってやっと止まった。立ち上がり、胸ほどの高さのツツジの中で相馬は声を張り上げた。

「どこだ、修司！」

「すぐ横……」

体のすぐ横の地面から修司の声がした。

「ヒーターを最強にしてくれ」

鑓水が後部座席でようやく修司を縛ったロープを解き切って言った。

相馬はヒーターのつまみを最強にすると、左折して国道19号に入った。雨脚は激しさを増し、長距離のトラックが白い水煙を巻き上げていく。

「ひどいのか」

「出血は止まってるが、体温が戻らない」

修司はそうとう参っているらしく、車に乗ってからは口もきかずにぐったりと横たわったままだ。杉田の工場から盗んできたシボレーは整備途中で投げ出されていただけあって、ヒーターを最強にしても車内は少しも暖まらない。相馬は塩尻《しおじり》に出るとすぐにファミレスに車を入れた。何か温かいものを体に入れてやらなければと思った。

深夜のファミレスは客もまばらで、煌々《こうこう》と照明の点った暖かな店内に有線放送のラジオが流れていた。相馬と鑓水は修司を抱えるようにして壁際のボックス席に落ち着くと、とりあえずスープと珈琲《コーヒー》を頼んだ。修司は熱い湯気のたつミネストローネの皿に覆い被《かぶ》さり、スプーンを震わせながらゆっくりと二、三口、飲んだ。それから大きく息をつくと初めて皿から顔を上げて相馬と鑓水を見た。なにか予想外のものにでも出くわしたかのように、修司はしばらくの間まじまじと二人を眺めていた。

「……二人でラップでもやるのか？」

鑓水がすぐさま自分の頭のニットキャップを毟《むし》り取ってサングラスを外した。

「これは断じて俺の趣味じゃない」

「一応、変装だ」と、相馬も自分のキャップを取った。似合っているとは思っていない。

修司はまだ青白い頬をしてクスクスと可笑《おか》しそうに笑った。

ほっとすると相馬も鏜水も急に空腹を感じた。鼻先のミネストローネのガーリックの香りがさらにそれを刺激した。鏜水が再度メニューを貰《もら》い、深夜の厨房《ちゆうぼう》係が耳を疑う量の料理を注文した。

相馬と鏜水は休みなくフォークを動かしながら、修司が松本に来てからの話を聞いた。偽の履歴書を持って杉田の工場を訪ねたこと、杉田がタイタスフーズの偽の軽トラを作ったこと、真崎がサンプルを不法投棄した朝、エミリオと一緒だったこと。それから、殴られて展望台に連れ去られてからの経緯。

修司は追加したハンバーグステーキを平らげながら、目出し帽の車が近づいてきた時のことを話した。

あの時、杉田と修司には、すでに修司のロープを解いて逃げるだけの時間が残されていなかった。展望台にいれば二人ともやられる。修司は咄嗟《とつさ》に二手に分かれることを考えた。そしてバックパックを首に引っ掛けて、杉田に展望台の柵から下へ落としてもらったのだ。別れる時、杉田に「工場に戻るな。できるだけ遠くへ逃げろ」と伝えた。捕まったら杉田もおしまいだ。ツツジの群落の中に身を潜めて眼下の坂道を見ていると、杉田の車がすごいスピードで目出し帽の車とすれ違って坂を下っていくのが見えた。しばらくすると展望台に足音が聞こえた。

針一本落ちても聞こえるような静寂の中、ほんの数メートルしか離れていない場所で自分を捜しまわっている目出し帽の足音が聞こえた。自分はロープとガムテープで縛られていて指一本動かせない。気づかれたら最後だと思った。恐怖で胸の鼓動が轟《とどろ》くようだった。その音に目出し帽が気づいて今にも柵を越えてくるような気がした。たぶんほんの数分のことだったのだろうが、修司には気が遠くなるほど長い時間に思われた。

やがて目出し帽の足音は車の方へ駆け戻っていった。しばらくして目出し帽の車がやはり凄《すご》いスピードで坂を下りて行くのが見えた。杉田の車を追って行ったのだろうが、杉田の車はとっくに見えなくなっていた。

修司は杉田の工場が放火されたと聞いてさすがに言葉を失った。

「おまえの言うように遠くに逃げてりゃいいんだが……」

相馬は、自分達と入れ違いに杉田が工場に戻っていなければいいが、と思った。

鏆水が隣のテーブルからタバスコを取り、ピザの表面が真っ赤になるほど振りかけた。

「おまえ、目出し帽がいなくなってからどうしてたの？」

「もがいてた」

修司は目出し帽が去ってから、ようやく大きな失態に気づいたという。自分ではどう頑張ってもロープは解けないということだ。時間が経つにつれて夜の山は急激に気温が下がった。冗談ではなく凍死の恐怖が頭を過《よ》ぎった。修司は鼻と口だけでバックパックから携帯を引っ張り出し、小石を口にくわえて必死に電源を入れる努力を続けていたらしい。

「あそこ斜めになってるから、携帯がどんどん滑り落ちてくんだ。そのたびシャクトリムシみたいに追いかけるんだけど、もう葉っぱとか枝とかが邪魔で」

修司は擦り傷だらけの顔で熱々のピザを頬張り、鐺水がパエリヤの最後の米をかき集めている。

相馬は東京から遠い深夜のファミレスで三人で飯を食っているのがなんだか半分夢のように思えた。店内は温室のように暖かで、満腹感と共に急激に睡魔が襲ってきた。いつの間にか会話が間遠になっていた。有線放送のラジオからフランク・シナトラの甘いバラードが流れていた。往年の歌声が頭の中で遠くこだまして消えていった。

どこかで目覚まし時計が鳴っていた。相馬は目を閉じたまま、うるさい音を止めようと手で辺りを探った。珈琲カップが手にあたって倒れる音がした。相馬は一瞬、自分がどこにいるのか解らず目を開けた。鐺水と修司がファミレスのテーブルに突っ伏して眠っていた。知らないうちに皿が片付けられていたが、硝子《ガラス》張りの大きな窓の向こうはまだ夜の闇に閉ざされたままだ。鳴り続ける電子音に辺りを見回すと、音は修司のバックパックの中から聞こえていた。さっきから鳴っているのは目覚まし時計ではなく、修司の携帯電話だったのだ。修司の番号を知っているのは相馬と鐺水の二人だけのはずなのに。途端に相馬の中で鋭い警戒心が立ち上がった。

「鐺水！　起きろ、修司！」

相馬は二人を揺り起こし、急いで修司のバックパックから携帯を取り出した。液晶には『非通知』とあった。鐺水の尋ねる目に、修司は即座に首を振った。修司は誰にも番号を教えていない。携帯は相馬の手の中で鳴り続けている。相馬はスピーカーホンで電話を受けて修司の口元に近づけた。

修司は黙って相手の声が聞こえるのを待った。向こうもこちらの声を待つように沈黙を守っている。長い沈黙の間、受話口の向こうから一定の間隔でリズミカルな低い機械音が聞こえた。やがて鉄がぶつかるようなガチャンという大きな音がして人が喋《しゃべ》りながら通り過ぎた。鐺水がテーブルの紙ナプキンを取り、ボールペンで『列車。車両連結部』と書いた。誰かが走行中の夜行列車の中からかけてきている。

「……繁藤修司か……？」

探るような男の声がした。修司はその声を聞くや、相馬の手から携帯を取って送話口に叫んだ。

「杉田さん、あんた無事なのか」

杉田は修司の携帯の電源を切った時に番号を控えていたらしく、修司が生きているのを確かめて心から安堵《あんど》していた。あのあと杉田は車を捨て、松本から名古屋に出て夜行をつかまえていた。工場が放火された件もすでに知っていた。そしてそれが、逃走した杉田に対する目出し帽からの警告であることも承知していた。

「だから坊主、俺はあの男にも、おまえにも会ったことがないんだ」

つまりこの先、修司に何があったとしても、杉田は目出し帽に関しては一切口を噤《つぐ》むということだ。それでいいと修司は答えた。杉田があえて危険な立場に立ついわれはない。

「代わりと言っちゃなんだが、おまえ、省吾のことを知りたがってたろ」

杉田は真崎に頼まれて、タイタスフーズの偽の軽トラックを誰にも見つからない場所にこっそりと隠しているのだと言った。真崎は四月四日までに自分が戻らなかったら、軽トラをつぶして中の荷物を全部燃やしてくれと杉田に頼んでいたという。

『四月四日』という日付に三人は思わず顔を見合わせた。

「中の荷物って、どんなもんだった？」

「よく見ちゃいないが、確か帳面かなんかを詰め込んだ段ボール箱だったと思う」

杉田は高校の頃、真崎と自転車でよくトレーニングに登った松本市のはずれの保福寺《ほふくじ》峠付近の山林に軽トラを隠していた。杉田が隠し場所を細かく説明するのを修司が復唱し、相馬がテーブルに広げた地図に鑓水が素早く書き込んでいった。修司が電話を切ると、相馬は精算を鑓水に任せてすぐに表に車を廻《まわ》した。

# 65

夜明けにはまだ間があった。相変わらず雨は降り続いている。だが、ワイパーの向こうに続く車道は事件の新たな局面を指し示しているかのようだった。

保福寺峠へと向かう車の中で相馬と修司は、鑓水から初めて四月四日にタイタスフーズの藤沢工場に立ち入り検査が入ることを聞いた。鑓水が小田嶋から入手した怪文書の内容は相馬にとっても修司にとっても衝撃的なものだった。だが、それにもまして二人を愕然《がくぜん》とさせたのは、それまで聞いた事のなかったメルトフェイス症候群という幼児の疾病だった。鑓水は小田嶋たちと別れた後、ネットカフェのパソコンでメルトフェイス症候群に関する資料を集めてきていた。相馬は塩尻インターから長野道に上がると鑓水と運転を代わって資料を手に取った。

生まれて間もない幼児の顔面を抉《えぐ》り取り、生涯にわたって突然死の恐怖を背負わせるメルトフェイス症候群。失われた顔面を再建するために幼い子供達は度重なる手術に耐えねばならず、口から食事を取ることも発語することもままならない。包帯を取るたびに痛みに泣き叫ぶ幼児たちの日常は、臨床の現場に立つ医師が極力感情を排した言葉で記述しているだけにかえって痛ましく凄惨《せいさん》で、相馬は胸が潰《つぶ》れるようだった。分厚い資料を読み終えた修司は蒼白《そうはく》な顔で資料の表紙を睨《にら》んでいる。鑓水は豊科《とよしな》インターから県道57号に入ると、運転席の灰皿で煙草を揉《も》み消した。

「タイタスフーズは昨年の十月に問題のサンプルを廃棄したつもりでいたが、廃棄を請け負った真崎は何らかの目的でサンプルを処理施設に廻さずに取っておいた。それから四ヶ月たった今年二月中旬、あのサンプルこそがメルトフェイス症候群の元凶だとしてタイタスフーズを告発する怪文書がばら撒《ま》かれた。添付されていたサンプルの分析データはかなり信憑性《しんぴょうせい》が高い。当然のことながら、分析データを作るにはサンプルの現物が必要だ」

「それじゃあ……」と、相馬は驚いて怪文書を手に取った。「この怪文書の差出人、『佐々木邦夫』は、真崎省吾だって言うのか」

「俺はそう思ってる」

鑓水は左折して国道に入り、車内を眩《まぶ》しいコンビニの照明が走りすぎた。

「真崎の一連の行動は恐ろしく周到で計画的なんだ。真崎は昨年の暮れには、すでに杉田の修理工場を訪ねてサンプルの不法投棄に使うための偽装トラックを準備している。だろ？」

修司が黙って頷《うなず》いた。

「不法投棄をする際にエミリオを連れて行くことも、暮れの段階から真崎の頭にあったんだろうと思う。エミリオは三月の十四日にはブラジルに帰国することになっていたから、何をやらせたにせよ、エミリオの口から事が露見する恐れはない。

真崎が実際にサンプルを不法投棄したのは、怪文書が出回ってから約一ヶ月後の三月十二日。ちょうど怪文書の影響で藤沢工場に立ち入り検査が入る流れが決まった時期だ。

真崎はそれを待っていたように偽の軽トラでサンプルを不法投棄し、真崎工業の従業員の再就職先まで決めて、きれいに会社を畳んで姿を消している」

相馬は、日環エナジーの稲葉の言葉を思い出した。真崎は昨年末には真崎工業を畳むつもりだと言っていた。あの見事に片付けられた大和市の貸家も、空っぽの事務所もすべて真崎の計画が着実に遂行された結果だったのだ。

しかし、解らないのは……。相馬はインナーミラー越しに鐺水を見た。

「そう、解らないのは真崎の目的だ」

標高一三四五メートルの保福寺峠に着いた時には夜が明けようとしていた。

三人は車を降り、杉田が藪《やぶ》の中に隠したという軽トラを見つけるべく雑木林を徒歩で捜した。雨上がりの大気は清冽《せいれつ》な樹木の薫りに満ち、あちこちで夜明けを待ちかねた野鳥の声が響いていた。梢《こずえ》から幾本もの細い帯となって朝陽が差し込む中、三人は鐺水が道順を書き込んだ地図を確かめながら濡《ぬ》れて光る下草を踏んで歩き続けた。

半時間ほどして相馬が緑色のカバーの上に枯れ枝を重ねて厳重に隠してある車らしきものを見つけた。三人で枝を降ろし、雨水の溜《た》まった重いカバーを引き剥《は》がした。すると、コンテナの腹に『タイタスフーズ』と書かれた軽トラックが姿を現した。クリーム色の車体に鮮やかなオレンジ色の字体、円い緑色のロゴマーク。それはまさしく修司が三月十二日、土曜日の早朝、マンションの建設現場脇で見たあの軽トラックだった。

修司は早朝の光を浴びた軽トラックを見るなり、まるであの朝に引き戻されるような錯覚に陥った。不法投棄をしていたにもかかわらず、微塵《みじん》の後ろ暗さもなかった真崎。文句を言った修司に、『ありがとよ、坊主』と答えた真崎が一体なにを考えていたのか、その胸のうちの思惑が、あの朝サンプルを運んだこのコンテナの中にひっそりと隠されているような気がした。

相馬がコンテナ後部のかんぬき状のストッパーを外し、観音開きの扉を開いた。三角形に切り込んだ光の中に段ボール箱がひとつ置かれているのが見えた。ずっしりと重い箱を外に運び出し、湿気にたわんだ段ボールの蓋《ふた》を開ける。一番上はビニールに包んだスケッチブックだった。裏表紙に真崎雄太と名前があり、どのページにも鳥や植物、川辺の風景などの緻密《ちみつ》な水彩画が描かれている。一枚だけ挟まれていた画用紙には四隅に画鋲《がびょう》の跡があり、冬枯れの樹の枝に止まって空を見上げている綺麗《きれい》な黄緑色の鳥が描かれていた。スケッチブックの下からは古風なアルバムが出てきた。多恵に抱かれた赤ん坊の雄太や、エプロン姿で菜箸《さいばし》を手に笑っている台所の多恵、家族三人でどこかのテーマパークの入り口に並んでいる写真など、多くの人間が過ごすささやかでかけがえのない生活が並び、最後の一枚は真新しい中学の制服を着た雄太が校庭の桜の木の下で緊張気味に微笑んでいるものだった。スケッチブックとアルバムは妻子の遺品の中で真崎が最後まで身近に置いていたものだろう。相馬が上着を脱ぎ、それらが汚れないようコンテナに上着を敷いた上に置いた。

段ボール箱の一番底には、A3判の五冊のスクラップブックが入っていた。濃いブルーの表紙はどれもまだ新しく、タイトルの欄には何も記されていない。これだ、という予感があった。修司は手に取り、ページを繰った。そこには、インターネットのデータベースからプリントアウトした過去半世紀におよぶ新聞や雑誌の切り抜きがびっしりと貼り付けられていた。目を通すうち、修司は集められた記事の共通点に気づいた。修司は信じられない思いで次々とページを繰った。

一時間後、修司と鐺水と相馬は、すべてのスクラップブックを読み終えていた。

早朝の鳥の囀《さえず》りも終わり、辺りは静寂に包まれていた。

誰ひとり口を開くものはなかった。

三人には、すでに解っていた。

真崎がタイタスから金を取ろうとしたこと。そのために綿密な計画を立てたこと。

そして、真崎が何のために、そんな無謀な企てをしたのかということも。

（下巻に続く）

本書は二〇一二年九月に小社より刊行された単行本を加筆修正したものです。

この作品は、二〇〇三年から二〇〇五年当時の社会、法制度等を背景とした完全なフィクションであり、文中に登場する人物、団体名は実在するものとは一切関係がありません。

# 犯《はん》罪《ざい》者《しゃ》 上

太《おお》田《た》 愛《あい》

平成29年 1月25日　初版発行
令和6年 4月15日　37版発行

発行者●山下直久

発行●株式会社KADOKAWA
〒102-8177　東京都千代田区富士見2-13-3
電話　0570-002-301（ナビダイヤル）

角川文庫 20148

印刷所●株式会社KADOKAWA
製本所●株式会社KADOKAWA

表紙画●和田三造



●お問い合わせ
https://www.kadokawa.co.jp/（「お問い合わせ」へお進みください）
※内容によっては、お答えできない場合があります。
※サポートは日本国内のみとさせていただきます。
※Japanese text only


ISBN978-4-04-101950-4　C0193

JASRAC 出 1615481-437

◆◇◇

# 角川文庫発刊に際して

角川源義

第二次世界大戦の敗北は、軍事力の敗北であった以上に、私たちの若い文化力の敗退であった。私たちの文化が戦争に対して如何に無力であり、単なるあだ花に過ぎなかったかを、私たちは身を以て体験し痛感した。西洋近代文化の摂取にとって、明治以後八十年の歳月は決して短かすぎたとは言えない。にもかかわらず、近代文化の伝統を確立し、自由な批判と柔軟な良識に富む文化層として自らを形成することに私たちは失敗して来た。そしてこれは、各層への文化の普及滲透を任務とする出版人の責任でもあった。

一九四五年以来、私たちは再び振出しに戻り、第一歩から踏み出すことを余儀なくされた。これは大きな不幸ではあるが、反面、これまでの混沌・未熟・歪曲の中にあった我が国の文化に秩序と確たる基礎を齎らすためには絶好の機会でもある。角川書店は、このような祖国の文化的危機にあたり、微力をも顧みず再建の礎石たるべき抱負と決意とをもって出発したが、ここに創立以来の念願を果すべく角川文庫を発刊する。これまで刊行されたあらゆる全集叢書文庫類の長所と短所とを検討し、古今東西の不朽の典籍を、良心的編集のもとに、廉価に、そして書架にふさわしい美本として、多くのひとびとに提供しようとする。しかし私たちは徒らに百科全書的な知識のジレッタントを作ることを目的とせず、あくまで祖国の文化に秩序と再建への道を示し、この文庫を角川書店の栄ある事業として、今後永久に継続発展せしめ、学芸と教養との殿堂として大成せんことを期したい。多くの読書子の愛情ある忠言と支持とによって、この希望と抱負とを完遂せしめられんことを願う。

一九四九年五月三日